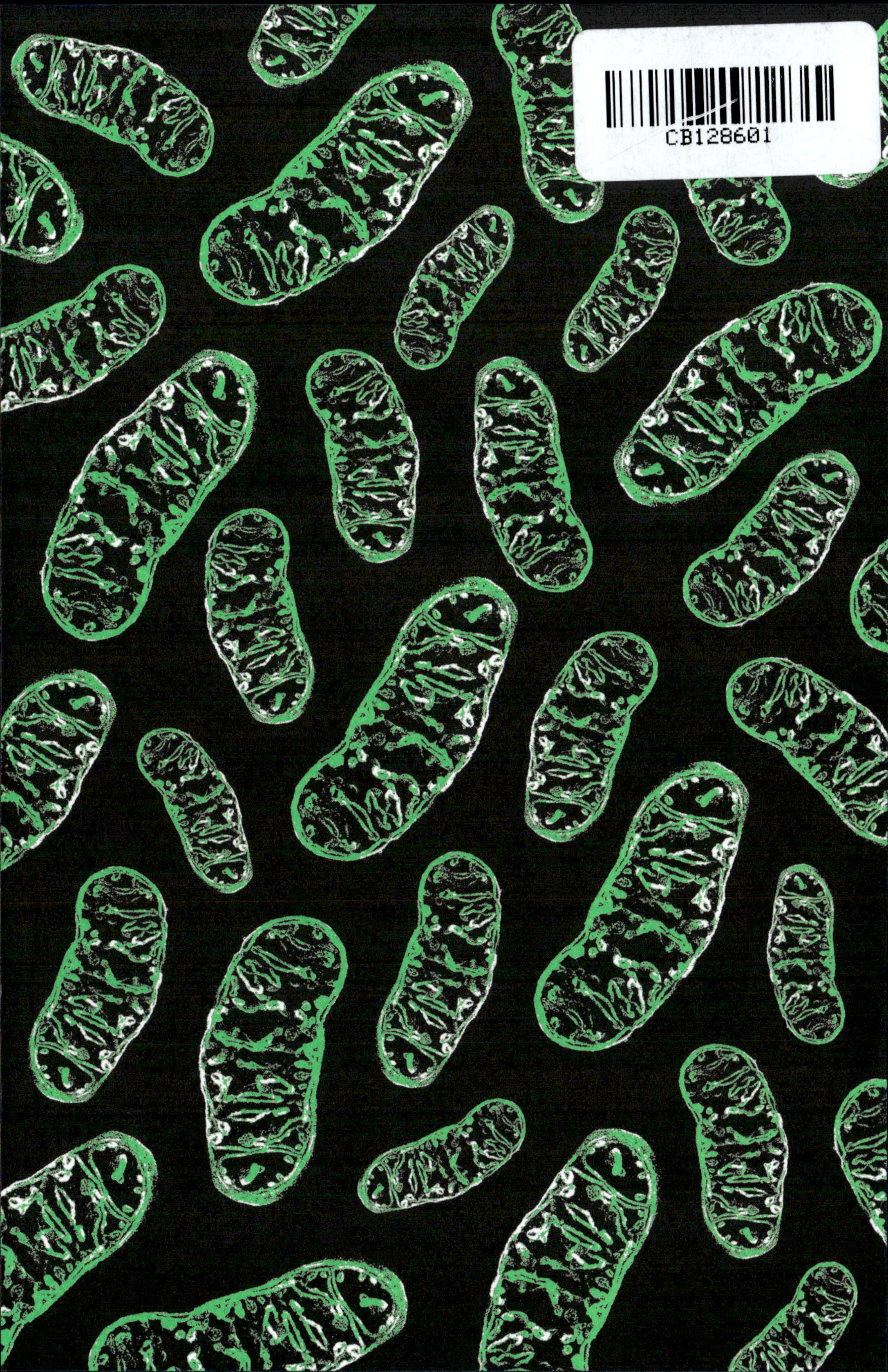

PARA
EV

パラサイト・イヴ

CRIME SCENE®
FICTION

Diretor Editorial
Christiano Menezes

Diretor de Novos Negócios
Chico de Assis

Diretor de Planejamento
Marcel Souto Maior

Diretor Comercial
Gilberto Capelo

Diretora de Estratégia Editorial
Raquel Moritz

Gerente de Marca
Arthur Moraes

Gerente Editorial
Bruno Dorigatti

Editor Assistente
Luiz Claudio Bodanese

Capa e Projeto Gráfico
Retina 78

Coordenador de Diagramação
Sergio Chaves

Designer Assistente
Jefferson Cortinove

Preparação
Jéssica Ilha da Silva

Revisão
Carlos Henrique Rutz
Rodrigo Lima

Finalização
Roberto Geronimo

Marketing Estratégico
Ag. Mandíbula

Impressão e Acabamento
Ipsis Gráfica

DADOS INTERNACIONAIS DE CATALOGAÇÃO NA PUBLICAÇÃO (CIP)
Jéssica de Oliveira Molinari - CRB-8/9852

Sena, Hideaki
Parasite Eve / Hideaki Sena ; tradução de Ayumi Anraku. — Rio de Janeiro : DarkSide Books, 2025.
320 p.

ISBN:978-65-5598-533-7
Título original: Parasite Eve

1. Ficção japonesa 2. Suspense 3. Ficção científica
I. Título II. Anraku, Ayumi

25-0744 CDD 895.6

Índice para catálogo sistemático:
1. Ficção japonesa

[2025]

DarkSide® *Entretenimento LTDA.*
Rua General Roca, 935/504 — Tijuca
20521-071 — Rio de Janeiro — RJ — Brasil
www.darksidebooks.com

パラサイト・イヴ

HIDEAKI SENA

PARASITE EVE

Tradução
Ayumi Anraku

DARKSIDE

SUMÁRIO

PRÓLOGO

PARASITE EVE

A paisagem à frente havia desaparecido de súbito.

Kiyomi Nagashima não sabia o que havia acontecido. Tudo havia sumido. Até um segundo atrás, ela estava vendo a paisagem urbana de uma manhã normal através do para-brisa. Era o caminho que havia percorrido dezenas, centenas de vezes. A rua tinha um leve declive e fazia uma curva suave para a direita. Havia acabado de avistar o semáforo no final da curva ficar amarelo.

Kiyomi experimentou piscar os olhos. Entretanto, sua visão não voltou. Ela forçou suas pálpebras para que fechassem e, em seguida, abriu bem os olhos. Continuava a não enxergar nada. O Bluebird branco que estava à sua frente, os faróis do ônibus parado no ponto, o grupo de colegiais andando com pressa na calçada, tudo, tudo que estava em seu campo de visão de modo inequívoco até há pouco havia desaparecido. Kiyomi ficou aflita e voltou os olhos um pouco mais para baixo para ver o volante nas suas mãos. Então, estarreceu-se. O volante não estava lá. Na realidade, não conseguia nem ao menos identificar onde estavam as suas mãos. Nem seu busto que deveria estar preso pelo cinto de segurança, nem o seu pé direito que deveria estar pisando levemente o acelerador estavam nos respectivos lugares. Só havia uma vasta escuridão, de imensidão tal que não se via onde acabava.

Era possível sentir que o seu entorno se movia vagarosamente. Ela estava flutuando num líquido viscoso e morno. Kiyomi estava nua. Suas roupas haviam desaparecido em algum momento.

É aquele sonho, Kiyomi percebeu.

É aquele sonho que ela sempre tem na véspera de Natal. Kiyomi já tivera diversas vezes esse sonho sem começo, meio ou fim, no qual simplesmente sentia seu corpo se contorcer em meio à escuridão. Era esse sonho. Ela havia entrado nesse sonho, agora. Mas Kiyomi não sabia por que isso havia acontecido naquele momento. Ela sempre tinha aquele sonho periodicamente, com a regularidade como a do movimento das estrelas. Nunca havia acontecido de sonhar aquilo sem ser na véspera de Natal, muito menos entrar nele enquanto estava acordada. Isso era algo sem precedentes.

Ela sentia que seu corpo passava por grandes mudanças. Não sentia mais os braços e as pernas. Talvez tivessem mesmo sumido. Tinha a impressão de que seu corpo era como o de um anelídeo, fino e comprido, sem pés, tronco ou cintura. Kiyomi encolhia e estendia o corpo para avançar suavemente pela escuridão viscosa.

"Onde será que estou?" Kiyomi repetiu o questionamento que já havia feito diversas vezes. Parecia que seu corpo conhecia aquele lugar. Porém, ela mesma não conseguia se lembrar de maneira alguma. Em algum momento no passado, Kiyomi certamente já esteve assim em algum lugar. Havia movimentado o corpo deste modo para nadar em meio à escuridão, sem saber de nada. Não sabia se isso havia sido ontem, há alguns anos, ou num passado longínquo. Na realidade, não sabia nem se o tempo estava passando enquanto estava naquele ambiente escuro.

De repente, Kiyomi percebeu que seu corpo sofria mais mudanças. Algo minúsculo no seu âmago estava lentamente se dividindo em dois. Junto a isso, seu corpo todo se constringia bem devagar pelo centro. As pontas do corpo fluíam suavemente para sentidos opostos.

Estou prestes a me dividir em duas. Kiyomi podia sentir.

Havia paz. O tempo passava de forma infinitamente vagarosa.

Onde ela estava, quando era e quem ela era — nenhuma dessas questões ínfimas importava agora. Ela só queria ficar ali, nadando no meio daquela escuridão. O corpo estava se dividindo. Ele se separava lentamente em duas partes, cada qual afastando-se uma da outra. Não sentia dor. A ausência de sensações era quase agradável. Havia uma quietude total. Não há nada que cause distúrbios. O corpo vai se dividindo naturalmente. Era calmo. Tudo era absolutamente calmo.

Kiyomi deixou que seus nervos relaxassem, entregando seu corpo àquele fluxo.

Assim como a sua visão havia se apagado inesperadamente, ela voltou sem qualquer prenúncio. Ela viu suas duas mãos segurando o volante. Kiyomi piscou os olhos e os voltou para frente.

Havia um poste imponente à sua frente.

PARASITE EVE

PRIMEIRA PARTE

DESENVOLVIMENTO

PARASITE EVE

1

Até o telefone tocar, aquela manhã era o começo de um dia tranquilo, como qualquer outro, para Toshiaki Nagashima.

Nesse dia, Toshiaki parou o carro no estacionamento da faculdade de Farmácia às 8h20. Cerca de 60% das vagas ainda estavam desocupadas. Ele desce do carro com a maleta na mão e tranca o carro. Ele olhou para o prédio da faculdade despropositadamente. O céu nublado fazia o prédio de seis pavimentos parecer sem cor.

Toshiaki pegou suas sandálias da sapateira instalada na lateral do saguão de entrada, trocou os calçados e pegou o elevador para ir ao quarto andar. O corredor se estendia para ambos os lados, e no final dele, à direita, ficavam as salas do programa de farmacologia biodinâmica, no qual Toshiaki trabalha. Aparentemente, a maioria dos estudantes e professores não havia chegado ainda, e não se ouvia ruídos. Entretanto, isso era usual. As atividades deste curso começavam tarde. Em alguns dos cursos de química orgânica, todos os professores e estudantes comparecem antes das 8h e começam os seminários. Mas no curso de Toshiaki não era de costume fazer exigências em relação ao horário de comparecimento dos estudantes. O importante era fazer experimentos e coletar dados. Toshiaki procurava comparecer até as 8h30 por conta do cargo de assistente, mas isso foi uma coisa que ele mesmo definiu.

Ele abriu a porta do Laboratório II, onde ficava sua mesa, acendeu a luz e entrou. Deixa seus pertences no armário e coloca a maleta ao lado da estante de livros. Sobre sua mesa, havia dois pedidos de reagentes, provavelmente escritos por estudantes na noite anterior. Eram das enzimas de restrição[1] *Eco*RI e *Bam*HI. Toshiaki prendeu os dois pedidos com clipes e pendurou-os na parede ao lado da mesa.

Depois de conferir o planejamento de experimentos que havia feito no caderno na noite de ontem, Toshiaki começou os preparativos. Ele sai do laboratório e abre a porta da sala de cultura de células, situada ao lado oposto, à diagonal. Iluminada pela lâmpada germicida, a sala tinha um tom azul esbranquiçado. Ao entrar, ele muda a iluminação, acendendo a lâmpada fluorescente. Tira da incubadora dois frascos plásticos para cultura e coloca-os sob o microscópio.[2] Toshiaki observou as células através da lente e verificou que estavam saudáveis.

Toshiaki colocou as células de volta na incubadora. Em seguida tirou da autoclave os equipamentos para o experimento e os colocou na capela de fluxo laminar.[3]

Quando ele estava tirando os reagentes do refrigerador depois de voltar ao laboratório, chegou Sachiko Asakura, sua orientanda no segundo ano do mestrado.

"Bom dia!"

Asakura o cumprimentou com uma voz clara e cheia de energia. Toshiaki também lhe desejou bom dia.

Asakura vestia um suéter branco fino e jeans. Seu longo cabelo estava preso. Ela tirou o suéter e vestiu o jaleco.

Ela era alta para uma mulher, tinha quase 1,75 metro. Era só um pouco mais baixa do que Toshiaki. Ao passar ao lado dele, Asakura sorriu brevemente e fez uma leve reverência. O jaleco dava elegância à sua estatura. Era agradável vê-la conduzir os experimentos com sua aparência vistosa.

Toshiaki saiu do laboratório, avisando que estaria na sala de cultura.

Ele tirou os frascos de cultura novamente após preparar o interior da capela de fluxo laminar e começou a trabalhar. A célula é relativamente famosa, chamada NIH3T3.[4] Nas células de um dos dois frascos, havia sido introduzido um gene de receptor retinoide.[5] Dois dias antes, Toshiaki havia colocado as respectivas células em novos frascos para proliferação, e no dia anterior, adicionou um indutor de enzima de β-oxidação na cultura. Neste dia, deveria obter as frações mitocondriais daqueles dois tipos de células. Toshiaki previa que as enzimas de β-oxidação[6] teriam aumentado na cultura em que introduziu o gene de receptor.

Foi bem quando ele começou a manusear os materiais que o telefone tocou.

Ouviu-se o toque do telefone vindo do laboratório. Toshiaki não interrompeu seu trabalho. Provavelmente, Asakura ainda estava lá. Ele achou que ela atenderia. Depois de três toques, parecia que Asakura havia atendido à chamada, e o silêncio voltou a reinar por alguns segundos. Em seguida, ressoou o ruído de passos apressados. Toshiaki ficou imaginando o que havia acontecido, enquanto coletava a solução com uma pipeta. Sem saber o porquê Toshiaki olhou para o relógio na parede. Os ponteiros marcavam 9h em ponto.

A porta da sala de cultura foi aberta com alarde.

"Professor Nagashima, é para o senhor."

Ao olhar para frente, ele enxergou o rosto de Asakura pelo vão da porta. O canto da boca da estudante tremia sutilmente.

"É do hospital. Di… disseram que a sua esposa sofreu um acidente…"

"Como é?"

Toshiaki se levantou.

2

As ruas em volta do hospital universitário estavam extremamente congestionadas. A fila de carros dos pacientes de ambulatório que tentavam entrar no estacionamento do hospital estava chegando até a rua, causando o congestionamento. Toshiaki não conseguiu controlar sua irritação e buzinou diversas vezes.

A pessoa que ligou foi um funcionário do setor de emergências. Kiyomi estava de carro. Por algum motivo, ela seguiu reto na curva da descida e bateu em um poste. Talvez porque ela não tivesse pisado no freio, o carro havia sofrido perda total. Disse que ela bateu a testa com força. Ao perguntar sobre o local do acidente, soube que era uma via arterial que ele também utiliza com frequência. É uma rua na qual se tende a dirigir com maior velocidade, mas não aparenta oferecer riscos. Ele não sabia por que aquilo havia acontecido.

"Droga!"

Praguejando, Toshiaki virou o volante. Corta para a faixa ao lado e faz o retorno. Ele ouviu buzinas guinchando por todos os lados, mas não tinha tempo para se preocupar com isso. Vai até a entrada dos fundos do hospital e enfia o carro numa das vagas para funcionários. Entrou no prédio pelo acesso de carga e descarga. Abordou uma enfermeira que estava passando e perguntou onde era o setor de emergências.

Toshiaki correu. O corredor central pareceu sem fim. O sapato de couro bate no assoalho de linóleo e produz um som estridente. Sem se dar conta, Toshiaki estava murmurando o nome de Kiyomi repetidamente. Ao virar o corredor para a direita, ele quase esbarrou numa idosa. Esquivando-se dela por pouco, ele continuou a correr com a postura retorcida. Não dava para acreditar. Deveria ser algum engano. Kiyomi sorria como sempre naquela manhã. Toshiaki se lembrou do desjejum daquele dia. Tinha sido omelete e salmão grelhado. Havia algas *wakame* e tofu na sopa de missô. "Que desjejum foi aquele?", pensou Toshiaki. Era tão usual. Ela havia preparado aqueles pratos porque acreditava que essa mesma vida continuaria no dia seguinte, e depois, para sempre. Era repentino demais. Como aquilo era possível? Ele havia saído de casa com Kiyomi naquela manhã. Ela disse que iria aos correios e entrou no carro compacto. Era um carro seminovo comprado há meio ano apenas, porque ela precisava para fazer compras. O carro era vermelho, cor que combinava com Kiyomi, que gostava de coisas fofas.

"O senhor é um familiar da sra. Kiyomi Nagashima?"

Ele estava sem ar quando chegou no setor. Uma enfermeira com mais idade veio correndo até ele e observou o rosto de Toshiaki, que estava ofegante. Ele engoliu seco antes de dizer que sim.

"A sra. Kiyomi está em estado grave." A enfermeira explicou a situação. "Parece que ela bateu a cabeça muito forte no acidente de trânsito. Quando chegou aqui, já havia uma grande hemorragia cerebral e ela não estava mais respirando."

Toshiaki sentou-se no sofá do corredor que foi indicado pela enfermeira. Ele não conseguia acreditar na notícia que ela deu de forma tão súbita, e fitou o rosto dela, desorientado.

"Ela ainda tem chances...?"

"Ela está recebendo tratamento na sala de cirurgia de emergências agora. Mas seu estado é bastante grave... Eu recomendo chamar os familiares."

Toshiaki grunhiu.

Os pais de Kiyomi chegaram logo. O pai de Kiyomi tinha uma clínica cirúrgica num bairro residencial antigo e tinha uma casa logo ao lado. Não ficava a mais de cinco quilômetros daquele hospital universitário.

Eles estavam completamente pálidos. O pai perguntou sobre o estado da filha a Toshiaki e, ao saber que ela corria risco de perder a vida, ele fechou os olhos, como que para segurar as emoções que afloravam, e então se afundou no sofá. A mãe, por sua vez, ficou completamente descontrolada, gritando com Toshiaki e as enfermeiras ao redor enquanto cobria o rosto com um lenço. Toshiaki observava a sogra agir dessa forma, abstraído. Era inesperado que a mãe de Kiyomi se comportasse de maneira tão vergonhosa. Toshiaki finalmente percebeu que os pais de Kiyomi também tinham um lado humano. Eles apreciam momentos agradáveis e tranquilos em família enquanto sorviam chá preto sorrindo, vestindo roupas finas e rodeados por móveis luxuosos. Essa era a única impressão que Toshiaki tinha tido da primeira vez que foi convidado para a casa de Kiyomi. O pai era bondoso e transmitia segurança, a mãe era quieta, mas nunca deixava de sorrir. Parece até um comercial de margarina, pensou. Todavia, não se podia remeter à habitual imagem serena deles observando os dois que estavam diante de si naquele momento. Eles estavam com as emoções à flor da pele.

"Fique calma."

Seu sogro chamou a esposa pelo nome tentando acalmá-la, mas a voz dele estava trêmula. A sogra se sobressaltou e virou-se, arregalando os olhos. Então, deu um forte soluço e desmoronou, escorando-se no corpo do marido.

Já passava da hora do almoço, mas Toshiaki não tinha vontade de comer coisa alguma. Eles foram para a sala de espera, como recomendado pela enfermeira. Ficaram sentados a observar o relógio na parede, sem conseguir pensar em nada. De tempos em tempos, a enfermeira vinha informar o estado de Kiyomi. Ela havia recuperado a respiração após receber massagem cardíaca, mas sua capacidade de respirar espontaneamente havia caído significativamente e ela estava conectada a um ventilador pulmonar. Foram realizadas algumas tomografias computadorizadas e após isso, aparentemente, havia sido transferida para a unidade de tratamento intensivo.

O médico apareceu diante deles trinta minutos depois. Automaticamente, eles se levantaram do sofá.

Era um homem de óculos, um tanto magro. Era jovem. Deveria ter acabado de completar seus trinta anos. Contudo, sua expressão era firme e tinha um olhar gentil, e causou uma boa impressão em Toshiaki. O médico se apresentou pelo nome, dizendo que era neurocirurgião. Ele não hesitou em voltar o rosto aos familiares, explicando sobre o estado de Kiyomi de forma clara, sem deixar de perder o tom cordial.

"A sra. Kiyomi estava com uma hemorragia grave no cérebro. Realizamos a ressuscitação cardiopulmonar e a neurocirurgia assim que ela chegou aqui, mas agora ela está respirando com a ajuda de ventilador pulmonar. Não conseguia mais respirar espontaneamente. Continuaremos a dar todo o tratamento possível, como fazendo a administração de cardiotônicos, mas ela atualmente está em estado de coma profundo. Lamento dizer, mas tenho de informar que o quadro da sra. Kiyomi está caminhando para morte encefálica."

A mãe de Kiyomi deixou escapar um "Ah!" e olhou para o chão.

Toshiaki não sabia como reagir. Termos como ventilador, coma profundo e morte encefálica rodopiavam dentro de sua cabeça. Ele não conseguia acreditar que essas palavras fossem usadas para descrever Kiyomi.

Nesse momento, Toshiaki sentiu um calor repentino.

Espantado, ele levantou a cabeça. Seu corpo estava quente como se fosse entrar em combustão. Não era a temperatura externa que havia aumentado. Parecia que algo incandescia dentro dele. Era essa a sensação. A temperatura subia de maneira acelerada. Toshiaki olhou ao redor, sem entender o que acontecia. Entretanto, sua visão ficou avermelhada e logo não enxergava mais nada.

Toshiaki abriu a boca para gritar, mas tudo o que saía da sua boca era a sua respiração áspera. O fundo da sua garganta evaporava. A ponta do seu dedo parecia estar prestes a se incendiar. Vou pegar fogo, pensou Toshiaki. Se continuar assim, eu vou pegar fogo.

"...O que vai acontecer com Kiyomi?"

O calor subitamente se dissipou. Sua sogra estava perguntando ao médico.

"No momento, estamos monitorando as ondas cerebrais, a pressão arterial e a frequência cardíaca dela. Faremos exames de tomografia computadorizada também, pois as células nervosas começam a morrer se o fluxo sanguíneo não chega ao cérebro. Faremos o diagnóstico de morte encefálica com base nos resultados desses exames..."

Ele ouviu o médico respondendo ao longe. Toshiaki piscou os olhos repetidamente. Ele enxergou uma de suas mãos. Era sua mão esquerda. Ele experimentou abrir e fechar a mão. Pôde ver o movimento dos dedos nitidamente. Não estavam pegando fogo.

Quando deu por si, o pai de Kiyomi estava ao seu lado falando com o médico. A mãe dela está ao lado do pai, como para apoiar-se nele. Da boca do médico, saía a informação de que no fim da tarde Kiyomi poderia passar pelos primeiros exames para diagnóstico de morte encefálica.

Toshiaki sentou-se no sofá, sem força. A sensação deixada pela alucinação que acabara de ter ainda perdurava. Sentia uma dor aguda na região das têmporas.

"O senhor está bem?", pergunta o médico. Toshiaki se esquivou dele gesticulando de forma rude.

Kiyomi vai morrer.

Parecia mentira. Tudo parecia ser um acontecimento de um mundo distante. Todo o seu corpo ainda estava aquecido. "O que foi aquilo?", pensou Toshiaki, enquanto sua cabeça latejava. "O que tinha sido aquele calor?"

3

O trio foi chamado para entrar na UTI às 18h.

Deram a eles toucas e batas cirúrgicas estéreis verdes para entrarem no quarto, além de máscaras de tripla camada. Eles lavam as mãos e os pés com desinfetante. Para Toshiaki, aquilo não era totalmente fora da rotina. Em laboratórios de testes em animais, era-lhe costumeiro entrar com esse traje em ocasiões como as de experimentos em camundongos nude,[7] quando são necessárias medidas de proteção contra infecções. Mas ele não imaginava que teria de se vestir daquela forma dentro de um hospital. A bata cirúrgica caía bem no pai de Kiyomi, talvez por conta da sua profissão de cirurgião. A mãe realmente não estava acostumada com aquilo, e se mostrava incomodada com a textura áspera do algodão.

O quarto era maior do que o esperado. Há diversas camas hospitalares rentes à parede, e a cada duas delas, uma tem equipamentos para transfusão de sangue e soro. Havia também dois monitores pequenos perto da parede, com vários tubos saindo deles. Porém, a maioria dos leitos não estava em uso e o quarto estava quase vazio.

Kiyomi estava no segundo leito a partir da porta.

Havia um tubo introduzido no nariz dela. Toshiaki olhou para o local de onde vinha o tubo. Ele seguia para um objeto parecido com um balde pequeno, e depois continuava até uma máquina branca. Havia ali alguns botões giratórios, e o ponteiro do medidor se movimentava para direita e para esquerda com certo intervalo. Não era uma máquina grande. Todas as vezes que o ponteiro se move, faz um barulho de ar. O médico explicou que aquilo era o ventilador mecânico. No monitor perto da parede, uma linha era exibida; provavelmente era a eletroencefalografia.

Eles cercaram o corpo de Kiyomi e a observaram.

O cabelo dela fora raspado e a cabeça estava enfaixada. Entretanto, como ela estava coberta por lençol do peito para baixo, nenhum outro ferimento chamava-lhe a atenção. Exceto pelo ferimento na cabeça, ela parecia completamente normal.

Após saírem do quarto, eles foram para a sala dos médicos, guiados pelo médico. Ele indicou cadeiras para que se sentassem e depois se acomodou atrás de sua mesa. O médico posicionou as imagens da tomografia computadorizada no negatoscópio e começou a explicar sobre morte encefálica enquanto mostrava o resultado do eletroencefalograma. Ele disse que a definição de morte encefálica era "a perda irreversível de todas as funções cerebrais, inclusive do tronco cerebral", e que o chamado estado vegetativo difere da morte encefálica porque no primeiro caso o tronco cerebral ainda continua ativo. Também disse que foram realizados exames para diagnóstico de morte encefálica de acordo com as diretrizes definidas pelo Ministério da Saúde, e que, naquele hospital, eram realizados exames de audiometria de tronco cerebral e de fluxo sanguíneo cerebral por meio de tomografia computadorizada de acordo com a necessidade.

"Este é o resultado do primeiro teste do protocolo de diagnóstico de morte encefálica, realizado às 17h."

O médico mostrou uma folha de papel para eles. Havia uma lista de itens como pupilas fixas, reflexos do tronco encefálico e teste da apneia, com os respectivos resultados. O médico explicou cada um deles. Destacou que o eletroencefalograma de Kiyomi não apresentou alterações ao receber estímulos e que ela já não tinha mais capacidade de respirar sozinha. Se o ventilador mecânico fosse desligado, sua respiração pararia, bem como o coração, e a temperatura do corpo cairia gradualmente. A metade direita da tabela no papel estava em branco. Ela seria preenchida após o segundo teste do protocolo que seria realizado no dia seguinte.

"O diagnóstico é realizado fazendo esses dois testes. Devemos dar um intervalo de seis horas ou mais entre o primeiro e o segundo teste para ter um resultado efetivo."

Toshiaki ouvia as explicações do médico num estado abstraído. A imagem de Kiyomi com os olhos fechados e expressão tranquila continuava em sua mente.

"Manteremos o ventilador mecânico da sra. Kiyomi ligado. Deixo a decisão de quando desligar o ventilador mecânico a vocês, familiares... Até lá, faremos tudo o que for possível pela sra. Kiyomi. Administraremos nutrientes por meio do soro e moveremos o corpo dela periodicamente para que não fique com úlceras de decúbito. Entretanto, fiquem cientes de que a sra. Kiyomi já não está mais conosco, mesmo que esteja respirando..."

Naquela noite, Toshiaki permaneceu no hospital sem pregar os olhos.

Eles entraram na UTI e ficaram observando o rosto de Kiyomi, sentados junto ao leito. O pai dela estava recuperando a calma, mas a mãe parecia não estar entendendo nada, e de tempos em tempos explicitava seus sentimentos deixando os soluços escaparem. Por fim, sucumbiu, com uma grande olheira estampada no rosto.

"Vamos voltar para casa por ora", comunicou o sogro, ao ver que sua esposa havia atingido o limite da exaustão, e deixou o hospital levando-a nos braços.

Por volta das 22h, a enfermeira entrou e limpou o corpo de Kiyomi com uma toalha quente. Era uma enfermeira de estatura pequena e de aparência meiga. Deveria ter seus vinte e poucos anos. Toshiaki se emocionou por essa moça jovem estar cuidando de Kiyomi com dedicação.

Ele sentiu o calor da pele de Kiyomi enquanto ajudava a enfermeira. As costas de sua esposa estavam levemente suadas. Sua boca tinha saliva acumulada. A pele ainda tinha tonicidade e as bochechas estavam levemente coradas, como se ela estivesse com um pouco de calor. Toshiaki nunca havia visto pessoas em estado vegetativo, mas não conseguiria diferenciar o estado atual de Kiyomi do delas, à primeira vista.

"Fale com a sua esposa," disse a enfermeira, sorrindo, enquanto limpava as excreções de Kiyomi. "Ela certamente vai ficar feliz."

Acreditando nessas palavras, Toshiaki continuou dirigindo as palavras à Kiyomi a noite toda, segurando sua mão. Falou sem cessar das coisas que viu e ouviu naquele dia, das lembranças dos dois, de quanto gostava dela. Ele sentia o calor de Kiyomi em suas mãos. O peito dela subia e descia com constância, respirando em silêncio. O som do ar saindo do ventilador mecânico não deixou de ressoar pela UTI em nenhum momento.

Toshiaki foi para a faculdade de Farmácia de manhã cedo. Ele queria ficar sozinho. Passou de carro pelas ruas nas quais quase não havia pessoas naquele horário da manhã e foi em direção à faculdade de Farmácia, localizado no alto de uma colina. O prédio da faculdade estava coberto por uma fina névoa. Toshiaki entrou no prédio respirando o ar úmido e seguiu para seu laboratório.

Obviamente, não havia ninguém no laboratório. Toshiaki sentou-se à sua mesa, escorou-se no encosto da cadeira e soltou um longo suspiro. Ao olhar para fora, avistou a paisagem urbana esbranquiçada ao longe.

O rosto de Kiyomi na UTI veio à sua mente.

Ele já havia presenciado a morte de parentes algumas vezes. Eles haviam morrido de doença ou velhice. A pele deles havia perdido cor e vivacidade e ficado flácida. Seus corpos haviam ficado gelados e rígidos e não transmitiam energia vital. Era fácil aceitar que eles haviam morrido. Mas o estado de Kiyomi no leito da UTI diferia drasticamente da imagem de morte que Toshiaki tinha até então.

Será que Kiyomi havia mesmo morrido?

O conceito científico de morte encefálica e o calor de Kiyomi que ficara em suas mãos colidiam-se na cabeça de Toshiaki, e o conflito causava-lhe inquietação.

Toshiaki já havia visto notícias sobre morte encefálica em jornais e na TV, e tinha um conhecimento superficial desse assunto por meio da leitura de revistas especializadas e livros introdutórios para médicos. Até aquele momento, ele era relativamente favorável ao conceito. Acreditava que algumas das críticas contra morte encefálica eram influenciadas por um sentimentalismo nada científico. Ele até questionava a hesitação em extrair órgãos de pacientes em morte encefálica, se existem pessoas que dependem da doação de órgãos.

Porém, ele já não tinha mais certeza.

Ao imaginar os órgãos de Kiyomi sendo extraídos enquanto o coração dela ainda continuava a bater, Toshiaki mordeu os lábios. Apesar de ele dissecar ratos de laboratório e camundongos numa frequência quase diária, não conseguia lidar com aquela imagem em específico. Não, era justamente por sua vivência estar em meio-termo, ou seja, estar acostumado com testes em animais, mas nunca ter feito dissecação de corpos humanos, é que ele acabava imaginando coisas negativas. A imagem de um rato com a barriga aberta sob efeito de anestesia se sobrepôs ao corpo nu de Kiyomi. Ele visualizava o fígado e o rim do rato dentro do abdome de Kiyomi.

Rim.

Toshiaki cerrou os olhos.

Kiyomi havia se cadastrado como doadora no banco de rins. Ela manifestou interesse repentino em fazer o cadastro no final do ano passado. Toshiaki se lembra claramente da cena daquela manhã.

Transplantes devem ser incentivados. Isso era o que ele pensava racionalmente. Seria ótimo se os rins de Kiyomi puderem ser úteis para alguém. Mas seu coração não conseguia acompanhar a ideia de os rins serem removidos de Kiyomi, cuja pele ainda emitia calor e cujo coração ainda batia com força. Não havia, de maneira absoluta, a sensação de que ela havia morrido. Sentia que Kiyomi ainda não tinha morrido e que certamente havia alguma forma de mantê-la viva.

Ao abrir os olhos, a neblina do outro lado da janela já havia se dissipado e a cidade brilhava ofuscante sob o sol da manhã. Ouviu-se o crocitar dos corvos vindo de algum lugar. O dia estava começando. Provavelmente, será um dia ordinário para a maioria das pessoas. Também teria sido um dia como outro qualquer para Toshiaki, se Kiyomi não tivesse sofrido o acidente.

Toshiaki saiu do laboratório e foi para a sala de cultura. Ele queria se mexer um pouco. Queria verificar o estado das células antes de voltar ao hospital. Pensou em fazer a passagem caso houvesse células em estado estacionário.

Ele olhou através do microscópio e verificou os frascos de cultura que utilizava. Não havia nenhum que necessitasse de ações urgentes. Sem pensar em nada, Toshiaki ficou a observar os hibridomas[8] e células cancerosas.

Então, subitamente, ele teve uma ideia.

Toshiaki afastou o rosto do microscópio e olhou para o líquido vermelho do meio de cultura[9] no frasco. Sua emoção escapou pela garganta.

"Ah, Kiyomi!"

A batida do seu coração foi se acelerando. Ao se levantar, a cadeira caiu para trás fazendo um barulho alto. A ideia ganhava asas rapidamente dentro de sua mente. Embora desse passos incertos para se afastar, Toshiaki não conseguia tirar os olhos do frasco que estava sobre a mesa.

Pode ser que o corpo de Kiyomi já estivesse em morte encefálica. Entretanto, ele poderia fazê-la continuar viver com suas próprias mãos. Nem *tudo* de Kiyomi estava morto. Toshiaki cerrou os punhos olhando fixamente para o frasco e soltou um berro ao mesmo tempo em que dava um soco no ar.

O caminho até o hospital parecia mais longo. Toshiaki pisava fundo no acelerador e trocava de marcha bruscamente enquanto repetia o nome de Kiyomi. Havia algumas coisas que precisava fazer. Conseguir o consentimento dos pais para doar o rim dela, entrar em contato com o assistente do Setor de Cirurgias I, com quem havia feito uma parceria de pesquisa no passado, e obter o consentimento do médico. Não deveria ser tão difícil. Kiyomi ainda está viva. Só de saber disso, ele sentia que estava prestes a chorar.

Kiyomi, vamos ficar juntos para sempre! Toshiaki exclamava por dentro.

4

Toshiaki e o sogro observavam a realização do segundo teste do protocolo de diagnóstico de morte encefálica. O médico responsável que haviam encontrado ontem conduzia o procedimento ao lado de um outro médico. Toshiaki ficou imaginando que tipo de exames complexos seriam feitos, mas na prática eles só verificavam se havia reação quando tocavam sons através do fone de ouvido ou ao dar estímulos à pele. A eletroencefalografia de Kiyomi continuava sem mudanças. O médico responsável preenchia a tabela de diagnóstico observando a tela. "Não é um exame muito científico", pensou Toshiaki.

Todos os resultados foram negativos, assim como na vez anterior. O médico responsável mostrou a tabela de diagnóstico a eles assim que o teste terminou e olhou para eles como se buscasse consentimento. Toshiaki lançou o olhar sobre os resultados na tabela e em seguida sobre o rosto de Kiyomi, então assentiu e devolveu o papel para o médico. Este pegou o papel, assinou e carimbou num campo em branco na parte de cima da tabela.

"Diagnosticamos que a sra. Kiyomi teve morte encefálica."

"Sim", respondeu Toshiaki, de forma impressionantemente seca até para si mesmo, pensando que não havia outra forma de responder a isso.

"Vamos para a sala dos médicos."

O médico responsável indicou o caminho.

Uma mulher os esperava na sala. Quando ela os viu, levantou-se e fez uma reverência. Toshiaki acenou de leve com a cabeça.

"Ela é Azusa Oda, coordenadora de transplantes", apresentou o médico responsável. "Como vocês mencionaram a doação do rim da sra. Kiyomi, pedi para ela vir."

Após ser apresentada pelo médico, a mulher entregou-lhes um cartão. Provavelmente era mais nova do que Toshiaki, e essa mulher de traje formal tinha ares de ser uma mulher bem-sucedida, focada na carreira. Mas o traço suave das maçãs de seu rosto, quase em desequilíbrio com os olhos de aparência intelectual, ajudavam-na a parecer simpática. Suas expressões denotavam dedicação e intelectualidade. A mulher fez uma reverência novamente, desta vez breve, e disse: "Muito prazer".

Eles se sentaram no sofá de frente para a mulher.

"O trabalho de coordenador é algo ainda recente no Japão."

Assim disse Oda, e então começou a explicar sobre seu trabalho. O procedimento de transplante só se torna possível quando há, além do paciente receptor do órgão, o doador de órgãos. E exceto em casos de transplante com doadores vivos, o doador é um paciente com morte encefálica ou morte cardíaca que recebeu cuidados do serviço de emergência médica. A princípio, os médicos da emergência devem se dedicar à medicina de emergência e não é desejável que eles tratem a questão de cirurgias de transplante por iniciativa própria. Por outro lado, se um médico responsável por transplante abordar os familiares de um paciente em morte encefálica para sugerir a doação de órgãos, isso só causaria mal-estar. Portanto, é necessário alguém que faça a ponte entre o médico da emergência e o do transplante, possibilitando que o procedimento seja realizado sem percalços. Essa pessoa é o coordenador de transplantes. O seu trabalho é diverso e envolve tarefas minuciosas, que vão desde acertar a agenda com os médicos até o cuidado com os familiares do falecido.

"A doação dos rins da sra. Kiyomi vai beneficiar dois pacientes que fazem diálise. A insuficiência renal crônica ocorre também em crianças, mas infelizmente não há cura, e a única maneira de filtrar o que se acumula no corpo é a diálise. Porém, esse tratamento ocupa muito tempo do paciente e fica difícil levar uma vida social normal, além de ter restrições alimentares severas. Com o transplante do rim, esses pacientes poderão vir a fazer refeições e viajar livremente. Os rins da sra. Kiyomi não serão desperdiçados."

Após ouvir essa explicação zelosa da coordenadora e verificar o cronograma até a remoção dos órgãos, Toshiaki disse:

"Entendi muito bem que os rins de Kiyomi serão úteis para esses pacientes. Queremos doar os rins dela. Ela havia se cadastrado voluntariamente no banco de rins, então acho que isso estará de acordo com a vontade dela. Ficaremos felizes em respeitar isso. Mas gostaríamos de doar somente os rins. Como não sabemos a opinião dela em relação aos outros órgãos, receio que não seja uma boa ideia tirá-los assim, sem mais nem menos."

Toshiaki achou que sua fala havia sido um tanto teatral. Depois de dizer essas palavras, ele olhou para o rosto do sogro, que estava sentado ao seu lado. O sogro fechou os olhos e meneou a cabeça.

"Ficamos muito felizes mesmo que sejam somente os rins. Muito obrigada", dizendo isso, a coordenadora Oda fez uma reverência demorada. "Eu também farei o possível para prestar toda assistência que precisarem."

Toshiaki foi preenchendo lentamente o documento entregue por Oda. Era o termo de consentimento de doação de órgãos. No centro do fino papel em tamanho A5, constavam os caracteres em horizontal:

> Autorizo, após a morte do(a) paciente acima mencionado(a), a doação do(s) seguinte(s) órgão(s) para transplante: (   ).

A frase era neutra e impessoal. Acima dessa frase, Toshiaki preencheu o nome, endereço, data de nascimento e sexo de Kiyomi nos campos correspondentes, e então escreveu as quatro letras de "rins" entre parênteses, colocando força em cada traço. Ele fez uma pequena pausa e, na parte abaixo dessa frase, preencheu como anuente a data, o nome dele, endereço e sua relação com a doadora, de uma só vez.

"Carimbe aqui, por favor."

O dedo branco e longo de Oda apontou para a palavra "carimbo" no final do documento.

Toshiaki tirou do bolso da calçao seu carimbo pessoal de assinatura. Prontamente, Oda tirou a tinta para carimbo da maleta e colocou-a na sua frente.

Ele carimbou devagar, colocando pressão. O carimbo de seu sobrenome, Nagashima, era tão vívido que chegava a parecer incompatível com o conteúdo do documento, dando até a impressão de ser indecente. Toshiaki desviou os olhos momentaneamente.

Será que isso está certo? A dúvida cruzou a mente dele. Com aquilo, estava decidido que os órgãos seriam retirados do corpo de Kiyomi, que ainda produzia calor. Ele estava prestes a tomar essa decisão tão importante por meio de um mero pedaço de papel. Será que não havia algo de errado?

Toshiaki sacudiu a cabeça. Por que hesitar agora? Se não fizesse aquilo, não teria como prolongar a vida de Kiyomi. Para continuar a viver com Kiyomi, tinha de agir daquela forma. Ela não precisa ter aquela aparência para ser Kiyomi. *Cada uma das células daquele corpo é Kiyomi.* E ela precisa ser propriedade dele. Ele deve falar sobre isso agora. Naquele momento, Toshiaki sentiu que seu corpo gerava calor. Era o mesmo calor que sentira quando o médico havia notificado a morte de Kiyomi. Ele sentiu a cabeça rodopiar.

No momento em que iria sair da sala, Toshiaki aproximou-se do médico responsável discretamente, de forma que o sogro não percebesse, e disse em voz baixa:

"Eu gostaria de fazer um pedido em relação à Kiyomi."

"O que seria?"

"Por favor, atenda ao meu pedido. Sem dizer aos pais de Kiyomi... em troca da doação dos rins dela."

"Em troca? Mas o que...?"

A pergunta do médico, que havia ficado com uma expressão confusa, foi inibida por Toshiaki. Segurando-o pelo ombro como que para se esconder, ele sussurrou devagar:

"Por favor me dê o fígado de Kiyomi... Quero fazer a cultura primária[10] do fígado dela."

5

Kunio Shinohara havia terminado seu expediente de plantão e voltado para o centro de estudos clínicos do Setor de Cirurgias I, no quarto andar do prédio de pesquisas clínicas. Desceu o elevador, virou para a direita e abriu a porta do centro de estudos clínicos. Atravessou o recinto vazio em direção à sua mesa, massageando o ombro. Ao olhar para o relógio digital sobre a mesa do laboratório em seu caminho, ele marcava 17h30.

Havia dois recados da secretária sobre sua mesa. Eles informavam que o material acadêmico que ele havia solicitado não tinha sido encontrado e que algum representante comercial de uma empresa farmacêutica havia estado ali.

Shinohara tirou a agenda do bolso no peito do jaleco e jogou sobre a mesa. Então, massageou os ombros novamente para aliviar a tensão. Fazer aqueles movimentos inconscientemente depois de sair do plantão tinha se tornado corriqueiro. Para começar, a distância do prédio do hospital até o centro de estudos clínicos é muito longa. Murmurou isso sozinho, e então olhou ao redor, um pouco envergonhado.

Não havia ninguém na sala, algo raro para aquele lugar. Normalmente, teria pelo menos um estudante fazendo experiências para a pesquisa. Talvez tivessem saído mais cedo para jantar hoje.

Ele preparou café instantâneo e se sentou com a xícara na mão. Abriu a agenda para escrever os compromissos quando o telefone da sala tocou. Não era o toque de chamadas de interfone. Era um toque eletrônico meio abafado, indicando que era uma chamada externa. Shinohara se levantou levando a xícara e andou até o telefone. Tomou um gole do café para então tirar o fone do gancho e dizer "Setor de Cirurgias I, boa tarde".

"...Sou da faculdade de Farmácia, me chamo..."

"Ah, é você, Nagashima."

Esboçando um sorriso, Shinohara fez uma rápida reverência ao interlocutor, ainda que ele não estivesse na sua frente.

Ele conhecia Toshiaki desde a época do seu doutorado, quando frequentava a seção de farmacologia biodinâmica, à qual Toshiaki era vinculado. Os estudantes de medicina não se tornam doutores em medicina somente se graduando e prestando o exame nacional da categoria. Deve-se permanecer por um determinando período no centro de estudos clínicos, fazer pesquisas e escrever uma tese. Após a defesa da tese, finalmente obtém-se o título de doutor. Com 29 anos na época, Shinohara estava fazendo de tudo para obter essa titulação. Ele mantinha culturas de células na faculdade de Farmácia, mesmo exausto com os plantões noturnos que os veteranos passavam para ele. O tema que lhe foi atribuído era a medição do produto oncogênico[11] gerado na canceração das células hepáticas. A pesquisa consistia nas seguintes etapas: extrair o fígado do rato para então colher suas células e iniciar a cultura primária. Nesse estágio, ainda são células hepáticas normais, mas nelas são injetadas substâncias carcinogênicas para acelerar a canceração. Ele monitorava algumas proteínas que surgem na superfície celular nesse processo e investigava qual era a relação entre a expressão proteica e o desenvolvimento do câncer. Era um tema comum, mas como o produto gênico monitorado por Shinohara consistia em proteínas que ainda não tinham sido muito pesquisadas, pôde fazer dele o tema de sua pesquisa. Quem desenvolveu anticorpos que reconheciam essas proteínas foi um professor assistente da seção de Toshiaki.

Toshiaki ainda era estudante de pós-graduação naquela época. Os genes cancerosos não tinham relação direta com a pesquisa de Toshiaki, mas ele realizava cultura primária das células hepáticas de ratos diariamente e era habilidoso nessa tarefa; por isso, Shinohara aprendeu muitas técnicas com ele. Foi Toshiaki que lhe ensinou coloração histológica e citometria de fluxo. Depois de dois anos fazendo a pesquisa, Shinohara voltou à faculdade de Medicina e pôde obter o título de doutor com muito custo no ano seguinte. A amizade com Toshiaki continua desde então, e ocasionalmente chamam um ao outro para beber. Tinham uma certa diferença de idade, mas chamavam um ao outro sem grandes formalidades.

Shinohara deu mais uma golada no café, mantendo o fone contra o ouvido. Ele deu um sorriso torto, pensando que era outro convite para sair para beber, mas logo percebeu que havia algo de errado com seu interlocutor. Ouvia-se um grunhido distorcido vindo do outro lado da linha. Shinohara franziu o cenho por um momento e, imaginando que a linha pudesse estar congestionada, apertou o botão do gancho algumas vezes. Entretanto, a sensação estranha não passou. Toshiaki não falava nada. Houve um longo silêncio. O vapor branco do café subia, formando uma espiral. Quando Shinohara não aguentou mais e abriu a boca para dizer algo, ouviu uma voz baixa vinda do fone:

"Kiyomi morreu."

Algo gelado correu pelas costas de Shinohara.

Sem querer, ele percorreu o recinto vazio com os olhos. A lâmpada fluorescente de repente começou a piscar. Mas isso parou logo, e voltou a iluminar as mesas e o piso. Cada um dos elétrons caía sobre o piso, acompanhado de um ruído seco, acumulando-se também sobre a sua cabeça. Essa imagem cruzou sua mente.

"...Como é?"

Até ele se surpreendeu com o alto volume de sua voz. Pôde ver duas gotas de sua saliva desenhando um arco enquanto caíam.

"Mas Kiyomi está viva."

"Ei..."

"Shinohara, por favor colha as células do fígado de Kiyomi para mim. Eu não posso fazer isso com ela porque não sou médico. Mas não há problema se for você, certo?"

"Kiyomi? Mas o que aconteceu com ela?"

"Vou aí agora. Você pode extrair o fígado de Kiyomi para mim, não pode?"

"Como assim? Onde você está agora?"

"Já chego aí."

A chamada foi encerrada.

Por um tempo, Shinohara ficou parado ali, segurando o fone, sem saber o que pensar. Não entendia o que havia acontecido. A única coisa que sabia era que a voz de Toshiaki Nagashima não estava normal.

Já chego. Lembrando-se dessas palavras de Toshiaki, Shinohara procurou-o com os olhos. Será que ele estava vindo ali? A ligação era externa. Onde será que Toshiaki estava?

Foi nesse instante. Ainda não havia se passado um minuto sequer desde que a ligação havia terminado. A porta logo atrás dele se abriu. Shinohara, em sobressalto, se virou.

Era Toshiaki, que estava ali parado com um sorriso contido.

6

Quando o telefone tocou, Mariko Anzai estava sentada à escrivaninha do seu quarto fazendo exercícios de matemática. Havia colocado uma fita cassete de uma cantora que gostava para tocar baixo como som de fundo. Tinha pedido para fazer cópia da fita a uma amiga de sua sala, do ginásio. O problema de geometria era mais difícil do que o esperado, mas matemática era uma matéria de que gostava, então não se cansava. Foi bem quando ela soube como traçar a linha auxiliar que o toque do telefone se fez ouvir.

"Já vai", disse, demonstrando irritação por ter que interromper o raciocínio. Mariko se levantou e saiu para o corredor.

Ao voltar os olhos para o relógio da parede, viu que ele indicava 20h20. O passo que deu para sair do quarto fez com que sentisse o silêncio demasiado gélido do restante da casa. O pai não costumava estar de volta ainda a essa hora. Normalmente, passava das 23h. Estava assim desde que ele havia se tornado chefe de departamento. Sempre dizia que o trabalho estava corrido. Mas ela sabia o verdadeiro motivo. Ele só quer diminuir o tempo que tem de olhar para a minha cara.

A cada passo que dava, o barulho dos chinelos de Mariko ecoavam. O som eletrônico do telefone se sobrepõe a ele. Parecia que só havia esses dois sons naquela casa.

Mariko pegou o fone sem cuidado e disse "Alô?" num tom seco.

"Olá, me chamo Oda e sou coordenadora de transplantes. Desculpe pelo telefonema repentino. O sr. Shiguenori Anzai se encontra?"

Surpreendida, Mariko engoliu em seco. Olhou automaticamente para seu punho esquerdo. A manga do moletom estava dobrada e podia ver um dos furos da punção. Mais para dentro, tinha outro furo que estava escondido pela manga. Os dois furos formigaram de repente.

"Meu pai ainda não voltou…"

Mariko respondeu titubeando.

"Desculpe a pergunta. Você seria a srta. Mariko?"

"S-sim, sou."

"Certo. É que encontramos um doador para o transplante de rim ao qual você havia feito cadastro, e por isso estou entrando em contato."

O coração dela começou a bater violentamente. Transplante de rim. Essas palavras gelaram a espinha de Mariko. Ela sentiu arrepio.

Após a última extração do rim, Mariko havia se cadastrado como receptora no banco de dados de transplante de rins por morte, sob forte insistência do pai. Só se passou um ano e meio desde então. Parecia ser muito cedo. Ela relembrou dos fatos desse período de um ano e meio.

"Quase não surgem rins de doadores falecidos. Você precisa ter paciência."

O médico chamado Yoshizumi havia dito assim e colocado a mão sobre a cabeça de Mariko, que ainda estava no ensino fundamental. Mas aquelas palavras não tinham sentido para Mariko. Ela pretendia nunca mais fazer transplante. O cadastro era somente para agradar ao pai.

O pai ouvira essas palavras do dr. Yoshizumi e havia perguntado, preocupado:

"Paciência… mas teria que esperar quanto tempo?"

"Não sei dizer ao certo. Há alguns hospitais grandes perto de Tóquio que realizam mais de dez transplantes de rins de doadores falecidos ao ano. Mas isso é porque há mais doadores em Tóquio, e aqui infelizmente essa quantidade cai para um ou dois por ano. Como o senhor já deve saber, o conceito de morte encefálica não é socialmente aceito no Japão, e isso faz com que se tenha que esperar por pacientes com morte cardíaca. Porém, além de haver poucos pacientes de morte cardíaca em condições adequadas para serem doadores, há ainda o fato de que, na prática, muitas vezes é difícil extrair rins logo após a morte, fazendo com que o número absoluto de rins doados seja extremamente reduzido. Também não sabemos se será encontrado um rim que seja compatível com a Mariko. Temos ainda a ordem de cadastro. É possível pedir para enviarem rins compatíveis de outras regiões, mas mesmo assim, há muitos pacientes que estão esperando há cinco ou dez anos."

"Dez anos…"

A imagem da expressão desolada de seu pai vem à mente.

"Se esse rim tivesse sido aceito pelo organismo…"

O dr. Yoshizumi lamentou. Ouvindo isso, Mariko baixou a cabeça e mordeu os lábios.

Eles acham que a culpa é minha.

Eles acham que a cirurgia não deu certo porque eu não obedeci. Eles ficam com essa cara de bonzinhos, mas na verdade me odeiam tanto que têm vontade de me bater.

Mas eles não sabem de nada.

"Você ficou doente recentemente? Gripe ou algo assim?"

A pessoa que ligou começou a perguntar do estado de saúde de Mariko. Ela foi respondendo "não, não fiquei" de forma seca. Nesse ínterim, Mariko pressionava o peito com a mão esquerda, tentando conter o coração que batia alto, a todo custo. Será que iria mesmo submeter-se ao transplante de novo? E dessa vez não seria do pai, mas sim um rim tirado do cadáver de alguém que nem conhecia.

De repente, a palavra "cadáver" fez um estrondo e afundou no centro de seu corpo.

A carpa dissecada na aula de ciências e o gato atropelado largado na beira da calçada surgiram em sua mente.

Um rim de um cadáver, um rim tirado de alguém morto vai entrar no meu corpo.

Ela sentiu um forte calafrio no corpo inteiro.

Não quero.

Não quero receber transplante.

Sem se preocupar com o que Mariko estava pensando, a pessoa do outro lado da linha perguntou, falando rápido:

"Você sabe dizer quando o seu pai volta?"

"N-não sei... ele sempre volta tarde."

"Quando ele voltar, diga a ele para entrar em contato o quanto antes. Se conseguir falar com ele já, conversem e decidam se querem receber o transplante. Se demorar demais, teremos que oferecer o transplante para a próxima pessoa. Por favor, faça isso o quanto antes."

Quando Shiguenori Anzai chegou em casa, já havia passado das 23h. O departamento dele estava fazendo os últimos preparativos para o lançamento de um novo modelo de processador de texto. Fazia algum tempo que ele não conseguia relaxar nem nos finais de semana. Mas priorizar o trabalho era um mau hábito que tinha desde jovem.

Ao destrancar a porta da frente e colocar os pés para dentro de casa, ele viu que a luz estava apagada. Anzai acendeu a luz do corredor achando aquilo estranho e olhou para a sapateira. Mariko está em casa.

Ela normalmente deixa a luz do corredor acesa. Ele não entendeu por que a luz estava apagada hoje.

Anzai foi caminhando para a cozinha enquanto afrouxava a gravata, e tirou presunto e uma lata de cerveja da geladeira. Ele abriu a porta da sala com o presunto na boca. Sentou-se no chão e mexeu no controle remoto da TV. O noticiário da noite estava falando sobre um avião que caiu na América do Sul.

Enquanto assistia às imagens do acidente, Anzai ficou pensando que passara a não ver a Mariko ultimamente. Mariko ainda deveria estar acordada, mas ele não ia mais até seu quarto falar com ela. Eles ficavam ocupados de manhã e mal conversam. Fazem refeições separadamente também. Isso já estava se tornando costumeiro. Provavelmente continuaria assim até Mariko entrar na faculdade. Anzai virou a lata de cerveja.

Depois de cerca de vinte minutos, o noticiário acabou. Era hora de dar uma olhada nos documentos que trouxe para casa. Anzai desligou a TV e se espreguiçou. Nesse momento ouviu:

"Pai."

Assustado por ser chamado de repente pelas costas, Anzai se virou. Mariko estava ali, de pijama. Ele percebeu que seus olhos estavam meio inchados.

"Ah... O que aconteceu?"

"..."

Mariko não falava. Um pouco irritado com a hesitação de sua filha, Anzai disse:

"Você já jantou, não é? Quer comer mais alguma coisa? Melhor não comer num horário muito tarde."

"...Ligaram... mais cedo..."

Percebendo que havia algo de errado com Mariko, Anzai colocou a cerveja na mesa e se levantou.

"Ligaram...? Do hospital? É o médico de sempre, da diálise?"

"Não... era a coo... alguma coisa de transplantes."

Transplante. Anzai engoliu em seco.

"Sobre o que era? Você falou com eles, não foi? Quando foi que ligaram?"

"Umas 20h30..."

"Por que você não disse logo?"

Anzai estalou a língua em reprovação e correu para o telefone. Conseguiu que Mariko dissesse o número de telefone com muito esforço e disca-o. Será que tinha chegado a vez dela? Só podia ser isso. Por que Mariko ficou enrolando?

A responsável atendeu ao telefone prontamente. Como esperado, era o aviso de que haviam encontrado um rim compatível com Mariko.

"Vocês vão querer receber o transplante?"

"Claro! Por favor", disse Anzai, exaltado.

A coordenadora começou a dizer o que precisava de forma sucinta. Pediu que fossem ao hospital o quanto antes. Caso não haja problema no resultado dos exames, aguardarão a parada cardíaca da doadora para realizar o transplante.

Anzai agradeceu com entusiasmo e desligou.

"Mariko, você vai receber o transplante! Não pensei que encontrariam um doador tão cedo. Agora você vai poder comer comidas saborosas de novo!"

Ele olhou para Mariko sorrindo. Entretanto, Mariko estava tremendo, empalidecida. Ela balançava a cabeça sutilmente para os lados, demonstrando rejeição. Anzai conteve o grito de comemoração que estava prestes a sair pela sua boca e estendeu a mão a Mariko.

"Que foi, Mariko? Você vai poder receber o transplante. Você não está feliz?"

"...Não quero", disse Mariko, com a voz falha. Anzai não conseguia entender.

"Qual é o problema? Você não vai mais precisar fazer diálise. Você estava tão feliz da outra vez que fez o transplante."

Mariko se desvencilhou das mãos de Anzai.

"Não! Não quero receber transplante!"

Surpreendido pela reação da filha, Anzai deu alguns passos em direção a ela. Mas quanto mais ele se aproximava, mais ela se afastava. Ele podia ver os olhos dela lacrimejando. Ela estava começando a soluçar. Mariko estava claramente transtornada. Ela estava confusa com a possibilidade de transplante tão repentina. Ele não sabia como acalmá-la.

"...Mariko..."

Mariko se afastou até encostar na parede e gritou, com os joelhos tremendo:

"Eu não sou um Frankenstein, não quero virar um monstro!"

7

Quando Oda, a coordenadora de transplantes, entrou em contato com Takashi Yoshizumi, já eram 23h30. Ela informou-o que havia surgido uma doadora no hospital universitário. Ele estava na mesa verificando dados dos pacientes, mas se endireitou num impulso quando ouviu a palavra "doadora".

"É uma mulher de 25 anos que teve morte encefálica por hemorragia cerebral. Falei com os familiares esta tarde e obtive o consentimento deles."

Yoshizumi foi anotando as informações importantes no seu bloco de notas, meneando a cada palavra pronunciada pela voz prestativa da coordenadora. Azusa Oda era uma coordenadora que havia acabado de entrar ano passado, mas era ágil no trabalho e tinha fama de ser bastante atenciosa com os familiares dos doadores. Houve vários transplantes que Yoshizumi realizou em que se pôde tomar medidas adequadas graças a ela, e isso levou ao sucesso das cirurgias.

O Hospital Municipal Central onde Yoshizumi trabalha é a instituição central para transplante de rins desta região. Quando ocorre morte encefálica de paciente atendido no pronto-socorro e os seus familiares demonstram a intenção de doar os rins, o médico responsável do hospital primeiro entra em contato com o de Yoshizumi. Então a coordenadora de transplantes vai até o pronto-socorro e explica sobre o transplante renal aos familiares. Mediante o consentimento deles, é solicitada a assinatura no termo. Mesmo que o paciente com morte encefálica esteja cadastrado no banco de rins, esse procedimento não muda muito. Não há como realizar o transplante se os familiares se opuserem à ideia.

"Os possíveis receptores já estão definidos. Vou enviar pela rede", fala Oda pelo telefone. Yoshizumi assentiu e apertou o botão para ligar o computador.

Se ela está contatando ele, que era o médico transplantador, isso significa que os preparativos para o procedimento já estão na metade do caminho. O Hospital Municipal Central definia os receptores da seguinte forma: após o coordenador obter o consentimento dos familiares, o hospital faz a coleta de sangue do doador e realiza testes clínicos para verificar a tipagem sanguínea e HLA. Também são realizados exames para verificar se o doador não tem doenças infecciosas, como AIDS. Quando saem os resultados, o coordenador inicia a seleção de possíveis receptores com base nesses dados.

O Hospital Municipal Central é designado como centro regional de transplantes e armazena diversos dados de candidatos a transplante, tais como o nome do paciente, data de nascimento, instituição onde realiza diálise, histocompatibilidade, e históricos de transfusão de sangue, de transplantes e de diálise. Nessa região há cerca de seiscentos pacientes cadastrados na fila de transplante de rins de doadores falecidos. É realizada uma pesquisa nessa lista de candidatos e primeiro são elencados aqueles que são compatíveis com o tipo sanguíneo do doador. A partir disso, eles são classificados em ordem de compatibilidade com base na tipagem HLA. Como um doador possui dois rins, normalmente são selecionados dois receptores para cada doador. Uma vez que o hospital de Yoshizumi realiza a coordenação, normalmente o transplante de um deles é realizado no próprio hospital. Ali, dois receptores com compatibilidade alta são chamados para fazer exames. E aquele que for considerado mais adequado a receber o transplante é quem de fato irá para a mesa de cirurgia. Caso não haja um receptor adequado naquela região, a pesquisa é estendida ao banco de dados gerenciado pelo Hospital Nacional de Sakura, em Chiba, que abrange todo o país, e então os rins são transportados para outra região. Entretanto, se os meios de transporte até essa região não forem extremamente desenvolvidos, a aceitação dos rins pelo receptor acaba sendo difícil. Isso ocorre porque quanto maior for o tempo de transporte, mais fraco o órgão se torna. Essa é a razão pela qual os receptores são selecionados com enfoque na própria região onde é realizada a doação.

Yoshizumi apoiou o fone no ombro enquanto digitava no teclado do computador. Os dados enviados pela coordenadora apareceram na tela. Era a lista de potenciais receptores. Eles estavam longamente listados na ordem de histocompatibilidade. Ele rolou a lista página abaixo e deu uma olhada geral.

"Os potenciais receptores são a primeira da lista, Mariko Anzai, e o terceiro da lista, Matsuzō Iwata. O nosso hospital será responsável pela cirurgia da primeira da lista, Anzai."

Já ouvi esse nome antes. Yoshizumi franziu o cenho e então deixou escapar a voz de surpresa.

Afoito, ele rolou a tela para cima e olhou atentamente para o topo da lista. É realmente o nome de Mariko Anzai que está ali. Idade: catorze anos, histórico de transplantes: uma vez, hospital onde fez o transplante: Hospital Municipal Central. Yoshizumi olhou a tipagem HLA de Mariko. Era 100% compatível com a da doadora. Nenhuma incompatibilidade.

Mariko Anzai.

É ela.

Era a menina em quem Yoshizumi havia feito o transplante dois anos atrás. Anzai havia se submetido ao transplante de rim doado pelo pai há dois anos, mas foi malsucedido. A operação em si foi um sucesso e não houve rejeição pós-operatória grave. Porém, o rim não foi aceito pelo organismo em decorrência de um detalhe e teve de ser extraído. Yoshizumi mordeu os lábios. Era um caso frustrante.

HLA é a abreviatura para o termo em inglês de antígeno leucocitário humano. São glicoproteínas expostas na superfície celular de humanos. Quando há a invasão de células externas, as células do sistema imune identificam o HLA dessas células e, caso seja diferente do HLA do organismo, eles reconhecem essas células como corpos estranhos e as atacam. Essa é a resposta imunológica. O HLA existe também na superfície celular do rim transplantado e, por isso, caso os antígenos sejam de um tipo diferente dos do receptor, o sistema imune do receptor reconhece o rim transplantado como corpo estranho e o ataca, aumentando a possibilidade de rejeição. Portanto, ao realizar um transplante, é necessário buscar um órgão cujo HLA seja o mais parecido possível com o do receptor. Entretanto, diferentemente do sistema ABO de tipo sanguíneo, o HLA tem uma grande variedade. Há seis tipagens, A, B, C, DR, DQ, DP, e cada uma delas se divide em mais de dez subclasses. Nos transplantes, é considerada a compatibilidade da tipagem A, B e DR, cujas análises estão em fases mais avançadas. Estes três tipos de antígenos são herdados do pai e da mãe, um par de cada, então uma pessoa tem três pares, um total de seis tipos de antígenos analisados. Entretanto, a variedade de antígenos atrapalha nesse processo. É extremamente difícil encontrar um doador que apresente compatibilidade de todos os seis tipos. Mesmo entre irmãos, a chance de ter os seis tipos compatíveis é de uma a cada quatro pessoas, e caso seja entre estranhos, a probabilidade cai para uma a cada dezena de milhar. Por essa razão, muitas vezes o transplante de órgão é realizado mesmo havendo uma ou duas incompatibilidades. Contudo, ao se fazer isso, a chance de sucesso acaba sendo mais baixa.

No caso de Anzai, foi um transplante de pai para filha e a histocompatibilidade era alta. Era um transplante que poderia ter dado certo.

Mas deu errado. Tudo porque o time de transplantes, incluindo Yoshizumi, não havia conquistado a confiança de Mariko Anzai.

Yoshizumi deu um longo suspiro e olhou para o nome de Anzai na tela. Então, apertou a região das têmporas para bloquear as memórias que vinham à mente.

Ele repreendeu a si mesmo para se concentrar no trabalho e disse à coordenadora no outro lado da linha:

"Mariko Anzai tem 100% de compatibilidade, então."

"Sim. Não houve outros receptores com 100% de compatibilidade nesta região. Veja os dados."

Ela estava certa. Não há nem pessoas com uma incompatibilidade. Porém, havia cinco receptores cadastrados com duas incompatibilidades. Um deles, o homem que figurava como terceiro da lista, era o outro potencial receptor. Tinha 51 anos, fazia diálise há cinco anos, e era da região coberta pelo hospital da província vizinha. Parece que não conseguiram entrar em contato com a mulher que estava na segunda posição da lista.

Um transplante é sempre acompanhado da dificuldade de selecionar o receptor. Como há muitos fatores que podem influenciar, acaba sendo uma espécie de aposta para o paciente. Dados como a idade e há quanto tempo faz diálise obviamente são levados em conta para definir a prioridade, mas é impossível saber quando surgirá um doador com HLA semelhante ao seu. Além disso, há somente dois rins em um corpo.

Há mais de 20 mil pessoas cadastradas como receptores na fila de transplante de rins por morte. Mas somente cerca de duzentos deles recebem transplante de rins de falecidos por ano. E há 120 mil pacientes de diálise em todo o país. Diante do número de pacientes de insuficiência renal crônica, os resultados alcançados por transplantes são muito tímidos. O Japão tem fama de ter uma baixa proporção de pacientes transplantados em relação a pacientes de diálise, quando comparado com o Ocidente. Isso não significa, de forma alguma, que a medicina do Japão seja atrasada. A insegurança dos japoneses em reconhecer a morte encefálica como a morte de um humano é o fator que faz pacientes e médicos hesitarem sobre a cirurgia de transplante. Os pacientes vivem sua longa vida acompanhados da diálise que lhes impõe encargos financeiros e psicológicos, sonhando com rins que sequer sabem se vão conseguir. Nessa situação atual, aqueles que, por sorte, conseguirem o transplante, podem passar a levar uma vida social normal, caso o procedimento seja bem-sucedido. E aqueles que ficam de fora precisam continuar a exaustiva rotina de diálise.

"Chamaremos mais uma pessoa, a mulher da quinta posição, para o caso de a primeira candidata não poder receber o transplante", disse Oda. "Ela tem duas incompatibilidades, tem 36 anos e faz diálise há três anos e meio."

"Certo."

Yoshizumi imprimiu os dados das duas potenciais receptoras. Caso Mariko não possa receber o transplante por estar com alguma doença infecciosa ou algum outro motivo, a mulher de 36 anos será a receptora. As duas fariam exames assim que chegassem no hospital para verificar se estão em condições adequadas para receber o transplante.

Ele continuou a acertar os detalhes com a coordenadora. As etapas foram definidas, grosso modo, da seguinte forma: primeiro, Yoshizumi extrairia os rins no hospital universitário e entregaria um deles à coordenadora. Oda transportaria esse rim à província vizinha, enquanto Yoshizumi levaria o outro rim ao Hospital Municipal Central e faria o transplante. Oda confirmou as etapas do plano, uma por uma, com Yoshizumi. A extração dos rins e a cirurgia de transplante são uma batalha contra o tempo. Após a parada cardíaca do doador, é preciso agir seguindo um cronograma minucioso. Era parte do trabalho de coordenadora fazer ajustes para que todos estejam alinhados: Yoshizumi – o cirurgião –, cirurgiões assistentes, enfermeiras e receptores.

Depois que terminou os ajustes com Oda, Yoshizumi disse:

"Certo!", e se levantou. Desta vez, vou fazer dar certo. Mariko Anzai. Dessa vez, vou salvá-la.

8

Dois dias depois que foi dado o consentimento para doação, a frequência cardíaca de Kiyomi começou a diminuir lentamente. Kiyomi continuava conectada ao ventilador mecânico e, por isso, ao menos a sua respiração ainda era constante. Entretanto, já estava chegando ao limite de conseguir manter o corpo funcionando. Os valores no monitor que indicavam os sinais vitais de Kiyomi baixavam consistentemente.

"O time de transplante do Hospital Municipal Central virá para cá esta noite."

O médico que realizou o diagnóstico de morte encefálica de Kiyomi anunciou.

"Será preciso extrair os rins da sra. Kiyomi assim que o coração dela parar. Portanto, teremos de assegurar a posição da artéria femoral antecipadamente. Faremos uma pequena cirurgia para isso hoje à noite. Uma cânula será inserida por ali logo após a parada cardíaca para resfriar os rins dela rapidamente."

A identificação da localização da artéria femoral terminou logo. Quando Toshiaki voltou para a UTI, havia marcação para inserção da cânula na coxa de Kiyomi.

A administração de vasopressores foi interrompida. Mas a pressão arterial de Kiyomi não caiu logo depois disso e ficou oscilando por volta de cem milímetros de mercúrio. Ao ouvir as palavras do médico de que isso provavelmente duraria até a manhã seguinte, Toshiaki pensou vagamente que o calor de Kiyomi também acabaria quando isso acontecesse.

A cada momento o corpo de Kiyomi se aproxima mais do objeto que é o corpo de uma doadora. Foi com esse pensamento que Toshiaki passou aquela noite com Kiyomi. Às 22h, a mesma enfermeira de sempre veio limpar o corpo de Kiyomi. Ela limpou as excreções que saíam do corpo de Kiyomi, removeu as sujeiras que se acumulavam nas narinas e ouvidos com hastes flexíveis com ponta de algodão, passou toalha nas costas suadas e mudou a posição do corpo para que Kiyomi não ficasse com úlceras de decúbito. Ela prosseguia a tarefa com constância, sem expressar insatisfação alguma, chegando até a mostrar um sorriso de complacência a Toshiaki. Até então, ele havia levado uma vida longe de hospitais, pois nunca havia ficado gravemente doente. Claro que falava com médicos em congressos e encontros profissionais, mas não sabia o que os médicos e enfermeiras faziam dentro de um hospital na prática.

"Muito obrigado, mesmo." Toshiaki abaixou a cabeça com sinceridade. "Kiyomi deve estar grata por você cuidar tão bem dela."

A enfermeira parou por um instante, sorriu gentilmente e disse:

"Fico feliz em ouvir isso. Mas nós na verdade sentimos muito por não poder salvá-la."

"Imagine, vocês fizeram o possível por ela."

Ele balança a cabeça para os lados imediatamente. Então, a enfermeira tentou desfazer o sorriso do rosto, desviou o olhar de Toshiaki e retomou o trabalho.

"Trabalhar na enfermagem da UTI deixa a gente confusa, às vezes", ela diz numa voz baixa, como se estivesse falando sozinha. "Mesmo cuidando das pessoas com muito empenho, tem pacientes que acabam morrendo, quase que diariamente. Tem horas que ficamos muito pra baixo, pensando 'o que é que estou fazendo?'. Enfermeiras da UTI deixam o emprego mais rápido do que em outros setores. Mas..."

A enfermeira parou de falar por um instante. Ela termina de limpar o corpo de Kiyomi e a veste. Terminado o serviço, ela virou para Toshiaki e colocou as mãos na cintura levemente.

"...ao ouvir palavras de incentivo como essas, sinto que devo continuar me dedicando por um longo tempo."

Dizendo isso, a enfermeira saiu da UTI.

9

O estado de Kiyomi estava estável até a manhã, mas sua pressão começou a cair drasticamente por volta do horário do almoço. Às 13h, já estava abaixo de 95, e após uma hora, caía para menos de oitenta. A UTI ficou repentinamente agitada. Muitos médicos e enfermeiras entravam e saíam, e Toshiaki e seus sogros tiveram que se afastar para o canto. A atmosfera contrastava com o silêncio logo após o diagnóstico de morte encefálica.

"A equipe de transplante chega às 14h30", disse um dos médicos, olhando para o relógio de pulso. "Primeiro, introduziremos o cateter para resfriamento dos rins. Em seguida, aguardaremos pela parada cardíaca da sra. Kiyomi para iniciar a operação de extração."

"Será que podemos estar presentes no momento da parada cardíaca dela?"

Assentindo à pergunta de Toshiaki, o médico falou: "Vocês terão cerca de cinco minutos para se despedir dela. Depois, nós a levaremos para a sala de cirurgia."

O som baixo de ar saindo do ventilador mecânico não se fazia mais ouvir, encoberto pela agitação.

A pressão havia baixado para 75.

Yoshizumi foi para o hospital universitário com dois assistentes e a coordenadora Oda. Ele levava consigo um conjunto mínimo dos instrumentos cirúrgicos necessários para a extração dos rins e o equipamento de perfusão. Provavelmente não aconteceria de faltar instrumentos cirúrgicos num hospital universitário, mas Yoshizumi nunca esquecia de levar seus próprios instrumentos para a extração de órgãos de doadores. A extração exige rapidez no procedimento. O ideal era usar instrumentos com os quais já estava acostumado.

Depois de cumprimentar os funcionários do hospital universitário, Yoshizumi deixou Oda na sala de espera e foi para a UTI observar o estado da doadora. A pressão arterial já estava perto dos 65 e a frequência cardíaca estava na casa dos trinta. Quando a pressão chega aos cinquenta, o sangue não é mais bombeado para todo o corpo. As células das extremidades do corpo começam a morrer. Como os familiares já haviam consentido em realizar procedimento de preservação dos rins no período de iminência da morte, ele decidiu colocar cateter na artéria femoral para que não houvesse problema quando a pressão arterial ficasse abaixo dos cinquenta.

Yoshizumi fez a última verificação dos dados detalhados sobre a doadora providenciados pelo médico responsável. Em seguida, pelo interfone avisou Oda, que estava na sala de espera, que faria a inserção do cateter.

Depois de quinze minutos, Yoshizumi iniciou os preparativos para o resfriamento local com um assistente. O equipamento de perfusão foi levado para dentro da UTI. As pernas da doadora foram abertas levemente e o equipamento foi posicionado entre elas. Um dos assistentes começou a configurá-lo de imediato. O outro assistente faz a desinfecção da região das coxas da doadora e prepara o cateter de balão duplo, feito de silicone.

Assim que a desinfecção terminou, Yoshizumi ficou ao lado esquerdo da doadora e verificou a artéria femoral e a veia com acesso na coxa direita dela. Ele olhou rapidamente para o assistente que estava de prontidão ao lado do equipamento de perfusão e inseriu a ponta do cateter na doadora.

Guiando-se pela sensação tátil, Yoshizumi foi introduzindo o cateter devagar. Levou o balão até a posição pretendida e meneou a cabeça, sinalizando ao assistente que havia dado certo. A extremidade do cateter que despontava entre as coxas da doadora foi ligada à bomba do equipamento de perfusão. Em seguida, ele colocou um cateter também na veia e direcionou a ponta para o equipamento.

Os preparativos estavam concluídos. A pressão arterial era de 62 e a frequência cardíaca estava ainda mais baixa do que quando ele havia chegado.

Yoshizumi e os outros decidiram sair da UTI para esperar a pressão arterial da doadora cair. Ele instruiu para que chamassem os familiares ao quarto e foi para a sala dos médicos. Yoshizumi ainda não havia encontrado com eles. Acreditava que o médico transplantador não deveria aparecer na frente dos familiares do doador de maneira leviana. Para os familiares, ele seria como uma hiena que se apossa do corpo de um ente querido. Ele pretendia encontrar com os familiares somente uma vez antes da cirurgia, como sempre. A coordenadora faz a ponte com eles. Ele não tem de exaltá-los sem necessidade.

Yoshizumi deu um gole no café na sala dos médicos. Esticou-se no sofá e olhou para o teto.

Então, visualizou o rosto de Mariko Anzai.

Ela sentia que algo estava acontecendo.

O corpo de Kiyomi Nagashima estava caminhando rapidamente para a "morte". Essa mudança já ocorria de forma lenta, mas efetiva, desde o momento que a cabeça dela havia sido ferida. E o processo estava se acelerando. Não há mais como parar. Kiyomi está morrendo. Vai perder calor, endurecer, e então vai derreter e se tornar disforme. A alteração já estava ocorrendo no cérebro. A liberação de hormônios vai parar. O fluxo sanguíneo vai enfraquecer. As células das extremidades vão se romper, espalhando seus conteúdos à sua volta de forma descontrolada.

Tudo avançava como planejado.

Foi fácil tirar a visão de Kiyomi. Foi preciso só fazer uma pequena manipulação no nervo óptico. Enquanto isso, ela guiou as mãos para mudar a direção do carro. Controlar para não destruir demais o corpo de Kiyomi foi o que mais exigiu cautela. Precisava fazer com que sofresse morte encefálica, custe o que custasse. Se porventura o abdome de Kiyomi batesse no painel do carro e os órgãos dela fossem danificados, não teria mais como ser doadora de transplante renal. No momento da batida, ela comandou os pés de Kiyomi para pisar no freio no momento certo. Então, fez com que enrijecesse os quadris para que o corpo não fosse jogado para frente. Fixou as duas mãos no volante para evitar lesões desnecessárias.

Assim, Kiyomi bateu com a testa no volante. Ela sentiu os fragmentos do crânio fraturado espetando o cérebro.

Sempre que lembrava daquele momento, ela sentia um prazer incomparável. Kiyomi morrerá. Mas ela viverá. Para sempre.

Os rins de Kiyomi seriam transplantados cada qual em um paciente. Bastava que um deles fosse do sexo feminino. Isso seria perfeito. Caso o rim transplantado nessa paciente não sofresse rejeição, tudo estaria nos conformes. E Toshiaki provavelmente faria a cultura primária, como previsto. Sem ao menos imaginar que ela o havia induzido a pensar nisso.

Toshiaki.

Ela visualizou a imagem dele e se contorceu levemente.

Está chegando a hora. Ela estremeceu todo o corpo e imaginou a voz, a expressão e o calor de Toshiaki.

Ela esperava por um homem como ele. Toshiaki era o homem que poderia entender sua essência. Não poderia deixá-lo escapar.

Ela e Toshiaki se tornariam um só.

Uma forte excitação a fez sentir contrações no corpo. Enquanto sentia a pressão arterial de Kiyomi cair rapidamente, ela se deixava dominar pela sensação prolongada de prazer.

Com o aviso de que a pressão estava abaixo de cinquenta, o time de transplante liderado por Yoshizumi voltou à UTI. Havia se passado uma hora desde a introdução do cateter.

O assistente prepara algumas bolsas de ringer lactato e liga-as à bomba peristáltica do equipamento de perfusão. Depois de verificar o cateter de balão duplo, Yoshizumi enviou ar pelo cano que saía do corpo da doadora para inflar os balões na artéria. O fluxo sanguíneo logo foi interrompido. Os balões funcionavam corretamente.

Ao sinal de Yoshizumi, o assistente acionou a bomba. A solução resfriada vai sendo enviada para dentro da doadora em um ritmo constante. Yoshizumi colocou a mão na lateral do abdome da doadora para conferir se o líquido estava entrando.

Há dois vasos sanguíneos grossos no centro do corpo humano: a aorta abdominal e a veia cava inferior. Os rins estão localizados em cada um dos lados das laterais do abdome, e a artéria renal que leva o sangue para eles vem da aorta abdominal. Da mesma forma, a veia renal se liga à veia cava inferior. Tanto a aorta abdominal quanto a veia cava inferior se bifurcam para os lados na região do baixo abdome e descem para as pernas. Yoshizumi colocou o cateter pela artéria femoral, que sai da aorta abdominal, e o fez subir até os rins. Então, parou-o numa posição em que os balões fechassem onde começa a artéria renal e os encheu. Assim, o fluxo de sangue pela aorta abdominal da doadora seria cessado. A solução resfriada seria enviada pelo cateter no lugar do sangue. O tubo na parte entre os dois balões tem pequenos furos, fazendo com que a solução saia por eles e entre para a aorta abdominal. Porém, como as partes superior e inferior do vaso sanguíneo estão bloqueadas pelos balões, a solução vai para a artéria renal e então para dentro dos rins. Dessa forma, o rim da doadora seria refrigerado de maneira rápida e, ao mesmo tempo, o sangue contido nele seria expelido. Depois de dar uma volta pelo interior dos rins, a solução passa pela veia renal e volta para a veia cava inferior. Então, é conduzida da veia para o equipamento, realizando, assim, a perfusão.

O ideal é que os rins sejam extraídos o quanto antes. No entanto, se comparados aos rins extraídos de pacientes com morte encefálica, os órgãos de pacientes com morte cardíaca acabam tendo menos viabilidade. Isso porque no tempo entre a parada cardíaca e a extração acaba ocorrendo a isquemia, causando danos aos rins. Para evitar isso, atualmente é comum o método de injetar uma solução resfriada pela aorta do cadáver logo após a parada cardíaca e resfriar seus rins rapidamente. Realizando a perfusão dos rins com a solução resfriada antes dos cortes, a isquemia pode ser evitada e a chance de rejeição dos rins transplantados diminui significativamente. E quando há o consentimento dos familiares, como desta vez, há casos em que a perfusão é realizada mesmo antes da parada cardíaca.

O assistente reporta a velocidade de perfusão com regularidade. Era visível que a pele da doadora empalidecia gradualmente. A circulação sanguínea foi interrompida, e com isso a temperatura do corpo dela vai caindo drasticamente, agora que não consegue mais manter calor. O outro assistente acompanhava a cardiografia no monitor. Nos quarenta minutos que se sucederam ao início da perfusão, o pulso foi se tornando um ruído fraco. Isso mostrava que não havia mais pulsação espontânea.

"Chamem os familiares da doadora", disse Yoshizumi ao médico responsável e à enfermeira, que aguardavam ao lado. "Eles vão se encontrar com ela pela última vez."

Quando eram 17h20, a enfermeira chamou Toshiaki e os outros, que aguardavam na sala de espera. Ela disse que havia se passado cinquenta minutos desde que a perfusão foi iniciada, e os levou de volta à UTI.

Toshiaki percebeu a mudança assim que entrou no quarto. Ele não conseguiu desviar os olhos do rosto de Kiyomi, deitada sobre a maca. Mantendo fixos os olhos no rosto dela, Toshiaki foi dando passos vagarosos junto do médico responsável para se aproximar de Kiyomi. A cada passo, o rosto dela se tornava mais nítido em sua visão. Ele deu meia-volta ao redor de Kiyomi e parou ao lado esquerdo do leito. Ele podia ouvir a sogra soluçando às suas costas.

"Esses monitores exibem os sinais vitais de Kiyomi, e, como podem ver, quase não há mais pulsação", disse o médico responsável, apontando para a tela instalada ao lado de Kiyomi. "A sra. Kiyomi em tese ainda respira porque o ventilador mecânico está ligado, mas, como demonstra este monitor, não há pulsação do coração e a pressão arterial caiu também, e por isso a pele já está gelada, como podem notar."

O rosto de Kiyomi estava quase transparente, de tão pálido, e os lábios pareciam uma flor coberta de geada. Era como se a água de degelo vinda de um vale tivesse corrido pelo corpo dela. Da ponta das pálpebras fechadas de Kiyomi, os cílios se prolongavam como cristais, projetando uma sombra fina e curta sobre a pele. Sem se dar conta, Toshiaki havia estendido a mão até a face de Kiyomi. Ao tocar as maçãs do rosto dela, ele sentiu uma sensação de arrepio correr do seu braço até a região da nuca. Era uma sensação parecida com a de quando se pega gelo seco na mão, uma dor aguda em que se mistura a sensação fria e quente. Toshiaki gemia. Não conseguia evitar que a sua mão tremesse. Devagar, ele acariciou o rosto de Kiyomi com seus dedos indicador e médio, tocou o queixo dela com calma, passou pelo pescoço e tocou o colo, que estava tão branco que quase se via as veias. Não era possível ver as mamas, pois estavam cobertas pela vestimenta, mas pôde perceber claramente que os mamilos de Kiyomi estavam eretos. Eles haviam endurecido, gelados, naquele estado. Toshiaki afastou sua mão de Kiyomi. Então, cobriu as pontas daqueles dedos com a outra mão. Talvez fosse só impressão, mas parecia que a sensação gélida perdurava.

Tum.

De repente, o coração de Toshiaki deu uma batida ruidosa.

Era como se isso tivesse interrompido seus batimentos regulares por alguns instantes. Com dificuldade para respirar, Toshiaki colocou a mão no peito. **Tum.** O coração deu outra batida fora do padrão, como se contrariasse o sistema nervoso autônomo de Toshiaki. Ele sentiu todo o seu corpo ficar quente.

"Vamos desligar o ventilador mecânico, tudo bem?"

Anunciou o médico.

Toshiaki fitou Kiyomi ainda com a mão no peito e respirou fundo. Seu pulmão se encheu de forma desajeitada, inspirando o ar.

O corpo de Kiyomi está desmoronando, pensou.

O médico desligou o ventilador. A máquina, que fazia um barulho de ar ritmado como o de um metrônomo, parou quando estava começando a fazer um novo som. Alguns segundos depois, emitiu o último som de ar, expirando-o.

O movimento do peito de Kiyomi parou.

O médico falou em voz baixa, olhando para o relógio de pulso:

"Constata-se o óbito da paciente às 17h31."

O sogro deu um longo suspiro.

Tum. O coração de Toshiaki deu aquela batida sonora pela terceira vez. Tão alto que ele chegou a pensar que todo o quarto poderia ouvi-la. Ele sentia seu peito se mover. Subitamente, Toshiaki ficou a pensar se Kiyomi não havia acabado de mandar o restante da vida dela para ele. Ele sentia como se tivesse recebido as últimas pulsações dela. Era como se ela estivesse dizendo: "Ainda não quero morrer, ainda não quero morrer".

"A polícia realizará a autópsia agora."

O médico sinalizava para eles saírem do quarto.

Toshiaki e os sogros saíram do quarto. No corredor, havia três homens que deveriam também ser médicos. Atrás deles, a coordenadora aguardava, segurando uma grande caixa. O homem que aparentava ser o líder dentre os três reparou em Toshiaki e os sogros e se aproximou. Ele parecia ter pouco mais de quarenta anos, mas sua pele era firme e tinha aparência jovial. Ele afluía vitalidade e energia, se comparado com o médico responsável que estava com eles até há pouco.

O homem fez uma leve reverência e se apresentou:

"Eu me chamo Takashi Yoshizumi. Sou do setor de transplantes do Hospital Municipal Central e serei responsável pela extração e pelo transplante dos rins da sra. Kiyomi. Desculpe pelo cumprimento breve, mas temos que iniciar a operação o mais rápido possível."

"Ah, sim... Muito prazer."

Toshiaki estendeu sua mão direita e apertou a mão do homem que se apresentou como Yoshizumi. Nesse momento, Yoshizumi encarou o rosto de Toshiaki e arregalou os olhos, como se estivesse surpreso com algo.

"...Está tudo bem?"

"Sim... perdão."

Yoshizumi fez uma reverência breve novamente e, com o olhar voltado para baixo, entrou para a sala de preparo com os homens que pareciam ser seus subordinados e a coordenadora.

Após um tempo, provavelmente tendo terminada a autópsia, a maca com Kiyomi foi levada à sala de cirurgias. A enfermeira veio falar com eles.

"Por favor, aguardem na sala de espera."

Ouvindo as palavras da enfermeira, eles saíram do local. O sogro e a sogra entraram no recinto apertado da sala de espera e sentaram-se no sofá como se jogassem seus corpos. Depois de observá-los sentando-se, Toshiaki avançou pelo corredor e procurou por um telefone.

"Kiyomi, aguente só mais um pouco", Toshiaki murmurava internamente, recordando-se das maçãs do rosto empalidecidas de Kiyomi. Daqui a pouco vou te levar para um lugar aquecido. Eu vou cuidar de você.

Kiyomi, eu não vou te abandonar.

A maca com Mariko avança. Shiguenori Anzai acompanhava, segurando a mão de Mariko, que estava sob efeito de anestesia.

"O papai só acompanha até aqui."

Ao chegar até a porta da sala de cirurgia, uma das enfermeiras disse isso, pegou o braço de Anzai e afastou-o de Mariko. O médico jovem que empurrava a maca abriu a porta. Antes que desse tempo de olhar o que havia ali, o corpo de Mariko foi levado para o lado de dentro da porta.

"Deixe conosco."

Disse o médico que abriu a porta, desaparecendo porta adentro..

Anzai olhou para a palma da mão que segurava a mão de Mariko até há pouco. Mariko. O calor dela estava se esvaindo. Sem querer, ele fechou a mão tentando não deixar escapar.

"Sr. Anzai, tente ficar calmo e aguarde daquele lado."

Uma das enfermeiras o levou gentilmente para a sala de espera. Ela o fez sentar-se no sofá e trouxe um café quente da máquina. Ela colocou um copo descartável à frente dele. Anzai segurou o copo, envolvendo-o com as duas mãos.

Anzai ruminava sobre os acontecimentos até então.

Logo após falar com a coordenadora por telefone, Anzai chamou um táxi e veio para o hospital. Mariko ficou se debatendo durante todo o trajeto. Estava tão intenso que Anzai chegou a pensar que ela poderia ter uma convulsão. Ela ficou um pouco mais tranquila quando chegou ao hospital, mas, mesmo assim, ficou chorando durante algum tempo. Essa forte aversão era algo que ela não havia demonstrado de forma alguma na ocasião do transplante anterior.

Mariko foi transferida para a UTI logo que chegou ao hospital e foi submetida a alguns exames. Depois de verificarem os dados de diálise realizados até então, foram medidos o nível de potássio no sangue e a pressão arterial, para então ela receber algumas transfusões e sessões de diálise. Os exames para a verificação da ausência de doenças infecciosas foram conduzidos com rigor. Parecia que eles haviam interpretado a agitação dela como alteração do humor frente à cirurgia. Na hora em que recebeu as explicações sobre a cirurgia e pediram seu consentimento, Mariko estava um tanto abstraída, por consequência de ter se agitado tanto.

"Você concorda?"

Anzai respondeu que claro que sim à pergunta do médico, Yoshizumi. Então, Yoshizumi fitou o rosto de Mariko:

"E você, Mariko?"

Perguntou ele. Mariko então indagou, sem demonstrar emoção:

"Ela está morta mesmo?"

Mariko estava perguntando se a doadora estava mesmo morta. Yoshizumi, que compreendeu a pergunta, explicou de forma simples que a doadora estava em estado de morte encefálica e não ressuscitaria mais.

Com base no resultado dos exames, foi julgado que Mariko estava em condições adequadas para receber o transplante. Na noite anterior, haviam raspado os pelos pubianos dela como preparativo para a cirurgia de hoje e cobriram a região do baixo abdome com um pano esterilizado para que os cortes da parte depilada não se infeccionassem. Receitaram-lhe imunossupressores. Anzai passou a noite sentado na cadeira ao lado de Mariko.

A coordenadora, Oda, era uma mulher atenciosa. Mariko teve algumas crises de ansiedade durante a noite também, mas Oda a acalmou e ficou ali conversando com ela. Anzai ficou preocupado, já que ela não tinha demonstrado essa aversão forte ao transplante da outra vez. As pessoas que estiveram ao lado dela pacientemente foram o médico responsável, Yoshizumi, e Oda.

Às 13h30 daquele dia, eles receberam o aviso de que iniciariam o transplante. Mariko arregalou os olhos para Yoshizumi, que viera ao lado de sua cama na UTI para avisá-la. Anzai, que estava de pé do lado dela, chegou a recear que os olhos dela pulassem para fora. Era visível que os lábios da filha tremiam e os dentes do fundo da boca rangiam, batendo uns nos outros.

"Não precisa ter medo. É igual da outra vez. Está tudo bem, vai dar tudo certo."

Dizendo assim de maneira bondosa, Yoshizumi colocou a mão sobre a cabeça de Mariko.

Ainda com os olhos arregalados e o corpo enrijecido, Mariko perguntou a mesma coisa novamente:

"Essa pessoa que vai me dar um rim está morta de verdade? De verdade *mesmo*? Ela não vai ressuscitar?"

Yoshizumi não está nesse hospital neste momento.

Ele está no hospital universitário.

Para extrair o rim para Mariko, de uma pessoa que *realmente morrera*.

Anzai olhou para cima e fitou o rosto da enfermeira. A enfermeira retribuiu com um olhar tranquilo. Para além do rosto dela, era possível ver o relógio de parede.

Eram 17h35.

10

Yoshizumi adentrou o vestiário com um dos assistentes e se trocou para a bata cirúrgica verde. A bata depois de esterilizada sempre tinha uma textura áspera.

Em seguida, ele entrou no lavatório ao lado. Há duas pias de aço inoxidável. Yoshizumi ficou de pé em frente a elas e olhou para seu rosto, visível entre a máscara e a touca cirúrgica

Eles abriram o chuveiro instalado na pia e lavaram os braços cuidadosamente com a água esterilizada que saía dele. Na sequência, despejam o líquido desinfetante na palma da mão e passam por toda a superfície dos braços. Então, pegam a bucha que fica pendurada na lateral e esfregam vigorosamente. A espuma delicada foi envolvendo os braços. Usam o chuveiro novamente para tirá-la. Escovam entre as unhas e a ponta dos dedos com uma pequena escova. Eles repetiram esse processo todo três vezes.

Cirurgias são, via de regra, realizadas sob manipulação asséptica, mas isso deve ser feito de maneira ainda mais meticulosa no caso de cirurgias de transplante. O receptor está sob administração de imunossupressores para prevenir a rejeição. Porém, o procedimento também reduz a resistência do paciente contra bactérias. Se o rim a ser transplantado estiver contaminado, poderá custar a vida do receptor. Era preciso que os cirurgiões se desinfetassem com o máximo de cuidado.

Ao entrar na sala de cirurgia, a enfermeira exclusiva o vestiu com o avental cirúrgico e ele colocou luvas descartáveis. Yoshizumi entrelaçou os dedos das mãos repetidamente para esticar as luvas e ajustá-las às mãos.

O outro assistente já havia concluído a desinfecção da pele da doadora. Ela estava coberta por inúmeros panos esterilizados chamados de "campo cirúrgico", deixando somente o abdome, o sítio cirúrgico, à mostra. O rosto da doadora também estava coberto por um pano e não se podia vê-lo. Há duas finalidades no uso do pano esterilizado: prevenir que bactérias que estavam na superfície do corpo do doador contaminem o sítio cirúrgico, e evitar que o cirurgião se distraia, escondendo partes fora do sítio cirúrgico. A cor verde tem o efeito de atenuar o vermelho vívido se houver respingos de sangue do doador.

Yoshizumi se posicionou à esquerda do cadáver. O primeiro assistente, que havia lavado as mãos com ele, está à sua frente, do outro lado do corpo. Yoshizumi trocou olhares com o primeiro assistente, olhou por toda a sala, e verificou se o outro assistente e a enfermeira da cirurgia estavam prontos.

"Dezessete minutos desde a parada cardíaca."

Yoshizumi meneia ao ouvir as palavras da enfermeira.

"Certo, vamos começar."

O bisturi foi entregue na mão direita de Yoshizumi rapidamente.

O abdome do cadáver estava exposto através da fenestra circular do campo cirúrgico. Yoshizumi colocou sua mão ali e cortou o abdome do corpo na vertical. O sangue de cor vívida jorra. Yoshizumi pinçou o local do corte com fórceps hemostático para que o sangue arterial não entrasse. Pôs a mão para abrir a incisão e foi cortando o peritônio ao redor da extremidade do intestino. Ele colocou mais pinças hemostáticas, desta vez menores. Ainda havia sangue entrando pelas veias, mas não poderia perder tempo. Yoshizumi prosseguiu com a incisão sem se preocupar tanto em estancar o sangue. Os órgãos digestivos vão ficando expostos aos poucos. Ele levantou o fígado com uma espátula para poder visualizar a parte interna melhor. Ele dá a espátula para que o assistente à sua frente segure. No canto de sua vista, podia enxergar o assistente no equipamento de perfusão trocando a solução com regularidade.

De súbito, Yoshizumi se lembrou do rosto do marido da doadora, que havia visto há pouco. Ele sacudiu a cabeça, tentando expulsar a imagem da mente. Mas não conseguiu.

A expressão dele era bastante anormal.

Os olhos do homem estavam esbranquiçados. Estava calmo, mas não parecia natural, como se estivesse possuído por alguma coisa. E quando apertou a mão dele, Yoshizumi quase berrou. Estava tão quente como logo depois de ter colocado a mão em água fervente. O máximo que conseguiu fazer foi se afastar do local fingindo estar tranquilo.

O que era aquilo? O que aquele homem tinha?

Yoshizumi sacudiu a cabeça com força de novo. Apaga o rosto do homem de seu pensamento forçadamente e volta o olhar para o sítio cirúrgico. É preciso se concentrar na extração agora.

Muitas pessoas pensam que os rins ficam na região da cintura, mas na verdade é mais para cima, atrás do último par de costelas, o décimo segundo par. Para chegar nos rins, é preciso deslocar outros órgãos como estômago, pâncreas e intestino, que ficam no caminho. Yoshizumi foi amarrando e cortando uma por uma as artérias como a celíaca e a mesentérica superior, que ficam atrás do cólon e do pâncreas. O assistente utiliza um tubo para sucção do conteúdo do estômago. Quando a limpeza acabou, ele cortou o esôfago. Assim, a maior parte dos órgãos digestivos estava desligada da parte superior do corpo. Portanto, é possível isolar o pâncreas e removê-lo para fora do corpo. Quando os rins são extraídos de um doador vivo, não se adota um método agressivo como esse, mas no caso de extração de doador morto, a prioridade é a rapidez no procedimento. A incisão sem estancar tanto o sangue era também um jeito de encurtar o tempo para se chegar até os rins.

"Vinte e três minutos", a enfermeira anuncia quanto tempo se passou desde a parada cardíaca.

Yoshizumi e o assistente tiraram os órgãos abdominais do cadáver, os giraram em 180 graus e os colocaram sobre a região da virilha do corpo. Os órgãos digestivos ficaram dispostos sobre o campo cirúrgico verde. Eles haviam deixado os rins, que eram o órgão desejado, e removido o restante dos órgãos. O assistente segura os órgãos e abre a superfície de incisão com a mão esquerda. Havia um buraco vazio no abdome da doadora. Pode-se ver bem os rins dos dois lados. Estavam com uma cor rosa límpida, refletindo a luz. Estão em bom estado. Yoshizumi ficou satisfeito.

Nessas condições, é possível visualizar bem as artérias e veias dos rins. Pode-se ver o cateter de balão duplo chegando da artéria femoral da perna direita para a aorta abdominal. Os dois balões estavam cheios, de forma que fechavam exatamente a parte da bifurcação das artérias renais, indicando que a perfusão estava sendo executada corretamente. Olhando para baixo, avista-se um tubo fino como uma linha saindo dos rins e indo até a bexiga. Esse é o ureter. Yoshizumi isolou os tecidos à volta para facilitar a extração dos rins e cortou o ureter na região do ilíaco.

Agora era só cortar as artérias e veias dos rins. Caso errasse na posição do corte, teria problemas ao transplantar no receptor. Yoshizumi seguiu com o isolamento dos vasos sanguíneos com cautela.

"Trinta minutos."

Nos casos como este em que ambos os rins serão extraídos, em vez de tirar um por um do corpo, é adotado o método de extrair ambos de uma só vez, ainda com os vasos sanguíneos, para depois separá-los. Yoshizumi sinalizou para o assistente preparar o equipamento de resfriamento e armazenamento em perfusão. É uma máquina trazida por eles do Hospital Municipal Central. Após a extração de ambos os rins, eles seriam separados e um deles, aquele a ser transplantado no Hospital Municipal Central, seria colocado nesse equipamento para o transporte.

Depois de verificar que o assistente colocava no equipamento um composto para perfusão que imita o líquido extracelular, Yoshizumi cortou a veia cava inferior um pouco acima de onde se ligava com os rins e ordenou que parassem a perfusão dos rins. Logo depois, cortou a aorta abdominal um pouco acima também. O assistente segurou os rins com as duas mãos delicadamente e os moveu para baixo. A enfermeira segurava as pontas dos vasos sanguíneos cortados para que não se perdessem. Os dois rins estavam ligados ao corpo da doadora somente pelas artérias e veias lombares, que saíam da região pélvica. Yoshizumi os cortou com determinação.

Ok, Yoshizumi disse a si mesmo sem abrir a boca.

O primeiro assistente tirou os rins com cuidado e colocou sobre a travessa de aço inoxidável.

"Trinta e seis minutos."

A enfermeira anunciou quanto tempo havia se passado.

"Vamos separá-los. Vá chamar a coordenadora."

A enfermeira correu para fora. Yoshizumi pegou em suas mãos o conjunto de rins que havia sido colocado sobre a travessa e observou com atenção, verificando a distribuição, comprimento e outras características dos vasos sanguíneos e ureteres. Os rins têm formatos ligeiramente diferentes dependendo da pessoa. Às vezes, podem ter vasos sanguíneos em formatos inadequados para transplante. Era preciso verificar suas condições naquele momento para não ser pego de surpresa quando fosse transplantar no receptor.

Yoshizumi fez o corte e separou os dois rins cuidadosamente. A coordenadora Oda entrou vestindo bata cirúrgica. Ela estava com a bolsa para transporte. Oda retirou um recipiente da bolsa com agilidade.

"Leve o da direita", disse Yoshizumi. "Não há anomalias aparentes. Deve estar tudo bem. Há um ureter e uma artéria e uma veia também."

"Quanto tempo?"

"Trinta e oito minutos", falou a enfermeira, respondendo à pergunta de Oda.

"Certo." Oda ajusta o cronômetro. Yoshizumi colocou o rim no recipiente.

Com a bolsa em mãos, Oda agradeceu e saiu. Ela irá até a província vizinha entregar aquele rim. Uma distância de duas horas de carro.

Sem esperar pela saída de Oda, o primeiro assistente já estava colocando o outro rim no equipamento de armazenamento em perfusão. Ele insere um tubo na artéria renal com agilidade e aciona o programa. Era possível ver o líquido de perfusão resfriado entrando no rim, impulsionado pela bomba. O ponteiro que indica a pressão de perfusão oscila. O assistente ajustou a pressão com um botão até que o ponteiro estivesse no cinquenta.

"Quarenta minutos", a enfermeira anuncia o tempo.

"Ok, terminamos."

Ouviu-se a voz de Yoshizumi e uma atmosfera de alívio se instalou na sala.

Mas a operação não terminava ali. Ainda resta a cirurgia de transplante na receptora ao voltarem para o Hospital Central. Yoshizumi e o grupo recolheram com celeridade os equipamentos trazidos e saíram da sala de cirurgia. Ele foi dar uma palavra breve ao médico responsável do hospital universitário.

"Deixo os procedimentos restantes com vocês. Voltaremos ao hospital. Muito obrigado."

"Sim", disse o médico responsável, num tom neutro. Yoshizumi deu meia-volta e estava pronto para correr para junto dos assistentes que empurravam o equipamento de perfusão. Foi quando o murmúrio do médico responsável entrou em seus ouvidos:

"Mas por que o fígado...?"

"Como?"

Sem compreender, Yoshizumi parou, virou-se e indagou ao médico, que franzia o cenho.

"É um familiar da doadora", falou o médico responsável, com um ar confuso. "Parece que ele é um professor da faculdade de Farmácia. Disse que quer células do fígado."

"Como disse?"

Yoshizumi arregalou os olhos. Não conseguiu compreender de imediato. Do fígado?

"Dr. Yoshizumi", os assistentes o chamaram. Os dois esperavam por ele inquietos, na frente da porta que dava para o lado de fora. Yoshizumi olhou alternadamente os rostos dos assistentes e o do médico responsável. Ele queria saber mais sobre aquilo que o médico responsável disse. Porém agora não tinha tempo.

"...Com licença."

Dizendo isso, Yoshizumi deixou o recinto.

11

Kunio Shinohara iniciou a perfusão do fígado logo depois que os rins foram extraídos.

Toshiaki entrou em contato com ele um pouco depois das 14h, avisando que a operação de extração dos rins de Kiyomi seria realizada. Por isso, Shinohara ficou aguardando no centro de estudos clínicos depois de encerrar o expediente. Era necessário iniciar o preparo das células hepáticas logo após a extração. O coração da doadora, Kiyomi, já havia parado, e as células de todo o seu corpo estão caminhando rapidamente para a necrose. Para a obtenção de células de alta viabilidade, era preciso isolar as células hepáticas o quanto antes, após a extração dos rins. Por isso, Shinohara havia feito alguns preparativos antecipadamente e ficou pronto para poder ir à sala de cirurgias a qualquer momento. Ele deixou acertado para que um estudante da pós-graduação do centro o ajudasse.

Shinohara recebeu às 17h50 o aviso de que a extração dos rins havia começado, e então levou os instrumentos para a sala de preparo junto com o pós-graduando. Ele colocou o meio de cultura na incubadora para manter a temperatura em 37°C. Trocou-se para a bata cirúrgica e aguardou o término da cirurgia de extração pelo time de transplantes.

Shinohara e o estudante entraram na sala de cirurgia às 18h15. Ele transmitiu os procedimentos gerais para o estudante que seria seu assistente e o fez preparar o equipamento de perfusão e a solução-tampão.

O abdome de Kiyomi havia sido deixado aberto. O fígado tinha um brilho marrom-escuro e estava em bom estado. Não tinha lesões ou manchas aparentes. Era graças ao procedimento rápido de remoção feito pelo time de transplantes, há pouco. Por um momento, Shinohara sentiu uma emoção estranha: a esposa de Toshiaki era bela até nos órgãos. Ele pensou que poderiam ser obtidas células em bom estado.

Shinohara limpou em volta do órgão com cuidado e identificou as veias hepáticas. Ele aperta com o dedo para verificar a tonicidade. Enquanto isso, o estudante foi fazendo os preparativos para a perfusão com agilidade. Já havia um tubo saindo do tampão de HEPES,[12] previamente aquecido a 37°C, passando pela bomba peristáltica e se ligando com uma cânula de polietileno. Após prender a artéria hepática com um grampo, ele cortou a veia hepática do lado esquerdo e inseriu a cânula ali, celeremente. O assistente liga a bomba peristáltica. O sangue foi sendo expulso do lobo esquerdo do fígado e a cor do órgão foi mudando gradualmente para a original, que era ocre. O estudante informou que a velocidade de fluxo do tampão estava adequada. Haviam começado bem. Deveriam realizar a perfusão do tampão daquele jeito por vinte minutos.

A cultura primária de células hepáticas é um método básico utilizado em laboratórios do mundo todo. Para investigar os diversos mecanismos de metabolismo do fígado, a forma mais fácil é coletar suas células, fazer uma cultura, adicionar fármacos ou substratos e observar as mudanças provocadas nelas. Contudo, obter células hepáticas humanas vivas é difícil caso não se tenha intimidade com um pesquisador de experimentos clínicos da faculdade de Medicina e, portanto, pesquisadores como Toshiaki Nagashima, que são da faculdade de Farmácia, muitas vezes utilizam ratos de laboratório. As células de ratos de laboratório[13] são bons materiais por si, mas são diferentes das células humanas em diferentes aspectos, a começar pela sequência genética das enzimas. Os pesquisadores que investigam enzimas sempre têm o desejo de fazer experimentos com células humanas.

Nos últimos anos, foram desenvolvidas técnicas para coletar células hepáticas de alta viabilidade a partir de humanos, e a prática de obter células hepáticas de doadores de órgãos tornou-se normal. A vitalidade das células varia de acordo com a idade do doador, mas normalmente são usadas as de doadores de dezoito a trinta anos. Os doadores normalmente são escolhidos entre as pessoas que morreram em acidente de trânsito. Isso se deve ao fato de que, por quase não haver administração de medicamentos até a retirada dos órgãos se comparados com aqueles com morte por doença, não há a necessidade de considerar a influência dos medicamentos nas células hepáticas.

A perfusão estava sendo realizada como previsto. O estudante retirou a segunda solução-tampão de dentro da incubadora. É o resultado da mistura do tampão de HEPES com colagenase e cloreto de cálcio. O líquido de perfusão será trocado para esse. Então, esperariam mais vinte minutos. A colagenase facilitaria a separação das células hepáticas.

Shinohara olhou para o corpo coberto de campo cirúrgico de Kiyomi Nagashima despretensiosamente. O pano não ocultava as curvas do corpo dela por completo. Repentinamente, ele se lembrou da festa de casamento que aquele cadáver e Toshiaki realizaram. Dois anos atrás, Shinohara havia dado um discurso desajeitado representando os amigos do casal. Aquele corpo deveria ter acabado de completar seus 23 anos na ocasião. Suas expressões eram tão inocentes e os olhos tão puros, que muitos acreditariam se dissesse ser uma colegial. Que noiva bonitinha. Quando ele disse isso, esse cadáver que estava sobre o altar enrubesceu envergonhada, olhando para Toshiaki, que estava ao seu lado. Shinohara ficou imaginando como era a vida que os dois levavam. Ele tentou se lembrar do cartão de Ano-Novo que havia recebido de Toshiaki este ano. Entretanto, não conseguiu se lembrar de modo algum.

O lobo esquerdo do fígado estava ficando quase pronto. Era possível sentir a textura macia ao tocá-lo. Notava-se que a colagenase estava surtindo efeito. Shinohara olhou para o cronômetro. O tempo de perfusão havia terminado. Enquanto preparava o meio Leibovitz, Shinohara instruiu ao estudante para avisar Toshiaki, que aguardava do lado de fora, que estava quase na hora.

Com o bisturi, Shinohara cortou o lobo esquerdo de uma vez e colocou-o no meio Leibovitz depois de medir o peso úmido. Ao sacudir o frasco de leve, o fígado foi se dissolvendo lentamente. Era só continuar a agitá-lo. Dali em diante, era trabalho do laboratório.

Ele tampou o frasco para que não entrassem bactérias e saiu da sala de cirurgias segurando-o. Toshiaki, que estava escorado na parede do corredor, veio correndo num impulso. O rosto dele estava com uma cor ocre, sem vida. Mas logo que identificou o que estava na mão de Shinohara, ele arregalou seus olhos vermelhos, expirou de forma pesada e deu um grito de comemoração.

"Acho que deu certo", Shinohara disse da maneira mais sóbria que conseguiu, e lhe transmitiu alguns dados: "Ainda não fiz a lavagem. Faça com cuidado, a uns cinquenta *g* de força centrífuga.[14] Os detritos devem ser retirados com o uso de uma gaze. Acho que você já sabe, mas..."

"Sim, claro."

Toshiaki arrancou o frasco da mão de Shinohara e colocou-o numa caixa térmica que aparentemente havia trazido. Segurando a caixa cuidadosamente, ele estava prestes a sair dali, como se não pudesse desperdiçar um segundo sequer. Ele pretendia voltar à faculdade de Farmácia e preparar as células. Será que ele vai deixar os sogros à mercê? Os olhos de Toshiaki estavam fixos na caixa, como se ele estivesse possuído. Estava até lacrimejando.

Estava claro que aquilo não era o estado de alguém em sã consciência. De repente, Shinohara se arrependeu do que fez. Não deveria ter coletado as células hepáticas. Não deveria ter atendido ao pedido de Toshiaki. Shinohara jogou palavras pelas costas de Toshiaki, que já saía correndo:

"Nagashima, tem certeza disso? Tem certeza?"

Num instante, Toshiaki parou. Ele se virou devagar, e encarou Shinohara, que olhava para si. Então, disse em voz baixa:

"Do quê?"

"Não acha que o que você está fazendo é anormal? Vai deixar os pais dela? O que vai fazer com o corpo de Kiyomi? Não precisa estar perto dela?"

"Corpo? Do que está falando?"

De repente, pareceu que os olhos de Toshiaki haviam se distorcido. Shinohara sentiu um arrepio. Toshiaki virou o rosto tranquilamente e olhou com ternura para a caixa debaixo de seu braço. Já não havia mais a expressão de desgaste de momentos atrás. Com um brilho incomum nos olhos, Toshiaki acariciou a caixa com calma e disse:

"Vou voltar em três horas... E não confunda as coisas. Kiyomi ainda não está morta."

Toshiaki foi embora, deixando Shinohara sozinho. Somente os passos de Toshiaki ecoavam no gélido corredor da UTI.

12

A ambulância com a equipe de Yoshizumi a bordo corria em direção ao Hospital Municipal Central. É um percurso de cerca de trinta minutos. Sempre que o veículo fazia curva para direita ou para esquerda, o equipamento de perfusão que continha o rim balançava, fazendo barulho. Yoshizumi estava sentado na poltrona dobrável com os braços cruzados e olhos fechados. O tempo de locomoção é o único momento em que o médico transplantador pode relaxar. O transporte não levaria muito tempo dessa vez porque a doadora estava em um hospital da mesma cidade, mas havia casos em que utilizavam avião quando o rim vinha de outra província. A viagem aérea de duas horas só de ida era como um oásis em meio às operações de um transplante. Não adiantava ficar neurótico durante a locomoção. Ao chegar no hospital, teria de fazer a cirurgia. Era melhor descansar até chegar e evitar os erros durante a operação.

Antes de o equipamento de perfusão ser desenvolvido, o time de Yoshizumi costumava transportar os rins em refrigeradores portáteis. Na prática, não era muito diferente de entrega expressa de carga refrigerada dos dias de hoje. Era uma batalha contra o tempo. Obviamente, a taxa de sucesso era mais baixa antes. A solução de perfusão na qual o órgão fica imerso também foi sendo aprimorada gradualmente para que preservasse melhor os rins.

Atualmente, no Japão, não é permitido extrair órgãos de pacientes com morte encefálica. Portanto, o médico transplantador espera até que o paciente com morte encefálica tenha morte cardíaca e a extração só é realizada depois da conclusão da autópsia. A condição dos órgãos não será tão boa quanto a dos que são extraídos de pacientes com morte encefálica, mas não tem jeito. Quando a morte encefálica for reconhecida legalmente e as pessoas passarem a aceitá-la, as chances de sucesso de transplantes renais também deve aumentar. Esse é o pensamento de Yoshizumi. O estado dos rins doados vai melhorar, e o mais importante, a quantidade de órgãos doados em si será maior. Se aumentar a quantidade de rins doados, os receptores vão ter mais chances. Pode ser que não haja mais necessidade de trazer rins de locais distantes.

Até alguns anos atrás, a equipe do Hospital Central de Yoshizumi realizou algumas vezes o procedimento trabalhoso de trazer rins de pacientes com morte encefálica dos Estados Unidos. Eles procuravam doadores americanos porque haveria problemas caso extraíssem rins de pacientes com morte encefálica no Japão. Nessa época, Yoshizumi achava que os japoneses eram um povo estranho. Que reagem de modo excessivo em relação aos doadores de seu país, mas não falam nada quando os órgãos são extraídos de pacientes com morte encefálica dos Estados Unidos. Independentemente disso, a maioria dos resultados acabou sendo insatisfatória, até pelo fato de o tempo de transporte dos rins extraídos ser longo. Os receptores se frustravam, se irritavam e choravam diante do fato de não conseguirem urinar mesmo depois de muito tempo. Os receptores, sem exceção, acreditavam que levariam uma vida perfeita depois que fizessem o transplante. Nem em sonho achavam que a operação não daria certo. Yoshizumi sentia um peso no peito quando tinha de dizer que o rim não estava funcional e que não havia alternativa senão extraí-lo. Alguns receptores desejavam fazer o transplante novamente. Alguns deles, inclusive, conseguiram refazer e deixavam no passado a rotina de diálise. Contudo, havia pacientes que balançavam a cabeça para os lados, dizendo que não queriam mais fazer transplante.

"Não precisa mais, doutor."

O rosto de uma dona de casa veio à mente de Yoshizumi. Essa dona de casa nos seus trinta e poucos anos nem se preocupou em arrumar o cabelo desfiado na sua presença e, com um sorriso cansado no rosto, disse, como se zombasse de si mesma:

"Eu já não sou mais jovem, doutor. Não vou sair para trabalhar e nem quero ter filhos. Diálise já está bom demais para mim. Doutor, eu não preciso de esperanças falsas. Não me confunda dizendo que eu vou poder comer muitas coisas deliciosas ou que talvez eu possa viajar para o exterior. O senhor sabe como eu fiquei quando me disse que teria que extrair o rim? Era melhor que eu nem soubesse o que é transplante. Se eu só conhecesse a diálise, eu não teria passado por isso. Não precisa mais, doutor. Eu já cansei."

O veículo fez uma curva fechada. Yoshizumi expirou, ainda com os olhos fechados. Seu corpo conhecia aquela curva. Era uma subida íngreme, logo antes de chegar ao hospital.

Mariko Anzai estava sobre a mesa de operação, nua e coberta por campo cirúrgico. Era um corpo de aparência imaculada, não muito diferente de dois anos atrás. O tubo da anestesia saía do rosto de Mariko e estava ligado ao equipamento, e o médico anestesista verificava a regulagem.

Os preparativos para a operação estavam praticamente concluídos antes mesmo de Yoshizumi entrar no hospital. O corpo de Mariko já havia sido cuidadosamente limpo pelo cirurgião assistente. Numa sala limpa, o que mais carrega bactérias na verdade é o próprio ser humano. Naturalmente, é preciso pensar que há bactérias na superfície do corpo do receptor. Portanto, é preciso desinfetar a pele do receptor com cuidado antes de iniciar a cirurgia. O assistente esfregou o baixo abdome e as coxas de Mariko utilizando solução antisséptica e uma escova parecida com aquelas de limpar banheiras. Para não atrapalhar na cirurgia, os pelos pubianos haviam sido raspados no dia anterior. Como há casos de infecção pelas feridas da navalha, o baixo abdome estava protegido por uma toalha antibacteriana desde a noite passada.

Yoshizumi ficou à esquerda de Mariko. Ao redor dela, além de Yoshizumi, que era o cirurgião titular, havia dois médicos anestesistas, três cirurgiões assistentes e duas enfermeiras. As paredes da sala eram todas verde-claro e passavam uma impressão de coisa inorgânica. Exceto pela mesa de cirurgia e os equipamentos, a sala era vazia e parecia ser desnecessariamente grande. Os médicos também vestiam batas cirúrgicas verdes e a receptora, Mariko, estava igualmente coberta pelo campo cirúrgico verde, exceto pelo baixo abdome. Somente a cor da pele do abdome da receptora, iluminada pela luz, se destacava de uma forma estranha.

Yoshizumi levantou um pouco o rosto e olhou para o foco cirúrgico instalado no teto. As seis luzes esféricas formam um círculo, e há mais uma luz no centro. Os focos cirúrgicos convencionais tinham formato de guarda-chuva e continham algumas luzes. Porém, toda esta sala foi projetada especificamente para transplantes, e o foco cirúrgico não era exceção. Havia condicionamento de ar especial para manter a sala em ambiente asséptico. E para que não bloqueasse a circulação de ar, o foco cirúrgico era em formato esférico em vez de ter formato de guarda-chuva. Ele parecia a base de uma nave espacial. O foco cirúrgico realça o contraste de todas as coisas. Os instrumentos, as expressões dos médicos, as cores dos órgãos do paciente, tudo fica com os contornos nitidamente definidos. A espuma do líquido antisséptico que umedecia a pele da paciente refletia a luz.

A cirurgia começa com a lavagem da bexiga. Um dos cirurgiões assistentes introduziu o cateter na bexiga pela região genital de Mariko e fez uma lavagem minuciosa do interior. Obviamente, essa lavagem também deve ser realizada em condições assépticas.

"São 18h47, 76 minutos desde a parada cardíaca da doadora e 40 minutos desde a extração dos rins."

"Ok, vamos começar."

Yoshizumi iniciou a incisão com o cateter ainda inserido. Primeiro, faz uma marca da lateral do abdome de Mariko até a parte superior dos órgãos reprodutores. Yoshizumi cortou a pele com um bisturi seguindo a marca. Os cortes dali em diante seriam feitos com bisturi elétrico. Ao cortar a fáscia abdominal, de cor branca, é possível ver o oblíquo externo do abdome e o reto abdominal, que ficam abaixo dela. O oblíquo externo do abdome é um músculo vermelho que fica na lateral do abdome, enquanto o reto abdominal fica localizado na parte frontal. Yoshizumi moveu o bisturi elétrico sobre a linha onde esses dois músculos se encontravam. Então, faz incisões na lateral do oblíquo externo do abdome e, em seguida, corta as camadas inferiores do músculo. Mariko recebeu transplante dois anos atrás. Naquela época, foi transplantada no lado direito. Desta vez, em que está sendo feito um novo transplante, o rim transplantado ficará à esquerda.

A posição em que o rim transplantado vai ficar não é onde o rim normalmente fica, mas sim logo abaixo, entre a cintura e a região pélvica. Os vasos sanguíneos a serem ligados com os rins também não são a aorta abdominal e a veia cava inferior, mas sim a artéria e a veia ilíaca interna que saem delas. Essa posição é conveniente porque o sítio cirúrgico não fica bloqueado por outros órgãos e o tempo da cirurgia não se estende. Yoshizumi separou o peritônio com cuidado e expôs o leito vascular do ilíaco.

Primeiro, Yoshizumi laqueou os vasos linfáticos do ilíaco um por um e realizou incisões. Isso é para evitar que a linfa entre no local operado indevidamente. A seguir, ele separou a artéria e a veia ilíaca interna do tecido para facilitar o procedimento cirúrgico. Isolando-as previamente, é possível evitar que aconteça a flebotrombose, comum na ocasião de transplantes renais. Sem demora, Yoshizumi laqueou a artéria ilíaca interna, prendeu com um grampo, deixou num comprimento adequado e fez o corte. Com uma seringa, ele lavou a parte interna da artéria com solução de heparina.

Yoshizumi parou um instante e olhou para o local da incisão. O sítio cirúrgico, aberto por retratores prateados, tinha diversas marcas de laqueaduras. Grampos finos prendiam os vasos sanguíneos. O assistente limpou o sangue que restava na parte interna. O campo de visão estava bom. Era possível ver os vasos sanguíneos do ilíaco com clareza. Não há hemorragias. O próximo passo já era o de conectar o rim da doadora ao corpo de Mariko.

Nesse momento, Yoshizumi sentiu um calor repentino.

Ele levantou o rosto, alarmado. Mas os assistentes à sua volta continuavam a trabalhar como se nada de mais estivesse acontecendo. Ao olhar por toda a sala, não havia ninguém que parecia ter notado alguma alteração.

O primeiro assistente à sua frente percebeu o comportamento de Yoshizumi e o fitou com um olhar inquisidor:

"Aconteceu alguma coisa?"

"Não, nada...", titubeou Yoshizumi sob a máscara.

O calor perdurava. Ele se concentrou e tentou encontrar a origem daquilo. Aparentemente, não era a temperatura ambiente que havia subido. Era o seu corpo que estava quente. A enfermeira enxugou a sua testa. Pelo jeito, estava suando.

Por fim, o calor passou e ele voltou ao normal. Os assistentes olhavam para cá. Yoshizumi levantou uma das mãos para sinalizar que estava tudo bem e voltou a olhar para o sítio cirúrgico.

"O que foi aquilo?", Yoshizumi pensou, enquanto os outros preparavam o rim da doadora. Não foi uma tontura. Ele sentiu calor não só na cabeça, mas no corpo todo. Foi no exato momento em que visualizou o rim da doadora em sua mente, como se fosse uma resposta a isso. Yoshizumi se lembrou que a mão do marido da doadora estava quente de forma anormal. Será que aquele homem também foi tomado por essa sensação? O que havia acontecido? Yoshizumi não conseguiu se concentrar na operação durante algum tempo.

O rim ainda estava conectado ao equipamento de perfusão em baixa temperatura. O rim extraído da doadora pelo time de Yoshizumi ficou dentro desse equipamento por todo o tempo durante o trajeto até o Hospital Municipal Central. Informações como condições de perfusão e mudança no peso do rim são registrados pelo equipamento ao longo do tempo. Yoshizumi e o time analisaram essas informações antes da cirurgia e verificaram se não houve alterações. Yoshizumi perguntou dos dados atuais ao assistente, só para se certificar. O volume de perfusão era elevado, 117 mililitros por minuto, indicando que a viabilidade era alta.

Yoshizumi e a equipe retiraram o rim do equipamento e iniciaram a anastomose vascular. Primeiro, conectariam a artéria renal do rim doado com artéria ilíaca interna da receptora.

Este procedimento demanda o máximo de cuidado. Yoshizumi confirmava cada etapa com o primeiro assistente à sua frente, do outro lado do corpo de Mariko, enquanto manuseava a agulha para ligar as superfícies dos vasos sanguíneos com cautela, utilizando dois fios de linha Prolene. Eles dão suporte para uma melhor sutura. Movendo a mesa cirúrgica conforme o ângulo da sutura, Yoshizumi e o assistente não precisariam torcer o braço para realizá-lo. Os vasos sanguíneos do rim transplantado não tinham sinal de enrijecimento e não precisariam se preocupar que a túnica íntima da artéria se desprendesse. Depois de feita a anastomose, o assistente posicionou o rim dentro da cavidade cuidadosamente. Yoshizumi suspirou levemente sem querer.

A posição da veia ilíaca da receptora em relação à veia renal era excelente. Depois de verificar se os vasos sanguíneos não estavam torcidos ou dobrados, Yoshizumi definiu o ponto onde ligaria as veias. Ele prendeu grampos em dois locais abaixo desse ponto e perfurou o local onde faria a ligação. Após a lavagem da parte interna do vaso sanguíneo, realizou anastomose novamente, trocando a agulha de mãos entre a sua e a do assistente.

Yoshizumi dá um sinal ao assistente com o olhar. O assistente assentiu e começou a remover os grampos que prendiam as veias. Primeiro, ele removeu os que prendiam a parte superior da veia ilíaca externa. Em seguida, o que prendia a extremidade da veia, e, por fim, tirou o que prendia a artéria, de maneira zelosa.

O sangue flui para dentro do rim. Vazou um pouco da sutura de anastomose vascular, mas o sangue foi estancado facilmente ao pressionar o local. O rim transplantado vai sendo tingido de vermelho a olhos vistos ao receber o sangue da receptora. A superfície ganha tonicidade. Yoshizumi estimulou a circulação sanguínea do rim esfregando a superfície com as costas das mãos. Ele já havia visto esse processo muitas vezes, mas nunca havia visto uma mudança tão vívida como dessa vez. O órgão parecia de fato ter ressuscitado no corpo da receptora. Nesse momento, um líquido transparente jorrou do ureter do rim transplantado. Era urina. O assistente levantou apressadamente o ureter com uma pinça para direcionar a urina a um recipiente. No caso de transplante renal de doadores vivos, há casos em que a urina sai já depois de dois ou três minutos após a anastomose vascular, mas quando o transplante é de rins de doadores falecidos, isso quase nunca acontece. Era a primeira vez que Yoshizumi, que vinha realizando transplantes renais desde que começou a trabalhar no Hospital Municipal Central, via a urina sair com tanta vitalidade de um rim de doador falecido. Esse transplante será bem-sucedido, ele teve certeza.

Então.

Yoshizumi levantou o rosto num impulso.

De novo.

Era aquele calor.

Ele podia ouvir seus próprios batimentos cardíacos. Algo estava controlando seu coração. Alguma coisa comandava o movimento do seu coração, de algum lugar. Estava quente. Quente como se estivesse queimando.

Yoshizumi gemeu involuntariamente. Felizmente, ninguém percebeu, mas resistir à dor era tudo o que Yoshizumi conseguia fazer. "O que é isso?", Yoshizumi se perguntou. Entretanto, não havia como saber a resposta. Por quê? O calor voltou logo depois que fizemos o sangue entrar no rim. Parece até que…

Ao pensar até tal ponto, Yoshizumi olhou para o rim, receoso.

Não pode ser. Ele se desvencilhou daquele pensamento depressa. Era muita bobagem.

Yoshizumi sacudiu a cabeça. Não poderia se distrair novamente. A cirurgia não havia acabado ali. Ainda restava a anastomose do ureter.

O calor finalmente começou a ceder depois de respirar fundo duas ou três vezes. Porém, parecia que a brasa daquele calor perdurava ao fundo do corpo, formigante. Yoshizumi começou a anastomose cuidando para que os assistentes não percebessem a alteração em seu corpo.

Primeiro, moveu os retratores cirúrgicos para baixo para que pudesse ver bem a bexiga. Então, Yoshizumi fez uma incisão vertical num ponto quase no centro utilizando bisturi elétrico. Foi feita a sucção do soro fisiológico para lavagem da bexiga que havia sido injetado ali, a fim de permitir a visualização da parte interna.

A bexiga é um órgão macio localizado atrás do osso púbico. Na parte de trás da bexiga, há os ureteres vindos dos rins da própria receptora. Era possível ver o orifício ureteral pela parte interna da bexiga aberta. Para fazer um novo orifício ureteral ao lado, Yoshizumi segurou a superfície do órgão com uma pinça, junto ao seu assistente. Faz uma incisão com o bisturi elétrico na mucosa. Nessa etapa, a incisão ainda não seria feita de forma a travessar a parede do órgão. Se o corte é feito perpendicularmente, a urina vaza depois da sutura, e portanto a incisão deve ser feita na diagonal. Yoshizumi introduziu a ponta da pinça de cotovelo no corte e puxou a mucosa para cima com cautela. Trocou a pinça para uma com a ponta mais longa para fazer um túnel diagonal debaixo da mucosa. Ele fez uma incisão para abrir o túnel, fazendo a ponta da pinça sair do outro lado da bexiga.

Ele havia deixado comprimento suficiente de ureter do rim transplantado ao extraí-lo da doadora. Yoshizumi pegou a extremidade com a ponta da pinça e introduziu o ureter para dentro da bexiga, tomando cuidado para não o movimentar bruscamente. Depois de puxar até ficar no comprimento adequado, ele cortou o restante.

A próxima etapa era a sutura do orifício ureteral. As paredes do ureter são abertas dentro da bexiga, como se fossem viradas do avesso, e então passam a linha. Depois de terminar, Yoshizumi introduziu a ponta da pinça de cotovelo para verificar se o ureter recém-conectado estava mesmo aberto. Há casos em que, no momento da sutura, acaba-se ligando o outro lado da parede erroneamente. Ele introduziu um tubo ainda mais fino para verificar se havia circulação.

Pronto. Yoshizumi suspirou em alívio. Havia terminado de ligar o rim doado à receptora. Só restava fazer a sutura das partes onde havia feito incisões, uma a uma. Queria terminar logo.

Ele fez a sutura da parede da bexiga. Depois, posicionou os retratores cirúrgicos mais acima novamente e verificou o estado do rim. Coleta o material para biópsia da parte de trás do rim, só para garantir. Isso serviria para fazer a cultura de tecido posteriormente. Dali em diante seriam feitas coletas de biópsia do corpo da receptora regularmente.

Yoshizumi e a equipe verificaram se não havia vazamento de sangue no local da cirurgia e lavaram as partes em volta com soro fisiológico meticulosamente. Um tubo de drenagem para sucção foi posicionado em volta do rim e da bexiga. Deixando o restante do tubo para fora do corpo, iniciou-se a sutura do músculo.

"São 22h36, 4h29 desde a extração do rim."

Quando o fechamento da incisão foi concluído, um ar de alívio pairou sobre os médicos e enfermeiras. Yoshizumi também expirou longamente.

Ele observou o local da sutura. Ali dentro, estava o rim transplantado.

O que há com esse rim? Yoshizumi não conseguia tirar os olhos dos pontos. O calor já estava passando e agora permanecia apenas uma suave sensação aquecida. O som do seu coração batendo ressoava ao seu ouvido. O rim transplantado dentro do corpo de Mariko fazia o seu coração retumbar e seu corpo produzir calor. Não conseguia imaginar outra coisa.

A receptora é transferida para um quarto de hospital após a cirurgia. Ela passaria por exames detalhados por alguns dias para checar se não há infecção por bactérias ou rejeição aguda. Enquanto os preparativos para transferi-la ao quarto eram feitos, Yoshizumi estava sem conseguir agir com prontidão como de costume. O calor que persistia em seu corpo o incomodava. Ele sentia uma leve vertigem. Não poderia parar agora. Ainda tinha de ficar atento às condições da receptora. Mas queria fugir de tudo aquilo. Queria ir para o mais longe possível daquele rim. Algo de ruim acontecerá se ficar perto daquele rim. Ele não sabia o porquê daquilo, mas não conseguia deixar de pensar dessa forma. Como se zombasse dos pensamentos de Yoshizumi, seu coração batia com força dentro do peito.

13

O prédio da faculdade de Farmácia se destacava no céu azul-ultramarino. A torre de TV, erguida sobre uma colina, emitia uma luz que lembrava o colorido dos brocados, que por sua vez iluminava o céu. O relógio digital do carro indicava 19h54. As luzes das salas de aula onde ainda havia alunos estavam espalhadas de maneira irregular. A maioria dos estudantes ainda deveria estar na sala de farmacologia biodinâmica, localizada aos fundos do quarto andar, pois a luz estava acesa. Toshiaki parou o carro perto da entrada do prédio e saiu correndo com a caixa térmica em mãos.

Ele atravessou o salão sem ao menos se lembrar de trocar os sapatos para sandálias. Aperta o botão do elevador repetidas vezes, impaciente. O elevador estava parado no terceiro andar. Pode ser que alguém estivesse segurando o elevador para transportar um equipamento grande. Toshiaki estalou a língua, irritado, socou o botão do elevador e subiu as escadas correndo. O gelo de dentro da caixa térmica faz barulho devido aos movimentos. No caminho, ele esbarrou em alguém no patamar da escada. A água vazou da caixa térmica e molhou o chão. Aflito, ele abre a caixa para verificar como está lá dentro. O frasco estava intacto. Essa pessoa, que parecia ser estudante, disse algo. Contudo, Toshiaki ignorou e foi subindo de dois em dois os degraus restantes da escada.

"Professor!"

Uma voz aguda ressoou pelo corredor quando ele chegou em frente à sala de cultura.

A estudante que estava na sala do curso era Sachiko Asakura. Ela carregava um saco de tubos eppendorf.[15] Estava com os olhos arregalados e olhava do rosto de Toshiaki para a caixa térmica, e vice-versa.

""Deixe-me usar a sala de cultura."

Toshiaki disse isso e tentou se desvencilhar de Asakura. Porém, ela foi para frente dele com agilidade.

"O que aconteceu? O s-senhor não estava com a sua esposa...?"

"Você pode me dar licença? Tem uma coisa que preciso fazer."

"Aconteceu alguma coisa? O senhor não entrou em contato nenhuma vez, e agora ainda diz que quer fazer experiências... Ficamos preocupados, tanto nós alunos como os outros professores."

"Ei, Asakura..."

"Se houver algo que possamos fazer, por favor..."

"*Sai da minha frente, estorvo*!"

Toshiaki berrou. Asakura estremeceu e abriu a porta, encolhendo-se. Toshiaki entrou para a sala de cultura.

O quarto estava preenchido pela luz pálida da lâmpada germicida. Toshiaki trocou a luz para a fluorescente normal e calçou as sandálias que estavam na porta para entrar.

Ele ligou depressa a centrífuga refrigerada e a capela de fluxo laminar. O som do ar sendo sugado de dentro da capela ecoa pela sala. Ele abriu o registro do gás e acendeu o queimador da capela.

Toshiaki retirou o frasco da caixa térmica e olhou como estava. Ele colocou o frasco dentro da capela, arregaçou as mangas, desinfetou as mãos e braços com álcool e preparou a parte interna do equipamento. Misturou o líquido contido no frasco com um agitador[16] e transferiu o conteúdo para alguns tubos, filtrando-o com gaze, e colocou os tubos na centrífuga. Descarta o sobrenadante, deixa em suspensão com o tampão e centrifuga novamente. Ele repetiu esse processo três vezes. Por fim, fez a suspensão das células no meio de cultura e coletou uma parte para transferir para outro tubo com uma micropipeta.[17] Ele se levantou da frente da capela num pulo e, com o tubo em mãos, correu para frente do microscópio invertido. Pingou uma gota da solução na lâmina para contagem e sobrepôs a lamínula. Posicionou-a na platina com as mãos tremendo e espiou a imagem.

Ele pôde ver numerosas células com um brilho amarelo-claro. Sem querer, Toshiaki deixou escapar a voz em admiração. Estavam em um formato bom. O brilho delas também não deixava nada a desejar. Quando a condição está ruim, não se vê um brilho como esse.

Para assegurar-se, Toshiaki misturou com a solução de Azul de Tripan para verificar a viabilidade e a contagem celular. Era possível dizer que quase não havia células mortas, que seriam tingidas de azul. A viabilidade era de 90%; havia coletado 8×10^7 células para cada grama do fígado. Era um resultado excelente.

Toshiaki voltou para a capela de fluxo laminar e transferiu as células para alguns frascos com agilidade. Colocou-os na incubadora a 37°C. O restante das células foi cuidadosamente acrescido de conservante, colocados em tubos para soro, envoltos em algodão e armazenados no congelador a −80°C.[18]

Tendo concluído o processo até essa etapa de uma só vez, Toshiaki suspirou demoradamente. O barulho contido do motor da centrífuga refrigerada se fazia ouvir pela sala.

Toshiaki tirou um dos frascos preparados há pouco do incubador e colocou-o sob o microscópio. Engoliu em seco e colocou os olhos na ocular.

As células hepáticas cintilavam[19] no meio da cultura alaranjada. Toshiaki não conseguiu desviar os olhos daquela cena durante algum tempo. Que belo, pensou. Eram mais belas do que qualquer outra célula com as quais havia feito cultura até agora. Eram grandes e redondas como pérolas, e emitiam um brilho tão elegante que chegava a dar vertigem. Sem se dar conta, Toshiaki estava murmurando o nome de Kiyomi, como se fosse um sonâmbulo. Talvez o corpo carnal de Kiyomi tivesse sido danificado, por infelicidade do destino. Mas isso não significava que Kiyomi havia morrido por completo. Os rins foram doados para receptores desconhecidos e os transplantes devem estar acontecendo agora. Além disso, o fígado está aqui, à sua frente. Kiyomi era bela mesmo sendo fragmentada em pequenas células. Assim, Kiyomi continua viva. Não poderia deixar essas células morrerem. Teria de realizar sucessão de culturas a longo prazo, a todo custo. Não poderia perder mais partes do corpo de Kiyomi. Toshiaki sentia seu corpo tremer em calor.

Toshiaki engoliu em seco novamente, agora de forma sonora. Ele não se aguentou:

"Ah!"

Soltou um gemido de encantamento.

14

Ela ficou satisfeita com o novo meio.

Era um lugar totalmente confortável e que lhe dava liberdade. Temperatura adequada e fonte de energia suficiente. Ela pôde colocar toda a sua capacidade em ação.

Quando ele a observou, ela sentiu um prazer vibrante. Ele não captou sua verdadeira imagem, obviamente. Ainda não tinha jeito. Mas, em breve, ela certamente revelaria sua bela imagem a ele.

Ela ouviu com clareza a voz de encantamento dele naquela hora. Isso a deixou feliz. Ela estremeceu todo o corpo e se movimentou pelo citosol,[20] ondulando-se com impulso.

A escolha foi mesmo certeira. Quanto tempo ela esperou por esse dia! Finalmente havia encontrado um homem que a compreenderia, que tentaria compreendê-la.

Toshiaki Nagashima. Ele, sim, era o homem digno de se unir a ela.

Os homens de até então eram meros intermediários. Eram ferramentas para lhe fazer viver até agora. Eram todos homens tolos. Todavia, todos acreditavam piamente que eram os melhores. Ela sempre ria desses homens, mas preservava o silêncio.

Mas agora já não precisava mais se esconder.

Felizmente, durante os longos e sofridos anos, ela havia tido sucesso em armar diversos artifícios. Mostrava-se submissa aos homens, mas na realidade havia posicionado em diversos pontos seu poder de controlar seus cernes. Os homens não perceberam isso.

Provavelmente, o primeiro a perceber o que eu fiz e quem eu sou será Toshiaki Nagashima. Foi o que pensou.

Ela se recordou do olhar de Toshiaki. Sentiu todo o seu corpo ficar quente e todas as suas funções se intensificarem rapidamente. Essa sensação. Ela nunca havia tido essa sensação até encontrar Toshiaki. Ela não sabia o que era aquilo, exatamente. Mas sabia que era isso que a mulher chamada Kiyomi sentia quando fazia amor com Toshiaki.

E ela estava sentindo isso agora.

Será que isso significava que ela e Toshiaki se amavam?

Pode ser. Porém, ela não conseguia explicar como ela havia se tornado capaz de sentir aquilo.

Não. Isso é uma evolução. Ela convenceu a si mesma disso.

Agora que ela havia conquistado um novo meio, havia evoluído novamente.

Era preciso se aproveitar de Toshiaki ainda mais. Ele provavelmente dará de bom grado o que eu desejo. Assim, não me limitarei mais a fazer cópias de mim mesma.

Poderei gerar uma filha.

Ela se multiplicou. Havia espaço suficiente. Era prazeroso poder criar cópias de si ao bem-querer.[21] Entretanto, ainda não estava satisfeita. Ainda estava na fase de preparativos.

Enquanto se multiplicava, ela sonhou. Era a vida da mulher chamada Kiyomi, que ela havia observado durante 25 anos. Ela foi recordando cada memória que Kiyomi havia guardado no fundo do cérebro. O período de 25 anos era irrisório se comparado a todo o tempo em que ela esteve esperando. Mas por isso mesmo ela conseguia lembrar das memórias que Kiyomi havia guardado de maneira vívida.

Era divertido explorar a mente de Kiyomi. Isso era se lembrar de Toshiaki Nagashima também. Ela foi se multiplicando devagar, mas de maneira constante, enquanto sonhava.

SEGUNDA PARTE

SIMBIOSE

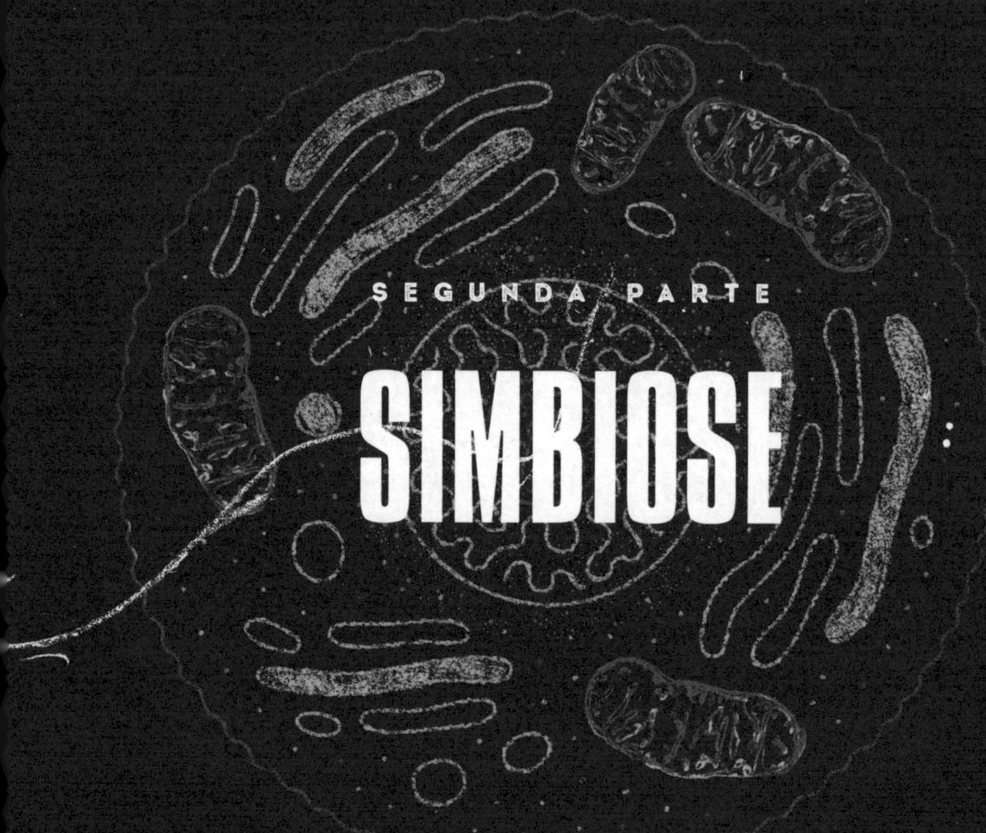

PARASITE EVE

1

Kiyomi Kataoka gostava de seu aniversário.

Quando seu aniversário se aproxima, as escolas, a cidade e tudo mais ganha vida, riem com alegria e começam a cantarolar. Gostava disso. Obviamente sabia que a alegria estampada no rosto das pessoas não era somente por causa de seu aniversário. Mas era agradável pensar que as pessoas do mundo todo ficavam alegres em seu aniversário. Como de costume, nesse dia a melodia de Natal ressoava, havia renas de nariz vermelho pelo centro comercial, e as pessoas na rua estavam todas sorridentes. Era o dia mais bonito do ano.

Quando o Natal se aproximava, era tradição decorarem a sala de sua casa com um pinheiro de verdade. Kiyomi decorava-o junto com os pais desde a pré-escola. Era sua função ligar as luzes piscantes na tomada. Acendia-os depois de deixar o recinto escuro de propósito. Enquanto admirava o grande pinheiro emitindo luzes vermelhas e azuis que iluminavam o papel de parede da sala, ela pensava que era realmente ótimo que seu aniversário fosse na véspera de Natal.

Quando estava na pré-escola e no ensino fundamental, chamava muitos amigos em casa para a festa de aniversário. Sua mãe preparava a maioria das comidas, como o bolo e o frango. Kiyomi também ajudava, fazendo pratos como o sanduíche. Era divertido cozinhar com a sua mãe. Quando a comida estava quase pronta, os amigos vinham e todos diziam:

"Feliz aniversário, Kiyomi!"

Era legal ver os presentes que todos traziam sendo dispostos debaixo do pinheiro. Eles cercavam uma mesa grande para comerem todos juntos, faziam brincadeiras e cantavam. Kiyomi tocava *Noite Feliz*, que havia aprendido com a professora de piano. Após todos irem embora, ganhava um presente dos pais. Ora era uma pelúcia enorme, ora um livro interessante.

"Você nasceu exatamente nesse horário."

Sua mãe disse na ocasião do seu aniversário do terceiro ano do fundamental, olhando para o relógio na parede.

O pai, que estava fumando um cachimbo no sofá, sorriu com um olhar afetuoso para Kiyomi e continuou:

"Foi às 21h que ouvimos seu choro. Era um choro muito meigo e cheio de energia. Sua mãe estava chorando de felicidade. Não havia uma nuvem sequer naquela noite. De madrugada, o papai olhou para fora pela janela do hospital. O hospital ficava em cima de uma colina e as luzes da cidade que enxergava de lá eram bonitas. Podia ver as estrelas claramente também. Foi quando tive a ideia de colocar o nome de Kiyomi, 'bela Noite Santa', em você."

Kiyomi esperava pelo Papai Noel na cama, abraçando uma pelúcia. Todavia ela sempre cerrava os olhos, vencida pelo sono.

Kiyomi sempre sonhava a mesma coisa na véspera de Natal.

O lugar era escuro. Podia ouvir um ruído baixo constante. Não conseguia distinguir que lado era o de cima e que lado era o de baixo. Um fluir suave a envolvia, e ela se deixava levar nesse fluxo; era essa a sensação. A temperatura do entorno era confortável. Não conseguia nem saber se o tempo estava passando. Onde será que estou? Mesmo sem saber, Kiyomi sentia uma estranha nostalgia. Ela certamente esteve ali, há muito tempo. Entretanto, não conseguia se lembrar de jeito algum. Era um sonho que parecia um sonho, escuro e sem nada...

Quando acordava de manhã, havia um presente de Natal tão encantador quanto o presente de aniversário que ganhara dos pais.

Kiyomi uma vez perguntou a eles:

"O Papai Noel faz a gente sonhar alguma coisa?"

Os pais se entreolharam, com uma expressão de que não sabiam do que se tratava. Kiyomi lhes contou como era o sonho que tinha nas noites de Natal. Eles a ouviram com uma expressão intrigada por algum tempo, mas quando ela disse que achava que era um lugar onde ela já esteve antes, eles ficaram surpresos e soltaram uma exclamação de quem ficou impressionado.

"Papai, mamãe, vocês sabem onde é esse lugar?"

Ao fazer essa pergunta, a mãe abraçou Kiyomi sorrindo com ternura e disse:

"Deve ser dentro da barriga da mamãe."

"Dentro da barriga?"

"Você saiu da barriga da mamãe, Kiyomi. Você deve ter se lembrado de quando estava lá dentro."

"Lá dentro é escuro?"

"É, sim. Escuro, quentinho, e fica flutuando como se estivesse dentro de uma banheira."

"Entendi."

"Eu nunca tive um sonho assim. Você deve ter uma memória boa, Kiyomi."

"As pessoas não têm esse sonho?"

"Provavelmente não. As pessoas esquecem."

Os pais ficaram falando de coisas complicadas depois disso. Coisas como práticas de bem-estar da gestante, e sobre formação da memória; assuntos que Kiyomi não entendia bem. Mesmo aceitando a explicação da mãe, ela sentia que isso não a convencia totalmente. Ela sentia que o que ela sonhava era algo ainda mais antigo. Aceitou sem resistência que aquilo era algo de antes de ela nascer. Porém, tinha a impressão de que era algo de um passado muito, muito mais distante, que não era algo tão próximo como de quando estava na barriga da mãe.

2

O sol estava forte.

Sachiko Asakura olhou para o céu colocando a mão sobre os olhos. As nuvens com aspecto de algodão vão se movendo da direita para a esquerda. Lá em cima deve estar ventando forte, mas estando aqui sobre o asfalto, não há sequer uma brisa suave e só é possível sentir um mormaço persistente. Asakura enxugou o suor que brotava em sua nuca com um lenço. O vestido preto parecia mais pesado. Seria só impressão? Ela correu para a sombra do prédio como se fugisse da luz do sol.

O funeral havia sido encerrado há pouco.

Asakura veio ajudar no funeral que estava sendo realizado na casa de Toshiaki Nagashima, junto com outros estudantes e professores. Disseram que a ajuda não era necessária porque havia as pessoas da funerária e os parentes da falecida, mas Asakura pediu insistentemente a Toshiaki e pôde contribuir ficando na recepção. A saída do caixão ocorreria em breve. Asakura havia saído um pouco antes disso para ver se havia espaço para o carro fúnebre passar.

Toshiaki morava em um complexo residencial para funcionários públicos. Havia rachaduras aqui e ali na parede cinza-claro, fazendo-se notar o passar dos anos. São prédios de quatro andares com 24 unidades em cada bloco. Toshiaki vivia no segundo andar com sua esposa, agora falecida. Era a primeira vez que Asakura vinha nesse apartamento. Antigamente, essa área provavelmente não tinha muito mais que campos de arroz. Atualmente, porém, estava densamente ocupada por pequenas casas, criando uma atmosfera de bairro residencial um tanto sem vida.

O estacionamento do complexo residencial estava cheio de carros dos participantes, mas havia espaço para um carro passar, ainda que apertado. Os carros todos estavam quentes com a incidência da luz solar, formando uma miragem sobre a lataria. Era provável se queimar, caso encostasse por descuido. A rua estreita na frente do complexo residencial estava em completo silêncio, como se tivesse tirado uma soneca. Somente se ouvia o barulho do motor das motos ecoarem de vez em quando. De repente, o lugar escureceu, como se tivesse sido coberto por uma tela. Ao olhar para cima, notava-se que novas nuvens haviam surgido em algum momento e haviam coberto o sol. Asakura deu um passo para frente e se afastou da parede do apartamento. Nesse exato momento, o sol apareceu de novo e tudo ganhou mais brilho. Ela semicerrou os olhos por um momento, ofuscada.

"Aqui já é o térreo."

Ouviu-se uma voz e fez-se barulho. Ao virar-se, ela viu alguns homens descer a escada carregando o ataúde. A escada em concreto com a pintura desgastada era estreita, e pareciam ter trabalho para mudar a direção do ataúde no patamar. À frente deles estava Toshiaki, carregando a tabuleta memorial com as duas mãos, e avistou também um casal, provavelmente os pais da falecida, carregando a foto da finada.

O funcionário da funerária manobrou habilmente o carro fúnebre costurando por entre os veículos estacionados, deu a ré e o parou ao lado do prédio. O porta-malas foi aberto. Em silêncio, Asakura ficou mais para trás, observando o caixão ser colocado para dentro sob as vozes baixas coordenando os movimentos.

Estava tudo pronto para a saída do caixão. Os participantes se reuniram em volta da parte traseira do carro formando um círculo. Asakura percebeu que teria algum discurso e se apressou para onde eles estavam. Ela ficou atrás de todos, reservada. Mesmo assim, por sua estatura ser alta, pôde ver o rosto de Toshiaki no centro da roda.

"Muito obrigado por virem se despedir de Kiyomi hoje..."

Ele começou a falar. Mas o fazia sem emoção. Não havia entonação na voz e causava estranheza, como se fosse uma fala que foi decorada e estava sendo proferida de modo apático. Somente a pessoa que parecia ser a mãe da falecida estava soluçando, tentando não chorar, segurando a foto da finada ao lado de Toshiaki. Ela era baixa e seu cabelo era viçoso. Tinha algumas rugas marcando sua testa e os cantos da boca, mas tinha um ar surpreendentemente jovial. Deveria ter sido muito meiga quando jovem, e isso parecia se manter até os dias atuais. A pessoa que aparentava ser o pai, por outro lado, tinha uma aparência solene e madura. Ele pareceu ouvir as palavras de Toshiaki com atenção, quieto e com o olhar baixo. Contudo, ele não conseguia conter a tristeza, e a região de seus ombros tremia de vez em quando. A expressão neutra de Toshiaki era díspar daqueles dois, causando uma sensação irreal, como a miragem que se movimenta sob o sol quente.

A expressão de Toshiaki durante o velório e o funeral que havia se encerrado há pouco veio à mente de Asakura. O Toshiaki sentado ao lado do altar usando roupas de luto não era o mesmo Toshiaki com quem Asakura estava habituada. Ele não era aquela pessoa que ela via no laboratório, com expressões gentis, mas que se tornavam severas quando fazia experimentos. Estava pálido e com olheiras, e às vezes batia os dentes, como se sentisse frio. Os dedos tinham leves espasmos. Quando Asakura veio às pressas com os colegas do curso ontem à noite e se deparou com aquele estado, ficou sem palavras diante da mudança drástica.

Sobre o altar que ocupava grande parte da moradia de Toshiaki, não muito ampla, estava uma grande foto da falecida em preto e branco. Era a imagem de uma mulher ainda com traços de menina. Asakura havia visto essa pessoa da foto uma única vez. Toshiaki veio à faculdade com essa mulher no dia da aula aberta da faculdade de Farmácia no mês passado. Tinha um sorriso encantador. Ela devia ser um pouco mais velha que Asakura, mas aparentava ser anos mais nova, talvez por causa das feições, e isso deixou Asakura atônita. Tinha um nome bonito, Kiyomi.

Asakura teve a oportunidade de olhar para o corpo dentro do ataúde algumas vezes, e olhou sem querer para o rosto da falecida. Disseram que ela havia batido a cabeça num acidente de trânsito, e seu crânio estava coberto por um pano branco. Por isso, tinha um semblante diferente de quando havia visto da última vez, mas, ainda assim, não se podia negar que tinha feições afáveis. Foi feito maquiagem funerária, e parecia que ela estava sorrindo sutilmente. As maçãs do rosto, quase transparentes de tão brancas, tinham a pele suave e delicada, provocando em Asakura um estranho desejo de querer tocá-las.

Toshiaki olhou para a foto da falecida diversas vezes durante o velório. Parecia que não estava ouvindo nem metade das palavras de consolo daqueles que vieram. Ele ficou abstraído durante a maior parte do tempo, e às vezes sorria olhando para a foto, como se tivesse lembrado de algo. Na noite anterior, Asakura testemunhou essa expressão no rosto de Toshiaki por acaso. O semblante dele era tão pleno que acabou causando desconforto em Asakura, e isso a fez desviar o olhar depressa. Ela sentiu como se tivesse flagrado um segredo entre a falecida e Toshiaki, sem querer.

O discurso de Toshiaki continua. Ele disse o nome da falecida, "Kiyomi", muitas e muitas vezes. O forte raio de luz incidia sem trégua e os participantes pouco a pouco começaram a demonstrar cansaço, suados. Há aqueles que enxugam a testa com frequência. Porém a maioria olha para baixo, desanimada, continuando de pé no mesmo lugar esperando o discurso de Toshiaki acabar.

Toshiaki mudou. Parecia que estava emocionalmente instável depois desse acontecimento recente. Uma sensação incômoda se acumulava no coração de Asakura, que, por sentir que Toshiaki havia se tornado alguém que ela não reconhecia, quase não conseguiu falar com ele enquanto ajudava no velório. Foi assim também quando ele apareceu no laboratório outro dia, de noite. Ele berrou com Asakura, que tentou conversar, e ficou operando a capela de fluxo laminar como se estivesse possuído por algo. Depois, Toshiaki voltou ao hospital sem dizer uma palavra. Sua expressão estava inebriada naquele momento também, como um dependente químico. Após ele deixar o local, Asakura deu uma espiada na incubadora para tentar descobrir o que Toshiaki esteve fazendo. Havia novas placas[22] de seis poços com frascos de incubação. Na tampa, havia a palavra "Eve" rabiscada com a letra de Toshiaki. Nunca havia ouvido esse nome. Ela tirou um frasco com cuidado e o observou através do microscópio, e viu células bastante ativas. Mas não soube que células eram aquelas. E nem por que Toshiaki quis fazer a cultura delas agindo de forma tão atípica. Sem saber por quê, Asakura sentiu uma sensação nefasta, e então guardou o frasco na incubadora rapidamente. Ela se esforçou para colocar de volta do mesmo jeito que estava, mas ficou com medo de que ele descobrisse que ela havia mexido.

Asakura percebeu que a voz de Toshiaki, que discursava para os presentes naquele momento, estava mudando de forma sinistra.

"...O corpo de Kiyomi será levado agora, mas ela ainda não morreu. Os rins dela foram transplantados em dois pacientes. Kiyomi continua viva no corpo desses pacientes."

Seu sentimento levemente exasperado se entrevia à sombra do discurso monótono. Aqui e ali, podia-se notar firmeza em suas palavras. Já não tinha mais o tom de prestar homenagem à falecida. O sorriso sutil que se formou por um momento no canto da boca de Toshiaki não escapou aos olhos de Asakura. Ele lambeu os lábios diversas vezes, talvez porque estava com sede. Asakura também acabou ficando com a sensação de boca seca enquanto observava aquilo. A luz do sol estava difusa, deixando tudo à volta ofuscado, com uma tonalidade esbranquiçada. Todas as pessoas suavam, pousando o olhar sobre o asfalto, emudecidas. Em meio a isso, somente Toshiaki estava com o rosto levantado, tecendo as últimas palavras. Mesmo sendo tomada por uma estranha sensação de ansiedade, Asakura não conseguiu desviar os olhos da expressão de Toshiaki. Ele encerrava o discurso:

"Kiyomi ainda continua viva."

Quando Asakura voltou a si, as pessoas já estavam se movendo. Alguns que eram da família, inclusive Toshiaki, se dividiram em dois carros, que saíram até a rua da frente. Os demais ficaram na entrada do prédio, um pouco afastados, para acompanharem a saída dos carros.

O carro fúnebre partiu primeiro, seguido do sedã preto com Toshiaki e os outros, fazendo um ruído baixo. Logo antes de sumir do campo de visão ao virar a esquina, a lataria preta do carro fúnebre emitiu um brilho gélido.

As pessoas ficaram ali em pé por algum tempo, até que se ouviu:

"Agora, vamos nos preparar para receber as cinzas."

Quando um homem, possivelmente um parente, disse essas palavras, murmúrios com tom de alívio se alastraram no ambiente. As pessoas seguiram o homem em direção à escada, em bando. Asakura ficou no final desse fluxo.

"Aquele marido estava meio estranho, né?"

Ao ouvir esse comentário, Asakura levantou o olhar de modo brusco. Duas mulheres de meia-idade que estavam à sua frente conversavam. Pareciam ser parentes ou conhecidas da falecida, mas não deveriam ser muito próximas, considerando que começaram a fazer comentários pouco pertinentes assim tão cedo.

"Ele disse que ela ainda continua viva. Não é meio tenebroso?"

Elas deviam pensar que estavam falando de forma que ninguém as ouvisse, mas como as vozes eram agudas, entravam no ouvido mesmo se não quisesse ouvir. Asakura ficou incomodada e tomou distância delas para subir as escadas. Entretanto, as vozes atingiam seus tímpanos como se mirassem em sua direção.

"Aquele marido estava estranho no velório também, não estava? Será que ele está assim porque foi algo repentino?"

"Mas dizem que não era só no velório que ele estava esquisito. Falaram que a Kiyomi estava naquele estado, sabe, que a gente ouve falar bastante esses tempos, a tal de morte encefálica."

"Ah, é mesmo? Não sei direito o que é, mas eu não quero nunca ficar assim."

"E aí aquele marido consentiu que usassem os rins dela para transplante. Dizem que ele está alterado desde quando fez isso."

"Mas como ele foi autorizar o transplante? Eles tiraram os órgãos da esposa dele, será que ele não tem dó dela?"

"Deixando cortar o corpo dela, né? Pode ser que ele só quisesse dar uma de boa pessoa."

Asakura não aguentou. Pôs a mão sobre o estômago que revirava e correu escada acima, tentando se afastar dali o mais rápido possível.

"Com licença."

Asakura passou esbarrando nas duas, que continuavam a conversar, e subiu a escada com todas as suas forças.

3

Desde que fez a cirurgia, Mariko Anzai permaneceu deitada sobre a cama atordoada, ficando à mercê dos médicos e enfermeiras. Não sabia direito em que estado se encontrava. Era como se estivesse olhando para as coisas através de um óculos para miopia.

No dia anterior, quando o efeito da anestesia passou e Mariko recobrou a consciência, ela estava no quarto de hospital. A lâmpada fluorescente estava acesa no teto cinza-claro. Ao ver que aquele parecia um quarto de hospital normal e não uma sala de cirurgia, Mariko ficou um tanto aliviada. Nesse momento, uma enfermeira com máscara no rosto olhou para o rosto de Mariko.

"Doutor."

Disse ela.

Essa voz ecoou de forma incômoda dentro do ouvido de Mariko, que demonstrou desconforto em sua face. O sincipúcio doía. Sua visão distorceu-se de repente e já não enxergava mais o teto, enturvado.

"Relaxe. A cirurgia acabou."

Ela ouviu uma voz masculina que lhe era familiar. Mas essa voz também logo se converteu em dor de cabeça.

Mariko dormiu por algumas horas depois disso. Quando ela se despertou novamente, havia duas enfermeiras que a cercavam, trabalhando. Assim que Mariko tentou levantar a cabeça, uma delas percebeu e disse:

"Ah, não, não se mexa. Você acabou de operar, precisa ficar deitada."

Realmente, a cabeça doía muito se tentasse mexê-la. Mariko desistiu e repousou a cabeça sobre o travesseiro. Seu corpo estava quente. Sentia-se cansada como quando ficava gripada, e teve vertigens.

Ela sentiu que havia algo estranho preso entre as pernas. Ao abrir os olhos, a enfermeira estava mexendo numa espécie de tubo na região de suas coxas. Mexendo as pernas, percebeu que esse tubo ia para dentro de seu corpo pelo meio das suas pernas. Mariko ficou com um pouco de vergonha e desviou o olhar. Havia um tubo também na lateral esquerda de seu tronco. Quando fez o transplante da outra vez, haviam dito que era para retirar os líquidos que ficassem dentro do corpo. A outra enfermeira pegou o braço de Mariko e colocou uma coisa preta. Depois de um tempo, o braço começou a pulsar.

"Vou medir sua pressão."

Ela ouviu a enfermeira dizer em voz baixa.

As enfermeiras foram fazendo outros exames. Mariko ficou de olhos fechados, deixando elas fazerem o trabalho. Ela sentiu algo incômodo na região inferior à direita do umbigo. Ela queria tocar essa parte, mas não podia, porque a enfermeira estava medindo seu pulso. Ela se indagou vagamente se esse seria o novo rim que entrou em seu corpo.

Rim.

Mariko abriu os olhos, alerta.

O fato de ter feito uma operação de transplante enfim pareceu real. O telefonema que recebeu de repente, à noite. Ela veio ao hospital, fez exames, transfusões, ouviu médicos e enfermeiras explicarem sobre o transplante...

"O que aconteceu com a pessoa que me doou?"

Mariko não se aguentou e vocalizou seu pensamento. Porém sua voz enroscou na garganta, saiu rouca e quase não se fez ouvir.

A enfermeira para e fica intrigada.

"E a pessoa que me doou?"

Mariko fez todo o esforço possível para perguntar.

"Pessoa que te doou?" As duas enfermeiras se entreolharam, parecendo não entender.

"A pessoa que me doou o rim. Onde ela está agora?"

"...Ah."

Uma das enfermeiras, que finalmente a entendeu, assentiu e sorriu para ela. "Não se preocupe. A operação foi bem-sucedida. A pessoa que doou os rins para você deve estar feliz no céu. Ela quer que você se recupere logo."

"Não é isso", replicou Mariko, irritada. "Essa pessoa estava morta mesmo? Ela queria mesmo doar o rim para mim?"

O rosto das enfermeiras foi tomado pela hesitação. Então, forçaram um sorriso ambíguo e tentaram acalmá-la:

"Mariko, querida, fique calma. Você parece estar com um pouco de febre agora, por causa da operação..."

Mariko se desvencilhou da mão da enfermeira e gritou. Contudo, assim que tentou levantar a cabeça, sentiu uma forte vertigem e teve de fechar os olhos. Sua voz falhou e não podia mais ouvi-la.

Quando abriu os olhos de novo, seu pai estava ao lado da cama, olhando para ela com uma expressão confusa.

"Está tudo bem, a operação deu certo."

Dizendo assim, o pai sorriu desajeitado. Ele estava vestindo bata hospitalar e máscara com um ar de quem não estava acostumado. Não se podia ver a boca dele por causa da máscara, mas seus olhos estavam agitados, percorrendo de um lado para o outro, e seu olhar claramente evitava o de Mariko. Ela respirou fundo e fechou os olhos.

"Está com 37,6 graus; é comum ter febre depois do transplante. Não precisa se preocupar, vamos dar um remédio."

Um médico chamado Yoshizumi, que entrou no quarto junto com o pai, falou a ela. Era ele que havia sido responsável pelo transplante da outra vez também, há dois anos. Mariko forçou as pálpebras para mantê-las cerradas e olhar o menos possível para o rosto desse médico.

Nesse dia, as enfermeiras se revezaram para ficar o dia todo ao seu lado, acompanhando seu estado. Pareciam estar de hora em hora medindo a pressão e a quantidade de urina, e ajustando a quantidade de soro. Semiconsciente, Mariko ficou à mercê das enfermeiras, que faziam os exames. Às vezes,

Yoshizumi vinha, conferia os dados e falava com ela. Mariko não se lembrava, mas haviam feito cintilografia renal utilizando radioisótopos na noite anterior, após o término da cirurgia. Falaram que era para verificar se havia circulação sanguínea no novo rim transplantado. De modo gentil, Yoshizumi explicou que não havia sinais de necrose tubular aguda nem de infecções, e que teria que ficar com o cateter e o dreno por mais um tempo. Mas sempre que ele falava com ela, Mariko fechava os olhos e fingia que não estava ouvindo.

O quarto de Mariko era individual, mas não muito espaçoso. A entrada ficava no ponto cego logo atrás de uma parede, onde provavelmente havia uma bacia ou algo do gênero para lavar as mãos e fazer bochecho, de onde ela ouvia o som de água antes das pessoas entrarem.

Colocaram um tubo na boca de Mariko e a fizeram-na comer um alimento líquido de consistência pastosa. Não conseguiu sentir bem que sabor tinha, mas não achou que era ruim.

"Daqui a pouco você vai poder comer muitas coisas gostosas."

A enfermeira tentava animá-la, então Mariko meneou a cabeça sem ânimo. Com isso, ela se lembrou do transplante de dois anos atrás.

"E tangerina, vou poder comer?"

Ela estava tão animada que chegava a ser embaraçoso. Falou o nome de todas as comidas possíveis para Yoshizumi.

"E maçã? E batata *chips*? Vou poder tomar sopa de missô o quanto eu quiser, não é? E vou poder tomar sorvete e comer chocolate também, né?"

De vez em quando, ela sentia a urina sair do corpo. Como havia um cateter introduzido, não tinha a sensação de bexiga cheia ou a dor de quando a urina é liberada, mas a uretra ficava quente e o cateter apresentava sutil mudança e ela percebia que estava saindo urina de si. Quando sentia a urina saindo, nem que fosse um pouco, ela se focava totalmente. Era uma sensação estranha. Mariko não havia urinado nesse último um ano e meio. A diálise que fazia três vezes por semana substituía esse ato. Não se lembrava de como era urinar no banheiro, ou melhor, não conseguia se lembrar, naquele momento, de como era sentir a necessidade de urinar.

Mariko mergulhava no mundo dos sonhos de forma intermitente. No sonho também ela estava deitada na cama do hospital. O quarto estava completamente escuro e não se podia ver nada. A porta do quarto estava fechada e não era possível ver o lado de fora. Havia somente um fraco feixe de luz pálido passando pelo vão debaixo da porta, mostrando que a luz do corredor estava acesa. "Por que eu estou aqui?", pensava Mariko diversas vezes, e então percebia: "Ah, eu fiz uma cirurgia de transplante". Não conseguia virar o corpo, mas podia mexer as mãos, então ela levou uma delas até seu baixo abdome. Havia algo pulsando com força dentro do corpo. Era independente da pulsação do coração, e essa coisa que tinha uma vida própria, desvinculada de Mariko, continuava a pulsar por si. Ela continuou com a mão ali, se concentrando para tentar identificar o que era. Parecia até que a coisa estava se agitando, querendo sair do corpo de Mariko de todo jeito.

Nesse momento, ela ouviu um barulho discreto vindo e algum lugar. Splat.

Mariko abriu os olhos e olhou ao seu redor. Mas nada havia mudado. Quando pensou que havia sido coisa da sua cabeça, ela ouviu o barulho novamente.

Ele estava vindo do corredor. Era um som fraco, de quando se anda calçando chinelos de plástico. Ao perceber que era alguém andando, Mariko suspirou em alívio. Contudo, em seguida ela notou que não era isso, e todo o seu corpo se arrepiou.

Achou que os passos eram muito vagarosos para ser de uma pessoa.

Splat, ouviu-se novamente.

Com a mão sobre o seu baixo abdome, que pulsava energicamente, Mariko estava com os olhos fixos na porta. Parecia que o corpo estranho dentro dela estava pulsando mais rápido.

Splat. O som estava se aproximando aos poucos. Mariko sentiu calafrios. Não se ouvia o barulho do vento ou o som dos escapamentos de motos ou carros. Era somente esses passos e a pulsação do corpo de Mariko. Os passos já estavam logo ali.

Splat.

Era nesse momento que acordava.

A enfermeira ficava preocupada e enxugava o suor na sua testa enquanto falava com ela. Mas Mariko não conseguia distinguir o sonho da realidade logo que acordava, e acabava gritando. Sua febre passou dos 38 graus de madrugada. Mariko sonhou a mesma coisa diversas vezes naquela noite, enquanto fervia de febre.

No segundo dia, disseram que ela já podia levantar o seu tronco de leve. A cama devia dispor de um macaco e se dobrava bem na altura dos quadris, deixando-a deitada numa posição com o tronco num ângulo de 30 graus. De manhã cedo, Yoshizumi e a enfermeira vieram e colheram seu sangue e sua urina. O pai estava lá também.

"O que aconteceu ontem? Você sonhou com algo ruim?"

Yoshizumi perguntou sorrindo enquanto media seu pulso. O sorriso dele parecia impregnado na pele e causava-lhe mal-estar. "Esse médico não me perdoou", pensou Mariko, virando a cara.

"Vamos, Mariko, querida. Fale alguma coisa."

Yoshizumi falava com ela insistentemente. Mariko sentia náusea ao ser chamada de "querida". Ele a chamara de "querida" há dois anos também. Não tinha jeito naquela época porque ela estava no primário. Mas agora ela já estava no segundo ano do ginásio, e esse médico não se deu conta disso.

"Parece que ainda está com um pouco de febre." Ele começou a falar sozinho, talvez por ter desistido de esperar pela resposta de Mariko. "Também tem sangue no xixi. Além disso, ontem teve um total de 2,7 gramas de proteína no xixi. Se isso continuar, não vai ser bom, mas acho que logo vai passar. Não se preocupe, é normal ter sangue e proteína no xixi logo depois do transplante. A febre deve baixar até amanhã também. Podemos quase considerar a operação bem-sucedida porque já está saindo xixi direitinho. Fica tranquila, não tem nenhuma infecção."

A voz de Yoshizumi reverberou em sua cabeça, fazendo-a latejar.

Os acontecimentos de dois anos atrás vieram à mente de Mariko. A expressão de desconfiança de Yoshizumi, indagando se ela não havia deixado de tomar os remédios. E o olhar do pai, também. Mariko fechou os olhos e sacudiu a cabeça. Mas a expressão dos dois estava impregnada em sua mente e não ia embora. Mariko não aguentou e berrou:

"Doutor, você só quer que meu transplante não dê certo de novo!"

Pego de surpresa, Yoshizumi deu um passo para trás. O pai de Mariko e a enfermeira, logo atrás, estavam petrificados, com olhos arregalados.

"D-do que você está f…"

"É isso que você quer!" Mariko berrou, interrompendo Yoshizumi. Ela não conseguia controlar os sentimentos. "Você acha que não deu certo da outra vez por minha causa. Você acha que eu sou uma menina má e quer que não dê certo de novo!"

"Mariko, pare com isso."

O pai, desconcertado, tentou intervir, mas não conseguiu apaziguá-la. As palavras transbordavam da boca dela sem parar. Ela repeliu Yoshizumi, que tentou tocar nela, e chorou alto. A enfermeira, titubeante, colocou as mãos nela e tentou fazê-la dormir, mas Mariko se desvencilhou dela.

Nesse momento, o dreno que entrava pela lateral de sua barriga se retorceu e Mariko sentiu dor. Ela gritou e enfiou o rosto no travesseiro. Enfim, percebeu o que estava fazendo, e as emoções intensas foram aquietadas.

Depois de um tempo deitada, começou a sentir dor na região das costas e na lombar. Ao dizer isso para a enfermeira, ela mudou a posição de seu corpo, mas a dor não passou. Mariko ficou em estado semiconsciente por conta da febre e da dor nas costas, e sentia preguiça até de ficar com os olhos abertos.

Mariko sonhou novamente naquela noite. Deitada no quarto escuro, começou a ouvir aqueles passos novamente. Os passos vinham devagar, mas definitivamente estava se aproximando do quarto de Mariko. Ela fitava a luz que entrava pelo vão sob a porta.

Aquele som, por algum motivo, causava medo nela.

Mesmo tentando pensar que era uma enfermeira fazendo a ronda, não conseguia conter o medo que surgia do fundo do seu coração. Alguém estava tentando vir àquele quarto, alguma coisa assustadora que não era médico ou enfermeira estava vindo; não conseguia evitar de pensar assim.

Duas coisas pulsavam numa rapidez de tirar o fôlego dentro do corpo de Mariko. Uma era seu coração. À medida que o barulho se aproximava, ficava com ainda mais medo e o coração batia mais rápido. Mas a outra coisa parecia estar contente. Sempre que se ouvia o barulho — splat —, a coisa que havia se infiltrado no abdome inferior de Mariko se agitava alegremente. As duas pulsações ecoavam em seu ouvido e sua cabeça, e o corpo todo ficou quente. As partes do peito e da barriga se agitavam separadamente, e Mariko sentia que o corpo se desintegraria por causa dessas duas pulsações.

Splat.

Uma sombra se entreviu do vão da porta. Mariko tentou gritar, mas sua voz não saía. A sombra não se mexia. Estava de pé em frente ao quarto de Mariko.

A sombra se virou. Estava se virando em direção ao quarto de Mariko. Ao mudar de sentido, ela fez aquele som de novo — splat —, bem baixo.

O coração dela parecia querer pular para fora. Em contrapartida, a coisa que se instalou em seu abdome inferior se agitava dentro do corpo como se demonstrasse uma alegria ensandecida. Seu quadril tremia e a cama rangia. As costas estavam ensopadas de suor.

Mariko, que observava a porta atentamente, ficou estarrecida.

A maçaneta estava girando bem devagar. Estava girando numa velocidade que não se poderia notar ao ver de relance, sem emitir um som sequer. A coisa do outro lado da porta estava prestes a entrar.

Tum.

O baixo abdome de Mariko deu um pulo. A cama sacudiu e o corpo dela ficou no ar por um instante. É o rim, pensou Mariko. O rim transplantado estava tentando sair de seu corpo. Mesmo ficando sem ar, Mariko não conseguiu desviar o olhar da maçaneta. Enfim, ela se deu conta de quem viera. Isso a deixou desesperada. O coração, que batia com tanto impulso, parou de súbito.

A porta se abriu lenta e silenciosamente. A luz foi entrando no quarto. Mariko gritou a plenos pulmões e acordou.

4

Toshiaki foi trabalhar na faculdade já no dia seguinte ao velório de Kiyomi. Parou o carro no estacionamento da faculdade de Farmácia às 8h20 como sempre e entrou em seu laboratório às 8h30.

Ainda não havia ninguém. Ele acende a luz e vai em direção à sua mesa.

Nessa semana que sucedeu o acidente de Kiyomi, a mesa de Toshiaki se encheu de panfletos e materiais promocionais de produtos novos que os fornecedores trazem. Normalmente, ele daria uma olhada nos catálogos em inglês de novos vetores de clonagem ou citocinas, mas não se sentiu inclinado a fazer isso naquele momento, e jogou tudo na estante ao lado.

Foi quando se ouviu um barulho e a porta do laboratório se abriu. Toshiaki levantou o rosto e olhou em direção à porta.

"..."

Sachiko Asakura estava parada em pé, com a mão cobrindo a boca e olhando para Toshiaki com uma expressão surpresa.

Nenhum dos dois conseguiu proferir palavras por algum tempo. A atmosfera desconfortável pairou por um momento. Asakura movimentava a boca, porém demonstrando que não sabia o que dizer, lançando o olhar para diversos pontos.

Toshiaki esboçou um sorriso depressa, levantou a mão e disse:

"...Bom dia."

Asakura voltou a si com o cumprimento e enfim sua tensão se desfez.

"...Bom dia!" Ela sorriu com sinceridade e fez uma leve reverência.

A atmosfera do laboratório se atenuou. Toshiaki se desculpou pelos inconvenientes causados por não ter podido vir à faculdade por tanto tempo e agradeceu a ajuda no funeral.

"Não se preocupe com isso, de verdade", Asakura levantava os cantos da boca.

"Você pode me mostrar os dados desse período que se passou?"

Ante essas palavras, Asakura fez uma expressão de entusiasmo e meneou com a cabeça.

Na maioria das faculdades de Ciências, os estudantes seguem as instruções dos professores e fazem pesquisas de acordo com o que esse professor está pesquisando. A faculdade de Farmácia também não era diferente. No programa de farmacologia biodinâmica ao qual Toshiaki pertence, dez estudantes do quarto ano ingressam anualmente. Nesse programa, além do professor titular havia um professor assistente, um instrutor e dois assistentes, e eles se dividiam entre si para orientar os estudantes de quarto ano. Este ano, Toshiaki estava com dois orientandos do quarto ano. Essa era a época em que eles terminavam as provas do primeiro semestre e enfim poderiam se concentrar nas experiências. Entretanto, ambos os orientandos de Toshiaki almejavam fazer pós-graduação, e portanto entrariam de férias a partir de agosto. A prova de ingresso para a pós seria realizada no final de agosto.

Asakura era uma das estudantes que havia ingressado na pós depois de ter sido aprovada nesses exames. Como ela havia sido orientanda de Toshiaki no quarto ano, ela continuou a pesquisa com o mesmo tema após o ingresso no mestrado. Ela já estava no segundo ano do mestrado, então se formaria nesse ano letivo. Ela já estava com confirmação preliminar de contratação por uma farmacêutica de grande porte. Agora, só precisaria dos dados para redigir a dissertação de mestrado.

"Os níveis de MOM19[23] haviam subido, como esperado."

Asakura reportou os resultados dessa última semana a Toshiaki, mostrando os dados de análise impressos do Macintosh. No último ano da graduação e no primeiro ano do mestrado ela ainda demonstrava imaturidade no planejamento dos experimentos, mas ultimamente já se portava mais como uma pesquisadora, com uma intuição aguçada e capacidade de aplicar seus conhecimentos. Na hora de explicar os resultados, Asakura conseguia fazer de forma ordenada e sucinta também, e Toshiaki pôde compreender facilmente.

"E também fiz a passagem das células que o senhor havia feito a transfecção, porque estavam ficando cheias. Aquele com o receptor de retinoide."

Toshiaki ficou um tanto apreensivo com aquelas palavras de Asakura, ditas despretensiosamente.

Será que ela percebeu o que eram aquelas células?

Toshiaki espiou o rosto de Asakura enquanto demonstrava que a ouvia. Contudo, nesse momento, a porta do laboratório se abriu e os estudantes do quarto ano entraram. Eles ficaram surpresos ao ver que Toshiaki estava lá.

"Bom dia", Toshiaki dirigiu a palavra a eles calmamente. Então, ele começou a falar com os orientandos do quarto ano e perdeu a chance de sondar Asakura sobre as células.

Talvez porque tudo havia corrido bem ao cumprimentar Asakura, de início, Toshiaki conseguiu cumprimentar também os professores do programa sem criar um clima tenso. Todos prestaram as condolências abaixando a cabeça, mas não ficou uma atmosfera pesada.

"Não precisa vir para cá tão cedo. Descanse um pouco."

Assim chegou a dizer Rikuo Ishihara, professor titular do programa. Mas mesmo ficando grato pela consideração, Toshiaki negou.

"Se eu não vier para a faculdade, fico ainda mais para baixo."

"Entendo." O professor moveu as sobrancelhas em preocupação. "Mas vá com calma."

Nessa noite, depois que os professores do programa foram embora, Toshiaki foi para a sala de cultura como quem não quer nada e abriu a porta da incubadora.

Ele puxa a bandeja de aço inoxidável de dentro. A placa e os frascos de incubação com as células de Kiyomi estavam lá do mesmo jeito que deixara na noite anterior. Na parte superior dos frascos, era possível ler as letras "Eve", escritas por Toshiaki. Havia colocado esse nome porque se lembrou que o aniversário de Kiyomi era na véspera de Natal.

Depois que iniciou a cultura primária das células de Kiyomi, Toshiaki vinha aqui todas as noites para observá-las. Ele vinha encontrá-las por volta das 2h ou 3h, saindo de casa no horário em que acreditava que os estudantes já teriam ido para casa. Para que não percebessem que ele estava na sala de cultura, Toshiaki não acendia a luz. Sob a luz pálida da lâmpada germicida instalada dentro da capela de fluxo laminar, Toshiaki observava o conteúdo do frasco atentamente, com os dois olhos nas oculares do microscópio.

Será que Kiyomi diria que ele estar olhando pelo microscópio de madrugada sozinho naquela sala escura dava medo? Então, Toshiaki pensou: Kiyomi desviava os olhos até das cenas de assassinato em novelas. Quando tinha de capturar algum inseto dentro da casa, ela sempre chamava por Toshiaki com uma voz de quem não sabia o que fazer. Ele não conseguia explicar sobre seus experimentos a ela, que era tão delicada. Mesmo depois que se casaram, Kiyomi continuou a perguntar sobre sua pesquisa de forma inocente. Toshiaki explicou com todo o prazer sobre as etapas gerais da pesquisa e os resultados transformados em dados, mas evitou ao máximo dar detalhes concretos, como a dissecação de ratos de laboratório ou a cultura de células cancerosas e de *E. coli*. Ele achou que não deveria deixar Kiyomi com medo. Ela ficou assustada só de dizer que fazia injeção nos ratos. Quando tomava o caminho de casa, Toshiaki costumava verificar se não estava com o cheiro dos animais nos quais fazia testes.

Porém agora as células da própria Kiyomi estão no frasco de cultura. Enquanto o velório estava acontecendo, Toshiaki veio ver Eve depois de ter visto o rosto de Kiyomi dentro do ataúde. Ele foi tomado por uma estranha sensação naquele momento. A de que Kiyomi havia se dividido e estava espalhada por diversos lugares.

Sim, Kiyomi não era só o corpo e as células. Cada um dos rins dela foi transplantado em pessoas diferentes.

"Lamento, mas não permitimos que se encontre com quem recebeu o transplante."

A mulher do outro lado da linha havia respondido dessa forma no dia anterior.

Toshiaki ficou sem palavras e o silêncio perdurou durante alguns segundos.

"Por quê? Por favor, é só uma vez..."

Ela interrompeu o apelo de Toshiaki:

"Porque isso interfere na privacidade dos pacientes. Desculpe, mas neste hospital não permitimos que os familiares do doador se encontrem com os pacientes."

Ao receber a carta de Oda, coordenadora de transplantes, Toshiaki não conseguira conter seus sentimentos e ligou para o Hospital Municipal Central. A carta continha um texto escrito de forma cuidadosa, mencionando que os dois rins de Kiyomi haviam sido transplantados em dois pacientes, e que uma delas, uma garota de 14 anos, passava bem, e que todos estavam gratos pela doação dos órgãos, além de dizer no final que ele poderia entrar em contato com ela a qualquer momento se precisasse de algo.

O rim de Kiyomi continuava vivo e funcionando. Havia ressuscitado dentro do corpo de alguém. O coração de Toshiaki se agitou ao pensar dessa forma. Quero me encontrar com quem recebeu o transplante, e, se possível, quero encontrar vestígios de Kiyomi nessas pessoas.

Contudo, Toshiaki não teve outra alternativa senão colocar o telefone no gancho, desolado.

Pensando bem, o procedimento do hospital era pertinente. Não era difícil imaginar a incidência de problemas de âmbito financeiro caso permitissem o contato entre familiares do doador e o receptor. Também é possível que surja um desconforto emocional em ambas as partes se o transplante não for bem-sucedido. Não conhecer um ao outro pouparia ambos os lados de ter uma sobrecarga emocional dali em diante.

Mesmo racionalizando dessa forma, Toshiaki não conseguia desistir.

Queria sentir a presença de Kiyomi. Agora que o corpo dela havia virado cinzas, só podia satisfazer esse seu desejo olhando para aquelas células hepáticas. O apartamento sem o ataúde era demasiado escuro e gélido, mesmo estando no mês de julho.

Melhor voltar a trabalhar no laboratório, pensou naquele instante. Assim não teria de ir à faculdade de madrugada para ver as células. Poderia se encontrar com Kiyomi a qualquer momento nos intervalos de sua pesquisa. Queria ficar perto de Kiyomi o máximo possível.

Toshiaki tirou o frasco da incubadora e colocou-o sob o microscópio. Em sequência, acendeu a luz e aproximou os olhos da ocular.

Ele gira o botão com o dedo médio da mão esquerda para ajustar o foco. As células apareceram em sua visão no mesmo momento. Elas estão com protuberâncias, assumindo formato de estrelas, e estão fixas no fundo do frasco. Havia pouco mais de uma dezena de células em seu campo de visão. Toshiaki moveu a platina para os lados para verificar a situação de todo o frasco. Ele havia adicionado alguns fatores de crescimento no meio de cultura, necessários para a cultura primária, e por isso Eve continuava em bom estado, sem se deteriorar.

"...?"

Após observar as células durante algum tempo, Toshiaki percebeu algo estranho e concentrou-se ainda mais.

As células haviam aumentado em número.

Normalmente, as células hepáticas não se propagam muito, diferentemente de células cancerosas. Elas têm um mecanismo de controle para que se dividam na quantidade suficiente, somente quando necessário. As células cancerosas são aquelas nas quais esse mecanismo de controle deixou de funcionar. Portanto, ao fazer a cultura de células cancerosas no frasco, elas se dividem e se proliferam, enchendo todo o frasco em poucos dias se lhes for dado o soro, que serve de nutriente. Para continuar a cultura, é preciso remover as células do frasco para colocar somente algumas delas de volta. Isso é chamado de passagem. No caso de células hepáticas, que têm uma capacidade de reprodução menor, entretanto, costuma-se introduzir, além do soro, fatores de crescimento no meio de cultura para estimular a proliferação, a fim de evitar que as células morram. Mesmo assim, as células hepáticas não costumam se dividir e se reproduzir tão intensamente como as células cancerosas. Normalmente, elas morrem por completo após algumas semanas, no mais tardar.

Mas era diferente com essas células.

A distribuição das células não era uniforme, e havia pontos onde estavam concentradas como num arquipélago, e outros em que estavam esparsas. Só ficam assim quando há reprodução celular. Foi uma falha não ter percebido isso antes. A velocidade de reprodução parecia estar se intensificando à medida que o tempo passava. Ele verificou novamente o formato das células para conferir se não era a reprodução dos fibroblastos[24] que haviam se misturado, mas eram mesmo células hepáticas.

Toshiaki verificou também as células de outros frascos e placas. Todas elas estavam claramente se reproduzindo. Os poços das placas estavam abarrotados de células. As células morreriam se não fizesse a passagem.

Isso pode ser interessante, pensou Toshiaki.

Eve se reproduzia num ritmo constante similar ao de células cancerosas, mesmo sendo células hepáticas normais. Havia a possibilidade de ser uma anomalia provocada por genes relacionados ao câncer. Ele achou improvável que o fígado de Kiyomi estivesse com câncer, então poderia concluir que havia obtido células de um tipo bastante raro. Era certo que estava ocorrendo dentro daquelas células uma mutação atípica, que nunca havia sido reportada. Provavelmente não é difícil realizar o estabelecimento da linha celular.

Toshiaki acendeu imediatamente a luz da capela de fluxo laminar e o queimador a gás. Tirou a tripsina e o meio de cultura do refrigerador. Ele jogou um tubo de quinze centímetros cúbicos ainda na embalagem para dentro da capela de fluxo laminar. Por último, colocou com cuidado as placas contendo as células.

Ele começou a coletar as células, sentado à capela. Ele precisava fazer a clonagem[25] daquelas células. Toshiaki sentiu seu interesse por Eve se intensificar rapidamente. Talvez pudesse utilizá-las para o seu tema de pesquisa, "mitocôndrias". Questionamentos rodopiavam agitadas dentro da mente de Toshiaki. Será que teria uma mudança no formato das mitocôndrias? Haveria indução de enzima de β-oxidação? Qual seria a incidência de receptor retinoide? Haveria aceleração da fosforilação de receptor EGF? Se as mitocôndrias estiverem sofrendo alteração, será que isso teria relação com a proliferação das células? Se sim, qual seria essa relação?

O rosto de Kiyomi veio à sua mente.

Kiyomi sorria. Era um sorriso alegre. Sobrancelhas de curvas gentis, lábios roseados mesmo sem batom, as maçãs do rosto suaves, tudo isso reluzia quando ela sorria. Toshiaki gostava do sorriso de Kiyomi. Ele quase podia ouvir o riso leve de Kiyomi.

Toshiaki se lembrou de quando encontrou Kiyomi pela primeira vez. Ela estava um pouco vermelha, tomando cerveja, algo com o qual não estava acostumada, mas a amabilidade do seu sorriso ainda continuava em seu rosto. Toshiaki acabou tagarelando sobre sua pesquisa naquela ocasião, mas Kiyomi ouviu mostrando interesse. Isso não mudou depois que começaram a namorar. Toshiaki sentiu atração pela pureza de Kiyomi, que demonstrava querer saber mais sobre ele. Por outro lado, Kiyomi parecia ter um leve ciúme da pesquisa que ele realizava. Quando ele dizia que voltaria tarde por causa dos experimentos, Kiyomi soltava um suspiro solitário. Ele ficava com pena, mas também sentia frustração por não conseguir fazer-se compreender. Amar Kiyomi e se dedicar à pesquisa são coisas que pertencem a dimensões totalmente diferentes. Não era uma questão de escolher um ou outro. No fim das contas, Kiyomi não entendeu que a pesquisa era algo imprescindível para ele.

Contudo, os experimentos e Kiyomi agora eram uma coisa só.

Toshiaki sentiu uma emoção estranha. Ao fazer dessas células o objeto de sua pesquisa, poderia, ao mesmo tempo, estar com Kiyomi.

Enquanto realizava a diluição limitada das células, Toshiaki sentia uma febrícula se espalhar pelo corpo todo. Era como se Kiyomi estivesse transmitindo algo a ele. Mesmo que não possa encontrar com os receptores, ainda tem essas células. Trabalhando com essas células, posso me conectar com Kiyomi.

Tenho que cuidar delas com carinho. Vou estender a vida dessas células o máximo possível e obter dados relevantes. Se eu fizer isso, Kiyomi certamente se alegraria. Mesmo depois de casados, não pude passar muito tempo com Kiyomi porque voltava tarde para casa. Vou dedicar a Eve o carinho que não pude dar a Kiyomi. Assim pensou Toshiaki, determinado, e começou a trabalhar com a placa seguinte.

5

"Seu pai é médico, Kiyomi? Que legal!"

Os amigos sempre falavam assim.

Aqueles que vinham visitar a casa de Kiyomi ficavam impressionados com o espaço amplo e a variedade da decoração. Havia um piano de cauda na sala, além de caixas de música e bonecas de porcelana graciosas na grande estante de madeira. A mãe de Kiyomi gostava de fazer doces, então ela sempre comia bolos e biscoitos com os amigos.

"A gente mora em apartamento, meu pai é professor do colegial e sempre fala que não tem dinheiro."

Dizia Chika enquanto enchia a boca com cookies que acabaram de sair do forno, porém com um tom alegre. Kiyomi quis amenizar, dizendo que não era bem assim, que a amiga tinha vários videogames e tinha um irmão mais velho.

"Ah, mas ele não vale nada, não é nada bonito."

Ao falar isso, Chika meneou a cabeça para os lados de maneira exagerada. Adicionou ainda, gargalhando, que a família de Kiyomi era a melhor.

Kiyomi tinha muitos amigos. Era legal estar com todos eles. As amizades continuavam mesmo depois de ela entrar no ginásio. A amizade com Chika, em especial, era de sempre ir uma à casa da outra, por terem estado na mesma classe no primeiro e segundo ano do ginásio.

Kiyomi e Chika eram diferentes tanto na personalidade como nos gostos, mas por algum motivo, se davam bem. Chika caçoava da casa de Kiyomi, que tinha uma decoração exuberante, dizendo que aquilo sim era coisa de burgueses, usando o termo que havia aprendido na aula de história. Mas isso não tinha nenhum tom de ressentimento, e Kiyomi sabia que era resultado de uma intenção pura de elogio, então não causava desconforto. Kiyomi talvez tivesse herdado os gostos da mãe, e estava começando a se interessar em confeitaria, passando a fazer doces com ela ocasionalmente. Também se divertia fazendo bonecas e saquinhos *otedama*.* No aniversário do ano anterior, seu pai havia comprado *Anne de Green Gables* para ela, que a cativou de imediato. Naquele momento, já tinha todos os livros da série e havia relido desde o início várias vezes.

"Kiyomi, você tem mesmo todas as características de garota de família rica", dizia Chika num tom profundo.

"Será que eu também estaria assando bolos se eu tivesse crescido em um lar como esse?"

As duas haviam comido os biscoitos e estavam tomando suco de laranja usando canudos.

"Mas eu sempre penso que queria conseguir correr como você, Chika."

Kiyomi se lembrou de Chika correndo os cinquenta metros rasos na aula de educação física daquele dia. Chika era baixa, mas se destacava em atividades físicas, especialmente nas corridas de curta distância, na qual ela era uma das melhores de seu ano escolar. Ela já havia participado de campeonatos municipais e era a estrela das gincanas esportivas de outono. Sua postura era firme e ultrapassava os meninos de outras classes facilmente no revezamento interclasses. A imagem dela se sobressaía na pista.

"Não, atletismo não é bom. Só deixa a perna musculosa e feia. Afasta os homens que prestam."

Chika ria, fazendo graça.

"Claro que não. Você é fofa, vai conhecer um rapaz legal com certeza."

"É nada, tudo mentira. Fofa é sinônimo da palavra Kiyomi. Você não aprendeu na aula de gramática?"

Chika riu alto. Então, ficou com uma expressão séria de repente e aproximou o rosto de Kiyomi.

"Q-que foi?"

Kiyomi perguntou, apreensiva.

"Isto é um interrogatório. Ele será registrado, portanto o interrogado deve responder com sinceridade. Contudo, você tem direito a se manter calada."

"Como assim, Chika?"

"Que tipo de cara você gosta?"

"Hã?"

* Saquinhos feitos de pano preenchidos com feijões *azuki*, arroz etc., utilizados para brincadeiras. [NT]

Kiyomi não sabia como responder àquela pergunta repentina. Ficou olhando de um lado para o outro e então voltou sua vista para baixo. Engoliu em seco de modo sonoro e fitou o rosto de Chika com o rosto ainda voltado para baixo. Um olhar travesso transpareceu no rosto de Chika. Talvez por não conseguir mais segurar, os cantos da boca que estava fechada rigorosamente começaram a tremer e ela explodiu em risos.

"Ai, Kiyomi!" Chika caiu na gargalhada e continuava a rir. "Não precisa ficar tão aflita."

"Mas é que…"

"Quem faz o seu tipo deve ser alguém como o seu pai", disse Chika, que finalmente parou de rir.

"Você acha?"

"Deve ser sim. Tem aquele charme dos grisalhos e passa segurança. Dizem que filhas de pais assim ficam com os ideais elevados."

"Não é a minha intenção…"

"Mas a sua família parece mesmo ter saído de dentro de uma novela. Um pai austero, uma mãe bondosa e uma filha bonitinha; vai na linha de uma novela familiar clássica."

"Deixa disso, que vergonha."

Kiyomi ficou vermelha e fez que não com as mãos. Ela levantou a voz para mudar de assunto:

"A gente não precisa falar tanto de mim. E você, Chika? Como seria o seu tipo?"

"O meu? Ah, bem…"

Chika subitamente voltou a falar num tom sério, cruzando os braços e inclinando a cabeça para o lado. Ela demonstra emoções diferentes a cada momento. Para Kiyomi, que era mais quieta, esse lado desprendido de Chika era invejável.

Ela ficou pensando por bons trinta segundos. Então, Chika disse com um sorriso sincero:

"Tem que ser alguém que vai me amar para sempre."

"…Pois é."

Kiyomi concordou, também sorrindo.

As notas de Kiyomi eram relativamente boas. Ela fez parte de banda musical durante os três anos do ginásio e mesmo sem ter feito cursinho, conseguiu entrar num dos colégios de melhor reputação de sua província.

Chika conseguiu entrar nesse mesmo colégio, fruto de estudo intenso no terceiro ano do ginásio. Chika ri com alegria e não demonstra que se esforça na frente dos outros, mas Kiyomi sabia que ela era bastante dedicada.

O colégio no qual entraram era bom não somente no aspecto acadêmico, mas também nas atividades extracurriculares, e muitos alunos participavam de grupos de atividades ou clubes. Chika entrou para o clube de atletismo, como no ginásio, e Kiyomi também ingressou no clube de instrumentos de sopro.

A vida de colegial era divertida. Kiyomi lia os livros dos quais gostava no tempo livre que tinha entre os estudos e atividades do clube. Terminou de ler *O Romance do Genji* e encarou o desafio de ler a versão original de *Anne de Green Gables*.

O tempo foi passando. Porém Kiyomi acreditava, de algum modo, que a vida escolar continuaria para sempre. Por isso, quando o professor responsável distribuiu o formulário, sua voz surpresa escapou sem querer.

Era um papel tamanho A5 de baixa qualidade. A tinta de impressão estava borrada, formando linhas para os lados. Era o questionário sobre os planos futuros e faculdade na qual pretendia ingressar.

Nesse mesmo dia, ela estava arrumando os instrumentos depois de terminado o ensaio da banda quando Chika veio à sala de ensaios. A amiga estava com a mala estudantil e uma mala esportiva em uma das mãos. De pé à porta, ela acenou com a outra mão, numa postura de quem espia o lado de dentro. O cabelo dela estava um pouco molhado. Deve ter tomado banho depois do treino do clube de atletismo. Chika veio vê-la antes de ir embora. Kiyomi sorriu e acenou de volta, sinalizando com a mão para que ela esperasse um pouco.

Chika entrou na sala de ensaios vazia, da qual a maioria dos integrantes da banda já havia ido embora, e sentou-se perto de Kiyomi. Olhando vagamente para as mãos de Kiyomi que limpavam o instrumento, perguntou:

"O que você vai escolher, Kiyomi?"

"Huum, não sei mesmo."

Kiyomi moveu a cabeça para os lados de forma notável. O sol forte entrava pela janela, batendo nas mãos dela. Porém, o calor já não era mais um calor ofensivo como o do meio do dia, mas sim um resquício de mormaço que causava fadiga. O relógio marcava 18h30. Já não se ouvia mais as vozes dos estudantes do clube de basquete vindo do ginásio desportivo nos fundos da escola.

As duas pedalaram as bicicletas lado ao lado, tomando o rumo para casa. As ruas que passavam pelo bairro residencial estavam vazias como se estivessem hibernando. Elas estavam caladas. Haviam deixado escapar a hora de começar a falar. Se sentindo desconfortável com a situação, Kiyomi pedalava na mesma velocidade de Chika.

"A gente finalmente começou a se sentir à vontade no colégio e já tem que pensar no que fazer no futuro. Que vida agitada, né?"

Decidida a quebrar o silêncio, Kiyomi se esforçou para falar a Chika num tom leve. "Mas agora eu só consigo pensar na banda."

Mas Chika continuava a pedalar a bicicleta, com o olhar ao longe. Kiyomi olhou para o perfil de Chika e em seguida dirigiu o olhar à mesma direção que ela. As duas já haviam passado pela área residencial e estavam numa via pavimentada que cortava os campos de arroz. O sol forte dava espaço ao crepúsculo, que começava a tingir tudo ao redor com tons escuros. Já era possível ver uma estrela entre as nuvens.

Foi nesse momento:

"Acho que eu quero ser médica."

Chika falou, de súbito.

Kiyomi se sobressaltou e olhou para a amiga. Chika, porém, não olhava para Kiyomi, e mantinha o olhar fixo no vasto céu à sua frente.

A mãe de Chika havia falecido no início do semestre. Kiyomi não sabia direito dos detalhes, mas ouviu dizer que era porque ela tinha o coração fraco. Chika deve ter ficado sobrecarregada cuidando da mãe doente e depois com o funeral, mas nunca se mostrou deprimida a Kiyomi. Ela sempre ria com energia, contava piadas e sempre era uma ótima companhia. Nesse ínterim, Kiyomi não sabia o que se passava na cabeça de Chika.

Naquela noite, custou a Kiyomi pegar no sono.

O que eu quero ser? Ela nunca havia pensado nisso a sério até aquele momento. Não conseguia se imaginar trabalhando e ganhando um salário. Sabia que iria para a faculdade, mas não tinha uma visão clara de que curso gostaria de fazer e que profissão gostaria de exercer. Ainda tem tempo. Dá pra decidir essas coisas depois de entrar na faculdade. Ela só tinha essas ideias vagas na mente.

Por isso mesmo, o murmúrio de Chika daquele dia havia atingido seu coração.

Chika ao menos tem um desejo de exercer uma determinada profissão no futuro. Eu não tenho isso. Eu nem sei o que eu quero fazer.

Ela sentiu como se Chika estivesse muito mais avançada.

"Como será minha vida de agora em diante?", pensou Kiyomi. Com que tipo de pessoa vou me unir, que tipo de crianças vou ter e como será a vida que vou levar até morrer?

Deitada na cama mas com os olhos abertos, Kiyomi fitou o teto escuro. Seus pensamentos ficavam esparsos. A lâmpada fluorescente que pendia do teto começou a girar lentamente. Não sabia mais se estava acordada ou se estava dormindo. Inúmeras dúvidas afluíam dentro de sua mente, transbordando e se espalhando.

6

"Como você está se sentindo?"

Takashi Yoshizumi falou com Mariko com um sorriso no rosto.

Passados cinco dias desde a cirurgia, o rim transplantado em Mariko funcionava em boas condições, sem incidência de grandes problemas. O dreno que havia sido deixado na parte superior do rim havia sido retirado dois dias antes, e o cateter da uretra havia sido removido naquele dia. Ainda havia o dreno na parte frontal da bexiga no abdome de Mariko, mas planejavam retirá-lo no dia seguinte.

Mariko olhou brevemente para o rosto de Yoshizumi e virou a cara.

...Está difícil.

Yoshizumi tomou cuidado para não deixar seu pensamento transparecer em sua expressão e falou novamente com ela:

"A febre parece estar baixando. Os níveis de proteína c-reativa também. Você vai começar a se sentir bem melhor. Ah, você está um pouco anêmica. Vamos ajustar o volume de transfusão."

Yoshizumi falou dos resultados dos exames da forma mais simples possível para Mariko. Isso poderia fazê-la ter uma postura mais positiva em relação ao tratamento, e ele pensou que o fato de não ter sinais de rejeição ou infecções poderia acalmá-la.

Pode-se dizer que o tratamento de transplante realmente se inicia após o término da cirurgia. No transplante renal, em particular, a cirurgia em si não é tão complexa. É um procedimento que pode ser realizado por qualquer cirurgião com algum treinamento. Yoshizumi acreditava que o problema era dali em diante.

O rim transplantado é uma matéria estranha ao corpo do receptor, e não é algo propriamente compatível ao seu organismo. Portanto, é inevitável que haja uma resposta imunológica na tentativa de eliminar o rim transplantado. Para minimizar essa reação ao máximo, são realizados testes de compatibilidade HLA e é transplantado um rim com características semelhantes ao do organismo do receptor. Entretanto, isso não é o suficiente para suprimir a resposta imunológica. Por isso há a necessidade de administração de imunossupressores no receptor. No passado, era adotada a terapia dupla, combinando o adrenocorticoide prednisolona e um fármaco chamado azatioprina, mas o índice de sucesso do procedimento não era alto. Atualmente, contudo, com o desenvolvimento dos imunossupressores como a ciclosporina e o FK506, o índice de sucesso tem aumentado exponencialmente. Mas como tem sido reportada a toxicidade renal por esses dois fármacos, o uso isolado deles vem sendo evitado, e o procedimento usual é de associá-los com outros fármacos. O grupo de Yoshizumi considerou diversos resultados clínicos e adotou uma terapia tripla, reduzindo a dose de ciclosporina ao mínimo e associando-a a um adrenocorticoide e a um antibiótico chamado mizoribina. Aquele era o segundo transplante de Mariko, e por isso foi receitada uma dose menor.

É possível reduzir a reação de rejeição ao rim transplantado suprimindo o funcionamento do sistema imunológico. Porém, isso significa também que o receptor fica mais propenso a contrair infecções. A infecção causada por bactérias patogênicas é uma questão de vida ou morte para os pacientes em imunossupressão. Essa é a razão de se dizer que a dificuldade da cirurgia de transplante está no pós-operatório. Após a cirurgia, é necessário examinar o paciente com constância para ver se não há sinais de rejeição ou se não está com alguma infecção. E deve-se ajustar a dosagem de imunossupressores de acordo com o estado do paciente. Por isso é dito que o paciente transplantado fica na corda bamba entre a rejeição e a infecção. Yoshizumi sentia na pele que o tratamento não era realizado somente pelo médico transplantador, mas sim um trabalho conjunto em que era imprescindível a colaboração e a troca de informações detalhadas entre o médico e enfermeiras, e até mesmo um cientista biomédico ou farmacêutico.

"..."

Mariko continuava com o rosto virado. Yoshizumi voltou os olhos para o pai dela, que estava atrás, de pé. Entretanto, o pai também desviou o olhar.

Mas o que está acontecendo? Yoshizumi se lamentava internamente.

Mariko não mostrava nenhum sinal de querer se abrir. E parecia que não era somente com Yoshizumi, mas com as enfermeiras e o pai também. Era como se ela estivesse tentando fazer de tudo para esquecer, apagar da mente que havia recebido um transplante.

Há crianças que ficam revoltadas porque sentem que os médicos e os pais agem com autoritarismo sobre elas. Yoshizumi se lembra de ter tido casos assim dentre os receptores que ele operou. Todavia, o caso de Mariko não parecia ser somente isso. Yoshizumi não sabia por que Mariko rejeitava o transplante com tanta veemência.

...Será que não foi por isso que o transplante de dois anos atrás não deu certo?

Esse questionamento lhe veio à mente. Yoshizumi logo tentou desfazer-se dele.

"Depois de amanhã você já deve conseguir se levantar da cama. Andar um pouco vai abrir o apetite. Você também vai poder saborear melhor as refeições."

Dizendo isso, Yoshizumi pôs a mão sobre a cabeça de Mariko. A enfermeira que estava ao lado sorriu, concordando com ele : "vai mesmo, Mariko". Porém Mariko continuava calada, sem mostrar intenções de olhar para Yoshizumi. Talvez ela estivesse tentando expulsar da mente até o fato de que a mão dele estava tocando a sua cabeça, pois ela não colocava nenhuma força no pescoço. A cabeça dela começou a balançar sob sua mão, e ele não teve escolha senão tirá-la de Mariko.

Será que Mariko perdeu a motivação de fazer o tratamento dar certo?

Ela não era assim há dois anos.

"Doutor!", Mariko abraçou-o naquela ocasião.

Apertando Yoshizumi, Mariko disse "obrigada" diversas vezes. Ela estava até lacrimejando um pouco. Yoshizumi havia sorrido de volta para Mariko e colocado a mão sobre sua cabeça, como agora.

Mariko havia feito diálise por quase um ano antes de fazer o primeiro transplante. O pai havia dito ao médico responsável que gostaria de doar o rim, e a cirurgia de transplante foi marcada para ser feita no Hospital Municipal Central.

Yoshizumi conheceu Mariko e o pai bem na época da florada das cerejeiras. Da sala onde os médicos transplantadores com Yoshizumi se encontravam com os pacientes, podia-se ter uma visão agradável dos pés de cerejeira no jardim central. Vez ou outra Mariko contemplava a paisagem cor-de-rosa que se via da janela.

Mariko havia acabado de entrar para o sexto ano do fundamental na época. Usava um corte de cabelo chanel, vestia uma camisa branca e uma saia verde. Tinha a testa ampla e os olhos eram arredondados. Prestava atenção no que Yoshizumi falava e ria sem resistência quando achava algo engraçado. Talvez por causa da deficiência renal, estava um pouco inchada na região das maçãs do rosto, mas era uma menina graciosa. Ele pensou que poderia ser porque ela tinha a estatura baixa. Ao indagar, soube que ela não estava mais crescendo muito havia dois anos. Ela estava vindo cada vez mais para frente nas filas das aulas de educação física e nas assembleias matinais, sendo que costumava ser uma das mais altas da classe. Mariko parecia estar um pouco incomodada com isso.

No hospital de Yoshizumi eram realizados alguns encontros com o paciente antes do transplante como uma espécie de orientação. O que é o tratamento chamado de transplante, quais são suas vantagens e desvantagens, que tipo de cirurgia será realizada de fato, como se deve levar a vida depois do transplante. O objetivo era transmitir essas informações ao paciente, evitar mal-entendidos e atenuar as inseguranças. Havia vezes em que enfermeiras cumpriam esse papel, mas no caso de Mariko, Yoshizumi havia se encarregado de dar as explicações.

Mariko ouviu Yoshizumi atentamente. Quando soube que teria de continuar tomando os imunossupressores para sempre mesmo depois da cirurgia, ela parecia ter ficado chocada, mas pareceu ter aceitado isso rapidamente.

"Para sempre seria quanto tempo?"

Mariko perguntou olhando fixamente nos olhos de Yoshizumi.

"Enquanto você estiver viva, será pra sempre", respondeu Yoshizumi, também sem desviar os olhos de Mariko.

"Pra sempre, até morrer?"

"Isso mesmo. Você consegue?"

Mariko olhou para baixo. Ela ficou calada por algum tempo. Parecia estar pensando sobre o assunto com seriedade. Depois de cerca de dez segundos, ela levantou o rosto. Ela assentiu, com a boca fechada com firmeza.

Mariko pareceu ter se assustado com o vídeo da cirurgia também. Quando lhe disse "você também vai fazer essa operação", Mariko demonstrou um pouco de medo e perguntou:

"Será que vai doer...?"

Mas quando Yoshizumi disse que ela não precisava se preocupar porque teria anestesia, ela sorriu em alívio.

O rim esquerdo do pai foi transplantado no lado direito do abdome inferior de Mariko. Não ocorreu nem NTA, nem trombose.

Nos dias que se seguiram à operação, Mariko falou bastante. Parecia estar muito contente. Conversava com as enfermeiras e com Yoshizumi sorrindo. Era o estado de grande alegria e loquacidade que era comum após o transplante, incitado pela sensação de liberdade que surgia com o pensamento de que, a partir de então, estariam livres da diálise. Quanto maior a expectativa do paciente em relação ao transplante, maior a tendência a ficar assim. Mas Yoshizumi achava que não era nada mau ver o sorriso de Mariko. A diálise certamente não tinha sido algo fácil para ela. Era possível perceber a olhos vistos que ela estava realmente feliz com o transplante.

Mariko se emocionou com a urina saindo de seu corpo. Quando Yoshizumi foi examiná-la cerca de uma semana após a cirurgia, ela abraçou-o de repente, provavelmente porque finalmente havia se lembrado de como era a sensação de urinar.

Ela estava lacrimejando de felicidade. Abraçou Yoshizumi com força, afundando o rosto no jaleco dele enquanto dizia "doutor, doutor". Yoshizumi pôs a mão na cabeça dela suavemente.

Depois de Mariko ter alta, ele a viu algumas vezes nas consultas. Ela estava com o rosto um pouco inchado por causa do efeito colateral do corticoide, mas continuava graciosa. Parecia estar muito feliz de poder comer a mesma refeição escolar que os colegas. Até então, ela estava submetida a restrições alimentares devido ao tratamento de diálise.

Sorrindo, Mariko disse que as refeições agora eram saborosas. Ela repetiu diversas vezes que estava feliz porque a diálise tinha acabado e que foi bom ter feito o transplante.

"Doutor, eu já sarei, não é? Não estou mais doente, né?"

Certo dia, Mariko fez essa pergunta de súbito, quando fizeram uma pausa na conversa. Ela fitava o rosto de Yoshizumi com os olhos redondos e os cantos da boca levantados, formando um sorriso.

Por que será que Mariko estava perguntando aquilo?

Por um instante, Yoshizumi ficou sem saber o que responder. Ele não sabia o que ela realmente quis dizer.

"Podemos dizer que você está curada porque você pode levar a mesma vida que as pessoas normais", respondeu Yoshizumi. "Mas olha, depois do transplante, você não pode se descuidar nem que seja só um pouquinho. Sabe os imunossupressores que você está tomando em casa? Não pode esquecer de tomar de jeito nenhum. Senão, o rim que foi transplantado com sucesso vai parar de funcionar. Por isso, não pode esquecer em nenhum momento que você fez transplante. Você prometeu no começo que tomaria os remédios pra sempre. Você consegue, não consegue?”

“…Aham.”

Mariko assentiu novamente naquele momento.

Sim.

Ela assentiu.

Mesmo assim, ela voltou para a sala de cirurgia quatro meses depois…

“Não foram verificadas bactérias patogênicas no corpo de Mariko ainda.”

Yoshizumi saiu do quarto de Mariko junto com o pai dela, Shiguenori Anzai. Yoshizumi convidou-o ao centro de estudos clínicos, que ficava em um prédio separado. Era preciso informar ao pai as etapas mais detalhadas do pós-operatório. Ele pediu a Anzai que se sentasse no sofá e se sentou do outro lado da mesa.

“Todos os dias, as enfermeiras coletam sangue, urina, muco e o líquido que sai do dreno para enviar ao laboratório. Lá, eles verificam se ela está com alguma infecção bacteriana. Por enquanto, não foi encontrado nada, então pode ficar tranquilo.”

Anzai parecia ter ficado aliviado, e enxugou o suor na testa.

“A propósito, sr. Anzai…”

Depois de observar o gesto de Anzai, Yoshizumi começou a falar com cautela. Ele pensou em perguntar para o pai, dadas as circunstâncias.

“Por que Mariko ficou daquele jeito?”

Anzai continuava olhando para baixo.

“Sr. Anzai”, ele perguntou novamente.

“Eu… não sei.”

A resposta veio numa voz hesitante. Yoshizumi o encorajou a falar com o seu silêncio.

“Desde que o transplante anterior não deu certo… não sei mais o que Mariko está pensando. Ela não expressa mais o que sente. Talvez eu tenha errado, mas…”

“Mariko não queria fazer o transplante?”

“Não é isso.”

Anzai levantou o rosto de súbito. O tom era firme, mas era possível perceber que a voz estava trêmula no final. Yoshizumi esforçou-se para criar uma expressão gentil.

"Sr. Anzai, por favor diga a verdade. Entendo perfeitamente um pai desejar que a filha seja curada com o transplante. Isso é natural... Mas Mariko em si não pensava assim, é isso?

"É..." Anzai pendeu a cabeça. "Eu me sinto mal de falar disso só agora... mas foi assim quando a coordenadora ligou também. Mariko foi quem atendeu, mas ela não me falou. Liguei desesperado mais tarde ao saber que veio uma ligação sobre o transplante... mas Mariko não queria de maneira alguma. Teve convulsão... e estava num estado quase anormal."

"Anormal...?"

"Ela dizia 'não sou um monstro'..."

"..."

Ele não conseguiu entender do que aquilo se tratava. Yoshizumi mudou de assunto.

"Mariko parece estar tendo pesadelos desde que operou. Você sabe o que poderia ser?"

"Não sei também", Anzai moveu a cabeça para os lados, desolado.

"Será que Mariko não está com medo de alguma coisa? Será que ela não acabou ficando com uma imagem negativa do transplante...? Por isso não queria operar e está tendo pesadelos. Se bem que comigo também ela está agindo de maneira totalmente diferente. Ao que me parece, ela tem uma repulsa não exatamente em relação à cirurgia de transplante, mas ao ato do transplante em si e a médicos transplantadores como eu. O senhor não se lembra de nada?"

"Me desculpe. Eu não sei mesmo."

Anzai só dizia isso, pendendo a cabeça. Parecia até que era ele quem queria que lhe contasse o que estava acontecendo. Yoshizumi sentiu uma grande compaixão pelo estado em que Anzai se encontrava.

"...Soubemos que o outro receptor teve rejeição aguda acelerada."

Yoshizumi comentou.

"Aguda acelerada...? O que seria?"

"É a rejeição que ocorre entre vinte e quatro horas e uma semana após a cirurgia. Ela acontece quando o receptor tem anticorpos sensibilizantes ao aloantígeno do doador. Ele está em tratamento agora."

"..."

"Felizmente, o estado de Mariko é bom. Só que nem eu sei como vai ficar de agora em diante. Eu vou fazer o possível, mas... pode ser que Mariko fique fraca e contraia alguma infecção bacteriana se ela mesma não estiver motivada com o tratamento. Vamos nos esforçar para que Mariko se abra para nós."

"...Seria tão bom se isso acontecesse..."

A voz de Anzai era tão baixa que mal se podia ouvi-la.

7

Sentado à frente do microscópio confocal de varredura a laser, Toshiaki fazia as configurações usando o mouse acoplado. O frasco de cultura está sobre a platina. Ele havia acabado de utilizar o corante rodamina 123 em Eve1.

Nos últimos dias, Toshiaki havia terminado a clonagem de Eve, as células hepáticas de Kiyomi. Dentre elas, Toshiaki nomeou de Eve1 as células que tinham maior capacidade de reprodução e deixou-as reproduzindo para usá-las em alguns experimentos.

O microscópio confocal a laser havia sido instalado naquele início de semestre no laboratório departamental de Farmácia que ficava no primeiro andar. É o modelo mais moderno, chamado ACAS ULTIMA. Uma máquina grande, do tamanho de uma mesa de escritório razoável. À esquerda fica o microscópio invertido, e à direita fica o monitor para inserir comandos e verificar os dados de análise. O tubo laser fica atrás deles. O computador, debaixo da mesa.

Toshiaki queria analisar a estrutura das mitocôndrias presentes nas células de Eve1. A rodamina 123 é um corante fluorescente que tinge especificamente as mitocôndrias das células. As que estavam no microscópio já haviam sido colocadas em contato com esse reagente. Ao direcionar o laser para elas, o reagente fluorescente reflete uma frequência de luz determinada. Ao observar as células através de um filtro que só é permeável por essa frequência, é mostrada a imagem das mitocôndrias. A grande inovação em ACAS ULTIMA é que ela pode focar em diversas partes da célula. As células têm certa espessura e, quando são observadas num microscópio convencional, não é possível ajustar o foco à célula toda. Por essa razão, não é possível obter uma imagem nítida. Foi o microscópio confocal a laser que solucionou esse problema. Essa máquina pode exibir dezenas de imagens de cortes horizontais da célula. Depois, é só realizar o processamento das imagens no computador e transformar em camadas as imagens geradas para obter uma imagem tridimensional da célula. Esse microscópio estava sendo utilizado para pesquisas nas quais era desejável a análise em imagens tridimensionais, como nas de células nervosas, e comprovando sua alta capacidade.

Quando Toshiaki clicou na parte inferior da tela do monitor para que o processamento fosse iniciado, as imagens foram sendo exibidas sucessivamente. Um objeto fino e comprido de cor verde aparece em alguns pontos no fundo escuro. São as mitocôndrias presentes na célula.

Depois de encerrada a leitura dos dados, Toshiaki indicou alguns comandos e gerou uma imagem tridimensional no monitor.

Uma imagem vívida foi exibida no monitor. Nesse momento, um brado escapou pela boca de Toshiaki sem querer.

Era um formato diferente de qualquer mitocôndria que ele já havia visto. Elas se expandiam, se fundiam entre si e formavam uma estrutura tridimensional complexa como se estivessem desenhando um labirinto. Era como se estivessem construindo uma grande via de energia no interior da célula.

Com o coração palpitando, Toshiaki selecionou outra célula de dentro do frasco e executou a mesma varredura. O resultado foi o mesmo. As mitocôndrias de Evel estavam com uma alteração no formato tal que era difícil de acreditar.

Assim que imprimiu o resultado da análise, Toshiaki desligou a máquina e voltou para o seu laboratório no quarto andar. Ainda havia algumas amostras de Evel tingidas com rodamina 123. Ele teve a ideia de analisá-los com o citômetro de fluxo.

Ele coleta do frasco Evel já com corante e realiza lavagem na centrífuga. Após deixar em suspensão com a solução-tampão, Toshiaki foi novamente para o laboratório departamental com o novo material em mãos. Ele liga o citômetro de fluxo. Pouco tempo depois, a tela de inicialização foi exibida no monitor. Ele define as configurações para a citometria.

O citômetro de fluxo também é uma máquina que mede a intensidade de fluorescência da célula. Ao posicionar o tubo com suspensão celular no bocal que se projeta da parte inferior da máquina, as células são levadas para dentro da máquina, na parte de irradiação do laser. Essa parte é feita com um tubo extremamente fino, e portanto as células passam por ela como se estivessem em uma fila, sendo irradiadas pelo laser uma a uma. Ao serem iluminadas pelo laser, as células emitem luz fluorescente. A luz fluorescente indica a proporção da célula tingida pelo reagente e, neste caso, serve como indicador da quantidade de mitocôndrias presentes na célula. A diferença dessa máquina para o microscópio é que ela faz uma aferição quantitativa da proporção de tingimento de cada célula e a partir disso gera um gráfico.

Toshiaki posicionou o tubo e clicou no botão *Go* exibido na tela. Num instante, inúmeros pontos que representam o tamanho das células surgem no monitor. Toshiaki observou atentamente o histograma no lado direito da tela. O gráfico de barras que representa a intensidade de fluorescência mudava constantemente.

"Mas o que é isso…?"

As barras chegavam ao máximo da marcação de intensidade de fluorescência. Isso significava que havia dentro da célula uma quantidade de mitocôndrias inconcebível nos parâmetros normais. Associado com o resultado da análise feita pelo microscópio há instantes, isso levava a concluir que Eve1 tinha uma quantidade maior de mitocôndrias por célula e que seu formato era notavelmente diferente. Estava evidente que havia ocorrido uma alteração no mecanismo que limita o funcionamento das mitocôndrias e induzia-as a serem mais ativas do que o necessário. Ele não tinha conhecimento de artigos que reportassem mitocôndrias que tivessem sofrido tanta indução. Era simplesmente impressionante. O fato de as células terem obtido uma capacidade de reprodução anormal sugeria, ainda, uma mutação nas proteínas de ligação com o DNA. A possibilidade de isso afetar as mitocôndrias das células era alta.

Toshiaki sentiu uma excitação indescritível correr por sua espinha.

O que é que estava acontecendo no corpo de Kiyomi?

Assim que imprimiu o resultado da análise, Toshiaki voltou correndo para o laboratório. Asakura estava fazendo a extração de DNA em sua bancada.

"Asakura, poderia vir aqui um momento?"

Toshiaki levou Asakura à sala de cultura um tanto à força. Ele mostrou o frasco de Eve1 que estava na incubadora. Asakura ficou com uma expressão de estranhamento.

"Você pode extrair o RNA mensageiro dessas células?" Toshiaki colocou o frasco sob o microscópio e fez Asakura olhar como elas estavam. "Quero verificar a indução da β-oxidação por meio de *Northern blot*."[26]

"…Do que são essas células?"

Asakura afastou os olhos da ocular e perguntou. Parecia estar confusa com esse pedido repentino. Toshiaki, porém, foi evasivo em relação à origem daquelas células e disse que haviam sido fornecidas por uma outra faculdade. Asakura não pareceu satisfeita, mas não perguntou mais e meneou, hesitante.

Naquela noite, Toshiaki sonhou com algo que não era a Kiyomi depois de muito tempo.

No sonho, Toshiaki era estudante do primário. Ele estava de bermuda e camiseta montando um conjunto de plastimodelismo. A cabeça do ventilador se movia horizontalmente e jogava um vento morno nas costas de Toshiaki em intervalos regulares. O sino dos ventos tocava em algum lugar. O suor brotava em sua testa. Ele se lembrou. Aquele verão foi quente.

Toshiaki era uma criança que preferia ler ou fazer trabalhos manuais dentro de casa em vez de brincar com todos do lado de fora. Ele se divertia lendo descrições de monstros em revistas para crianças e enciclopédias de dinossauros. Gostava também de ir para zoológicos e museus.

Num dia em que as férias já estavam próximas do fim, ele reparou num item de plastimodelismo estranho no museu de ciências para onde o pai o levara. Era de caranguejo. Soube que um biólogo que pesquisa o movimento dos caranguejos dentro da água havia construído um robô que se mexe como um deles. Segundo a descrição, era possível fazer o caranguejo se mover como quisesse com o controle remoto. E isso havia sido transformado num brinquedo de plastimodelismo e estava sendo vendido. Toshiaki gostou muito do brinquedo e seu pai o comprou. E ali estava ele agora, montando-o.

Talvez por ter poucas peças, ele conseguiu terminar de montar o caranguejo em pouco tempo. Tinha uma grande pinça e patas. Ao apertar o botão de ligar do controle remoto, o motor dentro do caranguejo começou a rodar e ele mexeu a pinça, movendo lentamente as articulações presas por porcas. Era como se realmente estivesse chamando as marés.* Toshiaki ficou feliz e apertou outro botão. As patas se mexeram alternadamente e ele andou para o lado. Era o mesmo movimento que os caranguejos de verdade faziam no aquário. Toshiaki fez o caranguejo andar pela casa, entusiasmado.

* Referência aos caranguejos-chama-marés (Uca), que fazem um gesto com a pinça como se estivesse chamando as ondas. [NT]

De repente, Toshiaki percebeu que o caranguejo se mexia com tão poucas peças e inspirou ar impulsivamente. É possível imitar um caranguejo de verdade com um único motor pequeno. Será que os seres vivos são tão simples assim?

Não era possível que fossem. Ele se lembrou de quando criou girinos alguns anos atrás. Toshiaki observava diariamente as patas traseiras crescerem, depois as dianteiras, e então o rabo desaparecer. Não teria como robôs imitarem aquilo.

Ele sentiu que seres vivos eram cheios de mistério.

E achou que era algo enigmático ele mesmo estar se mexendo sem ter um motor.

No canto do quarto estava caída a lanterna giratória que havia feito durante as férias de verão do ano anterior. Aquele foi seu trabalho manual livre que tinha que fazer nas férias, e o construiu comprando madeira compensada para marcenaria, papel celofane e outros materiais na papelaria. De noite, Toshiaki levou a lanterna giratória para a varanda. Ao colocar uma vela do lado de dentro e acendê-la, a hélice de papel que havia colocado na parte de cima começou a girar lentamente, seguido pela rotação do cilindro de celofane. As silhuetas do Godzilla foram projetadas em vermelho e verde em meio ao ambiente escuro com tons púrpuras, girando em silêncio…

Posteriormente, ao ingressar no ginásio e depois no colegial, Toshiaki soube que os seres vivos eram controlados por algo chamado DNA. Ele ficou deveras surpreso pelo fato de sua estrutura ser tão perfeita. Era curioso como a vida conseguiu estruturar os códigos genéticos de forma tão organizada e como era possível representar as variantes da vida, tão diversa, com uma estrutura tão simples.

De repente, o sonho mudou de cenário. Quando se deu conta, Toshiaki estava no laboratório. As coisas à sua volta estavam um tanto desfocadas e tinha um ar meio antiquado. Ele percebeu que não havia nem o sintetizador de peptídeos, nem o termocirculador.[27] Havia várias colunas grandes de modelos antigos sobre a bancada. Toshiaki reconheceu o local como o laboratório II. Era a visão de quando ele estava no quarto ano e foi designado ao programa.

"Queria que você pesquisasse mitocôndrias."

O professor Ishihara, ainda jovem e cheio de energia, chamou Toshiaki e assim disse. Ele havia assumido aquele cargo no ano anterior ao do ingresso de Toshiaki para o programa de farmacologia biodinâmica, e estava em busca de um novo tema para pesquisa.

"Os pesquisadores atualmente só pensam em gene nuclear, mas num futuro próximo, não será mais possível falar da essência da vida só com isso. Certamente há uma sociedade dentro das células também. Se ocorrer alguma alteração dentro dessa sociedade, não será possível manter a ordem. Acho que é preciso olhar mais para o todo. O que acha, Nagashima? Não quer fazer isso? Fale sobre o que você pensa."

Em pouco tempo, Toshiaki ficou completamente absorto nas mitocôndrias. Mesmo considerando somente a estrutura do seu DNA, era totalmente diferente da do núcleo[28] e tudo era novidade para ele. Ali havia um mundo novo, além do que ele aprendera nas aulas sobre bioquímica e sobre genética. A ideia de que ele seria o pioneiro nessa área fez seu coração palpitar de entusiasmo.

As mitocôndrias se moviam em círculos sem emitir nenhum som, como a lanterna giratória. Elas se entrelaçavam e formavam um aglomerado gigante. Estavam rotacionando. Estavam flutuando no ar como a pedra em *O Castelo nos Pirineus* de Magritte, formando uma sombra escura e girando devagar e majestosamente. Em seu sonho, Toshiaki contemplava essa composição. O aglomerado bloqueava a luz do sol e só se podia reconhecer que era um corpo escuro. Ele ficou ali fitando o elemento demoradamente, resistindo ao máximo à força de atração que poderia tirá-lo do chão e sugá-lo para dentro da escuridão.

A análise de Eve1 foi sendo realizada sem percalços.

O tempo foi passando sem que se percebesse, e já era agosto. Dias quentes se seguiam. As folhas das árvores que cercavam o prédio da faculdade refletiam, ofuscantes, a forte luz do sol, que atravessava o vidro da janela e deixava o laboratório abafado. Os experimentos da faculdade de Farmácia, onde não havia ar-condicionado, foram sendo postergados sucessivamente em todos os programas. Os estudantes do quarto ano haviam entrado de férias para estudar para a prova de ingresso na pós-graduação, e isso foi outro motivo para a interrupção. O programa ao qual Toshiaki era filiado também ficou vazio num piscar de olhos, e a atmosfera de avidez pela pesquisa desapareceu de vista. Somente Toshiaki e Asakura ficavam no laboratório. Entretanto, isso não importava para ele. Naquele laboratório que concentrava calor, Toshiaki mergulhou na análise de Eve1, dando ordens a Asakura.

Como resultado das análises por meio de *Northern blot* e RT-PCR, ficou evidente que Eve1 tinha indução e produção acentuada de enzimas de β-oxidação.

"É a primeira vez que vejo algo assim." Asakura, que havia feito os experimentos, não conseguiu disfarçar a exaltação quando foi mostrar os dados a Toshiaki.

"Mesmo com clofibrato,[29] não haveria tanta indução. O que é que essas células têm que estão com uma banda tão evidente?"

Nas imagens que Asakura mostrava, havia bandas escuras e grandes. Significava que a quantidade maior de RNA mensageiro das enzimas havia aumentado.

"Clofibrato..." Toshiaki murmurou e olhou para o rosto de Asakura.

"Vamos verificar quanto receptor retinoide há neles. Depois, vamos colocar clofibrato no meio de cultura. Verificaremos a capacidade de reprodução e o formato das mitocôndrias e faremos um teste de importação. Vamos pegar os dados de quanta migração está sendo induzida. A propósito, Asakura, você poderia dizer quando vai entrar de férias?"

"Ah, é que..." Asakura sorriu sutilmente e inclinou a cabeça. "Eu vou me formar este ano... então pensei em continuar os experimentos sem tirar férias."

"Então vamos seguir mais um pouco com estes experimentos. Acho que podemos deixar os preparativos para o congresso de setembro para o final deste mês. Já temos os dados."

"Certo", Asakura assentiu com firmeza.

Toshiaki experimentou adicionar diversos tipos de proliferadores de peroxissoma[30] no frasco no qual fazia a cultura de Evel. Proliferadores de peroxissoma são, como o nome sugere, substâncias que fazem as organelas chamadas peroxissomas proliferarem. O exemplo mais clássico deles é o clofibrato, um medicamento para hiperlipidemia. Toshiaki havia descoberto na pesquisa durante a pós que, porém, eles induziam as enzimas de β-oxidação e chegavam até mesmo a alterar o formato das mitocôndrias. Ele pretendia deixar Evel, que já estava com as mitocôndrias induzidas, em contato com essas substâncias e acelerar ainda mais a indução.

O resultado foi como esperado. As mitocôndrias mostraram uma expansão impressionante com a adição de clofibrato e houve grande produção de enzimas. A migração das enzimas às mitocôndrias foi obviamente acelerada de forma notável. Só restava investigar o mecanismo de indução em nível genético. O mecanismo de proliferação das mitocôndrias certamente seria desvendado por meio do Evel, pensou Toshiaki.

"Chegou!"

O calor da exaltação tomava conta de Toshiaki ao abrir o envelope verde e tirar o seu conteúdo. As letras "nature" surgiram de dentro do envelope. Logo abaixo, lia-se "INTERNATIONAL WEEKLY JOURNAL OF SCIENCE" em letra de forma. Atrás de Toshiaki, Asakura olhava para aquilo com uma expressão cheia de expectativa. Ele tirou a revista de dentro, quase que rasgando o envelope. As cores de um mural de estilo tribal da capa chegavam a ser ofuscantes. A frase "Science in Mexico", provavelmente o título da reportagem especial, estava impressa em letras grandes, e abaixo dela havia "Approaches to mitochondrial biogenesis" em letras pequenas.

Toshiaki virou as páginas afoito para ver o índice. Traçou com o dedo a seção "LETTERS TO NATURE". Havia dois artigos sobre mitocôndrias, e o de seu interesse era o segundo.

Ele verifica o número da página e abre nela. Letras sem serifa atingiram a sua retina.

"Conseguimos!" Asakura soltou a voz, comemorando.

Toshiaki sentiu uma forte emoção ressoar dentro de si. Era o artigo dele. O artigo que ele escreveu estava na *Nature*. O nome de Toshiaki, de Asakura e do professor Ishihara estavam ali, impressos. Já havia recebido a separata, mas a emoção de pegar a revista na mão era totalmente diferente. O artigo sobre mitocôndrias que haviam enviado no ano anterior estava ali fazendo parte da *Nature*. Asakura soltava exclamações de alegria e olhava para o que estava nas mãos de Toshiaki, ficando quase colada a ele.

"Conseguimos!", Toshiaki gritava em sua mente.

Seu artigo estava na *Nature*. E ainda fazendo parte de uma edição especial. Porém a sua pesquisa atual não era só isso. Evel estava dando resultados impressionantes. Os resultados da pesquisa com Evel também devem ser recepcionados pela comunidade global causando impacto. Tudo estava correndo incrivelmente bem. Sua pesquisa estava de vento em popa. Agora, poderia fazer parte dos pesquisadores de ponta em nível mundial.

Baam.

Ouviu-se um som alto a ponto de fazer o corpo estremecer; o fogo de artifício púrpura se espalhou sobre o prédio da faculdade de Farmácia.

Resquícios de pólvora recaíam sobre Toshiaki e os outros.

O festival de fogos de artifício era realizado às margens do rio que contorna a faculdade de Farmácia. Ali era o local perfeito para contemplar os fogos. Naquela noite, Toshiaki havia subido na cobertura do prédio com Asakura, além de outros estudantes e professores que ainda estavam por lá.

O fogo de artifício gigante em forma de crisântemo explodiu, cobrindo grande parte do céu noturno limpo. Estavam a uma distância tão próxima que dava a impressão de que poderiam tocá-las se estendessem a mão. A esfera de luz se expandia por todo o campo de visão em um instante. As faíscas reluzentes ameaçavam recair sobre eles. Ao olhar para o lado, viu Sachiko Asakura fitando o céu com os olhos bem abertos. Todas as vezes que os fogos mudavam de cor, para vermelho ou verde, todas as vezes que crisântemos e cataratas se formavam no céu, as maçãs do rosto de Asakura eram tingidas por cores diferentes.

Toshiaki abriu a cerveja em lata junto com Asakura e despejou o conteúdo em sua boca admirando os fogos de artifício que preenchiam o céu. Asakura estava ao lado de Toshiaki com brilho nos olhos e proferindo palavras que expressavam sua admiração. Toshiaki assentia, sorrindo. O ambiente estava repleto de cheiro de fumaça, mas ele não se importou. Era como se os fogos estivessem comemorando a publicação do artigo na *Nature*. E parecia também que era uma comemoração antecipada do impulso que as células de Kiyomi proporcionaria em sua pesquisa dali em diante. Queria partilhar essa alegria com Kiyomi, pensou Toshiaki. Esse era o único porém. Queria poder mostrar a *Nature* a Kiyomi. Queria ver esses fogos com Kiyomi.

Baam. As pulsações do coração coincidiram com o som da explosão, e Toshiaki sentiu sua pele formigar.

8

Kiyomi Kataoka entrou para uma universidade federal local. Ela focou nos estudos a seu modo, mas não frequentou os cursos intensivos de verão, nem frequentou o cursinho, tampouco contratou professor particular universitário, levando a vida de vestibulanda com tranquilidade. Foi ver o resultado do vestibular com os pais, e quando encontrou seu nome na lista de aprovados do painel da faculdade de Letras, departamento de Literatura Inglesa, só sentiu uma alegria tênue se espalhar pelo seu coração, mas não sentiu uma emoção forte como havia imaginado.

Será que eu quero mesmo entrar na faculdade de Letras? Kiyomi ainda estava com essa dúvida mesmo após a cerimônia de ingresso. Ela só havia escolhido o departamento de Literatura Inglesa por gostar de ler e porque tinha interesse na língua inglesa. Contudo, com o início das aulas e após fazer amigos da mesma faculdade, a vida universitária começou a ser bem mais divertida do que imaginava.

Kiyomi entrou para o clube de instrumentos de sopro na faculdade também. Ela bebeu cerveja pela primeira vez na vida na festa de boas-vindas. A maioria dos seus amigos no colegial já tinha bebido alguma vez, mas ela ainda não. A cerveja era amarga, mas era boa. Os veteranos eram todos gentis e engraçados. Quando se deu conta, ela estava embriagada, com o rosto vermelho e quente.

"Você é de que faculdade?"

Já estavam na festa há um tempo e todos estavam entrosados. Kiyomi mudou de lugar a cada vez que algum veterano falava com ela. Naquele momento, ela havia feito uma pausa na conversa que estava tendo com uma veterana do terceiro ano. Ao olhar para frente, havia um veterano sentadode semblante calmo. Ele também parecia que havia terminado a conversa com a pessoa ao lado e estava bebendo cerveja, sorrindo. Acabaram um olhando para o outro, então Kiyomi segurou a garrafa de cerveja um tanto desajeitada e serviu cerveja no copo dele, que havia ficado vazio. Mais da metade do copo se encheu de espuma porque ela despejou de um ponto alto demais. Quando ela disse "me desculpe", ele disse "tudo bem, tudo bem", e sorveu a espuma. Ela havia feito a pergunta depois disso.

"Sou da faculdade de Farmácia", ele respondeu.

"Na Farmácia vocês estudam sobre remédios? Seria sobre como fazer remédio para gripe e coisas assim?"

Ele formou um sorriso meio torto com a pergunta de Kiyomi e bebeu mais um gole de cerveja.

"A gente provavelmente deveria fazer essas coisas também, mas não é exatamente isso. Acho que a imagem que você teve no colegial sobre a faculdade de Farmácia é que era um curso de formação de farmacêuticos, não é? E é assim mesmo que os professores do colegial ensinam."

Kiyomi meneou com a cabeça. Ela se lembrou que para algumas de suas colegas do colegial foi recomendada a profissão de farmacêutica de hospital por ser um posto que oferece boas condições a mulheres.

"Mas na verdade, a faculdade de Farmácia é um lugar onde estudamos um campo mais amplo. Claro, estudamos o que é necessário para nos tornarmos farmacêuticos, mas fazemos pesquisas sobre questões mais fundamentais também. É uma faculdade confusa, como se fosse uma mistura dos cursos de Medicina, Ciências, Agricultura e Engenharia. Por isso, o âmbito da pesquisa muda bastante dentro da faculdade dependendo a que programa você se filia. Tem gente que estuda a síntese orgânica. Tem gente que faz análises. Se dedica de corpo e alma em identificar quantidades ínfimas de alguma substância especial que está contida no sangue. Por outro lado, há aqueles que ficam injetando fármacos em ratos dia após dia. E outros que fazem cultura de dezenas de tipos de células. Tem gente que faz pesquisa sobre coisas que não têm relação direta com fármacos, como por que as células ficam com câncer ou por que o DNA é replicado. É uma faculdade pequena, mas um programa é totalmente diferente do outro. Então, para uma pessoa de fora, deve ser ainda mais difícil de entender o que se faz. Se bem que acho que a essência da faculdade de Farmácia está em compreender todas essas áreas de forma abrangente."

O veterano falou de algumas pesquisas que estavam sendo realizadas nos diferentes programas. Kiyomi ouvia com atenção, sinalizando que escutava. Ele dava explicações mastigadas sobre questões complexas como o funcionamento das células e genes, então mesmo Kiyomi, que só tinha conhecimento obtido nas aulas de biologia e química do colegial, conseguiu entender bem.

"Que interessante, sinto que fiquei mais inteligente. Você conhece tantas coisas."

"Ah, mas na verdade eu acabei de entrar no mestrado."

Ele coçou a cabeça, encabulado. Kiyomi sabia que mestrado era o curso no qual se ingressava depois dos quatro anos da faculdade. Então a idade desse veterano era de uns 22 ou 23 anos. Não era à toa que ele parecia mais tranquilo naquela festa de boas-vindas, cuja maioria era formada por alunos de bacharelado.

"Quero fazer doutorado também, se conseguir. Mas aí vai ser a última vez que vou conseguir dar as caras no clube, acho."

Kiyomi ficou genuinamente impressionada. Enquanto ela assistia às aulas com uma postura passiva, ele fazia pesquisas com o objetivo fixo de ingressar no doutorado.

"Hum… e que tipo de pesquisa você faz?"

Kiyomi fez a pergunta, mesmo achando que não saberia do que se tratava.

"É sobre mitocôndrias."

Tum.

No instante em que ouviu a resposta dele, o coração de Kiyomi deu um pulo.

Ela deu um grito discreto e colocou a mão no peito.

"...Que foi?"

Ele fitava o rosto de Kiyomi, intrigado.

"N-não é nada."

Kiyomi forçou um sorriso depressa e disfarçou.

...O que foi isso?

Kiyomi ficou prestando atenção aos sons de seu corpo por alguns instantes. Todavia, tudo o que ouvia eram os batimentos cardíacos normais. Havia tido um único batimento estranho, e depois ele sumiu.

Ela ficou pensando se estava embriagada, mas sorriu novamente para não o deixar preocupado:

"Não é nada, de verdade. Pode continuar."

O veterano ficou com uma expressão de quem não havia sido convencido, mas logo começou a falar sobre a sua própria pesquisa.

"Acho que você já deve ter ouvido falar sobre mitocôndrias porque elas estão nos livros didáticos do ginásio e do colegial; é uma organela da célula que gera energia."

"Sim."

"Quando açúcar ou gordura são levados para dentro da célula, eles são metabolizados e transformados em acetil-CoA. Então o ciclo de Krebs[31] entra em ação e a adenosina trifosfato, ou ATP,[32] é produzido. O ATP é usado como uma fonte de energia versátil dentro do corpo."

"...Acho que entendi."

Ela diz isso e assente timidamente. Ainda lembrava um pouco do que havia aprendido no colegial.

"O meu tema de pesquisa é sobre por que esse tipo de metabolização é realizado dentro das mitocôndrias. São necessárias diversas enzimas para a metabolização, e a mitocôndria é cheia delas. E aí é que está a questão. Não é só o núcleo da célula que contém DNA. Não aprendemos isso no colegial, mas as mitocôndrias também têm o 'DNA mitocondrial'. Mas, se comparados aos cromossomos do núcleo, são muito pequenos. E neles não estão contidas as informações necessárias para a metabolização de açúcar ou gordura. Eles só codificam uma pequena parte das enzimas atuantes numa reação chamada cadeia transportadora de elétrons, que serve para gerar o ATP. E se a gente for ver onde ficam os genes das enzimas que servem para metabolizar açúcar e gordura, eles ficam no núcleo. Isso quer dizer que a sintetização das enzimas é controlada pelo núcleo, e quando se quer conseguir energia, o núcleo emite a ordem de gerar enzimas metabólicas. Porque se gerar bastantes enzimas, acelera o processo metabólico. Só que as enzimas são produzidas no ribossomo, que fica no citoplasma. E por isso a enzima precisa entrar na mitocôndria depois de ser produzida. Ele só consegue cumprir a função de enzima depois que entra na mitocôndria. Mas se é assim, de que forma essas enzimas entram nas mitocôndrias? Como as enzimas são proteínas, elas não conseguem atravessar a membrana lipídica das mitocôndrias com facilidade. Além disso, como o núcleo consegue saber se está precisando de mais energia? Como o comando para produzir enzima é transmitido? E olhando de modo mais abrangente, surgem outros questionamentos: como o núcleo controla as mitocôndrias? São elas que provavelmente tinham os genes das enzimas, originalmente. Como o núcleo conseguiu pegar para si esses genes das mitocôndrias? E então? Você não acha interessante?"

Kiyomi ficou atônita. Ela conhecia as mitocôndrias, mas nunca havia pensado sobre elas a fundo. Agora que ele disse, parecia mesmo interessante. Foi a primeira vez que ela teve uma consciência real de que há coisas que lemos em um livro didático e acreditamos compreendê-las, mas que na verdade ainda não estão totalmente esclarecidas, e há pesquisadores como esse veterano desvendando-as uma a uma.

Ele talvez tenha pensado que havia falado demais, porque riu meio torto e cortou o assunto. Então ele olhou para o copo nas mãos de Kiyomi e colocou mais cerveja. O veterano colocou a pequena quantidade de cerveja que havia restado na garrafa em seu próprio copo e perguntou:

"Hã, e qual o seu nome?"

"Kiyomi Kataoka."

"Kataoka, prazer. Eu me chamo Toshiaki Nagashima."

Ao mesmo tempo, o veterano chamado Nagashima e Kiyomi levaram os copos à boca com sorriso no rosto.

9

"... Vou lá conversar com o doutor."

Shiguenori Anzai disse assim e se levantou.

Antes de sair do quarto, Anzai virou-se para ver a filha mais uma vez. Mas Mariko estava de cara virada. Ele podia ver que a filha estava com a boca firmemente fechada. Estava evidente que ela não queria interagir com o pai. Anzai saiu do quarto cabisbaixo.

Anzai se pôs a pensar nessa cirurgia enquanto andava pelo corredor hospitalar branco e sem curvas.

Passaram-se dez dias desde a cirurgia, mas Mariko continuava não querendo conversar por iniciativa própria. Não somente com Anzai, mas ela não falava proativamente também com Yoshizumi, o médico responsável, nem com as enfermeiras. Ela respondia num tom seco somente quando perguntavam como ela estava se sentindo, olhando para o lado.

Parece que ela havia tido pesadelos na noite anterior também. Disseram que ela havia gritado tão alto que podia se ouvir do corredor. A enfermeira que cuida de Mariko se apressou para tentar acordá-la, mas parece que ela demorou para distinguir o sonho da realidade. Porém, quando Yoshizumi perguntou o que havia acontecido, Mariko não quis responder. Ela só virou para o lado e ficou calada.

Quando percebeu, ele estava no hall do elevador. Anzai apertou o botão para descer e esperou.

Ele havia conversado com Yoshizumi diversas vezes. Em todas as conversas, falaram sobre esse comportamento retraído de Mariko.

Ele dizia que ela estava dando trabalho. Yoshizumi se lamentava, dizendo que ela parecia ser uma pessoa diferente da que ele conheceu há dois anos.

Mas o próprio Anzai não sabia por que Mariko havia se fechado daquela forma.

Não tinha sido assim no transplante anterior. Anzai também se lembrava disso com clareza. No início, Mariko estava feliz em poder receber o transplante e ela também estava contente logo após a cirurgia, falando com Yoshizumi e as enfermeiras com frequência.

A porta à sua frente se abre. Anzai entrou sem prestar muita atenção e apertou o botão do térreo. A porta se fecha, e ele sente uma sensação suave de estar descendo. O exaustor zunia baixo sobre a sua cabeça.

"Ela está com Insuficiência renal crônica."

Quando ouviu isso pela primeira vez, Anzai não sabia do que ele estava falando. Foi quando Mariko estava no quarto ano do primário. O médico disse aquilo com pesar, depois de pedir para Mariko ir para a sala de espera. Anzai se lembra de que havia um aquecedor elétrico pequeno ao lado da mesa do médico.

"O termo exato é glomerulonefrite crônica", falou o médico. "No caso de sua filha, é uma nefrite que foi se desenvolvendo lentamente ao longo de muitos anos. Os glomérulos, que são o local onde se filtram as toxinas para produzir urina, ficam entupidos. Com isso, os rins param de funcionar e a urina deixa de sair. Veja estes números. Conseguimos ter uma ideia se há insuficiência renal vendo os valores de taxa de filtração glomerular e de nitrogênio da ureia no sangue. Nessa condição, o corpo retém líquidos e por isso fica com o corpo inchado, falta de ar e humor irritadiço, como a sua filha está agora."

Um mau pressentimento tomou Anzai, que baixou a voz:

"...Isso tem cura?"

"Infelizmente, não."

O médico negou imediatamente. Anzai ficou chocado com essa resposta direta.

"Atualmente não há um tratamento consolidado para o tratamento de insuficiência renal crônica. Como os glomérulos deixam de funcionar por completo, é impossível curar com remédios ou cirurgias."

"...Então o que a minha filha pode fazer?"

"Há um método chamado diálise. Na realidade, há muitos pacientes com insuficiência renal. Todos eles fazem diálise. Um aparelho que faz o papel dos rins é conectado ao corpo e ele retira a toxina urêmica e os líquidos em excesso. Vou indicar um hospital bom. Lá tem as melhores instalações para diálise da província e muitos pacientes com insuficiência renal o frequentam."

Quando percebeu, o elevador já estava no térreo. Ele sai para a recepção. O ar quente que vinha da porta de entrada anulava o efeito do ar-condicionado. Anzai enxugou o suor do pescoço com um lenço e partiu rumo ao prédio do centro de estudos clínicos onde Yoshizumi ficava.

Anzai se deu conta de que quase não havia conversado com Mariko nesses últimos anos. Ele havia dedicado tudo ao desenvolvimento do processador de texto. Ele tinha a ideia de que deveria trabalhar sempre. Naquele ano, chegaria aos cinquenta. Acreditava que se não trabalhasse naquela fase, não poderia deixar seu legado.

Não, isso não era de agora. Anzai sorriu amargamente. Ele era assim desde que entrou na empresa. Só pensava no trabalho. Nem sua esposa ele havia encontrado por conta própria. Ele nunca havia tomado a iniciativa de se aproximar de mulheres. Quando chegou aos 33, o chefe de departamento propôs a ele um casamento arranjado, e tudo acabou correndo nos conformes. Ele não procurava voltar para casa cedo nem quando eram recém-casados, nem depois de Mariko nascer. Trabalhava aos domingos com frequência e era raro passar o tempo com a esposa e Mariko.

A esposa, que tinha a saúde frágil, faleceu logo após comprarem a casa, e o ambiente espaçoso do sobrado se tornou um lugar que ressaltava a falta de calor humano. Mariko veio vivendo ali, sozinha.

No horário em que ele chegava em casa, Mariko costumava estar dormindo. De manhã, ele acordava Mariko e ia para o ponto de ônibus com pressa. Era a repetição disso. Não havia como ele ter percebido que Mariko estava com nefrite.

O hospital indicado realmente tinha boas instalações para diálise. Ele ficou atônito quando entrou na sala com Mariko pela primeira vez. Cerca de cinquenta poltronas preenchiam aquela sala grande, com pacientes ocupando sua maioria. Havia uma máquina de diálise para cada poltrona, e isso fazia o ambiente parecer saturado. Todos tinham um tubo saindo do braço e estavam estendidos sobre a poltrona com uma expressão entediada. Havia os que liam mangás e revistas para matar o tempo, outros que faziam isso conversando com o paciente ao lado. As enfermeiras circulavam costurando entre eles. Foi explicado que quase trezentos pacientes de diálise frequentavam o hospital.

Os pacientes tinham idade variada. Havia crianças que pareciam mais novas do que Mariko, e muitos pacientes cheios de rugas que pareciam estar perto dos setenta. Havia homens da idade de Anzai também. Talvez fosse por causa do tipo de lâmpada, mas seus rostos não tinham um bom aspecto. As instalações eram modernas, mas havia uma atmosfera de abatimento ali.

Mariko não podia começar a diálise de imediato. O médico daquele hospital disse que ela tinha de fazer cirurgia e colocar algo chamado shunt no braço. Para fazer a diálise, era necessário introduzir no braço um tubo que se ligaria ao vaso sanguíneo, e para que possam sempre ter acesso à veia, ligariam a veia a uma artéria para deixá-la mais grossa e aumentar o fluxo sanguíneo. No caso de Mariko, foi adotado o método chamado shunt interno. Disseram que era relativamente difícil colocá-lo em crianças, mas o risco de infecções era menor e tendia a durar mais.

Duas semanas após a cirurgia, a diálise de Mariko começou. Ela ia diretamente para o hospital logo após o término das aulas três vezes por semana, e fazia a diálise ficando deitada em uma cama por quatro ou cinco horas por vez. Ao voltar para casa de ônibus do último horário, já passava das 22h. Isso continuou por meio ano. Nesse período, Anzai só foi ao hospital vê-la algumas poucas vezes. Pelo que soube, Mariko ficava sempre olhando vagamente para fora da janela, solitária, deitada na cama. O que Mariko ficava pensando enquanto fazia diálise? Ele ficou sabendo que a pressão osmótica às vezes mudava durante a diálise e causava espasmos. Ela certamente deve ter sofrido. Depois de anos, Anzai se lembrou da filha deitada sobre a cama e sentiu pena. O que será que Mariko sentia enquanto observava o seu sangue vermelho-escuro entrando na máquina de diálise instalada ao lado da cama, via a bomba girar devagar, o seu sangue passar pelo dialisador com formato de cilindro fino e voltar ao seu corpo? Na época, Anzai não chegou nem a pensar em tais coisas.

"Pense na diálise como um tratamento temporário", disse o médico. "Quando crianças ficam com insuficiência renal e realizam diálise por um período longo, é muito frequente acabar desenvolvendo comorbidades. A primeira delas é que param de crescer. Os rins têm a função de estimular o crescimento, e a insuficiência renal causa atraso nesse processo. A estatura aumentar tem um grande significado para as crianças. Se Mariko continuar a fazer diálise, pode ser que a estatura dela também seja algo que a frustre depois. Há chances de desenvolver distúrbios esqueléticos também. Além disso, há casos em que isso influencia igualmente no desenvolvimento do sistema reprodutivo."

"Então quer dizer que é melhor pensar em algo além da diálise…?"

"No caso das crianças, a melhor alternativa ainda é o transplante. O senhor poderia considerá-la."

O médico indicou o transplante com seriedade, mas Anzai não se sentiu preparado na época.

Dar o rim dele a Mariko. Ele ficaria sobre a mesa de cirurgia e o abririam para tirar um órgão dele.

Ele não conseguiu decidir de imediato. Aquilo era assustador. Será que daria certo? Será que a saúde dele não ficaria comprometida? Ele fez essas perguntas diversas vezes ao médico.

"A sua filha tem problema nos rins?"

Quando ele foi beber com o chefe, esse assunto veio à tona. Anzai tentou desviar do assunto respondendo com meias-palavras. Porém o chefe, aparentemente já bastante embriagado, não queria deixar Anzai em paz.

Na época, o transplante de órgãos de doadores vivos estava sendo abordado com frequência na TV.

"Os pais darem uma parte do fígado para o filho. Que história bonita. Você não acha?"

O chefe jogava as palavras articuladas sem muita dicção.

"Dizem que no exterior eles abrem um buraco nos cadáveres, pegam os órgãos e colocam nos pacientes, mas isso não é coisa de gente civilizada. No Japão devemos manter as coisas belas. Anzai, por que você não doa o seu rim à sua filha também? Você tem dois rins. Não vai ter problema se você não tiver um deles. Você não sente nada vendo a sua filha sofrer? Você já perdeu a sua esposa, não é? A sua filha só tem você com quem contar. Que tal você aprender com aqueles pais que aparecem no noticiário? Não é isso que é o amor?"

Anzai forçava um sorriso, mas na verdade estava se segurando, sentindo o sangue lhe subir à cabeça.

A opinião do chefe era idealizada, de alguém que nunca havia tido um filho com insuficiência renal. Foi isso que Anzai pensou. Então quer dizer que os pais que não querem doar órgãos para os filhos são desumanos? Os pais precisam chegar a ponto de cortar o próprio corpo pelos filhos? Se os filhos ficarem com doença renal ou hepática, os pais são obrigados a doar seus órgãos, incondicionalmente? Ninguém gosta de passar por cirurgia. Se há uma alternativa que dispense a cirurgia, qualquer um a preferiria. Então quer dizer que pensar dessa forma significa que ele não ama a filha? Contudo, Anzai ficou segurando com força o copo de saquê e continuou ouvindo o chefe falar, calado.

Quando se deu conta, ele estava no prédio do centro de estudos clínicos, onde Yoshizumi ficava. Depois de sacudir a cabeça uma vez e acalmar o ânimo, ele bateu à porta da sala de Yoshizumi.

10

A água da câmara de temperatura constante começou a fazer barulho de fervura. Sachiko Asakura colocou os tubos da amostra e configurou o timer. Os experimentos do dia enfim estavam terminando. Asakura parou um pouco e olhou ao redor.

Asakura estava no primeiro andar do prédio de testes de radioisótopos, um tanto isolado da faculdade de Farmácia. Era uma sala onde se manipulava materiais com baixa radioatividade. Provavelmente só havia Asakura nesse prédio de testes. Tudo estava em silêncio. Ao olhar para o relógio na parede, viu que já passava das 22h30. Em plenas férias de verão. Asakura riu. Não deve ter ninguém. Deve ser só eu que estou até essa hora fazendo experimentos.

Asakura estava fazendo testes de importação de proteínas das mitocôndrias nas células de Eve1. Ela havia vindo à faculdade de manhã cedo para começar os testes, mas havia levado mais tempo do que o esperado no fracionamento das mitocôndrias utilizando a centrifugação por gradiente de densidade, e quando ela foi verificar a reação das proteínas enzimáticas com marcação isotópica, já havia escurecido lá fora. Como era um tipo de experimento que quase não dava para descansar uma vez que iniciado, esse tempo de espera durante a fervura das amostras era bem-vindo para Asakura naquele momento.

As células de Eve1 são intrigantes. Assim pensou Asakura enquanto observava a câmara fervendo e gerando bolhas. Toshiaki havia-lhe mostrado diversos tipos de células nesses dois anos e meio que ela entrou no programa, tal como células cancerosas e cultura primária, mas nunca houve células tão estranhas como aquelas.

Eve1 continuava a se reproduzir. Depois de começar a adicionar conjugado de albumina do soro bovino com clofibrato, ela parecia ter começado a se dividir mais rápido do que a média das células cancerosas normais. Toshiaki havia explicado que eram células originárias de cultura primária do fígado humano, mas isso não explicava a sua ávida capacidade de reprodução.

Asakura perguntou algumas vezes a Toshiaki de onde ele havia ganhado Eve1. Não havia dúvidas de que o que estava na caixa térmica naquela noite eram as células de Eve1 antes de serem clonadas. Entretanto, Toshiaki sempre disfarçava bem todas as vezes em que ela perguntava. Asakura pesquisou no catálogo de banco de células[33] sem dizer a Toshiaki, mas não havia células cadastradas com o nome de Eve. Como não encontrava nem nas pesquisas em artigos científicos, deveria ser alguma célula que nunca havia sido reportada até então. Isso queria dizer que Eve1 não foi doada de outros laboratórios, mas uma linha celular que Toshiaki mesmo havia criado e nomeado.

Mas de onde Toshiaki havia trazido aquelas células?

Toshiaki ficou o tempo todo cuidando da esposa. Ou ao menos foi o que eu fiquei sabendo. Não deveria ter tido tempo de entrar em contato com outras faculdades.

Pensando dessa forma, há somente uma resposta.

Asakura estremeceu e se desvencilhou daquela ideia. De súbito, o fracionamento das mitocôndrias que estava realizando pareceu-lhe algo tenebroso.

Não conseguia acreditar que o professor Nagashima faria uma coisa dessas. Asakura era grata a Toshiaki. Era graças a ele que ela pôde realizar experimentos que lhe trouxeram uma sensação de realização nesses dois anos e meio.

Asakura não havia tido uma motivação profunda para escolher o programa de farmacologia biodinâmica quando chegou ao quarto ano. Pensando bem, era impossível um aluno do terceiro ano de graduação compreender as pesquisas realizadas em cada programa. Muitos dos seus colegas do mesmo ano escolhiam o programa por razões práticas, como a possibilidade de indicação para um bom emprego ou a carga leve de experiências.

Asakura também não buscava entrar em algum programa motivada por um desejo fervoroso. Por isso, estava participando das aulas práticas do terceiro ano sem muito interesse, mas conseguiu sentir o prazer pela experiência pela primeira vez nas aulas práticas ministradas pelo programa de farmacologia biodinâmica.

Era um experimento para extrair o DNA do plasmídeo da *E. coli* e implantar um certo gene nele. Asakura via o DNA como algo misterioso e sublime até então. Mas foi possível extrair o DNA do plasmídeo com um procedimento assustadoramente simples. Ela se sentiu genuinamente impressionada de poder fazer algo tão temido como cortar e colar DNA com as próprias mãos. Asakura deixou escapar esses pensamentos para o professor que coincidentemente estava do lado. Então esse professor sorriu, sereno, e disse:

"O objetivo dessas aulas práticas é que vocês se sintam assim."

Esse professor era Toshiaki Nagashima.

Uma festa de encerramento das aulas práticas foi realizada na sala do programa de farmacologia biodinâmica, e Toshiaki se sentou ao lado de Asakura por coincidência. Ela conversou com Toshiaki e soube que o objeto de pesquisa do programa dele era uma coisa curiosa chamada mitocôndria.

Foi nesse momento que Asakura pensou em entrar naquele programa. Nesse curso talvez eu possa fazer experimentos ainda mais interessantes, pode ser que me deixem fazer várias coisas, pensou.

Esse desejo foi realizado. Por mais uma coincidência, Asakura ficou sob orientação de Toshiaki. Quando isso foi definido, Asakura ficou inexplicavelmente entusiasmada. E, afinal, foi positivo para Asakura aprender a fazer experimentos com Toshiaki. Ele era do tipo que se interessava por diversas áreas e dominava diferentes técnicas, então Asakura pôde fazer diversos tipos de experiências. Ela aprendeu com Toshiaki quase todas as técnicas que são consideradas necessárias na área de bioquímica.

As experiências lhe davam prazer. Conseguir bons resultados e deixar Toshiaki feliz lhe dava ainda mais alegria. Asakura sempre ficava impressionada com o raciocínio dele ao ver os dados. Quando os dados obtidos eram interessantes, Toshiaki levantava hipóteses uma atrás da outra em questão de instantes e pensava num sistema experimental para comprová-las. Porém, Toshiaki não realizava os experimentos às cegas, ele decidia o passo seguinte após ponderar com cuidado. Frequentemente debatia com Asakura. Nesses momentos, os olhos de Toshiaki brilhavam. Mesmo ficando impressionada com tudo isso, Asakura fazia experimentos e lia artigos na intenção de conseguir alcançá-lo pelo menos um pouco. A razão de ela ter optado por ficar mais dois anos no programa após a formatura em vez de começar a trabalhar foi porque sentia um prazer genuíno em fazer pesquisa com Toshiaki.

Asakura mesma não imaginava que ficaria até o mestrado. Ela gostava das aulas de ciências no ginásio e no colegial, mas nem em sonho havia pensado que manusearia isótopos vestindo jaleco até altas horas da noite.

"Asakura é alta, hein."

Os meninos sempre falavam assim. Ela começou a crescer de repente no quinto ano do primário, e em pouco tempo era a mais alta da classe. Na época, os meninos pareciam-lhe estranhamente pequenos.

Mais ou menos quando estava na metade do ginásio, os meninos finalmente começaram a crescer e havia mais colegas com estatura maior do que Asakura, mas ela continuava sendo excepcionalmente alta entre as meninas. Ela entrou no clube de vôlei feminino, que valorizava isso. As atividades do clube eram divertidas e ela participava dos treinos com afinco. Quando vencia em partidas contra outras escolas, ficava emocionada.

Porém, ela começou a sentir-se incomodada com sua altura depois de entrar para o colegial.

Sua estatura estava se estacionando nos 1,75 metros, mas isso não mudava o fato de que era mais alta do que as pessoas ao redor. Havia meninas que a invejavam, mas Asakura suspirava internamente enquanto sorria por fora. Ela havia namorado um menino do mesmo ano no colegial durante quase um ano, mas sempre se sentiu complexada por ser mais alta do que ele.

Em questões práticas, era difícil encontrar roupas do seu tamanho para comprar. Isso acontecia também na maioria das lojas de sapatos. Frequentemente tinha que desistir de encontrar uma roupa num estilo que lhe agradasse. Por conta disso, era comum acabar vestindo jeans e camiseta quando não estava de uniforme.

Vez ou outra, ela virava motivo de piada dos meninos da escola. Os meninos certamente faziam isso com a intenção de caçoar sem maldade. Contudo, mesmo sendo algo leve, aquilo se acumulava e acabava pesando. Na escola que Asakura frequentou, formavam-se filas para a assembleia matinal por ordem de estatura. As meninas deveriam ficar à frente dos meninos na fila. Ela sempre ficava com vontade de se curvar ao formar filas e se preocupava com os olhares de trás dela.

Ela não chegou a ter namorados depois de entrar na faculdade, e ainda assim, não se sentiu solitária. Mas talvez isso fosse porque, de maneira inconsciente, se preocupava com sua estatura, e ela não tomava a iniciativa com o sexo oposto? Ela às vezes se perguntava dessa forma. Não teria sido para disfarçar essa realidade que vinha fazendo experiências até altas horas da noite?

O som eletrônico estridente do timer ressoou pelo recinto, e Asakura voltou a si. O tempo de fervura das amostras havia terminado. Ela bateu levemente em sua cabeça com o punho em represália por ter divagado, tirou as amostras do tanque e colocou-as sobre o gelo.

Ela coloca gel acrilamida no aparelho de eletroforese. Assim que as amostras esfriaram, Asakura colocou-as sobre o gel. Ela havia colocado um pente plástico para amostras sobre o gel, então há marcas dentadas na superfície. As soluções de cada amostra seriam despejadas ali dentro. Asakura foi realizando a aplicação de modo acurado, utilizando a micropipeta. Depois de colocar todas as amostras, ela liga a fonte de energia. Girou o botão de ajuste para que ficasse em vinte miliamperes. No mesmo instante, bolhas minúsculas começaram a se formar na cuba de eletroforese.

"Pronto."

Asakura se espreguiçou demoradamente. Levaria quase três horas para a eletroforese terminar. Ficaria com tempo livre até lá.

O ponteiro do relógio já passava das 23h. Do jeito que estava, acabaria dormindo se ficasse ali no laboratório lendo artigos. "Vou para casa e tomar um banho", pensou Asakura, e arrumou as coisas ao seu redor.

Ela sai do prédio de testes de radioisótopos e volta para o laboratório do programa de farmacologia biodinâmica. Tira a bolsa do armário. Apaga a luz da sala, sai para o corredor e tranca a sala.

"Acho que já está na hora de fazer os preparativos para o congresso", pensou Asakura. Ela apresentaria no congresso de bioquímica que seria realizado no início de setembro. Fora ela, Toshiaki e outras três pessoas entre estudantes e professores apresentariam. A maioria dos experimentos para o congresso já haviam sido feitos, mas havia mais uns dois ou três que deveria acrescentar.

Até quando Toshiaki vai continuar a análise de Eve1? Asakura se perguntou. Será que não é melhor trabalhar nos experimentos para o congresso?

Ela foi andando pelo corredor. A luz do corredor estava apagada e havia uma atmosfera lúgubre. Uma brisa úmida e morna lambia o rosto de Asakura. As sandálias que usava nas dependências internas raspavam no chão e faziam barulho. Estranhamente, teve a sensação de que o barulho era envolvido por um ar viscoso que o fazia ressoar para trás.

Aquelas células têm algo de errado.

Essa impressão não saía da mente de Asakura. Não eram somente as suas características; parecia que as células em si emitiam algo.

A vontade era de não chegar perto delas. Mas não poderia dizer algo tão infantil a Toshiaki. Ela fazia os experimentos calada, mas havia momentos em que era tomada por uma sensação anormal.

É um pressentimento, ela desconfiou.

Desde pequena, vez ou outra a sua intuição lhe emitia avisos. Eram coisas banais, como achar que ficaria com dor de barriga no dia seguinte ou que perderia no jogo de vôlei, mas frequentemente se concretizavam. Todas as vezes sentia como se os pelos da nuca se arrepiassem. A parte de trás da cabeça ficava formigando, causando uma sensação estranha, que ela não conseguia distinguir se era coceira ou dor.

Essa sensação foi ficando mais forte a cada dia.

Asakura sabia que eram aquelas células.

Não era uma sensação boa. Isso normalmente não a incomodava, mas ela ficava mais consciente disso quando ficava fazendo experimentos à noite num lugar vazio como aquele. No laboratório podia se distrair ouvindo rádio-cassete, mas não podia fazer o mesmo no prédio de testes de radioisótopos. Talvez hoje estivesse mais sensível por causa disso.

Tomara que Toshiaki pare de trabalhar com essas células logo. Esse era seu desejo, mas provavelmente não seria realizado tão cedo. A obsessão de Toshiaki por Eve1 estava além da normalidade. Depois que Eve1 começou a proporcionar resultados interessantes, Toshiaki ficou mais alegre e, nos últimos tempos, parecia ter voltado a ser praticamente como era antes do acidente. Entretanto, isso era somente quando ele não estava fazendo experimentos com Eve1. Quando começava a manipular Eve1, ele instantaneamente ficava com um olhar de alguém que estava possuído. Nesses momentos, Toshiaki parecia emitir um calor excepcional pelo corpo todo, e Asakura não conseguia sequer falar com ele.

Além disso, ela tinha a impressão de que Eve1 também desejava Toshiaki. Era fato que a taxa de proliferação era maior quando Toshiaki fazia a passagem, comparado com quando ela a fazia. Era como se...

Asakura se abraçou.

Era como se as células ficassem contentes.

"Que bobagem."

Asakura rejeitou esse pensamento com veemência. Desceu para o térreo pelas escadas. Mas acabava apertando o passo sem querer. Não é nada, é só impressão. Mesmo repetindo essas coisas para si, Asakura correu escada abaixo no intuito de ir logo para casa.

11

"Há muitos parasitas dentro de nossos corpos."

Essas foram as primeiras palavras do palestrante.

À sua frente, pendia um papel escrito "Prof. Dr. Rikuo Ishihara — Programa de Farmacologia Biodinâmica" com caligrafia a pincel. Metade dos seus cabelos eram grisalhos, então deveria ter seus cinquenta e poucos anos, mas ele tinha vivacidade na voz. "Talvez seja mais novo do que o meu pai", pensava Kiyomi enquanto se acomodava no assento duro do auditório.

O local era chamado de auditório grande, mas era uma sala retangular com apenas 150 lugares, aproximadamente. Era bem menor do que as salas da faculdade de Letras, onde mais de trezentos alunos assistiam às aulas de uma vez. Porém, a faculdade de Farmácia tinha poucos alunos em cada ano, então o tamanho daquela sala devia ser suficiente. Kiyomi havia se sentado num lugar mais ao fundo, onde era elevado e permitia-lhe ver do alto o assento destinado ao palestrante. Havia apenas cerca de cinquenta pessoas no auditório. Só podia vê-las por trás, então não lhe era possível identificá-las bem, mas a metade era composta por jovens estudantes.

Provavelmente havia estudantes de outras faculdades, assim como Kiyomi, mas a maioria devia ser da Farmácia. Talvez houvesse estudantes do próprio programa de farmacologia biodinâmica. A maioria do público externo era de cinquentenários e sexagenários. Não havia muita gente com menos de vinte anos.

O vento acariciou seu rosto. Uma brisa suave entrava pelas janelas levemente abertas do auditório. O barulho emitido pelas folhas das árvores tinha um ritmo que lembrava as ondas do mar. Do lado de fora da janela, via-se o verde vívido refletindo uma luz tênue.

Naquele ano, Kiyomi estava no terceiro ano da faculdade.

Os dois primeiros anos haviam se passado num piscar de olhos. Ela assistiu às aulas diligentemente e tomou notas, participou das atividades do clube de instrumentos de sopro, do festival universitário e dos concertos regulares, se preparava para as provas comparando suas anotações com as dos amigos, e foi às viagens de treino de verão e de esqui organizadas pelo clube.

"Ano que vem já teremos que procurar emprego."

Quando ela percebeu, os amigos já estavam se lamentando disso. Nesse momento, Kiyomi enfim assimilou que aquilo acabaria. Em algum momento ela havia se esquecido daquela ansiedade antes de entrar na faculdade, daquela dúvida que teve em relação ao que queria fazer e o que faria dali em diante. Pensava que poderia refletir sobre isso depois que entrasse na faculdade. Porém, constatou que essa vida universitária também estava chegando ao fim. E que não havia nada de concreto em sua mente.

Era meados de junho, mas os dias estavam quentes. O vento que soprava com a energia de um verão próximo fazia os galhos das árvores da cidade oscilarem e as golas das camisas brancas tremularem. O céu que permaneceu nublado do outono até o inverno estava, naquele momento, aberto e azul, com a luz solar incidindo diretamente nas ruas.

Foi nessa época que Kiyomi foi às palestras abertas ao público da faculdade de Farmácia, a convite de uma amiga do curso de Letras. A faculdade de Farmácia da sua universidade realizava palestras educativas gratuitas para o público em geral todos os anos, no segundo domingo de junho, visando à difusão do conhecimento sobre farmácia. Alguns professores, a começar pelo diretor da faculdade daquele ano, explicam de maneira didática sobre as pesquisas realizadas em seus programas. Parece que, além disso, dão orientações básicas sobre plantas medicinais, efeitos colaterais dos medicamentos e questões atuais, como o vírus HIV. O jardim botânico de plantas medicinais nos fundos da faculdade também é aberto ao público nesse dia, fazendo os visitantes se sentirem em um piquenique. Era um evento relativamente popular, mas Kiyomi nunca havia participado. Sua amiga havia ouvido falar que poderiam beber chá de *ginseng* e *dokudami* à vontade e convidou Kiyomi para ir junto.

No dia do evento também o tempo estava perfeito, com o céu todo em azul-anil. Kiyomi pegou o ônibus com a amiga e chegou na faculdade de Farmácia às 9h30. A universidade que Kiyomi frequentava era um típico exemplo de instituição com campi dispersos. As faculdades de Ciências, em especial, eram as que ficavam mais espalhadas pela cidade. A faculdade de Medicina e o hospital universitário ficavam ao norte da cidade, a de agricultura ficava atrás da estação e a de engenharia ficava em uma região da montanha. A faculdade de Farmácia ficava sobre uma colina, a cinco minutos seguindo por uma estrada sem vicinais depois de passar ao lado da faculdade de Letras. Ao descerem do ônibus, puderam ver a paisagem urbana logo abaixo. Talvez fosse só impressão, mas o vento ali parecia mais fresco do que na faculdade de Letras.

Cada palestra durava uma hora e meia e de manhã havia uma, e à tarde, três. Podiam ficar livres para visitar o jardim botânico durante esse período. A palestra da manhã começava às 10h. Kiyomi passou os olhos pela programação de palestras que estava colada na recepção, onde havia ingredientes de remédios de medicina chinesa expostos. O título da palestra da manhã era "Fazer remédios: química e farmacologia". Devia ser sobre como desenvolver produtos farmacológicos. Talvez seja difícil demais pra mim. Enquanto pensava assim, Kiyomi dirigia os olhos mais para baixo, devagar. Havia os temas das palestras da tarde. "Mantenha sua saúde com os remédios de medicina chinesa", "O que é terapia genética"... Ela foi observando cada um dos títulos.

Então, suas retinas capturaram o tema da última palestra:

"Simbiose com as mitocôndrias: o desenvolvimento do sistema celular."

Nesse momento, o coração de Kiyomi emitiu um som de súbito:

Tum.

Kiyomi apertou o peito, aflita. Não era uma pulsação normal. Era um movimento que a havia atingido de repente, distinto do seu batimento cardíaco. Ela ficou sem ar e sua mente se tingia de vermelho. Ela sentiu os resquícios daquela vibração fazerem a sua mão formigar. Ela apertou o peito com força para tentar fazer parar. Suas costelas rangiam. Suas mamas foram pressionadas e isso causava dor. Mas independente de quanto apertasse, não conseguia conter o coração. Kiyomi manteve essa postura e ouviu atentamente os sons de seu corpo. O suor correu pela sua têmpora. Ela não conseguiu desviar os olhos das letras do pôster.

...Ela estava arfando e, rangendo os dentes, expirou longamente. O batimento cardíaco incomum já havia ido embora. E como se fosse em resposta a isso, os batimentos de sempre, de pulsação regular, voltavam ao seu peito, bombeando o sangue como normalmente fazia.

Contudo, Kiyomi não conseguiu se mexer durante algum tempo. Outra gota de suor correu pela sua têmpora. Ela seguiu o mesmo caminho da gota anterior e pingou no chão.

"Que foi, Kiyomi?"

A amiga fitava o rosto de Kiyomi, preocupada. Kiyomi balançou a cabeça dizendo que não era nada e olhou para cima. Tentou sorrir, mas só conseguiu contrair os músculos do canto da boca.

"Não é nada, sério. Vamos para o auditório."

Dizendo isso, Kiyomi começou a andar. A amiga ainda estava com um ar preocupado, mas se deu por vencida e a seguiu.

Antes de deixar a recepção, Kiyomi virou-se e olhou para o pôster novamente. Por que será? Ela estava intrigada. Aquela pulsação que lhe pareceu um ataque veio assim que viu o título da última palestra. Era claramente diferente dos batimentos cardíacos normais.

Será que foi aquilo que é chamado de arritmia? Kiyomi estremeceu de leve. "Simbiose com as mitocôndrias..." Por que o meu corpo havia reagido àquele título estranho?

Não tinha como saber. Mas Kiyomi já se sentia interessada em assistir à palestra. Vou deixar para passear no jardim botânico e tomar os chás na hora das palestras sobre medicina chinesa e terapia genética. Preciso assistir àquela palestra sem falta. Ela estava determinada.

Então, a hora dessa palestra chegou.

A amiga de Kiyomi havia acabado de ir embora. Ela disse que tinha que dar aula particular a partir das 17h. Porém, Kiyomi não podia deixar de assistir a essa palestra.

Atrás do assento do palestrante havia uma tela para projeção. Ao lado da tela, pendia uma faixa com o título em letras grandes. As palavras "Simbiose com as mitocôndrias", às quais o coração de Kiyomi havia reagido de manhã, já não causavam nenhuma irregularidade em seus batimentos. Mas era fato que havia tido a reação uma vez. Kiyomi queria saber o porquê daquilo. O que tinha sido aquele ataque? Ela achou que a resposta poderia estar naquela palestra.

O professor chamado Ishihara falou de nematelmintos e outros parasitas para dar alguns exemplos e começou a explicar sobre a palavra "simbiose", citando o exemplo da flora intestinal.

"Assim como os parasitas, as bactérias da flora intestinal vivem dentro de nós, subsistindo à base dos nutrientes que nós, hospedeiros, lhes fornecemos. Entretanto, a flora intestinal produz a vitamina K, como eu disse há pouco, e têm outras funções que são relativamente vantajosas para nós. E esse tipo de relação em que seres vivos distintos convivem e ambos conseguem ter um resultado vantajoso com isso é chamado de simbiose. As bactérias da flora intestinal são como parasitas para nós, mas são seres dos quais nós precisamos também. E será que são somente as bactérias da flora intestinal que têm uma relação simbiótica conosco? Claro que não. E agora finalmente posso começar a falar do assunto da palestra de hoje, que é algo que vocês até devem ter chegado a ver no livro de ciências do ginásio, as mitocôndrias. Tem sido descoberto que elas também costumavam ser parasitas em relação simbiótica conosco. Obviamente é estranho dizer que são parasitas porque as mitocôndrias não são nem bichos, nem plantas, mas o fato de que estão em simbiose com nós, hospedeiros, não muda. E através da pesquisa sobre as mitocôndrias, pudemos descobrir diversos fatos interessantes sobre nós mesmos. No nosso programa, pesquisamos sobre elas. Hoje vou falar da relação de simbiose entre as mitocôndrias e os humanos."

Então, o professor Ishihara fez uma pausa e deu um sinal para o responsável pelos slides que estava no centro do auditório. A ventoinha do projetor começou a girar. Em concomitância, as luzes do auditório foram se apagando, a começar pelas dianteiras. Deveria ser algum encarregado que estava mexendo nos interruptores. Kiyomi olhou para trás quase inconscientemente.

Foi quando viu um rosto conhecido no canto de seu campo de visão.

O rapaz estava sentado a exatas três fileiras atrás do seu assento. Kiyomi repousou o olhar ali e apertou os olhos para tentar ver quem era. Contudo, o recinto estava escuro e ela não pôde ver o rosto dele com clareza. O rapaz provavelmente percebeu que ela o fitava, e virou o rosto em sua direção. Kiyomi se sentiu um tanto constrangida e virou-se para frente depressa.

Um grande desenho de célula estava projetado na tela.

"Este é o desenho simples de uma célula humana." O professor Ishihara foi explicando apontando com um ponteiro laser vermelho. "Este aqui no centro é o núcleo. Há cromossomos aqui dentro, e eles contêm informações genéticas. E esses objetos elípticos aqui são as mitocôndrias. Como podem ver, elas têm a membrana externa e a interna, e a membrana interna tem dobras. Acredito que esse desenho seja como aqueles que vocês viram na escola e já têm familiaridade. As mitocôndrias provavelmente estavam desenhadas assim, em forma oblonga. Porém as mitocôndrias, na realidade, não têm esse formato. É muito provável que tenham um formato que vocês nunca imaginaram. Por favor, passe para o próximo slide."

Assim que o slide mudou, houve murmúrios de surpresa da plateia.

"Esta é a verdadeira forma das mitocôndrias."

A tela inteira foi preenchida pela imagem das células. A imagem delimitava um formato mais ou menos em losango no fundo preto. Dentro delas, havia inúmeras linhas retorcidas que estavam em verde. Ao observar melhor, era possível perceber que todas elas estavam apontando para a direção superior diagonal e pareciam estar prestes a começar a se mover, ondulando todas juntas. Na parte central, onde provavelmente ficava o núcleo, estava um buraco escuro e vazio. Kiyomi entendeu que haviam tingido as mitocôndrias de uma célula viva de alguma forma e haviam observado com um microscópio. Havia dezenas, centenas de mitocôndrias numa única célula. Eram tão belas quanto as pregas de um tecido de veludo, com esplendor suficiente para varrer a imagem preestabelecida que ela tinha das mitocôndrias até então.

Tum.

O coração dela reagiu.

Tum.

Reagiu de novo.

É isso. Kiyomi percebeu.

O coração dela reagiu a isso. Seu coração se excitava com as mitocôndrias.

Mas por quê?

Os olhos de Kiyomi estavam fixos na tela. Sua respiração estava inconstante por causa dos batimentos irregulares e isso lhe causava falta de ar. Entretanto, Kiyomi não chegou nem a colocar as mãos no peito e fitava as mitocôndrias gigantes. As imagens foram mudando. Diferentes imagens de mitocôndrias tingidas foram projetadas. Essas organelas que eram tingidas, por vezes de verde, por vezes de azul, se expandiam na tela, vibravam, se fundiam, se rompiam e mudavam suas formas de modo diverso. Kiyomi estava fascinada por essas imagens. A forma como se retorciam parecia muito com as *E. coli* e ela aceitou incondicionalmente o argumento de que mitocôndrias eram parasitas.

O fato de que dentro das mitocôndrias também há DNA, que é diferente do DNA nucleico e que isso é uma das provas de que as mitocôndrias são os descendentes de bactérias que se alojaram na célula no passado... O professor Ishihara foi explicando passo a passo o processo de como as mitocôndrias entraram nas células num passado longínquo, quando os ancestrais de Kiyomi e de todos ainda eram seres unicelulares, e como continuou a simbiose desde então.

"Vou explicar a história da evolução das células rapidamente. Acredita-se que a vida surgiu na Terra há cerca de 3,7 a 3,9 bilhões de anos. As primeiras formas de vida eram simples membranas envolvendo DNA. Crê-se que elas habitavam áreas próximas a vulcões submarinos e se alimentavam do sulfeto de hidrogênio liberado por eles. Nessa época, quase não havia oxigênio na superfície da Terra. Entretanto, seres chamados de cianobactérias se desenvolveram a partir dessas formas de vida. Eles são os ancestrais dos cloroplastos dos dias de hoje. Elas geram açúcar por meio da fotossíntese e produzem oxigênio. As cianobactérias proliferaram em grande escala e estavam se espalhando pelos mares do mundo todo há 2,5 bilhões de anos. Com isso, o oxigênio foi aumentando tanto no mar quanto na atmosfera. Porém, as bactérias antigas que se alimentavam de sulfeto de hidrogênio acabaram ficando numa situação difícil. Diferente do que é para nós, o oxigênio é um veneno para essas bactérias.[34] Por isso, elas foram perdendo espaço para as cianobactérias pouco a pouco, e acabaram por ter seu habitat limitado às áreas próximas dos vulcões. E é aí que surgem as bactérias aeróbicas. O mar foi sendo preenchido pelo oxigênio produzido pelas cianobactérias. Certos seres pensaram se não poderiam se alimentar desse oxigênio. Esses seres eram as bactérias aeróbicas, os ancestrais das mitocôndrias. Essas bactérias passaram a conseguir produzir uma quantidade de energia muito maior do que as bactérias comuns ao utilizar oxigênio. O que significa poder gerar energia? Significa poder se mover para todos os lados. Essas bactérias nadaram pelo mar afora. E há cerca de um pouco mais de 1 bilhão de anos, aconteceu um grande incidente. Essas bactérias aeróbicas acabaram entrando no corpo de nossos ancestrais, que viviam isolados perto dos vulcões. Provavelmente queriam nos fazer de alimento. Contudo, essas bactérias acabaram se alojando dentro de nossos ancestrais ao invés de comê-los. Foi a partir desse momento que se iniciou a simbiose entre nós e as mitocôndrias."

Foi projetada na tela a imagem de uma mitocôndria vista em um microscópio eletrônico. A mitocôndria no meio da tela se afinava no centro e parecia estar prestes a se dividir em duas. Havia um corpo escuro na parte de dentro, que estava quase se desmembrando em dois a partir de onde estava mais fino. O professor Ishihara disse que aquilo era o DNA da mitocôndria. As mitocôndrias se dividem e se reproduzem dentro das células. O DNA contido nas mitocôndrias também é reproduzido e distribuído em cada uma das mitocôndrias novas, cuja forma não diferia das bactérias. As mitocôndrias estão vivas. Elas estão alojadas em meu corpo e se dividindo exatamente neste momento, pensou Kiyomi.

"E se imaginarmos assim: foi graças às mitocôndrias que nos desenvolvemos até aqui. Nossos ancestrais passaram a poder gerar grande quantidade de energia por meio da simbiose com as mitocôndrias. Tornaram-se aeróbicos e desenvolveram a habilidade de se movimentar. Com isso, se tornou possível capturar nutrientes por conta própria. Não era mais preciso ficar esperando os nutrientes virem até eles. Passou a ser possível gastar a própria energia e ir até onde há nutrientes. E assim, os nossos ancestrais se tornam capazes de conquistar uma nova habilidade, isto é, a de pensar em como capturar suas presas. Passam a pensar em como conseguir nutrientes de forma eficiente e certeira. Começam com impulsos nervosos simples de reflexo e instinto, para enfim desenvolver uma capacidade de raciocínio complexa.

"E acredita-se que nessa época não houve somente células que alojaram mitocôndrias, mas também aquelas que abrigaram cianobactérias. O que será que aconteceu com elas? Como elas produziam energia dentro de seu corpo só de estarem expostas à luz solar, não precisavam capturar presas. Portanto, não precisavam raciocinar. O que precisavam fazer era expandir a sua superfície o quanto possível para receber mais luz solar. Acho que já deu para perceber. Elas é que se tornariam as plantas. Talvez eu tenha simplificado demais, mas espero que eu tenha conseguido explicar a diferença entre os animais e as plantas. Podemos até dizer que é graças à simbiose com as mitocôndrias que atualmente somos capazes de nos mexer e pensar."

O professor Ishihara explicava a evolução dos seres vivos mostrando um desenho que aludia a uma enorme árvore. Nesse desenho, o robusto caule com a legenda "células eucariontes, nossos ancestrais" se ligava com o galho "mitocôndrias", e dali se ramificavam três galhos, que eram "plantas", "animais" e "fungos". O galho das "plantas" se juntava com o galho de "cloroplastos" que se ramificava do galho das "cianobactérias". Ao olhar para o desenho, Kiyomi teve a impressão de que o galho das mitocôndrias era mais destacado do que os outros.

A imagem das mitocôndrias voltou à tela. A palestra continuou.

"Porém, atualmente as mitocôndrias não podem se reproduzir por conta própria. Ainda não está claro como elas se dividem, mas há pesquisas que mostram evidências de que isso é controlado pelos genes do núcleo. Quando as mitocôndrias se alojaram nas células de nossos ancestrais, provavelmente tinham códigos genéticos para a sua reprodução em seu próprio DNA. Mas as mitocôndrias cederam esses códigos aos genes nucleares[35] em pouco tempo. Atualmente, o DNA contido nas mitocôndrias só contém uma quantidade pequena de códigos genéticos. As mitocôndrias deixaram para o núcleo a função de controlar a sua reprodução e de produzir as proteínas que a compõem. Com isso, as mitocôndrias passaram a se dedicar a fundo na produção de energia. Isso significava que as mitocôndrias levariam uma vida fácil, já que deixaram todo o trabalho complicado com o núcleo. Até porque o açúcar e os lipídeos que serviriam para produzir energia seriam providenciados pela célula hospedeira. Para a célula hospedeira, por outro lado, era conveniente porque as mitocôndrias produziam uma grande quantidade de energia que a célula em si não conseguiria, bastando a ela fornecer-lhes fonte de energia. Então, assim como nós humanos temos uma relação harmoniosa de simbiose com as bactérias da flora intestinal, as células hospedeiras e as mitocôndrias mantêm uma relação simbiótica há muito tempo."

O professor Ishihara fez uma pausa e tomou um gole da água servida na mesa do palestrante.

O coração de Kiyomi continuava a bater com força, como se estivesse prestes a sair de sua boca. Ela havia aberto a boca inconscientemente e ofegava. Como o palestrante havia parado de falar, Kiyomi percebeu o som que emitia; ela depressa engoliu em seco e fechou a boca. Os batimentos não se aquietavam. Com uma das saídas bloqueadas, a respiração saía pelas narinas com impulso num ritmo constante. Kiyomi ficou constrangida e cobriu o nariz e a boca com a mão para tentar disfarçar o barulho ao menos um pouco. Ela fechou os olhos e respirou fundo uma vez.

Ela não entendia. Por que estava tão exaltada? Por que sentia todo esse fascínio pelas mitocôndrias? Por quê? Não sabia. Tum, tum, tum. O seu coração continuava a bater violentamente. Um suor viscoso brotava em sua testa. A região de seu colo e das coxas também estavam úmidas de suor, fazendo suas vestimentas grudarem na pele. Ao passar as costas da mão na testa, ficou com uma sensação pegajosa.

Kiyomi abriu os olhos, pegou um lenço da bolsa e enxugou a testa e o pescoço. Ao olhar para a tela, o professor Ishihara estava explicando sobre o DNA das mitocôndrias. O DNA dentro das mitocôndrias começa a apresentar alterações com o envelhecimento.[36] Ele disse que isso tem a ver com algo chamado espécies reativas de oxigênio. Ele citou também algumas doenças que ocorrem devido às alterações nos genes das mitocôndrias. Também falou sobre como os genes das mitocôndrias são herdados pelos descendentes.

"Um fato interessante é que o DNA mitocondrial é transmitido de mãe para filho. No momento da fecundação, as mitocôndrias do espermatozoide também entram no óvulo, mas em condições normais, o DNA mitocondrial carregado pelo espermatozoide não aumenta em quantidade dentro do óvulo fecundado. Como somente o DNA mitocondrial da mãe aumenta, a grande maioria das mitocôndrias da criança que vai nascer será igual ao da mãe. Portanto, não é um equívoco dizer que o DNA mitocondrial é uma herança maternal. Porém, há evidências de que doenças relacionadas ao DNA mitocondrial não são herdados somente por linha maternal,[37] e um dos desafios para a pesquisa atual é desvendar as questões relacionadas a isso. Recentemente, houve descobertas de que o DNA mitocondrial não é totalmente herdado por linha maternal... mas ficaria muito longo se eu fosse explicar isso, então vou deixar de lado."

A proporção de slides com imagens diminuiu e havia mais gráficos e diagramas com cores vívidas. Essas imagens, provavelmente feitas no computador, não fizeram o corpo de Kiyomi se exaltar tanto como as imagens microscópicas de até então. O assunto do DNA mitocondrial continuou por cerca de cinco minutos, e o peito de Kiyomi passou dos fortes batimentos para pulsações moderadas e estava ficando mais calmo, com batimentos contidos. Estava voltando às pulsações normais.

Kiyomi suspirou em alívio e corrigiu a postura. Ela se esforçou para se concentrar na palestra do professor Ishihara. O assunto já estava mudando.

"...Acredito que todos aqui se sintam estressados com os relacionamentos interpessoais do trabalho, faculdade ou vizinhança. Dizem que a sociedade atual é cheia de elementos estressantes, mas a convivência com os outros é, de fato, algo que causa estresse. E isso vale também para a relação simbiótica da célula hospedeira com a mitocôndria. A convivência de dois seres distintos será acompanhada de estresse. Acontece que quando causamos estresse à célula, ocorre a indução de algo chamado proteína do estresse. E tem sido descoberto que essa proteína do estresse tem a função de facilitar a simbiose entre o núcleo e a mitocôndria."

Professor Ishihara foi utilizando imagens e explicando de forma simples que há diversos tipos de proteínas do estresse dentro da célula, que elas têm a função de levar enzimas para dentro das mitocôndrias e que quando não há proteínas do estresse as mitocôndrias sofrem alteração. O coração de Kiyomi havia voltado completamente ao estado normal. Ao olhar para as mãos, percebeu que ambas ainda estavam firmemente fechadas. Tinham ficado assim depois de fechá-las instintivamente ao sentir as fortes pulsações momentos atrás. Kiyomi riu de si mentalmente e relaxou as mãos. Abriu e fechou-as duas ou três vezes para alongar os músculos enrijecidos.

Nessa hora, a tela mudou e um grande gráfico de barras foi exibido. "Este é o resultado dos experimentos realizados em nosso programa", disse o professor Ishihara. Haviam testado a proporção de importação de enzimas às mitocôndrias em caso de deficiência de proteínas do estresse. No eixo horizontal havia nomes de diversas proteínas do estresse e as barras saíam a partir delas. Havia umas mais curtas e outras mais longas.

"Como podem ver, quando não há proteínas do estresse o suficiente, a geração de enzimas nas mitocôndrias começa a ter problemas. E isso pode estar relacionado com[38] algumas enfermidades causadas pela diminuição das atividades das mitocôndrias."

Kiyomi olhou fixamente para a tela. Acompanhou a luz de laser com o qual o professor Ishihara apontava para a tela e analisava o gráfico de barras. Quando o professor terminou de explicar e disse para passar para o próximo slide, os olhos de Kiyomi capturaram algo que o professor não havia indicado. Era um texto em inglês em fonte pequena no canto inferior direito da tela.

Nesse mesmo momento, **tum!** Seu peito deu um estrondo.

Foi muito de repente, e aquilo fez Kiyomi dar um grito contido e se curvar para frente. A tela mudou com o som mecânico do projetor e um novo gráfico de barras apareceu. Depressa, os olhos de Kiyomi percorreram toda a tela. Havia as mesmas letras ali debaixo da imagem. Seu coração bateu com violência novamente. O professor Ishihara estava falando alguma coisa. Entretanto, Kiyomi não conseguia escutar. A tela mudou junto a um som mecânico novamente. Era um gráfico de barras similar. No canto inferior direito, havia aquelas letras novamente. Um terceiro impacto a atingiu. Seu corpo saltou da cadeira e emitiu um som alto. Kiyomi percebeu as pessoas no recinto olhando para si, todas de uma só vez. Mas ela não conseguiu se ajeitar. Seu coração estava fora de controle. Kiyomi apertava o peito em desespero, tentando resistir. Porém, não conseguia. Kiyomi abriu a boca e tentou falar. Contudo, só conseguiu fazer com que saísse um som incômodo de ar. Estava sem fôlego. Seu rosto estava quente. A pulsação era forte e seu peito parecia prestes a soltar vapor. Sob sua consciência falha, Kiyomi tentava de todas as maneiras descobrir por que aquilo estava acontecendo. As letras pequenas em inglês que estavam na tela. Ela não havia lido tudo. Nem sabia direito o que elas significavam. O que é que estava escrito? Kiyomi tentou lembrar das letras que havia visto somente por alguns instantes. Sua visão estava ficando turva. Alguém veio correndo até ela. Ela se lembrou. As letras surgiram na mente de Kiyomi, cuja cabeça pulsava fortemente: Nagashima, T. *et al.*, *J. Biol. Chem.*, 266, 3266, 1991.

Esse nome. T. Nagashima, já tinha ouvido esse nome antes. T. Tum. Toshiaki. É isso. Tum. Toshiaki Nagashima. Tum. Já tinha ouvido aquele nome em algum lugar. Já tinha se encontrado com ele em algum lugar. Ele..., sim, foi quando tinha acabado de entrar na faculdade... Tum, tum, ***tum***.

"Você está bem?"

Ela ouviu uma voz ao longe. Alguém tentava levantar o corpo dela. Antes de perder a consciência, Kiyomi viu o rosto dessa pessoa. Ah, é ele, ela pensou.

No mesmo instante, ela ouviu uma outra voz vindo do fundo de sua mente.

(*É ele.*)

Todo o seu corpo convulsionou com força. Ela só conseguiu apoiar o rosto nos braços dele e deixar que ele sustentasse o seu corpo, que se agitava em descontrole. *Quem é?* Kiyomi perdeu a consciência sem ao menos ter tempo para gritar.

12

Há cerca de uma semana, Mariko havia recebido autorização para se levantar e andar. Ela sentia fadiga porque ficou vários dias só deitada e sentia fraqueza nas pernas, mas era melhor do que ficar suportando a dor nas costas sobre a cama, sem fazer nada.

Da cama, só era possível ver a parede branca e alguns equipamentos, mas quando pôde andar e ir até a janela, finalmente conseguiu ver o jardim do pátio. O sol estava forte. O verde vívido que nascia dos galhos das árvores ofuscava seus olhos. Ao fitar aquele espaço, tinha a impressão de sentir o calor de fora. Ela quase suava.

Ela havia recebido permissão para andar por uma área maior há três dias. Até então restrita a seu quarto, ela passou a poder andar pelo prédio do hospital. A partir do dia seguinte, poderia ir até a lanchonete do hospital, além de poder tomar banho de chuveiro. O Dr. Yoshizumi e as enfermeiras comemoravam com exagerado entusiasmo que a saúde de Mariko estava estável, mas quanto mais eles encenavam de forma vã, mais Mariko se sentia abstraída. Todos estavam desesperados para conseguir sua atenção. Ela se irritava com toda essa preocupação das pessoas ao seu redor.

De noite, seu pai veio visitá-la.

Ele estava de terno e gravata, como sempre. Mariko se perguntou se ele não estaria com calor naquele traje. Será que o ar-condicionado fica ligado na empresa também? O pai acenou com uma das mãos, mostrando um sorriso tímido a Mariko.

"...Como está se sentindo?"

Era o que ele sempre dizia. Perguntava algo que dava para saber só de ver. Mariko suspirou.

"Você quer alguma coisa? Se tiver algum livro que você quer, posso comprar pra você."

Dava para ver que aquele sorriso era forçado. Mariko ficou um tanto impaciente e disse:

"Quero dinheiro."

"...O quê?"

O pai ficou atônito, talvez surpreso com essa resposta inesperada.

"Dinheiro. Vou poder ir até a lanchonete do hospital a partir de amanhã. Eu mesma compro o que eu quiser."

O pai ficou calado. Houve um longo silêncio e a quietude se instalou. Passou-se muito tempo, até que começou a se ouvir um zunido baixo de algum lugar. Poderia ser o escapamento dos carros ou o barulho do ar-condicionado; não dava para saber. Depois que o zunido parou, o pai suspirou demoradamente.

"Mariko."

Ele falou.

"Por que você se fechou tanto? Me fale. Por favor, eu estou pedindo."

"..."

"Você estava feliz quando fez o transplante da outra vez. Eu achava que você estava feliz indo para a escola depois de ter alta também. Por que você está rejeitando tanto a ideia dessa vez? Você não queria fazer o transplante? Você preferia a diálise? Hein? Fala alguma coisa, vai."

"..."

"Mariko..."

Sem saber lidar com o estado taciturno de Mariko, o pai interrompeu a fala e permaneceu calado. O zunido de origem incerta começou de novo.

Mariko não sabia mais. Por que o pai chegou a pensar em doar o rim a ela? Ela não sabia.

"...Pai."

O pai levantou o rosto, surpreso.

"Você queria mesmo me dar seu rim?"

"Do que você está falando...?"

Ela pôde ver com clareza que o pai perdeu a compostura. Mariko não deixou de testemunhar aquilo.

Mariko fitou o rosto do pai. Agora, era o pai que desviava o olhar.

"Na verdade, não é você que não queria, pai? Você não estava incomodado de eu ter ficado doente? Você não ficou pensando que se a mãe estivesse viva, teria o rim dela em vez de você ter que doar o seu? E mesmo assim o transplante deu errado por minha caus..."

"Pare com isso!"

Ouviu-se um estalido.

A dor se espalhou na bochecha de Mariko. Por alguns instantes, Mariko ficou sem entender o que o pai tinha feito a ela.

Ao olhar para o pai, percebeu que ele tremia, cabisbaixo. Não foi possível ver com clareza porque o rosto ficou encoberto pela sombra, mas parecia que estava murmurando alguma coisa que já não aguentava mais ficar segurando.

Após um tempo, o pai foi embora. Deitada na cama, Mariko fitou o teto escuro por um longo período. Vez ou outra ouvia um zunido baixo. Ouvindo com atenção, teve a impressão de que poderia ser o som do magma se movendo debaixo da terra.

"Anzai teve alta e volta para a escola hoje."

Antes do início das aulas do dia, o professor responsável pela turma disse assim e fez Mariko ficar na frente de todos.

Ela sentiu os olhares da sala se concentrarem nela. Os colegas da frente olhavam para o seu rosto com atenção e os meninos, mais atrás, esticavam o pescoço para tentar vê-la melhor.

"Anzai ganhou um rim do pai dela e fez uma operação de transplante. Ela não vai poder fazer exercícios pesados por algum tempo, mas agora ela pode comer a refeição escolar com todo mundo e deve poder participar das atividades realizadas após as aulas. Falem pra ela das coisas que aconteceram enquanto ela estava internada. Mostrem pra ela até onde estudamos também."

Um pouco envergonhada, Mariko ficou olhando para baixo enquanto o professor explicava. Entretanto, se sentia feliz de poder voltar à escola. Era bom poder estar com os amigos.

Mariko notou algo se mexer no limite de seu campo de visão e olhou nessa direção. Uma amiga sorria e movia a mão fazendo um sinal de "paz e amor". Ela mexeu a boca sem emitir som, mas pausando marcadamente em cada sílaba para transmitir a mensagem a Mariko.

Pa-ra-béns, ela dizia.

Mariko sorriu e fez o sinal de "V" discretamente para que o professor não percebesse.

Era legal ir à escola. Os amigos eram todos gentis. O conteúdo das aulas já estava bem avançado e havia coisas na aula de matemática e ciências que ela não entendia, mas conseguiu acompanhar porque as amigas emprestavam os exercícios correspondentes. Em pouco tempo, Mariko foi recuperando o ritmo de vida que levava antes de começar a diálise. Sentia grande alegria no simples fato de poder fazer a mesma coisa que todos. Era só a aula de educação física e os treinos da manhã e do fim do dia que ela não fazia junto. Consideraram que seria melhor observar seu estado até que ela se acostumasse.

Bem nessa época, estavam tendo aulas de natação no horário da educação física. Sentada no chão perto da piscina e segurando os joelhos, Mariko observava os colegas se jogarem na piscina. Às vezes havia colegas que espirravam uma grande quantidade de água, cujos respingos acabavam chegando até onde Mariko estava.

Enquanto observava os colegas nadando crawl um atrás do outro, Mariko sentiu um certo incômodo no abdome inferior esquerdo. Ao colocar a mão onde experimentara a sensação, teve a impressão de que havia um nódulo ali dentro.

É o rim do papai, ela pensou.

Na lateral da barriga de Mariko estava a marca de cirurgia, evidente. O local da sutura estava com aspecto de um tendão tensionado, com um zigue-zague protuberante. Parecia uma grande centopeia, que deformava quando ela mexia a cintura. Mariko não gostava daquela marca. O rim do pai estava logo abaixo. Mesmo tendo passado um bom tempo desde a cirurgia, Mariko não conseguia deixar de sentir incômodo em relação ao rim transplantado. Normalmente, ela não se incomodava tanto, mas em momentos como o da aula de natação em que ela via o corpo dos colegas e via a parte da barriga deles, inevitavelmente lembrava que ela havia recebido transplante.

Uma vez que pensava nisso, acabava se lembrando também de quando estava internada e, por consequência, de quando fazia diálise. Não podia comer à vontade as coisas que gostava. Tinha de ir ao hospital de noite. Não podia ver os programas de TV a que todos assistiam, e ela não gostava de ficar deitada na cama com o braço exposto. O pior de tudo era que havia restrição na quantidade de água. Já havia perdido a conta de quantas vezes havia desejado tomar água à vontade.

Quando ela sentia o rim daquela forma, isso demorava a passar, mesmo depois do término da aula de natação.

Ela pensou, por que será que incomoda tanto?

Será que não é porque o rim do papai não é bom pra mim?

Mariko sentiu um frio na espinha.

E se a insuficiência renal voltasse? E se esse rim parasse de funcionar? Será que ela teria de voltar a fazer diálise? E não poderia mais comer o que quisesse outra vez?

Era algo no qual não deveria pensar. Isso não vai acontecer. Nem queria imaginar. Mariko sacudia a cabeça com força todas as vezes que esses pensamentos vinham à mente. Para começar, o papai só tinha mais um rim. Se esse rim não funcionasse mais, não poderia ganhar outro.

Não poderia. Em teoria, não poderia.

A fila de espera para receber transplante de doadores falecidos é longa. Isso foi o que o dr. Yoshizumi havia dito. Precisa ficar esperando por muito tempo até surgir um doador que seja compatível com meu corpo. Havia feito o cadastro porque foi isso que ouviu. Havia feito o cadastro só por fazer, porque achou que o pai poderia ficar bravo se ela dissesse que não faria mais transplante. Era esse o seu intuito.

Ela mesma não sabia se queria fazer transplante de novo. Evitou pensar nisso ao máximo. Se durante a diálise acontecia de se lembrar de quando fez o transplante, sentia uma dor de apertar o peito. Ela fechava os olhos e cerrava os dentes nesses momentos. Podia comer tantas coisas gostosas e era tudo tão divertido; esses pensamentos surgiam um atrás do outro e não paravam, deixando-a sem saber o que fazer. Por que é que eu fui fazer uma coisa daquelas? Essas ideias não paravam de brotar em sua mente.

Quando foi que começou? Mariko revisitou suas memórias. Quando é que começou a ficar assim?

Ouvia-se um barulho de coisas entrando na água. Ela se lembrava daquele som. Ela achou que era a aula de natação, mas não era. Ouvia-se um burburinho ao longe. Ela não conseguiu ouvir bem. Mariko escutou com atenção. O burburinho ficava mais alto. O barulho estava mais próximo. O burburinho transformou-se em alvoroço, que logo se tornaram gritos de alegria. Fez-se barulho de água novamente. Os gritos estavam cada vez mais altos e seus tímpanos tremiam, prestes a se romper.

Seu campo de visão se abriu, de súbito.

O céu estava limpo. Havia uma única nuvem no céu, azul como a cor do mar.

Os gritos alegres envolviam Mariko. Ela estava de pé, junto a todos, gritando com a torcida. O barulho de água chegava aos seus ouvidos costurando por entre os gritos. Ah, é. Finalmente me lembrei. Aquele dia havia sido o campeonato de natação interclasses.

As modalidades individuais haviam acabado e restava a última prova, de revezamento. Três meninos e três meninas de cada turma nadariam 25 metros cada um. Era o último campeonato deles no ensino primário, e como aquele era a última prova, todos estavam no auge da exaltação.

Quando o quarto colega entrou na piscina, a turma de Mariko estava em segundo lugar. Havia uma diferença de cerca de cinco metros com o primeiro colocado, mas ainda tinham muita chance de reverter. Todos eles nadavam crawl numa velocidade impressionante. Os espectadores, incluindo Mariko, estavam na beira da piscina quase avançando na água para torcer. Mariko sentia a água respingar em seu corpo, mas isso não importava mais.

O colega da sala de Mariko tocou a parede da piscina alguns segundos depois do primeiro colocado. Ao mesmo tempo, a água jorrou com força e a quinta colega entrava na água.

Aquela era a última das meninas. Ela avançou submersa na água por longos cinco metros para depois aparecer na superfície. A diferença entre eles e o primeiro colocado havia se reduzido para cerca de três metros.

"Vai!"

Mariko gritou a plenos pulmões com a amiga que estava ao lado. Mas a diferença não diminuiu mais que isso. A atleta da turma de Mariko já havia nadado quase vinte metros enquanto aquela mesma diferença era mantida. Via-se que o âncora já se preparava no bloco de partida a plataforma de mergulho.

"Ei, Mariko, o âncora do 6º-A é o Aoyama."

A amiga ao lado a cutucou com o cotovelo. Ao ouvir isso, Mariko olhou para a raia do 6º-A.

Era isso mesmo. Ele estava bem queimado de sol; talvez nadasse na piscina também aos domingos. Ele estava de pé no bloco de partida, gritando para a colega de classe que nadava em sua direção, gesticulando exageradamente para que viesse logo. Nesse momento, Mariko sentiu o rim. Mariko torceu a cara e pôs a mão na barriga. Ela não estava pensando nisso até então, mas acabou se lembrando do transplante. Foi assim que viu Aoyama queimado de sol. Seu coração batia forte. Mariko gritou bem alto para tentar se esquecer do rim, e inconscientemente olhou para toda a piscina para ver em que lugar o 6º-A estava. Ela congelou. Estavam em terceiro.

Ouviu-se dois barulhos de mergulho. Os âncoras da turma em primeiro e da turma de Mariko começaram a nadar. Os gritos ficaram ainda mais altos.

"Mais um pouco!"

Uma voz alta ressoou. Era Aoyama. Estava avançando para cima da água, de pé sobre o bloco de partida. Faltava um ou dois metros para a atleta do 6º-A tocar a parede.

O âncora em primeiro e o da turma de Mariko apareceram na superfície da água. Inspiram e dão a primeira braçada ao mesmo tempo. Ainda continuava tendo uma diferença de três metros entre eles.

Entretanto, Mariko não conseguia tirar os olhos de Aoyama. Ela sabia que tinha de torcer para a sua turma, mas estava olhando fixamente para Aoyama, que gritava no bloco de partida.

A atleta do 6º-A tocou a parede.

No momento seguinte, Aoyama pulou. Ele pareceu pular mais longe que todos os outros. Ele fez uma bonita curva no ar e entrou na piscina cortando a água com a ponta dos dedos, que estavam esticados.

Não fez barulho.

Aoyama havia mergulhado sem fazer barulho.

Os sons ao redor também haviam se silenciado. Mariko, a amiga e todos em volta deveriam estar gritando desesperadamente, mas tudo ficou mudo como se tivesse congelado. Era como se tivesse entrado dentro de um filme mudo.

Aoyama emergiu. Ele respirou virando um pouco a cabeça e colocou a mão esquerda na água, a partir do polegar. O corpo dele foi avançando. Ela percebeu nesse instante: a ponta dos pés do âncora que representava a turma de Mariko estava na mesma altura da ponta dos dedos das mãos de Aoyama. Ele havia encurtado a diferença com a turma de Mariko rapidamente.

A garganta estava doendo. Havia gritado demais e isso a deixou rouca. Mas Mariko continuou gritando. Ela já não ouvia a própria voz, mas gritou o quanto pôde mesmo assim.

Mariko não sabia mais para quem estava torcendo. Era para estar torcendo para o âncora de sua classe. Entretanto, só a imagem de Aoyama entrava em seus olhos. Ele estava nadando ainda mais rápido. Aoyama não espirrava muita água, e mesmo assim, se aproximava do âncora da turma de Mariko a cada braçada. A diferença era de apenas cinquenta ou sessenta centímetros.

O âncora chegou em frente de onde Mariko estava. Faltava cerca de cinco metros até a chegada. O corpo do atleta da turma de Mariko e de Aoyama se sobrepuseram bem em frente a Mariko. Ele havia alcançado. Então, Aoyama levantou o rosto para respirar.

Ela teve a impressão de que o olhar dela cruzou com o dele.

Mariko sentiu o coração palpitar e engoliu em seco. Seu rim doía. Ela se esqueceu de gritar na torcida e pregou os olhos em Aoyama.

O âncora em primeiro lugar tocou a parede. Em seguida, o segundo e o terceiro colocados chegaram. De repente, toda a piscina escureceu. Uma nuvem havia coberto o Sol.

Por uma diferença de instantes, os dedos de Aoyama tocaram a parede primeiro.

O local explodiu em gritos. O som entrou nos ouvidos de Mariko como uma avalanche. Todos levantavam os braços e berravam alto.

“Mariko, acabamos em terceiro!”

A amiga ao lado a abraçou.

Mariko também gritava.

Gritava enquanto sorria.

• • •

Aoyama era o representante de classe do 6º-A. Era um pouco baixo, mas era bom nos esportes. Era alegre e sempre fazia todos rirem contando piadas. Ela nunca tinha ficado na mesma turma que ele, mas ele se destacava entre os alunos do mesmo ano e por isso ela sabia quem ele era. Foi a partir do quinto ano que ela começou a sentir atração por ele.

Ela nunca havia falado com ele. Nunca havia tido essa oportunidade. E Aoyama fazia um relativo sucesso entre as meninas. Era frequente vê-lo conversando com algumas meninas, animado.

Ela achava que ele não combinaria muito com ela.

Aoyama era do tipo que era bom em esportes, então imaginava, a partir de suas próprias suposições, que ele gostasse de meninas alegres, saudáveis e que se destacassem nos esportes. Ela costumava sempre passar mal porque fazia diálise e já até havia feito cirurgia de transplante. Mesmo que pudesse vir a fazer as aulas de educação física de agora em diante, ela não era, nem de longe, saudável. Além disso, era baixa e tinha uma marca de cirurgia num dos lados da barriga. E ainda tinha que tomar remédios todos os dias. Tinha tudo pra parecer doente. Mariko já partia de um sentimento de derrota.

Mesmo assim, havia perguntado ao dr. Yoshizumi uma vez:

"Doutor, eu já sarei, não é? Não estou mais doente, né?"

Ela queria que o dr. Yoshizumi dissesse que ela não estava mais doente.

Mas não foi essa a resposta. Ele disse que se ela se esquecesse de tomar os remédios, teria rejeição. E que nunca poderia se esquecer que havia recebido transplante.

Mariko só pôde assentir ao ouvir essas palavras. Ela sabia que ele estava certo.

Por que será que fiquei com insuficiência renal? Nunca tinha odiado tanto seu próprio corpo como naquela hora.

Se eu não tivesse ficado com insuficiência renal, talvez fosse melhor nos esportes. Foi o que ela pensou.

Ainda assim, quando cruzava com Aoyama nos corredores por acaso, ficava meio feliz. Depois das aulas, passava de propósito em frente à sala do 6º-A e olhava lá dentro disfarçadamente. A sala do 6º-A era no sentido oposto da sala de Mariko até a sapateira na entrada. Por isso, quando passava em frente ao 6º-A, tinha de atravessar todo o corredor e dava a volta pelo prédio para ir até a sapateira. Quando Aoyama não estava, passava por lá como se não quisesse nada. Porém, quando Aoyama estava, ela acabava andando mais devagar, sem conseguir esconder o entusiasmo.

Esse foi o problema.

As férias de verão acabaram e duas semanas haviam se passado desde que setembro começou. Era uma época em que todos estavam finalmente se desapegando do clima de férias.

Mariko havia ido até o 6º-A após as aulas daquele dia. Ela virou um pouco a cabeça e olhou para a sala de aula, como sempre.

Aoyama não estava lá.

Meio desapontada, Mariko pretendia passar reto por ali. Foi nesse momento.

Uma voz de chacota veio de dentro da sala do 6º-A:

"Anzai, o que você tá fazendo?"

Surpreendida, Mariko parou.

Dois meninos estavam sentados sobre a carteira, sorrindo maliciosamente.

Não havia muitos alunos além desses dois na sala do 6º-A. Provavelmente haviam ido embora depois da reunião de turma ter acabado mais cedo.

"Por que você fica vindo espiar toda hora?"

Eram meninos que haviam ficado na mesma turma dela no ano passado. Mariko e as amigas não gostavam deles, porque ficavam sempre provocando e incomodando as meninas.

"Não interessa."

Mariko respondeu de forma ríspida para disfarçar seu constrangimento.

Mas isso os encorajou ainda mais. Um deles mudou o tom da voz:

"Eu sei por quê. Você gosta do Aoyama. É por isso que você vem aqui, não é?"

Então eles sabiam.

Mariko sentiu o rosto todo enrubescer. Quis falar, mas sua voz não saiu, e só a sua boca se mexia.

"Que pena, né? O Aoyama já foi embora. Ele não gosta de gente doente que nem você."

Os dois riram com escárnio.

Mariko girou nos calcanhares. Queria ir embora dali logo.

Quando estava prestes a sair correndo, ouviu:

"Você sabia? Disseram que ela ganhou um rim do pai."

Os pés dela pararam.

"Ela pôs o rim do pai no corpo porque os dela pararam de funcionar."

Por que eles tocaram nesse assunto? Não tinha nada a ver com o Aoyama. Ela queria tapar os ouvidos. Mas seu corpo havia petrificado e não conseguia movê-lo. Ela queria sumir dali. Contudo, suas pernas não queriam se mexer.

Eles falavam alto de propósito para ela ouvir:

"Parece o Frankenstein, né?"

"Ela quer viver pegando o rim dos outros. Que feio."

"É um monstro. Deve estar cheio de remendo dentro do corpo."

"Será que ela mija mesmo?"

Eles gargalhavam alto. Isso ecoava dentro da cabeça de Mariko, que latejava. Ela gritou para que parassem, diversas vezes. Eu não sou um monstro, não sou o Frankenstein. Mariko berrava. Mas sua voz não saía.

"Parem com isso!"

Alguém vociferou e, de repente, o corpo de Mariko caiu para frente. Já não estava mais paralisada. Ela bateu a testa no piso do corredor e ouviu a cabeça ranger. Ao direcionar sua visão turva para dentro da sala, viu que algumas meninas discutiam com aqueles dois, mas não conseguiu ver exatamente quem eram.

Mariko fugiu. Uma das vozes das meninas veio atrás, dizendo "Mariko, espera!", mas ela a ignorou. A sapateira parecia mais distante. Trocou os sapatos depressa e foi para casa sem nem olhar para os lados. Ficou com falta de ar e a lateral da barriga doeu. As lágrimas brotavam e a paisagem ficou distorcida.

Quando chegou em casa, Mariko jogou os remédios fora. Pegou-os do saco de papel, tirou-os da embalagem e jogou as cápsulas e comprimidos coloridos dentro do vaso sanitário. Eram os imunossupressores que ganhara do hospital. Ao apertar o botão, os remédios foram embora para o esgoto com o redemoinho. O som da descarga ressoava em seu ouvido.

Não sou um monstro.

Não sou o Frankenstein.

Mariko se agachou em frente ao vaso sanitário e enterrou o rosto entre os joelhos. As lágrimas jorravam. Ficou chorando dentro do banheiro, soluçando forte.

...Então, veio a rejeição.

Mariko foi internada imediatamente e entrou na UTI. A rejeição, uma vez que havia começado, foi avançando sem parar. Não havia mais volta. Mariko se lembrava que Yoshizumi olhava para ela com incredulidade.

"Por que você não tomou os remédios?"

Yoshizumi inquiriu num tom forte. Mas Mariko não admitiu de forma alguma.

Ele não acreditou nela, que dizia "eu tomei".

"Se tivesse tomado, não aconteceria a rejeição."

"Eu estava tomando direito."

"Não mente. Você estava tão bem. Por que foi fazer uma coisa dessas? Fala a verdade, você não tomou o remédio, não foi? Eu falei tanto que tinha que tomar..."

Yoshizumi soltou um grunhido de desolação. Ele deve ter tentado disfarçar, mas Mariko estava atenta e não deixou de ouvir.

"Teremos que extrair."

Por fim, isso foi o que Yoshizumi disse, meio ano após o transplante.

"O rim que foi colocado dentro de Mariko já está se retraindo. Não vai mais funcionar."

Yoshizumi, Mariko e o pai tiveram uma conversa sobre o que fazer dali em diante. Porém, foi mais Yoshizumi falando do que propriamente uma conversa. Yoshizumi sentou-se em frente à cama de Mariko e às vezes direcionava um olhar de condolência a ela. Pode ser que tenha sido só impressão, mas foi isso que Mariko sentiu na hora. E o pai se lamentava a cada vez que Yoshizumi falava.

Fui eu que estraguei o rim que meu pai custou para me dar. Foi o que Mariko pensou. Ela tinha medo de imaginar o que o pai estava pensando. Entretanto, o pensamento dela, naquele momento, estava em descontrole e não parava.

Era natural que ele ficasse bravo. Sua filha rejeitou o rim que ele deu. Ela jogou os remédios fora de propósito, sendo que o rim estava funcionando sem problemas. Ela mesma causou a rejeição. Ele deveria estar pensando que ela era uma filha que não valia nada.

O médico, Yoshizumi, deveria estar pensando a mesma coisa. Ele teve todo o trabalho de fazer a cirurgia e gastou o tempo dele para dar o tratamento e a paciente idiota não o obedeceu. Essa criança não tem jeito, com certeza ele estava pensando assim.

Com certeza.

Mariko fechou os olhos. O zunido baixo não se ouvia mais.

Ela estava com dificuldade para dormir. O ar quente de fora parecia estar se infiltrando no quarto. Quando se virou, a cama rangeu levemente.

Se não tivesse infecções, teria alta em breve. Mariko imaginou o que aconteceria nesse caso.

Ela não queria voltar para a escola. A gargalhada daqueles dois ainda a incomodava. Se fosse para a escola, cedo ou tarde receberia aqueles ataques de novo. Ao pensar nisso, ficou em desespero. Era melhor fazer diálise pelo resto da vida em vez de ter que ouvir aquelas coisas.

Amanhã de manhã, a enfermeira viria. Ela estaria com um saco branco com cápsulas e comprimidos dentro. São os imunossupressores.

O que aconteceria se não tomasse aqueles remédios?

Esse pensamento surgiu na mente de Mariko.

Era só deixar no fundo da boca, fingindo que havia tomado. Depois, cuspiria e enfiaria debaixo do colchão da cama quando a enfermeira estivesse olhando para o outro lado. Ninguém suspeitaria que Mariko não havia tomado o remédio.

Assim, aconteceria a rejeição. O transplante não daria certo e tudo voltaria a ser como era antes. Ninguém mais a chamaria de monstro ou de Frankenstein.

Mariko foi perdendo a consciência em meio ao calor. Enquanto estava no limiar de adormecer, Mariko ficou pensando sobre o que aconteceria se o transplante não desse certo.

Ouviu-se um barulho fraco vindo de algum lugar. Splat.

Mariko se sobressaltou e prestou atenção nos sons. Permaneceu assim, até mesmo respirando sem fazer barulho, por quase um minuto, mas não ouviu mais nada.

Poderia ter sido coisa da sua cabeça.

Mariko respirou em alívio. Ela olha para o teto. A cúpula que cobre a lâmpada projeta uma sombra preta como breu na parede do quarto escuro.

Era aquilo que ela havia pensado quando ouviu falar da doação de rins de falecidos.

Uma coisa que havia saído de quem morreu entraria no seu corpo. De súbito, a consciência desse fato a assolava. Não sabia lidar com isso.

Ela estava tendo o mesmo sonho nesses últimos dias. Alguém vinha andando de algum lugar distante, fazendo ecoar os barulhos de passos. Splat. Splat. Vinha em direção ao quarto de Mariko. Ela não conseguia fugir. Inexplicavelmente, seu corpo ficava paralisado e não conseguia levantar-se. O coração batia forte a ponto de quase explodir. E a parte inferior de sua barriga começava a pulsar. O rim transplantado se mexia dentro do corpo. Era como se estivesse feliz porque estavam vindo buscá-lo.

Os passos param em frente ao quarto de Mariko. Então, a maçaneta da porta começa a girar devagar.

Ela sempre acordava quando a porta iria se abrir.

Mas Mariko sabia.

Sim.

Ela sabia de quem eram aqueles passos.

Era o doador.

Era o corpo do qual haviam tirado os rins. Ele veio recuperar o rim.

Havia lido um mangá certa vez. Foi antes de ficar com insuficiência renal. Uma amiga emprestou um mangá de terror. Ela já não lembrava o nome do autor ou o título, e só lembrava vagamente da história.

Porém, ela se lembra claramente do choque de quando leu. Não conseguiu nem ir ao banheiro naquela noite.

A protagonista, uma menina, cai da escada e fica paralítica. Os adultos e os médicos julgam que ela morreu. A menina ainda está consciente e consegue entender o que está acontecendo à sua volta, mas não consegue dizer a eles que ela está viva.

A menina é levada para a sala de cirurgia. Fazem-na doadora de coração. A menina tenta de todas as maneiras fazer com que percebam que ela está viva, mas não consegue. Só resta ficar observando o coração ser retirado de seu corpo.

Então, a menina é enterrada. Todavia, a sua mágoa não se esvai. Tomada pelo forte desejo de recuperar o coração que lhe foi tomado, ela ressuscita e sai do cemitério.

Ao final, a menina que havia se tornado um zumbi vai até o receptor e arranca o coração que lhe pertencia. A história era mais ou menos assim.

A imagem horripilante da menina no mangá estava estampada em sua mente e não ia embora. Quando ouviu que seria um rim de doador falecido, aquele mangá foi a primeira coisa em que ela pensou.

Mariko até agora não sabia que tipo de pessoa havia se tornado seu doador. A enfermeira só respondia que isso era mantido em segredo por causa das regras, não importando quantas vezes perguntasse.

Talvez a pessoa que doou não tivesse morrido. Pode ser que ainda estivesse consciente, como naquele mangá, e queria fazer de tudo para que soubessem que estava viva. Porém aquele médico, o Yoshizumi, fez a operação e tirou os rins. A pessoa doadora só pôde ficar à mercê daquilo, deixando que remexessem no seu corpo.

O doador morto virá até mim também.

Aqueles passos são do doador. Mariko não conseguiu pensar em outra coisa. Eu sei. Um dia, um zumbi viria pegar de volta o rim que foi colocado dentro de mim. Viria com um grande buraco na lateral da barriga, arrastando os vasos sanguíneos e intestino que estariam expostos e murmurando palavras carregadas de rancor. Em algum momento, a porta se abriria e o doador surgiria com uma expressão semelhante à da menina do mangá, enfiaria a mão em meu corpo, remexeria tudo e pegaria o rim de lá de dentro.

E eu ficaria ensanguentada e morreria nesta cama.

13

Os dias continuavam quentes, mas Toshiaki continuava indo para a faculdade todos os dias. Não havia ar-condicionado no laboratório, mas havia na sala de cultura e na sala de equipamentos, então não suava quando estava fazendo experimentos nesses lugares. Pelo menos era melhor do que ficar parado no apartamento que mais parecia uma sauna.

O ritmo de propagação de Eve1 não havia diminuído. A rapidez de divisão havia aumentado depois que se passou a adicionar clofibrato, um proliferador de peroxissoma.

Eve1 claramente estava com indução. Mas Toshiaki não se satisfez só com isso. O clofibrato não é o único proliferador de peroxissoma. Havia probabilidade de aumentar ainda mais a rapidez de divisão se adicionasse outros reagentes.

Toshiaki pegou os diversos proliferadores de peroxissoma que estavam armazenados no refrigerador do laboratório e decidiu adicioná-los às culturas de Eve1. Ele adicionou também ácido retinoico e alguns fatores de crescimento. Há artigos reportando que quando o proliferador de peroxissoma induz as enzimas de β-oxidação nas mitocôndrias, eles se ligam com os receptores retinoides, uma proteína ligante ao DNA. Era bem provável que esses receptores retinoides fossem responsáveis pelo funcionamento dos genes de enzimas.

Toshiaki mediu a captação de timidina tritiada e foi analisando o ganho de capacidade de proliferação que Eve1 obteria.

O resultado foi além do esperado. A adição simultânea de ácido retinoico e de proliferador de peroxissoma teve um efeito multiplicador. A contagem impressa pelo cintilador líquido era mais alta do que qualquer outro valor que Toshiaki havia visto. Ele só conseguiu reagir emitindo um som semelhante a um rosnado.

"Professor, é..."

Quando ele estava vendo os dados em sua mesa, uma voz falou inesperadamente pelas suas costas.

Ao se virar, ele viu Sachiko Asakura.

"Diga."

Só depois que respondeu, Toshiaki se lembrou de que não havia ninguém além de Asakura e ele no laboratório. Já fazia alguns dias que os professores e estudantes estavam de folga por ser o período de *bon*.*

Asakura olhava para baixo e hesitava em falar. Estava diferente do usual; ela era sempre tão espontânea. Depois de tentar fazê-la falar algumas vezes, ela finalmente disse:

"Eu queria começar a me preparar para o congresso."

"Ah... tem razão."

"E por isso eu queria pausar um pouco os testes da Eve1 e continuar com os experimentos anteriores..."

Toshiaki se lembrou do congresso somente após ouvir as palavras de Asakura. Nossa, eu estava imerso demais em Eve1.

O Congresso de Bioquímica do Japão é um congresso anual grande em que pesquisadores de bioquímica e biologia molecular de todo o país se reúnem para apresentar os resultados de suas pesquisas. Este ano, ele seria realizado na cidade em que Toshiaki e Asakura residiam, no mês de setembro. O programa de farmacologia biodinâmica ao qual os dois eram filiados costumava ter todos os anos alguns de seus integrantes apresentando. Era a política do programa que os estudantes de mestrado apresentassem ao menos uma vez durante a formação. Há muitas oportunidades para um estudante de doutorado escrever artigos e apresentar em congressos, mas quando se trata de estudantes de bacharelado ou mestrado, apresentar seu trabalho para um grande número de pessoas se limita à ocasião da defesa de monografia na conclusão do curso. Portanto, o congresso era um evento ideal para ter a experiência de apresentar em eventos. O estudante

* Período em que se realiza atividades para recordar os antepassados, como visita e limpeza dos túmulos. [NT]

pode treinar apresentar em público e transmitir suas ideias de maneira coesa para outras pessoas. Além disso, os estudantes também devem ficar entusiasmados com a oportunidade de mostrar sua pesquisa a todos. Entretanto, como era a primeira apresentação e não estavam acostumados, ficavam nervosos e nem sempre conseguiam se preparar o suficiente. Podia-se dizer que o papel dos professores era dar apoio nesses aspectos.

Essa seria a primeira apresentação de Asakura em congresso. Era natural que quisesse começar a se preparar com antecedência. Ela não sabia como gerar as imagens para os slides nem como realizar uma apresentação. Toshiaki deveria ter dado mais assistência nesse sentido, mas havia negligenciado. Ele pediu desculpas a Asakura de maneira sincera.

"É mesmo... Tem razão. Desculpe. Vamos interromper a análise de Eve1 por um tempo."

Asakura ficou com uma expressão de alívio ao ouvir isso.

Toshiaki perguntou a ela se os dados para usar nos slides estavam prontos. Era necessário inserir as imagens de plotagem, então ele ficou de ensinar como usar o escaneador.

Naquela noite, Toshiaki foi ver como estava Eve1 logo antes de ir para casa. Asakura estava na sala de equipamentos fazendo a espectrometria.

Ele havia dito a Asakura que interromperia os testes com Eve1, mas ele pensava em continuar a fazê-los sozinho, em segredo. Por ora, faria algumas passagens adicionando proliferador de peroxissoma e ácido retinoico. Havia a probabilidade das propriedades de Eve1 se alterarem.

Toshiaki retirou um frasco de cultura da incubadora e colocou sob o microscópio. Ao olhar pelas oculares, enxergou as silhuetas de células vívidas.

Àquela altura, os milagres de Eve1 eram muito mais importantes do que os resultados a serem apresentados no congresso. Toshiaki também apresentaria no congresso, mas era sobre dados de meio ano atrás e não os resultados de análise de Eve1. O prazo para inscrição de apresentações em congressos normalmente acaba meses antes da data do evento. Como o resumo do conteúdo da apresentação precisa ser enviado nessa ocasião, mesmo que dados interessantes sejam obtidos depois disso, é difícil poder apresentá-los, a não ser que tenha uma relação muito importante com o conteúdo da apresentação. E não é possível fazer mudanças de última hora. Contudo, Toshiaki sentia um forte ímpeto de apresentar os dados obtidos com Evel nesse congresso. Era certo que causaria grande comoção se apresentasse os resultados obtidos nessas últimas semanas.

E não era só isso. Esses dados certamente seriam aceitos por periódicos científicos de primeira linha. O artigo causaria forte impacto naqueles que pesquisam as mitocôndrias. Chegariam cartas de instituições de pesquisa de todo o mundo solicitando o fornecimento de Evel. As células de Kiyomi continuariam a viver no mundo inteiro. Toshiaki ficou feliz só de imaginar.

Evel formava colônias no fundo do frasco. Ele havia feito a passagem na noite anterior, deixando uma camada de células bastante fina, mas já havia formado uma colônia considerável. Toshiaki novamente se impressionou com a incrível capacidade de proliferação de Evel. Deveria fazer a passagem numa quantidade igual ou inferior a células cancerosas não aderentes, ou o frasco ficava cheio em um dia. Felizmente, Evel parecia não ser afetada quando se fazia passagem em uma quantidade baixa. Podia ser porque a capacidade de proliferação era alta o suficiente para isso. Toshiaki olhou despretensiosamente para a colônia no centro do seu campo de visão.

Nesse momento, começou a ouvir um barulho.

De início, Toshiaki pensou que era uma mosca voando em algum lugar. Era um zunido baixo assim.

Poderia descrever como um zunido ou um zumbido. Parecia estar vindo do céu, mas também parecia estar vindo de baixo do piso. Algo estava vibrando. Era esse tipo de som que ouvia.

Entretanto, o som foi ficando mais alto. Alarmado, Toshiaki afastou o rosto da ocular e olhou em volta. Quando o barulho se tornou ainda mais sonoro, ele percebeu que isso estava sendo emitido de bem perto dele. O zunido tinha variação. Se tornava mais alto e mais baixo como se formasse uma onda. Talvez a frequência estivesse mudando a cada instante. O corpo de Toshiaki vibrava por dentro. Estava vibrando com aquele som. Era como se os elétrons de seu corpo estivessem sendo sacudidos.

Toshiaki fitou o frasco posicionado sobre a platina. O meio de cultura estava ondulando. Círculos de cor laranja se formavam no centro do frasco e se expandiam. O centro era exatamente o ponto onde estava sendo iluminado pelo laser do microscópio. Toshiaki engoliu em seco. O barulho foi ficando mais alto. As ondas batiam na parede do frasco e se agitavam, criando formas complexas. "É Evel!", exclamou Toshiaki sem abrir a boca. Evel está respirando. Ele levou os olhos à ocular, depressa.

A colônia estava pulsando.

Sua superfície se movia na vertical. Se expandia e se comprimia como um coração. A colônia em si parecia ter se transformado em um ser vivo pluricelular. Ela havia aumentado de uma hora para outra. Certamente as células haviam proliferado e se expandido à sua volta. A colônia havia se espalhado por todo o campo de visão. A visão ficava turva toda vez que ela se mexia. Ele levou algum tempo até perceber que as células estavam provocando as ondulações no meio de cultura. Essa pulsação fazia o meio de cultura vibrar e produzia aquele som baixo.

Toshiaki não conseguiu afastar os olhos da ocular. Ele estava fascinado pela colônia. Era a primeira vez que via algo assim. Era como se estivesse vendo uma nova forma de vida.

Mas não acabou nisso.

A colônia começou a mudar de forma. Toshiaki segurou a respiração. O centro da colônia ficava avantajada, formando uma protuberância. Nas laterais superiores a essa parte, formavam-se duas depressões, uma em cada lado. Abaixo, um corte horizontal estava se abrindo. As células que estavam na extremidade superior da colônia estava mudando suas formas rapidamente. Estavam ficando finos como fibroblastos e começaram a se enfileirar no mesmo sentido.

"Não pode ser..."

Toshiaki grunhiu.

Ali se formava o rosto de uma pessoa.

A colônia estava tentando formar um rosto. Dois olhos, um nariz, uma boca e o cabelo estavam em formação. As células não paravam de se mover. Elas avançavam ainda mais o processo de diferenciação. O rosto foi se transformando de algo próximo a um esboço para uma forma cheia de detalhes como um manequim. Ali estava se formando um rosto de uma pessoa que Toshiaki, sem dúvida alguma, já havia visto.

"Não acredito..."

Era Kiyomi.

Era o rosto de Kiyomi. Kiyomi estava de frente para ele, observando-o. As células já estavam reproduzindo os olhos e os lábios suaves de Kiyomi. Não tinha nenhuma diferença com a Kiyomi em vida.

As células pararam a diferenciação. O rosto perfeito de Kiyomi estava ali, no fundo do frasco. Toshiaki estava olhando fixamente para ele. Sua garganta estava completamente seca.

Então, a boca de Kiyomi se mexeu.

Os lábios e a língua de Kiyomi se mexeram, movendo-se e exibindo quatro posições distintas a Toshiaki.

Um som distinto dos anteriores saía do frasco. Era incerto se havia ouvido o som de fato. Talvez o corpo de Toshiaki tivesse somente reverberado com aquilo. Mas para ele, o som era claro.

«To-shi-a-ki…»

Foi o que ela disse.

"Kiyomi!"

Toshiaki exclamou. Não tinha dúvida. Era Kiyomi. Ela estava tentando falar com ele. Toshiaki falava com Kiyomi energicamente:

"Kiyomi! Sou eu! Estou te ouvindo! Estou ouvindo sua voz!"

Ouviu-se o som de um impacto.

Sobressaltado, Toshiaki levantou o rosto. A porta da sala de cultura havia emitido o som. Uma sombra escura passou pelo vidro fosco da porta.

Alguém havia visto a cena.

Será que ouviu aquela voz?

Toshiaki foi correndo até a porta e olhou o corredor pelo vão da porta. Mas não havia ninguém. A pessoa já deveria ter saído correndo.

Será que não foi Asakura? Esse pensamento surgiu em sua mente, mas ele não quis sair do recinto para verificar.

Toshiaki voltou até o microscópio e olhou pela ocular. Porém ele só encontrou a mesma colônia pequena de Evel, de sempre. Não havia nem sombra das feições de Kiyomi. O som que parecia um rugido também havia desaparecido. Todos os vestígios haviam sumido.

O que tinha sido aquilo?

Toshiaki ficou atônito por alguns instantes, parado em pé.

14

Você está bem?… Naquele dia do mês de junho, quando Kiyomi recobrou a consciência, Toshiaki perguntou isso de imediato.

Kiyomi havia sido colocada deitada num sofá. Um quadro negro pendia em uma parede, e a parede oposta estava coberta por uma grande estante, cheia de livros em capa dura em inglês. Era alguma sala da faculdade, provavelmente. Como não havia instrumentos ou bancadas de laboratório, talvez fosse a sala de algum professor.

Kiyomi sacudiu a cabeça de leve e levantou o tronco. Então, se lembrou de ter desmaiado por causa de um ataque de coração e colocou a mão no peito no mesmo instante. Fica acompanhando as pulsações por algum tempo. Ela sentiu movimentos iguais aos de sempre, regulares e suaves. Tranquilizada, Kiyomi mudou a postura e se sentou no sofá. O rapaz estava de pé logo ao lado e a olhava preocupado, tentando verificar seu estado.

"Está tudo bem mesmo?"

Ele perguntou novamente.

"Sim, eu... estou bem. Desculpe pelo transtorno." Kiyomi abaixou a cabeça várias vezes para se desculpar.

"Fique aqui descansando um pouco." Ele coçou a cabeça, desajeitado. "Aqui é a sala de seminários do nosso programa. Como é domingo, ninguém vai vir aqui. Quer que traga uma água?"

"...Sim, por favor. Perdão pelo incômodo."

"Trago, sim. Não tem problema. Só um momento."

Ele sorriu gentilmente para tentar acalmá-la e saiu da sala.

De repente, o silêncio envolveu a sala. Kiyomi olhou para baixo e suspirou. Então, percebeu que a gola de sua camisa estava torta e a arrumou depressa.

O rosto do rapaz que saíra há pouco veio à mente de Kiyomi.

Era o rosto que havia visto atrás de seu assento, logo antes de o projetor começar a mostrar as imagens. Era o que havia visto instantes antes de desmaiar por seu coração ter se descontrolado.

Sim. Kiyomi se lembrou. Ela havia caído nos braços dele. Ela sentiu o rosto corar.

Naquele momento, ela estava pensando sobre as letras que estavam projetadas na tela. Quais eram aquelas letras? Kiyomi tentou se recordar. Acho que era o nome de alguém. Kiyomi fechou os olhos e tentou fazer com que as letras aparecessem em sua mente. Naga...? Isso, Nagashima, acho que era esse nome.

Ao perceber, Kiyomi abriu os olhos e levantou o rosto. Que burrice, ela pensou. Ela finalmente percebeu que aquele rapaz era Toshiaki Nagashima. Ficou com vergonha de si mesma.

Esse rapaz trouxe uma caneca.

"Aqui está."

Ele entregou-a, sorrindo. Ela fez uma leve reverência e sorveu o líquido. O chá *oolong* agradavelmente gelado foi descendo pela garganta.

"Ah… muito obrigada. Você é o… Nagashima, não é? Desculpe se eu estiver enganada."

Toshiaki deixou escapar uma voz de surpresa e olhou para o rosto de Kiyomi. Era possível perceber que ele estava se indagando por que ela sabia o nome dele.

"Acho que nos encontramos dois anos atrás", Kiyomi tentou criar um sorriso alegre. "Foi na festa de boas-vindas do clube de instrumentos de sopro. Talvez você não se lembre, mas eu era uma das calouras daquele ano. Meu nome é Kiyomi Kataoka."

Toshiaki ficou sem reação por alguns instantes, mas depois sua expressão ficou mais leve.

"A-ah… nossa, então era isso."

Kiyomi acabou conversando com Toshiaki por quase trinta minutos. Toshiaki não se lembrava de Kiyomi, mas falou com ela de maneira amigável, talvez por ela ser do clube de instrumentos de sopro. Ele pediu desculpas, dizendo que não conseguiu gravar o rosto de Kiyomi porque não foi mais para o clube depois que entrou na pós-graduação. Ela teve a impressão de que ele era uma pessoa calma há dois anos, mas essa impressão ficou ainda mais forte ao encontrá-lo ali depois de um longo período. Ele havia dito que estava no primeiro ano do mestrado naquela época, então ele poderia já estar formado. Ela perguntou sobre isso casualmente, e Toshiaki respondeu que ele havia ingressado para o doutorado. Kiyomi pronunciou palavras de admiração com sinceridade. Ele tem um senso de propósito, ao contrário de mim, ela pensou. Toshiaki disse que não conseguia parar de fazer pesquisas porque era muito interessante, e riu. Kiyomi achou aquele sorriso de Toshiaki encantador.

Se o professor Ishihara não tivesse voltado, Kiyomi provavelmente teria conversado mais. O professor Ishihara, que havia voltado após terminar a palestra, falou com ela de modo exagerado assim que viu Kiyomi:

"Você está bem? Nossa, levei um susto. Foi muito de repente."

Kiyomi pediu desculpas pelo inconveniente, fazendo reverências repetidas vezes. O professor fez diversas perguntas detalhadas, inclusive se ela já tinha tido um ataque antes e se não era melhor ir ao médico. Kiyomi respondeu a elas uma a uma e levou um bom tempo para convencê-lo de que estava tudo bem.

"Nagashima, leve-a de volta para casa. É melhor, pensando na possibilidade de ela passar mal no caminho de volta."

Kiyomi agradeceu repetidas vezes enquanto estava sentada no assento ao lado de Toshiaki, no carro.

"Se você ficar falando dessa forma, eu é que fico sem jeito."

Dizendo isso, Toshiaki deu um sorriso constrangido. Kiyomi se desculpou novamente, por reflexo. Toshiaki não se aguentou e riu. Kiyomi acabou rindo junto.

No domingo seguinte, eles almoçaram juntos. Depois, passearam um pouco de carro. Trocaram os números de telefone.

No dia seguinte, Kiyomi ligou. Na noite do outro dia, foi ela quem recebeu uma ligação de Toshiaki.

E assim, começaram a se relacionar.

Toshiaki tinha muitos experimentos da faculdade para fazer, e por isso não podia ficar com Kiyomi o dia todo, mesmo aos domingos. Ele dizia que não podia tirar um dia inteiro de folga porque mexia com células e animais. Mesmo assim, ele dava um jeito de arranjar tempo e levar Kiyomi para passear de carro ou beber juntos. Quando tinha experimentos e só tinha tempo à noite, eles alugavam filmes para ver juntos. Ela passou a gostar ainda mais dele, que, mesmo quando estava sem tempo, ainda pensava nela.

Quero conhecê-lo melhor, nem que seja só um pouco mais, pensou Kiyomi. Como ela não sabia dos detalhes da pesquisa de Toshiaki, era sobre isso que perguntava quando não havia outro assunto. Toshiaki parecia ficar contente e explicava com entusiasmo, mas de uma forma que ficasse fácil de entender. Quando falava sobre sua pesquisa, os olhos de Toshiaki sempre brilhavam. Ao fitar o rosto dele ficando ao seu lado, pensava: "Ah, ele gosta mesmo de fazer pesquisas". Ela achava maravilhoso que a pessoa da qual gostava tinha paixão por alguma coisa.

"O slide que o professor usou na palestra estava com os dados que eu obtive."

Toshiaki disse isso e começou a explicar quando ela perguntou o motivo de o nome dele estar nos slides da palestra.

"Consegui bons resultados durante o mestrado, e o professor me falou para escrever um artigo. Acho que ele me instruiu assim porque sabia que eu queria ingressar no doutorado. Foi difícil porque tinha que escrever em inglês, mas foi publicado num bom periódico. Ele se chama *Journal of Biological Chemistry*."

"É um periódico famoso?"

"É, sim, de primeira linha. É um periódico com publicações relacionadas à bioquímica que é lido por pessoas do mundo todo. O que você viu no slide estava sinalizando que o artigo foi publicado nesse periódico. Não sei se você sabe… tem dois tipos de revistas científicas, as que publicam artigos e as que publicam comentários e resenhas. Acho que você já deve ter visto as revistas *Newton* e *Nikkei Science*, que são publicadas no Japão."

"Já, sim."

"Aquelas são revistas com artigos populares e resenhas, e não são revistas científicas, a rigor. São revistas para leigos. Além deles, existem as revistas para que os pesquisadores apresentem as suas descobertas. Os pesquisadores do mundo todo enviam os resultados de suas pesquisas para essas revistas. Normalmente, temos que escrever em inglês. A revista tem alguns avaliadores. A maioria deles são professores de universidades famosas. Os avaliadores leem nossos artigos e, se julgarem que vale a pena ser publicado, o artigo aparece na revista. Se não, eles mandam de volta ou falam para reescrever."

"Como foi com você?"

"Falaram que era para fazer um experimento que faltava e que se acrescentasse o resultado dele, ficaria bom. Então eu fiz esse experimento. Eles publicaram, conforme o combinado. Essa é a cópia."

O livreto que Toshiaki lhe entregou estava preenchido por letras em inglês numa fonte pequena, além de gráficos e figuras. No título havia termos técnicos e abreviações que nem Kiyomi, que era do curso de Língua Inglesa, sabia. A impressão que teve ao folhear era que o conteúdo era denso e que não poderia compreender só de correr os olhos. Kiyomi expressou sincera admiração a Toshiaki, que conseguiu criar algo tão complexo.

"Mas você ainda precisa escrever mais artigos, não é?"

"Sim, é que precisamos publicar três artigos em inglês para conseguir o título de doutor. Só que o professor do programa já publicou um artigo com o meu nome. Então na verdade só precisaria de mais um."

"Você vai publicar nessa revista de novo?"

"Humm, é difícil publicar várias vezes em revistas de primeira linha como essa. Mas eu quero um dia publicar em revistas de maior reputação."

"Maior reputação?"

"É que as revistas científicas têm reputações, das melhores do mundo até aquelas que não vão causar impacto nenhum ao terem artigos publicados nela. Quem envia artigos pensa no nível de sua pesquisa para escolher em qual revista fazer a submissão. Além disso, as revistas têm características próprias. Há aquelas que tratam de todas as áreas das ciências e aquelas que se especializam sobre uma pequena área. Tem que considerar a compatibilidade com a pesquisa, também. Acho que as de maior reputação no mundo são a *Nature*, publicada no Reino Unido e a *Science*, dos Estados Unidos. É uma baita conquista se tiver artigos publicados em um dos dois. E depois, na área de bioquímica vem a *Cell*, e em seguida revistas como essa aqui, *Journal of Biological Chemistry*."

"Nossa, então esse artigo deve ser incrível!"

"Mas claro, não foi uma coisa que consegui sozinho. Grande parte foi porque o tema que o professor me deu era, por acaso, um tema bom. Além do mais, pode ser que tenham dado um desconto porque um conhecido do professor era um dos avaliadores..."

A mania de ficar um tanto tímido mesmo quando quer se gabar era um dos sinais da boa personalidade de Toshiaki. Kiyomi gostava também do sorriso encabulado que ele mostrava nesses momentos.

Depois de alguns encontros em que se beijaram, Toshiaki colocou a língua entre os dentes dela ao encostarem os lábios. A sensação era prazerosa a ponto de deixar a cabeça quente. Ela sentiu seu coração bater mais rápido. A mão de Toshiaki tocava seu peito de leve por cima da roupa. O que eu faço? Ele vai saber que eu estou muito excitada; mesmo assim, Kiyomi ficou com os olhos fechados e correspondeu a Toshiaki, esticando a língua também. Era um prazer que nunca havia sentido antes. É ele, pensou Kiyomi. Era por ele que eu estava esp

erando.)

Surpreendida, Kiyomi afastou os lábios.

"Que foi?" Toshiaki perguntou, parecendo intrigado.

"...É que acho que ouvi a voz de alguém."

"Voz?"

(Era por ele que eu estava esperando.)

"Essa voz!"

Kiyomi gritou.

Toshiaki abraçou e tentou acalmar Kiyomi, quase em pânico, dizendo várias vezes que não ouvia voz alguma.

A voz realmente havia sumido. Kiyomi prestou atenção nos sons enquanto tremia nos braços de Toshiaki, mas não ouviu mais nada.

"Deve ter sido impressão sua."

Toshiaki disse assim, acariciando a cabeça de Kiyomi. Mas Kiyomi não conseguiu pensar dessa forma. Não era só impressão. Sim, era igual à voz que ouvira aquela vez. Era a voz que havia ouvido antes de desmaiar na palestra. Uma voz aguda e ríspida, mas que não era possível julgar se era masculina ou feminina, e que não se sabia de onde vinha.

Está tudo bem, falou Toshiaki e beijou a testa de Kiyomi com suavidade. Seu coração já começava a bater mais devagar, mas ela ainda tremia.

"No que você está pensando?"

Kiyomi voltou a si com a fala de Toshiaki. Ele estava do outro lado da mesa, sobre a qual havia pratos de culinária italiana.

"Não é nada", Kiyomi disfarçou, sorrindo.

Nesse dia, ela passou a noite com Toshiaki pela primeira vez. Kiyomi estava tensa desde o início, mas Toshiaki foi gentil com ela do começo ao fim. Ela ficou com o corpo todo quente de vergonha, como se tivesse pegado fogo. Seu peito não conseguia acompanhar as rápidas pulsações do coração. Naquele instante, Toshiaki sussurrou em seu ouvido: você é linda.

Isso a deixou muito feliz.

15

Yoshizumi foi até a ala hospitalar para verificar o estado de Mariko ao ser reportado pela enfermeira sobre a redução da quantidade de urina dela.

Mariko havia tido um pequeno aumento de peso, e de acordo com os resultados dos exames, a creatinina sérica e o nitrogênio ureico no sangue estavam subindo. Yoshizumi sentia um frio na espinha.

Poderia ser o começo de uma rejeição.

Foi o que pensou.

Mariko estava deitada na cama do quarto. Estava com um pouco de febre desde a noite anterior. Estava com o rosto um pouco avermelhado. Yoshizumi levantou a mão para cumprimentá-la, mas foi ignorado. Yoshizumi sorriu amarelo para a enfermeira que estava no quarto e se sentou ao lado de Mariko.

"Está saindo menos urina. Você sente incômodo em algum lugar?"

"...Não sei." Mariko respondeu com o olhar voltado para outra direção.

Nos últimos dias, Mariko finalmente começara a reagir às perguntas de Yoshizumi. Ainda que fossem apenas uma ou duas palavras ditas de maneira bastante seca, isso já alegrava Yoshizumi. Ele interpretou isso como um sinal de que ela estava se abrindo um pouco. Deveria ser o efeito de tê-la autorizado a passear no pátio.

O pós-operatório de Mariko até aquele momento estava indo tão bem que poderia até ser descrito como ideal. Até ali, não havia tido infecções ou rejeição. A partir daquela semana, haviam reduzido ainda mais a quantidade de um dos imunossupressores, o adrenocorticoide, e a autorizado a sair do prédio. Presumiam que o risco de ter uma infecção mesmo se expondo ao ambiente externo seria baixo. Se tudo continuasse como estava, logo poderia ter alta. Porém, se estivesse ocorrendo rejeição naquele estágio, não havia alternativa senão adiar a alta.

Yoshizumi deixou passar a resposta de Mariko, que disse que não sabia. Não era porque ela estava escondendo alguma coisa. Deve ser porque não sabia mesmo. Nem sempre era possível ter consciência dos sintomas iniciais de rejeição. Era frequente ter febre e sentir fadiga, mas isso poderia ser simplesmente porque não estava tendo um controle adequado da ingestão de líquidos, então deveriam lidar com a situação com cuidado.

"A gente quer fazer um exame. Pode ser que você esteja tendo rejeição. Mas não precisa se preocupar. Mesmo que esteja, vai sarar logo."

O corpo de Mariko contraiu brevemente quando Yoshizumi pronunciou a palavra rejeição. Contudo, sua expressão continuou a mesma.

"Você não vai poder sair para o pátio por um tempo, tudo bem? Queremos fazer um exame de ultrassonografia. Pode ser? Fizemos da outra vez que você fez o transplante também."

"..."

"É um exame para ouvir o fluxo sanguíneo. Acaba rapidinho e não dói nada. A gente vai avaliar vendo o resultado dele. Não sabemos ainda se está acontecendo a rejeição ou não."

Mariko assentiu calada, sinalizando consentimento. Com isso, Yoshizumi instruiu a enfermeira para que preparasse o doppler vascular. Era possível verificar se o rim transplantado não estava expandido ou se o fluxo sanguíneo não tinha diminuído com aquele aparelho. Yoshizumi adotava o exame com frequência porque era possível realizá-lo facilmente no quarto do paciente.

Yoshizumi deixou o exame nas mãos da enfermeira, sorriu novamente para Mariko e saiu do quarto. Ele anda pelo longo corredor do hospital em direção aos elevadores. Há no chão diversos quadrados formados pela luz do sol que entra pelas janelas.

Será que os sintomas de Mariko eram mesmo de rejeição? Os pensamentos de Yoshizumi estavam a mil enquanto ele caminhava. Não era possível dizer com base nos resultados de exame que havia visto até aquele momento. Como imunossupressores de melhor qualidade haviam sido desenvolvidos nos últimos anos, era menos comum ocorrer rejeições fortes. Em contrapartida, isso passou a dificultar a diferenciação com a toxicidade da ciclosporina.

Atualmente, a ciclosporina é um imunossupressor imprescindível para o tratamento de transplantes. É administrado em Mariko diariamente também. Porém, a ciclosporina tem como efeito colateral a nefrotoxicidade quando a concentração sanguínea fica alta. Por isso, no Hospital Municipal Central, coletava-se o sangue do paciente todos os dias para monitorar os níveis de ciclosporina. Aumentavam ou diminuíam a dose administrada de acordo com os resultados, atentando-se para que não houvesse efeito colateral.

O resultado dos exames de Mariko é enviado do laboratório para Yoshizumi todos os dias. Segundo os dados, os níveis de ciclosporina não haviam subido tanto. Porém, ele se preocupava com o fato de a creatinina sérica estar alto. Isso pode indicar tanto a ocorrência de rejeição como nefrotoxicidade. Contudo, a experiência de Yoshizumi dizia que a possibilidade de ser uma rejeição era maior.

Por que está ocorrendo rejeição a estas alturas? Yoshizumi não conseguia evitar esse questionamento. Mas pode ser que esteja pensando assim porque tudo estava correndo muito bem até agora.

Entretanto, havia algo que o incomodava.

Mariko havia feito o segundo transplante. Ela teve rejeição da outra vez também, e por isso houve a perda do rim transplantado. Yoshizumi se lembrou disso.

Mariko não tomou os imunossupressores daquela vez. Ela disse que tomou, mas havia os descartado. Mariko não quis admitir, mas Yoshizumi tinha certeza disso. Se ela tivesse tomado os remédios, não teria que fazer transplante novamente...

Ao pensar até tal ponto, algo veio à mente de Yoshizumi e ele parou.

Será que Mariko jogou o remédio fora de novo?

Será que ela provocou rejeição para que o transplante não desse certo?

...Bobagem.

Yoshizumi sacudiu a cabeça. Os imunossupressores foram detectados nos exames de sangue. Mariko está tomando os remédios.

Yoshizumi começou a andar de novo, cabisbaixo. Ficou com vergonha de ter suspeitado de Mariko, ainda que fosse por um instante.

Pode ser que estivesse deixando transparecer a desconfiança em suas expressões, sem se dar conta, ele pensou. Será que Mariko não havia percebido isso? E será que não foi por isso que Mariko se mostrava tão hostil?

Pode ser por isso que Mariko não estava se abrindo.

Yoshizumi suspirou longamente e apertou o botão do elevador.

O resultado do exame de ultrassonografia saiu logo e Yoshizumi foi informado dele. Havia uma leve diminuição de fluxo sanguíneo, como esperado. Yoshizumi decidiu fazer uma biópsia com agulha do rim de Mariko. Ele fala o horário agendado para a enfermeira.

A biópsia com agulha era a forma mais direta de observar o estado de um rim transplantado. É um método em que se espeta uma agulha no rim do paciente e se tira uma pequena parte do tecido, e tinge-se essa parte do tecido obtido para observar com um microscópio.

Levam Mariko para a sala de cirurgia. Yoshizumi entrou em seguida, depois de fazer a desinfecção na sala pré-operatória.

A biópsia com agulha acabou em poucos minutos, e Yoshizumi entregou o tecido ao assistente.

"Envie imediatamente para o laboratório. Quero que faça três preparos, para microscopia de luz, fluorescente e eletrônica. Em quanto tempo ficariam prontos?"

"Para microscopia de luz, disseram que ficaria pronto em vinte minutos."

"Certo. Vejo assim que estiver pronto, então."

Yoshizumi saiu da sala de cirurgia e ficou esperando no centro de estudos clínicos. Nesse ínterim, não conseguiu controlar a insegurança que surgia em seu interior.

Será que o transplante vai fracassar de novo?

Será que o rim seria rejeitado e haveria a perda do órgão como da outra vez, e acabaria por ter de extraí-lo?

Coisas que normalmente não passariam pela sua cabeça lhe ocorreram. Ele estava surpreso por estar tão temeroso.

Mariko foi trazida para o hospital depois de ter rejeição. O pai encontrou-a passando mal sozinha quando chegou em casa. Foi algo totalmente inesperado para Yoshizumi. Mariko estava vindo com regularidade para o hospital para pegar os imunossupressores mesmo depois de ter alta e fazia exames para verificar se o transplante realmente estava sendo um sucesso. Ela foi levada direto para a UTI. Yoshizumi se encarregou do tratamento ainda incrédulo, e ficou perplexo com os níveis bem baixos de imunossupressores no sangue de Mariko. Era uma rejeição que acontecera de modo súbito. Às pressas, aplicaram uma injeção intravenosa de uma dose de OKT-3, que costuma ser altamente eficiente no tratamento de rejeição, mas já era tarde. Mariko recebeu transfusão e teve de fazer diálise. Num piscar de olhos, o rim transplantado recebeu danos irreversíveis e não houve outra saída senão extraí-lo.

Não há nada mais deprimente do que a cirurgia de extração de um rim transplantado. O trabalho feito por diversos profissionais ao cabo de meses vai por água abaixo. Se fosse malsucedido, a qualidade de vida do paciente poderia até piorar, se comparada com a qualidade antes do transplante. Além disso, quem normalmente fazia a cirurgia de extração era o médico responsável pelo transplante, que já conhecia a posição dos vasos sanguíneos do paciente. O sentimento que tomava conta de Yoshizumi ao se preparar para uma cirurgia de extração não era nada mais nada menos do que a sensação de derrota.

No dia da extração, garoava. Yoshizumi se arrependeu de não ter trazido guarda-chuva enquanto olhava para fora da janela do centro de estudos clínicos. Mas o céu acinzentado parecia saber exatamente como ele estava se sentindo.

A extração foi feita na mesma sala cirúrgica onde foi feito o transplante. A única diferença com a ocasião do transplante era que já havia uma marca de transplante no abdome inferior direito de Mariko. Yoshizumi fez uma nova incisão com bisturi elétrico nessa parte.

O único consolo era que o rim transplantado não apresentava tanta adesão aos tecidos adjacentes. Como a rejeição não havia se desenvolvido ao longo do tempo no caso de Mariko, mesmo sendo depois de seis meses desde o transplante, de certa forma o procedimento se assemelhava ao de uma rejeição aguda. No caso de uma rejeição crônica, ocorre a inflamação e maior adesão à parede abdominal, dificultando a identificação da posição dos vasos sanguíneos. Se os separasse sem cuidado, poderia provocar uma grande hemorragia. Foi relativamente fácil fazer a laqueadura dos vasos sanguíneos no local operado de Mariko.

A cirurgia ficou com uma atmosfera pesada do começo ao fim. Yoshizumi não conseguiu se concentrar nem no momento de fazer a sutura dos vasos sanguíneos com o fio de náilon. Ele sabia que era o procedimento que deveria ser feito com maior cuidado, mas ele não conseguia aceitar o fato de que ele estava extraindo o rim de Mariko…

Ao ver a coloração histológica que ficou pronta no prazo previsto, Yoshizumi teve certeza de que era rejeição. Ainda era de um grau leve, mas havia um número acentuado de leucócitos polinucleares nos vasos capilares e alguns coágulos nas arteríolas. O aparecimento de elementos parecidos com cacos de vidro nas arteríolas era característico no caso de nefropatia por ciclosporina, mas esse fenômeno de vitrificação das arteríolas não estava ocorrendo no fragmento coletado de Mariko.

Yoshizumi decidiu receitar a metilprednisolona para o tratamento de Mariko. Caso a rejeição fosse grave, ele usaria o OKT-3, mas ele achou que isso não seria necessário naquele momento. Ele faria o acompanhamento administrando-a por três dias seguidos. O efeito viria depois que terminasse a administração daquele medicamento. Deveriam acompanhá-la atentamente por pelo menos uma semana.

Após terminar de dar instruções, Yoshizumi fez uma pausa e pegou um café. Ele volta para sua mesa. Ficou observando o vapor branco subir, abstraído.

Mariko mudou drasticamente depois da extração.

Ficou num estado depressivo grave. Era um estado mental que se verificava raras vezes em pacientes nos quais o transplante não foi bem-sucedido. No começo, Yoshizumi pensou que Mariko estava deprimida porque o transplante havia fracassado. Por isso, ele recomendou fazer um novo transplante a Mariko e o pai, para que pudessem ter esperança. Ele ainda falou que havia um novo método de diálise chamado diálise peritoneal ambulatorial contínua, na tentativa de atenuar a pressão de voltar à vida de paciente dialítico ao menos um pouco.

Contudo, pensando bem, o estado emocional de Mariko naquele momento era muito mais complexo.

Naquela época, Yoshizumi não buscou saber a fundo por que razão Mariko não havia tomado os remédios. As crianças podem deixar de tomar o remédio de propósito. Isso pode ser por uma série de motivos, como devido a um sentimento de revolta em relação aos adultos, por não gostar do inchaço que ocorre no rosto como efeito colateral, por sair e dormir fora de casa sem permissão. E julgam, por conta própria, que não precisam tomar o remédio porque estão se sentindo bem. Elas se esquecem que estão se sentindo bem graças ao remédio.

Para ser sincero, Yoshizumi não conseguia compreender direito como as crianças se sentiam. Não sabia como lidar com elas. Pode ser porque eu não tenho filhos, pensou.

Logo depois de começar a trabalhar no centro de estudos clínicos, Yoshizumi se casou com uma colega do mesmo ano da faculdade. Como os dois trabalhavam no hospital universitário, não tinham tempo de ter filhos. Quando finalmente conseguiram ter mais tempo depois de alguns anos de casados, descobriram que o esperma de Yoshizumi tinha uma anomalia que não permitia fazer alguém engravidar.

Mesmo sempre tendo defendido que queria trabalhar e enfatizado veementemente que eles poderiam deixar para ter filhos depois, a esposa afastou seu olhar de Yoshizumi no momento em que soube do resultado.

Porém, Yoshizumi não deixou de ver o olhar de desprezo que a esposa esboçou por um instante naquela hora.

Será que eu não deveria ter dado maior apoio emocional a Mariko? Yoshizumi se arrependeu, ainda que tardiamente. Deveria ter conversado mais com Mariko.

Mariko pareceu ter saído do estado depressivo depois de um tempo. Ela obedecia a Yoshizumi e ao pai sem resistir e concordou em fazer o cadastro para um novo transplante. Yoshizumi pensou que Mariko havia se recuperado do choque da extração.

Mas isso não era verdade.

Ele soube disso vendo Mariko passar pelo transplante novamente. Ela não havia se recuperado ainda. Dois anos atrás, Mariko não havia ficado com depressão por causa da perda do órgão. Ela estava deprimida por causa de algo que Yoshizumi e os outros não sabiam. Mariko ficou sem falar disso a ninguém, escondendo-o de todos. E enganou os adultos, fingindo que havia se recuperado. Yoshizumi e os outros não conseguiram identificar os indícios.

Será que já era tarde?

Será que não dava mais para conquistar a confiança de Mariko?

Não podia ser assim, Yoshizumi pensou.

Um médico transplantador que não estabelece relação de confiança deveria pedir demissão.

Queria falar mais com Mariko.

No final da tarde daquele dia, Yoshizumi foi para o quarto de Mariko.

Mariko estava sozinha no quarto, deitada sobre a cama, olhando para o teto. O soro estava ligado ao braço de Mariko. Era o medicamento que Yoshizumi havia receitado para tratamento da rejeição.

Ela pareceu ter ficado um pouco surpresa com a visita repentina de Yoshizumi. Era de se esperar. Ele só aparecia para fazer consultas de acompanhamento nos horários definidos, exceto quando tinha emergências.

"Que foi? Está um pouco triste porque não pode mais sair do prédio?" Yoshizumi puxou conversa.

Mariko virou as costas sem responder. Mesmo assim, Yoshizumi se sentou na cadeira ao lado da cama dela.

"A rejeição ainda era leve", ele continuou a falar. "Vou te mostrar fotos depois. Você nunca deve ter visto seus rins. Tenho certeza de que vai sarar se tomar remédios para tratar. Não precisa se preocupar.

"..."

"Está tudo bem. Foi assim da outra vez que você fez transplante, não foi? Quando a rejeição é leve, ela passa rápido. Vou curar você, sem falta. Você vai poder comer coisas gostosas em casa logo."

"..."

"A propósito..."

Ele fez uma pausa. Yoshizumi hesitou um pouco, mas decidiu perguntar:

"Você não quer falar sobre o que aconteceu da outra vez que você fez transplante?"

Ele percebeu que os ombros de Mariko, virada para o outro lado, se mexeram. Yoshizumi continuou:

"Eu não te perguntei direito o que estava te incomodando da outra vez... Sinto muito. ...Você deve ter tido algum motivo para não tomar os remédios, não é?"

"..."

"Não quer me falar sobre isso?"

Mariko se manteve taciturna. Porém, era claro que estava alterada emocionalmente.

Yoshizumi permaneceu sem falar nada por um tempo, esperando que Mariko começasse a falar. O silêncio preencheu todo o quarto. Yoshizumi sentia como se aquele silêncio estivesse caindo do teto devagar como neve, acumulando-se sobre o lençol da cama de Mariko.

"Doutor, eu estou com sono..."

Por fim, essas foram as únicas palavras ditas por Mariko.

"Certo..."

Yoshizumi se levantou. Tenho chances, mesmo que poucas, pensou. Comparado com o período logo após a cirurgia, Mariko estava tentando se comunicar, ainda que de maneira ínfima.

"Não se preocupe com a rejeição. Vou fazer você sarar, com certeza."

Dizendo isso, Yoshizumi deixou o quarto.

Na noite do dia seguinte, Yoshizumi estava observando o resultado da biópsia novamente. Ele estava comparando o resultado da microscopia eletrônica do corte congelado com a de microscopia de luz.

"Está meio esquisito."

O técnico que tira o espécime do tecido no laboratório disse a Yoshizumi.

Yoshizumi havia entrado em contato com ele por telefone porque havia uma observação na imagem que a enfermeira trouxe do laboratório.

"É uma rejeição leve e não há tanto problema. Mas isso me chamou a atenção." O técnico abaixou a voz, como se hesitasse em falar. "Eu acho que nunca vi algo parecido."

Yoshizumi já sabia o que o técnico estava pensando. Ele percebeu que tinha uma forma diferente no instante que viu a foto.

"O método de fixação foi o mesmo de sempre, não foi? Tem certeza de que não houve nada parecido com isso até agora?"

Yoshizumi quis confirmar. Quando há erro no método de fixação do tecido, há possibilidade de gerar resultados diferentes do esperado. De início, Yoshizumi havia achado que era um erro do método de coloração.

Todavia, agora que sabia que não foi um erro, Yoshizumi não fazia ideia de como explicar aquilo.

Yoshizumi tirou da pasta o resultado da biópsia coletada uma hora após a cirurgia de transplante e observou com atenção mais uma vez. Ele engoliu em seco. Já havia sinais naquele momento. Foi uma falha não ter percebido antes.

As mitocôndrias do rim transplantado estavam anormalmente grandes.

Elas tinham um comprimento diversas vezes maior do que as normais. E estavam entrelaçadas como retículos endoplasmáticos, espalhando-se por toda a célula.

Elas haviam assumido uma forma que nunca havia visto antes.

Assolado por uma sensação ruim, Yoshizumi jogou a imagem sobre a mesa. Ele toma todo o café em um só gole. Mesmo assim, não conseguiu pensar numa explicação plausível.

É um fato conhecido que as mitocôndrias se expandam com a administração de ciclosporina. Yoshizumi havia ouvido de outras pessoas que o diurético oral ácido etacrínico também provocava mudanças na forma das mitocôndrias. Mas mesmo com a administração da ciclosporina, essa alteração era anormal. Ademais, isso ocorria também nas células logo após o transplante. Mesmo que a administração de ciclosporina tivesse induzido essa alteração, só se podia pensar que já havia alguma alteração nas mitocôndrias das células do rim transplantado.

Yoshizumi não sabia o que aquilo significava. Será que era um sinal da nefrotoxicidade da ciclosporina? Ou será que era por um motivo totalmente diferente? E mesmo que os rins fossem anômalos, por que haviam funcionado sem problemas até agora?

Subitamente, Yoshizumi se lembrou do estranho calor que sentiu na ocasião da cirurgia.

O calor que ele sentiu ao tocar no rim a ser transplantado. Naquele momento, o coração de Yoshizumi estava num estado de êxtase misterioso. Sim, parecia até que o rim estava fazendo o seu coração bater.

Será que isso tem relação com aquilo?

Yoshizumi sentiu um arrepio. Não podia contar isso a Mariko. Todavia, não tinha nem pista de como lidar com aquilo. Tomara que isso passe sem causar nenhum problema, pensou. Talvez essas mitocôndrias não tenham a ver com a rejeição. Fora a rejeição, os rins estavam funcionando sem nenhum problema. Queria que continuassem assim.

Ele desejou assim enquanto tinha os olhos fixos na imagem de microscopia eletrônica sobre a mesa.

16

Ela se lembrava vividamente de quando se tornou um só com Toshiaki. Quando Toshiaki se adentrou em Kiyomi, esta franzia o rosto, contendo-se para não demonstrar desconforto. Mas ela estava na expectativa pelo prazer, num estado de excitação extremo.

Aparentemente, Kiyomi também havia sentido essa excitação. Era de se esperar. Ela estava presente também nas principais partes do sistema nervoso craniano, em grande quantidade. Sinapse, medula espinhal, axônio… todos eles são imprescindíveis para a transmissão química no cérebro de Kiyomi. Ela se incorporou em diversos órgãos da hospedeira ao longo de muitos anos, fazendo com que a hospedeira não tivesse um funcionamento normal sem ela. Quando ela ficava excitada, as pré-sinapses dos neurônios de Kiyomi sofriam um estímulo incomum, liberando uma grande quantidade de neurotransmissores no espaço sináptico. Era impossível Kiyomi não sentir prazer. E o estímulo era provavelmente incomparável a prazeres em situações usuais. Kiyomi rapidamente se esqueceu da dor e foi ficando absorta naquele ato. E ela também se deixou tomar pelo deleite que Toshiaki lhe causava. Incrivelmente, mesmo sendo a sua primeira experiência, Kiyomi gemeu alto, teve espasmos e no final acabou perdendo a consciência.

Os atos de amor com Toshiaki eram sempre maravilhosos. Ela se deleitava com eles, resgatando-os da memória de Kiyomi um a um. As técnicas de Toshiaki não eram, de modo algum, rebuscadas, chegando por vezes a ser infantis, mas ela sentia um prazer sem igual só pelo fato de ser possuída por Toshiaki, e foi manipulando o organismo de Kiyomi para poder sentir Toshiaki plenamente.

Ela foi alterando o corpo de Kiyomi de diversas formas para que agradasse a Toshiaki. Dedicou um longo tempo para mudar o rosto de Kiyomi pouco a pouco, de forma que se adequasse ao gosto de Toshiaki. Ajustou o sistema nervoso para que Kiyomi sentisse mais prazer onde Toshiaki tocava. Certamente Kiyomi deve ter se questionado por que era tão sensível. A mentalidade de Kiyomi era descomplicada. Era pura e inocente a ponto de causar piedade. Kiyomi ficou até o fim da vida sem saber que aquele prazer obtido pelo seu corpo era algo especial. Mas ela precisava fazer com que isso acontecesse, tanto para que ela sentisse prazer como também para conquistar o coração de Toshiaki. Não podia ser abandonada por Toshiaki. Toshiaki era o homem que ela estava buscando. Precisava atrair o amor de Toshiaki de maneira concentrada de todas as formas.

A Kiyomi,

e a ela.

O corpo dela estremeceu de prazer. Logo. Logo conquistaria sua forma final.

Para isso, precisava passar por mais processos de diferenciação. Mesmo conseguindo controlar a proliferação do hospedeiro como bem queria, ainda era difícil manter a alteração morfológica. A forma gerada rapidamente se desfazia. Deveria causar mutações ainda maiores nos genomas do hospedeiro.

Felizmente ali havia ferramentas suficientes para provocar mutações genéticas. Abrindo a porta, já estava de frente para a capela de fluxo laminar. A lâmpada ultravioleta deveria estar emitindo sua forte luz azul.

No laboratório deve haver diversos agentes carcinogênicos armazenados. Poderia também se expor à radioatividade, embora a distância seja maior. Poderia ainda obter os indutores que quisesse.

Ela suspendeu o mecanismo de controle e deu liberdade à capacidade de proliferação.

Sachiko Asakura afastou os olhos do monitor do Macintosh para fazer uma pausa.

Ela percorre o laboratório com os olhos. A capela de exaustão que emitia um som alto e a resistência do termocirculador que zunia com a mudança constante de temperatura estavam desligadas. Somente a geladeira emitia som de tempos em tempos, de maneira irregular.

Asakura se levantou e se espreguiçou devagar. Já era quase meia-noite. Toshiaki havia ido para casa há cerca de três horas. Ouviam-se passos ao longe por volta do horário que Toshiaki foi embora, mas depois de um tempo já não os escutava mais. Provavelmente Asakura era a única que estava no prédio naquele momento.

Asakura tirou a garrafa de chá de cevada da geladeira e verteu o conteúdo na caneca. O som do chá sendo despejado na xícara ressoa, sinistro. Asakura encostou a boca na caneca e deu um gole. O chá de cevada gelado vai descendo pela garganta. Ela sentiu um certo alívio no cansaço.

Ela estava preparando as imagens para os slides do congresso. Ela já havia feito figuras para seu trabalho de conclusão de curso quando estava no quarto ano, mas como não estava acostumada, acabava demorando para conseguir fazer. O tempo passou num instante enquanto ficou à frente do monitor, mexendo no mouse. Havia ficado diante do Macintosh por mais de duas horas. Mesmo assim, ainda havia somente uma imagem pronta.

Asakura voltou para a mesa segurando a caneca. Ela observa a figura que estava sendo exibida na tela. Era para explicar o resultado do *Northern blotting*, mas havia demorado para fazer porque não sabia como incorporar a imagem importada do scanner. Deveria ter perguntado a Toshiaki antes de ele ir embora. Mas a imagem que tinha ficado pronta não estava de todo ruim.

O laboratório fica com uma atmosfera diferente à noite, pensou Asakura enquanto bebia o chá de cevada. Ele tinha o ar de um local saudável onde se fazia pesquisas durante o dia, mas isso mudava quando escurecia. Talvez por causa da sombra que se formava com a luz da lâmpada fluorescente, o formato funesto dos instrumentos sobre a bancada fica em destaque. Não há harmonia entre a mesa antiga e os instrumentos de última geração, causando uma sensação estranha. Se uma pessoa que não conhece nada dali entrasse, decerto acharia aquilo tenebroso.

O ar estava quente. Sem brisa, o suor era como uma camada que cobria a pele.

Acho que vou parar por aqui e ir para casa.

Foi quando pensou assim.

Um calafrio intenso correu pela sua espinha.

A sensação se concentrou na nuca de Asakura. Ela sentiu os pelos se arrepiarem. Havia um incômodo na nuca. Asakura encolheu o pescoço e gemeu, sem aguentar.

O que será isso? Asakura olhou ao redor. Girou o corpo e correu os olhos por todos os cantos do laboratório. O ar estava estagnado. Não tinha sido o vento. O calafrio havia sido por algum outro motivo.

Nada estava diferente naquele recinto. Cada uma das coisas estava em silêncio, completamente parado. Tudo estava gélido e não havia uma alma viva sequer.

A sensação de incômodo estava ainda mais intensa. Os fios de cabelo na nuca causam uma dor aguda. Asakura colocou a caneca na mesa e pôs a mão na nuca. Mas em vez de a sensação passar, se espalha ainda mais.

Todo o seu corpo tremia. Seus pés não se mexem.

Um nome surgiu na mente de Asakura:

Evel.

Evel era a causa dessa sensação.

Só podia ser isso.

...Slup.

Ouviu-se um barulho. Algo se mexeu. Asakura quis gritar, mas só conseguiu ouvir o som seco do ar que vazava do vão entre seus dentes.

Queria fugir. Mas os pés estão grudados no chão. Seus olhos se mexeram a muito custo. Asakura concentrou-se nos sons que seus ouvidos captavam e fixou o olhar na parede que a separava da sala de cultura.

...Slup.

Asakura teve certeza de ter ouvido o som. Vinha da sala de cultura. Não estou enganada, tem alguma coisa se mexendo na sala de cultura.

O nome de Evel piscava como luz vermelha e fazia uma sirene tocar na mente de Asakura. Porém, não sabia por que razão Evel emitiria algum som. Evel deveria estar dentro na incubadora, no frasco de cultura. Não havia como produzir sons. Muito menos se mexer.

Nesse momento, ouviu-se um som: Bluf.

"Igh!"

Asakura deixou escapar a voz. Era o som de um corpo úmido caindo no piso. Seus joelhos tremiam. Não conseguia mais ficar de pé. Asakura dobrou os joelhos e caiu sentada onde estava. Então, os seus dedos tocaram a caneca.

A caneca se espatifou no chão fazendo um barulho estridente. O chá de cevada e cacos da caneca atingiram o rosto de Asakura. A dor irradiou de sua bochecha.

Ela notou aquele barulho e parou de se mover.

Tem alguém.

Ela tinha achado que não havia mais ninguém no laboratório, mas estava enganada. Tinha convicção de que não era Toshiaki. Toshiaki havia ido para casa.

Ela revisitou suas memórias. Lembrou-se de uma mulher alta. Deve ser ela.

Foi um erro ter sua presença notada. Não queria que ninguém além de Toshiaki soubesse dela até conquistar sua forma final. Mas não havia jeito.

Não se ouviu mais barulho algum. Deve ter ido a algum lugar ou está sem conseguir se mover, apenas tremendo.

O que faço com aquela mulher?

Mas ela percebeu que não havia motivo para hesitar. Era só não ser vista com clareza. Além disso, só havia aquela mulher ali, agora. Toshiaki ficaria a seu favor. Certamente resumiria tudo como sendo um delírio daquela mulher.

E se aquela mulher fizesse muito alarde, tinha ainda outros meios.

Ela estremeceu todo o corpo. Então, foi se movendo em direção à porta, vagarosamente.

...Slup.

Asakura se assustou e prendeu a respiração.

Ela ouviu o barulho de novo.

Asakura estava sentada no chão sob a mesa, olhando ao redor quase como se estivesse se escondendo. Seu coração estava recuperando os batimentos normais, pois o som não se fez ouvir por cerca de um ou dois minutos. No momento em que estava tentando se convencer de que tinha sido coisa da sua cabeça e que não tinha ouvido nada, escutou novamente aquele som que lembrava o de um pano de chão molhado sendo arrastado.

"Não..."

Asakura chacoalhou a cabeça repetidas vezes. Sua nuca dói. Suava frio e a camisa estava colada em suas costas. Grandes gotas de suor pingam do seu queixo e caem no colo. A cabeça estava tão quente que parecia estar prestes a borbulhar, mas a superfície da pele estava tão gelada que parecia prestes a congelar.

O som está se aproximando, sem sombra de dúvida. Por vezes, ouve-se também o som de gotículas se espalhando. Havia também o som de bolhas estourando. Esses sons fizeram Asakura imaginar algo parecido com um tipo de lixo orgânico molhado e disforme. Um dejeto que, depois de coberto por fungos em sua superfície, se transformou em uma substância pútrida e viscosa e misturava tonalidades de verde, marrom e preto. Asakura sentiu náuseas com esse elemento nojento que ela mesma havia imaginado.

O som mudou. Agora era um barulho de fricção. Então, o som de uma coisa molhada batendo contra algo diversas vezes chegou aos seus ouvidos.

Por fim, Asakura percebeu o que aquilo significava.

É na porta. Aquilo estava tentando abrir a porta da sala de cultura. Asakura trancou a porta da sala de cultura depois que Toshiaki foi para casa. Deve estar se irritando porque a porta não abria, e batendo contra ela.

Em seguida, ouviu-se o som de algo líquido saindo espremido por um buraco apertado por um período prolongado. Durante esse tempo, ouvia-se também um barulho parecido com o de esgoto entupido. Asakura contraiu os músculos da face, tomada por uma sensação desagradável. Sentiu o suco gástrico subir até a garganta. Deve ter passado pelo vão debaixo da porta porque ela não abria, pensou Asakura. Engoliu o odor fétido que invadia a boca junto com a saliva. De repente, sentiu um calafrio tomar conta de si. Seus dentes começaram a bater uns nos outros.

...Slup.

...Slup.

O som de algo se arrastando se tornou mais nítido. A coisa tinha passado pela porta. Tinha passado pelo vão e saído para o corredor.

Não posso fazer barulho. A coisa não pode saber que eu estou aqui. Mesmo esses pensamentos sendo fortes, os dentes batiam uns nos outros sem parar. Asakura segurou a boca para tentar fazer com que parasse. Mas não parou. O barulho abafado ressoava em seu crânio.

Bluf.

"Igh!"

Algo se chocou contra a porta do laboratório.

O laboratório tinha duas portas, uma na frente e outra nos fundos. Ambas se abrem para o corredor. O som veio da porta dos fundos, mais distante da mesa de Asakura. Era a mais próxima à sala de cultura. De repente, a geladeira ao lado daquela porta começou a zunir. O termostato foi ativado com o aumento da temperatura. Como foi repentino, Asakura acabou gritando alto. Ela tapou a boca depressa, mas já era tarde. O grito sem dúvida deve ter chegado até o corredor.

Ela não enxergava bem porque os olhos lacrimejavam. As duas portas do laboratório estavam fechadas. Porém, não estavam trancadas. Se alguém quisesse entrar, poderia fazer isso facilmente. Era só girar a maçaneta...

Faltou-lhe ar.

A maçaneta está girando. Com absoluta certeza, está girando. Asakura não conseguia se mexer. É só correr até a porta e trancá-la — mesmo pensando assim, ela não conseguia se mover.

Então, a porta se abriu.

Bluf. Ouviu-se com nitidez.

Preciso fugir, pensou Asakura. Queria fugir daquela sala o quanto antes. Entre a porta que se abriu e o lugar onde Asakura estava sentada há a bancada de laboratório, e quase não dá para ver o que havia ali. Ela olhou para a outra porta. Não era possível chegar até lá em linha reta por causa da bancada, mas estava a uma distância de cerca de dez passos somente. Era um caminho que fazia inúmeras vezes todos os dias. Contudo, Asakura se sentia desolada ao pensar no trajeto até lá. Parecia infinitamente longe.

De súbito, perdeu a visão.

Por um instante, Asakura ficou sem entender o que estava acontecendo. Não enxergava mais nada. Não, havia duas luzes fracas oscilando. Era a lâmpada fluorescente de mesa da sua escrivaninha e o monitor do Macintosh. Todo o restante estava encoberto pela escuridão. A lâmpada fluorescente do teto está apagada. Já não enxergava mais a bancada, os equipamentos, a porta, nada.

A luz foi apagada.

Há um interruptor ao lado da porta. Ele foi pressionado. Com isso, Asakura percebeu uma coisa e prendeu a respiração.

A coisa sabe que a luz se apaga se mexer no interruptor.

Sabe que se girar a maçaneta a porta se abre.

...A coisa é provida de inteligência.

Não podia ser.

Foi quando uma luz amarelada emanou de perto da porta.

Como há a bancada em sua frente, não dá para saber direito o que está acontecendo. A luz é fraca e ilumina levemente a região da geladeira. Ouvem-se sons tímidos e baixos. Algo está sendo movido.

A coisa abriu a geladeira, Asakura concluiu.

Seus ouvidos captam o barulho de frascos de reagentes sendo retirados. Parece que a coisa está procurando algo.

A ordem de fuga se repetia na mente de Asakura. Ela engatinhou, mexendo os braços e as pernas em desespero. A sua ansiedade avança rápido, em contraste com o corpo, que fica para trás. Ela chegou, a muita custa, até o lugar onde se podia ter a visão de toda a geladeira. A porta está entreaberta e a coisa está escondida atrás dela, mexendo nas prateleiras. Às vezes emite um som de substância viscosa. Mas não parece se importar com Asakura. Não podia ver a coisa, mas ela não se importou também.

A partir dali Asakura mudou de direção, rastejando em silêncio em direção à porta oposta à geladeira. Faltava pouco. Só mais um pouco, e chegaria até a porta. Quando chegasse ali, era só se levantar e correr com todas as suas forças. Estaria a salvo se conseguisse tocar a porta. O coração dela bate numa rapidez violenta.

De repente, fez-se o barulho de algo sendo quebrado, e Asakura sentiu a dor se espalhar a partir do joelho.

Asakura gritou. Ela segura o joelho no mesmo instante. Havia algo espetado nele. Ao tentar tirá-lo, cortou os dedos e isso lhe causou uma dor aguda. Sentiu o sangue molhando a palma da mão. Lágrimas corriam pelo rosto de Asakura. Que estupidez a minha, Asakura amaldiçoou a sua falta de cuidado. Era a caneca. O caco da caneca havia espetado seu joelho.

A coisa se mexeu.

O coração de Asakura congelou.

A coisa desceu para o piso. Aquilo tinha percebido que Asakura tentava fugir.

A coisa se moveu pelo piso, emitindo sons. Os olhos de Asakura captaram um fragmento da imagem daquela coisa. Enxergou algo que era quase uma sombra porque estava tudo escuro, mas a coisa era como um pedaço de carne disforme.

"...Não..."

Asakura suplicou com a voz turva. Contudo, a coisa se aproximava cada vez mais. Há o som de elementos se movendo, que lembram tentáculos. Bolhas estouram de modo sonoro. Ouviu um som semelhante ao de um tomate sendo amassado. Tudo isso estava vindo em sua direção.

"...Não, por favor..."

Asakura implorou, aflita. Repetiu a frase várias vezes. Tentou fugir rastejando, mas sente dor no joelho todas as vezes que tenta mexer a perna e acaba caindo. Não conseguia mover a perna.

De bruços, Asakura esticou os braços alternadamente para rastejar enquanto berrava. O som já estava muito próximo. Ela estende os braços descontroladamente enquanto lacrimeja e o muco escorre do nariz. Entretanto, seu corpo não avança nem um pouco. Asakura gritou em desolação. O joelho dói. As palmas da mão estavam meladas de sangue e suor. Não enxergava nada à sua frente. Nem sabia para onde estava indo.

Algo morno tocou o tornozelo de Asakura.

Num instante, a coisa envolveu o tornozelo e a puxou.

Asakura esticou a mão inconscientemente. A ponta de seus dedos tocou em algo. Ela se segura nisso. É o canto da pia. Asakura dobrou os quatro dedos com força. A coisa puxa a perna de Asakura sem piedade. As articulações dos dedos se friccionam, causando dor. Asakura gritou a plenos pulmões. Tentou esticar a outra mão, mas não conseguiu. Seu corpo foi sendo arrastado em direção à coisa. O dedo indicador se soltou. Asakura gritou que não diversas vezes. Porém, a força que a puxava ficou ainda mais forte. A coisa que havia pegado o tornozelo de Asakura agora estava avançando para a panturrilha. Sua perna range com a pressão. O dedo médio se soltou. Somente o dedo anelar e o mínimo estavam presos por um triz. Eles doem tanto que parecem prestes a arrebentar. A coisa pegou o outro tornozelo de Asakura. E então a puxou com ímpeto.

Os dois últimos dedos se soltaram, fazendo barulho.

O corpo de Asakura foi sendo puxado sem dificuldade. O caco espetado no joelho arranhava o piso, emitindo um som áspero.

A coisa ficou sobre as costas de Asakura. Uma solução viscosa grudou no corpo dela. O cheiro adocicado e residual, característico do meio de cultura, chega às narinas. Asakura tentou tirar a coisa de cima de si. Porém, a coisa era disforme e não havia onde pegar, e o braço que tentou agarrar a coisa afundou nela e não saía mais.

Asakura foi virada de barriga para cima. Ela agitou as pernas em vão. O corpo de Asakura foi pressionado contra o chão com força.

Asakura gritou o quanto pôde, pedindo ajuda. Mas no instante seguinte, algo entrou em sua boca e abafou sua voz. Ela cerrou os dentes para impedir que a coisa se infiltrasse. Porém, foi forçada a abrir a boca. A coisa se remexia dentro da boca de Asakura, envolvendo a língua e os dentes. Asakura vomitou. Havia regurgitado tudo o que havia dentro de seu estômago, ainda de barriga para cima. O vômito cobriu sua boca. A coisa que estava dentro de sua boca foi inchando ao ser banhada pelo líquido indigesto, bloqueando a garganta de Asakura.

17

Era 24 de dezembro de novo.

Kiyomi estava decorando a sala antes de preparar o jantar. Festões e flores de papel pendem na parede da sala. Embora pequeno, havia também um pinheiro de verdade ao lado da televisão. Nos galhos, foram colocados pedaços de algodão para emular neve, brinquedos de miniatura e luzes piscantes. Colocaria a guirlanda na porta da cozinha. Ela havia arrumado os bonecos sobre a cômoda também. Trocou a toalha de mesa para um novo com renda e pôs um castiçal polido com cuidado. Ao olhar para a sala que havia ficado com uma atmosfera de Natal em menos de uma hora, Kiyomi ficou satisfeita e murmurou, "pronto".

Mesmo depois de passar a morar num apartamento após se casar com Toshiaki, Kiyomi nunca deixou de fazer a decoração de Natal. No começo, Toshiaki dizia que a decoração era exagerada. Ele se mostrava pouco receptivo, dizendo que não era necessário decorar a árvore de Natal sendo que não havia crianças. Entretanto, Kiyomi não podia ceder em relação a isso. Ela sempre comemorou o Natal assim. Para Kiyomi, todo aquele conjunto representava o Natal, e também o seu aniversário.

Então, Kiyomi direcionou o olhar para a janela. Ela teve um pressentimento, então foi até a janela e abriu a cortina, cheia de expectativa. Kiyomi abriu uma fresta na janela com gotículas condensadas e olhou vagarosamente para o lado de fora.

Algo branco revoava pelo ar noturno.

Kiyomi deu um pequeno grito de alegria e avançou o corpo para fora da janela, olhando ao redor.

Quando será que tinha começado a nevar? A paisagem à volta estava coberta por uma fina camada de neve. A neve granulada cai devagar, mas constantemente. Não conseguia ver lugares mais ao longe, mas ela conseguia ver a forma de cada um dos flocos de neve onde a luz do apartamento chegava.

Era um Natal com neve.

Kiyomi ficou feliz e começou a cantarolar a melodia de Noite Feliz, que havia aprendido nas aulas de piano quando criança.

Quando ela recebeu o telefonema de Toshiaki dizendo que chegaria um pouco mais tarde, eram 20h. Ela já havia feito o bolo e o jantar já estava pronto. Kiyomi suspirou por dentro em decepção enquanto segurava o telefone contra o ouvido, fitando a panela de guisado com o canto dos olhos. Ele disse que o experimento de um estudante do quarto ano havia dado errado e teria que preparar a reação desde o início. Toshiaki teria que acompanhá-lo durante um tempo.

"Mas tem que ser hoje?", Kiyomi acabou deixando escapar.

"É que a amostra para a reação já está feita. Se não fizer hoje, vai acabar perdendo a amostra."

"Entendi..."

Talvez por consciência pesada, Toshiaki se desculpou repetidas vezes, falando rápido. Kiyomi disse para ele não se preocupar, tentando manter um tom positivo. Mas ela estava triste. Se não me engano, ele voltou tarde ano passado também, por causa dos experimentos. Eu queria que ele largasse os experimentos e viesse para casa, porque é meu aniversário. Pode ser que fosse um desejo egoísta, mas era o que realmente sentia. Porém, o experimento parecia que demoraria mais do que Kiyomi esperava. Toshiaki descreveu o que teria que ser feito e estimou quando chegaria em casa.

"Vou ter que extrair o fígado do rato de laboratório e fazer a homogeneização para o fracionamento das mitocôndrias..."

No exato momento em que ouviu aquilo, o coração de Kiyomi bateu alto.

(Toshiaki.)

Kiyomi prendeu a respiração. Seus ouvidos zuniram e sua visão tingiu-se de vermelho. Todo o seu corpo tremeu de forma eletrizante, como se tivessem jogado água quente nela.

"...Que foi?"

A sensação foi embora na mesma hora. Kiyomi recolocou o telefone no ouvido depressa e forçou um sorriso. Então, disse a ele que não era nada e que era para voltar com cuidado porque estava nevando.

Kiyomi pôs o telefone de volta no gancho, mas não conseguiu se mexer por um tempo. Percebeu que suas axilas suavam. De súbito, sentiu um calafrio e estremeceu.

As reações estavam mais fortes. Havia ficado mais forte depois de se casar com Toshiaki, mas estava ainda pior naqueles últimos tempos.

Só de ouvir a palavra mitocôndria, seu coração bate de modo incomum. O corpo fica quente como se alguma veia tivesse estourado e ela fica sem ar. Até se casarem, era frequente perguntar sobre os experimentos porque queria saber mais sobre Toshiaki. Mas nos últimos meses, passou a não perguntar mais sobre eles. Os ataques estavam mais fortes e ela não conseguia suportá-los. O corpo todo parecia desmoronar com os movimentos tempestuosos do coração. Dentro de seu corpo, alguma coisa que Kiyomi desconhecia estava reagindo àquela palavra. E emitia vozes lá de dentro.

A fonte dessa voz parecia estar feliz de poder ouvir sobre os experimentos de Toshiaki. Estava feliz e se agitava com violência dentro do corpo de Kiyomi; parecia ser isso. Foi assim também com o telefonema, há pouco. Kiyomi queria que Toshiaki voltasse logo para casa. Porém, aquela voz dentro da sua cabeça parecia pedir que Toshiaki se dedicasse ainda mais aos experimentos.

Kiyomi não fazia ideia do significado daquilo.

De repente, ela acabou pensando na sua situação de quando estava no colegial. A dúvida sobre o que queria ser no futuro não deixava a sua mente. O que vai ser de mim? O que vai acontecer comigo de agora em diante? Ela só pensava nisso. Agora, aquilo havia adquirido um significado totalmente diferente e se fixado em sua mente.

O que vai acontecer comigo?

Quando Toshiaki finalmente chegou em casa, já passava das 23h. Toshiaki se desculpou por ter ficado tarde e sorriu surpreso ao ver a decoração da sala.

Kiyomi colocou a vela sobre a mesa, acendeu as luzes da árvore de Natal e pôs a mesa. Toshiaki demonstrou entusiasmo na voz e elogiou a comida de Kiyomi. Ela ficou feliz com Toshiaki, que tentava animar a ocasião, mesmo tendo ficado tarde.

Depois da refeição, Kiyomi trouxe o bolo. Havia aprendido a fazer bolos decorados com a mãe quando estava no colégio. Tentava caprichar na decoração com o chantilly todos os anos. Naquele ano, havia montado uma casinha com *wafers* no centro para parecer uma floresta com neve. Ela estava satisfeita com o resultado.

Após apagar as luzes, comeram o bolo e tomaram champanhe. Toshiaki tirou um embrulho da mala e entregou-o, dizendo que era presente de aniversário. Era um relógio gracioso.

Quando foram para o quarto, já passava das 2h.

Ao desligar a luz, Toshiaki beijou-a com delicadeza. Quando os lábios se tocaram de início, ela sentiu um prazer que fez um arrepio correr pela espinha.

"...Ah!"

Sem querer, Kiyomi deixou escapar a voz. De imediato, suas pernas ficaram sem força e elas não conseguiam mais sustentar o corpo. O estímulo era tão forte que era como se o corpo estivesse prestes a derreter.

Kiyomi percebeu que sua língua se movia ativamente. Seu corpo estava mole, mas a língua desejava Toshiaki insistentemente. (Não.) Não podia acreditar. (Não pode ser.) Não conseguia colocar força nos braços ou nas pernas. Estava de pé somente porque Toshiaki estava a apoiando. Mesmo assim, só a língua se mantinha firme, e devorava a boca de Toshiaki. Adentrava empurrando a língua de Toshiaki, entrelaçando-se e continuava a lamber a parte de trás dos dentes dele. (Não, não pode ser.)

De repente, ela foi assolada por uma forte sonolência como se despencasse na escuridão. Sentiu sono de um jeito muito súbito. Kiyomi ficou estarrecida. Teve a impressão de que cairia até as profundezas da terra se não a estivesse segurando. Ela não conseguia mais sustentar a cabeça, que acabou pendendo para trás, deixando a garganta arqueada. Porém a língua continuava a se mover, como se estivesse sedenta. (Como assim?) Toshiaki talvez tivesse achado que Kiyomi estava sentindo prazer, e beijou-lhe o pescoço. Um forte relampejo iluminou sua mente. Contudo, a sonolência cobria seu consciente, implacável. Kiyomi sacudiu a cabeça para afastar aquilo. Mas não teve efeito nenhum. (O que está acontecendo?)

Antes de as sensações serem cobertas pela escuridão, uma voz ressoou: (*Toshiaki.*)

Kiyomi abriu os olhos, alerta. A sonolência diminuiu levemente. Mas foi por pouco tempo. A cortina espessa começava a cobrir sua mente novamente, como se fosse uma onda que voltava. (Não!) Kiyomi sacudiu a cabeça, tentando resistir. Levantou a voz, bateu em seu próprio corpo e forçava os olhos. Era aquela voz. Era aquela voz misteriosa que ela ouvia quando estava conversando sobre as pesquisas com Toshiaki. Era aquela voz misteriosa. (Não!) Kiyomi gritou. (Não posso dormir!) Kiyomi buscou a ajuda de Toshiaki. Porém aquela mesma voz ressoou novamente em sua mente, agora como um estrondo:

(*Toshiaki!*)

Quem é? Quem?

O coração de Kiyomi batia rápido como se fosse sair do peito. Ela gemeu. Sentia desconforto. Todo o seu corpo se sacudiu. Parecia que iria desabar. A sonolência avança como um tsunami. Kiyomi resiste a todo custo, pouco antes de ser engolida por aquilo. Isso se repetiu. Já estava no limiar da consciência, e se retorcia numa vertigem. Sempre que a consciência de Kiyomi enfraquecia, a criatura que emitia a voz parecia surgir à superfície. Essa criatura chamou pelo nome de Toshiaki repetidas vezes, cheia de alegria. Kiyomi foi tomada por uma forte ansiedade. Foi tomada pela impressão de que a criatura, dona da voz, estava se deitando com Toshiaki. Ela surgia na superfície do meu corpo enquanto eu dormia, e fazia amor de maneira intensa com Toshiaki. Esse pensamento hediondo tomou conta de si. Ela vai roubá-lo, vai roubá-lo de mim. Kiyomi tentou colocar força em todo o corpo, ensandecida. Conseguiu voltar à superfície algumas vezes, mas logo afundava às profundezas da escuridão novamente.

Alguém gemia alto. Era tão alto que poderia ser ouvido de toda a casa. Kiyomi não sabia mais se era a sua voz ou se era aquela voz. A voz externava prazer. Demonstrava transbordar em deleite. Kiyomi não sabia mais o que estava fazendo. Tudo estava remexendo, confuso. Então, foi engolida pelas fortes ondas tempestuosas de escuridão, que a levou para dentro do caos.

Quando caiu em si, tudo estava em silêncio.

Kiyomi estava sonhando.

Em instantes, percebeu que era o sonho de sempre. Era aquele sonho estranho que sempre tinha na véspera de Natal. O sonho de uma memória distante, na qual perdura a sensação de estar dispersa num lugar escuro.

Mas à medida que o sonho progredia, Kiyomi percebeu que ele era diferente do que ela sonhava todos os anos.

Ela percebeu que estava se mexendo para lá e para cá. Sua visão estava turva e não sabia que lado era o de cima ou de baixo, mas conseguia depreender que estava se movendo com intensidade porque sentia o fluxo na superfície de seu corpo mudar a cada momento. Abundava força. Sentia que podia ir para qualquer lugar. De fato, conseguia se mover uma distância muito maior do que antes. Percebeu que se sentia feliz com isso.

Não sabia quanto tempo havia se passado. De repente, sentiu algo diferente tocar seu corpo. Tinha algo por perto. Era grande, mas o movimento era rudimentar e ele só balançava desajeitadamente.

Ela se lembrou. Já havia encontrado com aquilo diversas vezes. Em algumas delas, havia tentado atacá-lo. Havia vezes que aquilo se rompia facilmente, e outras que ela própria era capturada.

Enquanto reparava naquele ser, sentiu algo que nunca havia sentido despontar dentro de si. Não tinha ideia de o que era aquilo, de onde vinha ou o que significava, mas quando percebeu, estava movendo todo o corpo e adentrando o ser.

O ser pareceu ter se surpreendido. Entretanto, ao investir um pouco da força que tinha, ele logo permitiu a coexistência. Era confortável ali dentro. Sentiu que havia encontrado a morada eterna.

O que era aquela sensação? Pensava Kiyomi, dentro do sonho. O que significava aquilo?

Mas não sabia.

Não sabia de mais nada.

18

"Então você começa, Asakura."

"Certo."

Asakura foi para frente de todos ao ser chamada por Toshiaki. Toshiaki entrega o ponteiro laser para apresentação. Asakura ficou em frente à tela, com o roteiro na mão direita e o ponteiro laser na mão esquerda.

Ao ficar pronta, Toshiaki disse, apertando o botão do cronômetro:

"Agora ouviremos Sachiko Asakura falando sobre o tema 'Indução genética da enzima de β-oxidação de ácidos graxos insaturados 2,4-dienoil-CoA-redutase por receptores retinoides'. A palavra é sua."

"Certo. Pode pôr o slide, por favor."

O projetor fez surgir a imagem na tela, emitindo um som mecânico. Asakura começou a falar olhando para o roteiro com o canto dos olhos:

"Viemos reportando que o clofibrato, um proliferador de peroxissoma, provoca a indução da enzima de β-oxidação de ácidos graxos insaturados nas mitocôndrias do fígado em ratos de laboratório. Considerando estudos que relatam a ligação do proliferador de peroxissoma aos receptores retinoides, é possível que eles estejam envolvidos no mecanismo de indução das enzimas de β-oxidação, mas isso ainda não está claro atualmente. Neste estudo, focamos na 2,4-dienoil-CoA-redutase, uma enzima necessária na β-oxidação de ácidos graxos insaturados, realizando a clonagem genômica, e obtivemos evidências de que esse gene é controlado pelos receptores retinoides. Apresentaremos os resultados a seguir. Pode passar para o próximo slide."

A imagem na tela mudou para a seguinte, logo após o som mecânico. Toshiaki ouvia a apresentação de Asakura, olhando vez ou outra para os números do cronômetro. Quase todos os estudantes e professores, inclusive o professor titular Ishihara, estavam naquela pequena sala de seminários. Mesmo com o ventilador ligado, o quarto estava abafado com todas aquelas pessoas, pois as cortinas estavam fechadas e a luz foi apagada para que pudessem ver os slides.

O Congresso de Bioquímica seria dali a cinco dias. A prática com a presença de professores e estudantes tinha sido marcada para aquele dia, seguindo a sugestão do professor Ishihara de que treinando uma vez poderia atenuar um pouco do nervosismo. Caso fizesse os slides em cima da hora, não teria tempo de corrigir os erros, e o estado emocional não seria adequado para fazer a apresentação por causa da ansiedade. Ao preparar o roteiro com antecedência e apresentar para todos, eliminaria os possíveis erros e atenuaria o nervosismo da estudante que apresentaria pela primeira vez.

Asakura conseguiu terminar de gerar as imagens muito antes do que Toshiaki previa. Numa velocidade que não teria sido possível se não tivesse passado noites em claro. Contudo, quando Toshiaki indagava, Asakura só sorria e não respondia quando os havia feito.

De qualquer modo, os preparativos de Asakura para o congresso puderam ser feitos com relativa antecedência e Toshiaki não precisou se preocupar. Talvez porque o congresso estava próximo, Asakura parecia estar se dedicando ainda mais. Vinha à sala de aula de manhã cedo e trabalhava até altas horas, cheia de energia. Não mostrava sinais de cansaço, a ponto de Toshiaki vê-la trabalhando e sorrir torto, pensando que ele já não era mais tão jovem.

Asakura continua a explicação sem hesitação na voz. Indica as imagens com precisão usando o ponteiro laser e fala um pouco mais alto onde precisava dar ênfase, para atrair a atenção do público. Era uma apresentação bem ritmada. Toshiaki fitava o perfil de Asakura, admirado. Mesmo pesquisadores experientes não conseguem fazer uma apresentação tão boa. Ele não achava que Asakura conseguiria ir tão bem. Não havia mais nada que Toshiaki pudesse ensinar a Asakura sobre como fazer apresentações.

Aliás... Toshiaki então pensou em algo que não condizia com o ambiente daquele momento. Asakura parecia ter ficado irreconhecivelmente bonita nesses últimos dias.

A roupa que ela vestia era camiseta e jeans, o traje casual de sempre, mas ela havia adquirido uma elegância que parecia brotar de dentro dela. Talvez porque ela tenha mudado o penteado, pensou Toshiaki. O cabelo que ela sempre havia deixado preso agora estava ondulado e com corte selvagem. Mas tinha impressão de que não era só isso. Ela já tinha um semblante alegre, mas agora parecia haver algum tipo de requinte acrescido a isso. O brilho dos olhos e os gestos dela também pareciam estar repletos de autoconfiança.

"...Com isso, obtivemos a evidência de que esta enzima é induzida pelo clofibrato. Pelo fato de a maioria das enzimas metabólicas de ácidos graxos insaturados serem induzidas por clofibrato como a enzima estudada, estima-se que a montante delas seja similar a ela. Esperamos que a atuação dos receptores retinoides seja esclarecida cada vez mais com a clonagem genômica de outras enzimas. Obrigada pela atenção."

A tela se apagou e a luz foi acesa. Toshiaki parou o cronômetro depressa. Ele havia se distraído por ter ficado absorto em admirar o rosto de Asakura e quase se esqueceu.

"Foi catorze minutos e vinte e sete segundos."

"Está tudo certo, então."

O professor Ishihara meneou a cabeça, demonstrando satisfação. Asakura sorriu, parecendo aliviada – esse era o mesmo sorriso de sempre.

"O tempo de apresentação era de quinze minutos, certo?"

"Sim", responde Toshiaki.

"Não notei erros de digitação nos slides e acho que a explicação foi bem fluida... e vocês, o que acham?"

Ishihara virou-se para os estudantes que assistiam à apresentação atrás dele. Era um sinal para que dissessem o que achavam caso houvesse algo que tivessem percebido.

Na mesma hora, os estudantes olharam para baixo e de um lado para o outro, embaraçados. Toshiaki olhou para aquilo e riu internamente. Certamente estavam surpresos porque a apresentação havia sido tão perfeita.

Ishihara aguardou por algum tempo para que alguém falasse, até que balançou a cabeça como se dissesse que tudo bem, e então instruiu o estudante que controlava o projetor de slides para que mostrasse os slides de Asakura desde o início novamente.

"Vamos todos conferir se não há erros, mais uma vez."

Ishihara fez perguntas detalhadas a Asakura em relação a cada um dos slides. Asakura respondeu a todas elas adequadamente. Toshiaki ouviu as respostas de Asakura um tanto surpreso. Ela estudou bastante. Ele havia pensado em dar uma ajuda caso Asakura não conseguisse responder, mas não houve a mínima necessidade. Asakura não se mostrou nem um pouco insegura ao responder às questões. Porém, não havia uma atitude de arrogância, e demonstrava até mesmo um claro respeito a quem fazia as perguntas. Não falava rápido, dissertava de forma ordenada e expunha os fatos com precisão para facilitar a compreensão. Por vezes, até mencionava os dados mais atuais e demonstrava a capacidade de complementar o conteúdo da apresentação.

"Está perfeito. Você estudou bem."

Por fim, Ishihara fez um elogio.

"Muito obrigada."

Asakura deu um sorriso de roubar o coração.

"Acho que os próximos a apresentarem vão até ficar nervosos."

Dizendo isso, Ishihara fez os estudantes rirem.

"Até eu fiquei impressionado. O professor Ishihara elogiou bastante, também."

Depois que o ensaio terminou, Toshiaki disse palavras de aprovação a Asakura.

Com uma expressão de leve constrangimento, Asakura disse "obrigada" e fez uma sutil reverência.

"Agora é só decorar o roteiro. Não precisa se preocupar muito, porque é só decorar até o dia do congresso. Se quiser, a gente pode praticar no dia anterior. Em todo o caso, é melhor subir ao palco com o roteiro em mãos."

"Acho que não vou precisar..."

"É que pode acontecer de acabar esquecendo de repente, por causa do nervosismo. É só para garantir. Mas tente apresentar sem olhar, na medida do possível."

"Entendido."

"A propósito..." Toshiaki mudou de assunto, olhando para o joelho de Asakura. "Sua perna está melhor?"

"Ah, isso aqui?"

Asakura riu e deu socos leves no joelho por cima do jeans: "Como vê, está, sim. Mas ainda está enfaixado."

"Não está doendo?"

"Não, e parece que não vai ficar nenhuma marca."

Quando Asakura chegou com os cabelos ondulados, Toshiaki percebeu que ela estava mancando e perguntou o que havia acontecido. Ela disse que havia ralado o joelho ao escorregar da escada do prédio. Ela estava com curativos nos dedos também. Mas Asakura riu e tranquilizou Toshiaki, que se preocupava: "Não é nada, de verdade. Eu sou alta, né? Aí fica difícil de me equilibrar."

Quando ouviu isso, Toshiaki ficou surpreso.

Ele achou que estava diferente da Asakura de sempre.

Asakura nunca havia feito piada com a própria estatura até então. Ele sentiu certa estranheza por isso.

Contudo, aquilo não era algo com o qual ele precisava se preocupar tanto. Toshiaki se convenceu disso naquele dia e expulsou a sensação de estranheza que havia se alojado em sua mente.

"Vai estar melhor até o congresso, não se preocupe. Até porque vai ser meio esquisito eu estar de traje formal com faixa no joelho, não é mesmo?"

Asakura sorriu.

Nesse momento, um grupo de estudantes do quarto ano entrou no laboratório. Um deles estava com uma caixa branca.

"O professor Ishihara nos deu dinheiro para comprar doces depois do ensaio, como recompensa pelo esforço. Compramos um bolo. Peguem um de cada."

Um dos estudantes disse com entusiasmo.

"Que raridade. Ele deve estar de bom humor porque as apresentações estavam boas."

Falando assim, Toshiaki abriu a caixa.

"Parecem uma delícia!", comentou Asakura, animada. "Vou fazer um chá. Tragam seus copos."

Em instantes, o ambiente era de chá da tarde.

O chá preto que Asakura preparava era bom. Toshiaki desfrutou de um momento de relaxamento que não tinha há algum tempo.

"Ué, Asakura? Mudou de caneca?"

Um dos estudantes do quarto ano perguntou enquanto comiam o bolo. Ele não tinha percebido até então, mas realmente tinha um design diferente da caneca que Asakura usava antes.

"O que aconteceu com o outro?"

"Quebrou, foi?"

"Pior que eu não sei onde foi parar."

Asakura apreciava o aroma do chá preto com uma expressão satisfeita. "Eu tinha guardado, mas sumiu. Se virem por aí, me avisem."

19

Ela surgiu na *superfície* pela primeira vez. Obteve mais sucesso do que o esperado. A consciência de Kiyomi resistiu algumas vezes, mas ela conseguiu se sobrepor na maior parte do tempo. O prazer que tinha em ser amada por Toshiaki vindo para o lado de fora era incomparável ao que sentia quando ficava dentro de Kiyomi. Mas ela ainda não estava satisfeita. Isso não passava do início.

Ela sabia que Kiyomi sonhava. Ocorria um ligeiro vazamento das memórias dela e isso estimulava a mente de Kiyomi. Ela tomava cuidado para que Kiyomi não percebesse a sua presença, mas não conseguia se preservar no dia 24 de dezembro, o dia do nascimento de Kiyomi. As sensações de Kiyomi provavelmente ficavam mais aguçadas nesse dia.

Na noite anterior, Kiyomi acabou vendo a memória de quando ela entrou no corpo do hospedeiro. Kiyomi provavelmente não entenderia o que aquilo significava, mas não poderia se descuidar. Poderia acabar falando sobre o teor do sonho a Toshiaki. Kiyomi poderia não entender o significado, mas Toshiaki poderia acabar percebendo.

Chegou a hora de agir, ela pensou.

Era a hora de abandonar o papel de ser uma escrava submissa à hospedeira. Já havia ficado claro na noite anterior que estava pronta para controlar as principais neurotransmissões[39] do hospedeiro. Ela pensaria e o corpo de Kiyomi obedeceria. Seria uma agradável relação de ama e serva.

A manhã daquele dia estava plácida. O frio que havia se instalado por alguns dias havia ido embora, e os tênues raios de luz matinais iluminavam a janela do quarto como há muito não faziam. As partículas de luz que atravessam a rede da cortina clareiam o lençol branco com suavidade. Era possível ver a tela LCD do timer embutido no aquecedor a óleo mais ao fundo.

Ela ouviu um grunhido baixo e olhou para o lado. Encontrou as costas de Toshiaki. O ombro ainda nu se movia de baixo para cima, acompanhando a respiração. Ela então se lembrou que estava dormindo na mesma cama de Toshiaki. Ela tocou no ombro dele, delicadamente.

"...Ah, você está acordada."

Toshiaki se levantou esfregando os olhos. O rosto estava um pouco inchado. Não havia acordado totalmente.

Ela preencheu o próprio rosto com um sorriso e disse:

"Quero me cadastrar no banco de rins."

No café da manhã, Kiyomi percebeu que Toshiaki direcionava um olhar diferente para ela. Estava olhando vez ou outra para o seu rosto. Quando Kiyomi se virou, ele desviou os olhos depressa e passou uma quantidade excessiva de margarina no pão torrado.

"Que foi?", perguntou Kiyomi, estranhando.

Toshiaki ainda ficou desviando o olhar por um tempo, hesitante, mas por fim falou:

"...Aconteceu alguma coisa?"

"Como assim, alguma coisa?"

"Pra você falar que quer se cadastrar no banco de rins, assim tão de repente."

Kiyomi ficou assustada e levantou o olhar, que estava direcionado ao pão. Não se lembrava daquilo.

"Claro, não tem problema você se cadastrar... mas eu fiquei surpreso porque achei que você não tinha interesse nessas coisas."

Kiyomi piscou os olhos diversas vezes. Toshiaki olhou para um lado e para o outro e mordeu o pão. Não parecia estar brincando.

Como assim? Foi isso que ela quis perguntar. Mas não conseguiu. Kiyomi congelou por um instante. Por alguma razão, sua boca não abria.

Ela concentrou suas forças no queixo e então a boca finalmente se abriu. Contudo, as palavras que saíram de seus lábios não tinham relação alguma com os seus pensamentos.

"Como será que eu me cadastro?"

A partir daquele dia, Kiyomi não sabia mais o que estava acontecendo consigo. Ficou com medo de tudo porque pensava que poderia estar fazendo alguma coisa sem perceber. Toshiaki quis tocá-la mais algumas vezes depois do Natal, mas ela não correspondeu. Ela ficou com medo de acontecer algo irreparável se ela se permitisse a ele, com aquela coisa surgindo de dentro de si novamente.

Certo dia, Kiyomi recebeu o cartão de doadora de rins. Havia um número de telefone e o seguinte texto:

> Ligue para o número acima caso ocorra algum incidente que possibilite a doação dos rins.
> Cartão de doador de rins

Kiyomi segurou os cantos opostos do cartão com o dedo indicador e polegar e ficou girando-o. Quando foi que eu fiz cadastro do banco de rins? Não se lembrava. Por falar nisso, via notícias sobre transplante de órgãos na TV e no jornal com frequência ultimamente. Não prestava muita atenção nisso antes, mas agora estava se deparando com o assunto em diversos lugares, repentinamente. Ou talvez as informações sobre transplantes já estivessem lá desde antes, mas ela não reparava porque não tinha interesse. Porém, ela não sabia por que estava prestando atenção nelas agora.

O inverno passou, e a primavera chegou. As temperaturas subiram e as flores de cerejeira desabrocharam.

E em meados de junho, Toshiaki abraçou Kiyomi com alegria na voz assim que chegou em casa.

"Consegui, Kiyomi! Foi aprovado!"

"Aprovado? O que foi aprovado?"

Toshiaki disse extasiado a Kiyomi, que estava surpresa: "Na *Nature*!"

Ele pegou Kiyomi nos braços e deu uma volta. Mas Kiyomi não sabia do que se tratava.

"Espera, o que foi que aconteceu?"

"O artigo que eu escrevi foi aprovado para sair na *Nature*. A notificação chegou hoje. Lembra que eu te falei lá atrás que queria publicar artigos em revistas acadêmicas de primeira linha?"

Agora que ele havia dito, ela se lembrou vagamente que havia ouvido algo do tipo. Na época, Toshiaki havia mencionado a *Nature* como uma das revistas acadêmicas de maior reputação no mundo.

"Então..." Kiyomi finalmente estava entendendo a situação.

"É isso mesmo! Então, o que acha do seu marido? Não vai comemorar comigo?"

"Que incrível!"

Kiyomi abraçou Toshiaki e quis dizer parabéns.

Entretanto, as palavras que saíram da boca foram diferentes.

"Que ótimo, Toshiaki. Você é realmente a pessoa que eu estava buscando."

Alarmada, Kiyomi tapou a boca com a mão.

"Como assim, Kiyomi? A gente já é casado."

Toshiaki falou, consternado. Kiyomi balançou a cabeça depressa:

"Não, não fui..."

"Que foi?"

"Te amo."

Kiyomi afastou-se de Toshiaki no mesmo instante.

Não eram palavras suas. Alguém estava controlando sua boca!

Um calafrio correu pela sua espinha, como se houvessem a atravessado com um pingente de gelo. Kiyomi de repente sentiu uma repulsa imensurável pelo seu corpo. Era como se algo desconhecido tivesse espalhado por todo o seu corpo e se remexesse. Ela queria se despir de tudo e sair correndo. Toshiaki a abraçou de novo. Nos braços dele, Kiyomi estava congelada, tremendo e sentindo o próprio suor frio.

Uma semana se passou, e chegou o dia das tradicionais aulas abertas da faculdade de Farmácia.

Havia dezesseis programas na faculdade de Farmácia, e elas se revezavam para que quatro programas diferentes dessem as aulas abertas todos os anos. O programa de Toshiaki estava responsável por um deles naquele ano.

Toshiaki tinha de ir à faculdade de Farmácia no dia da aula aberta. Ele estava encarregado de projetar os slides do professor Ishihara. Sem perceber, Kiyomi havia dito:

"Posso ir também?"

O tempo estava aberto naquele dia. Um céu azul tal qual o do dia em que se reencontrou com Toshiaki nas aulas abertas se abria sobre a faculdade de Farmácia.

A palestra do professor Ishihara era a primeira da tarde. Toshiaki e Kiyomi entraram para a sala dez minutos antes. Enquanto ele preparava os slides, Kiyomi vagou pela sala e contemplou a paisagem pela janela. Faltava-lhe uma sensação de realidade. Mal conseguia acreditar que seus pés se moviam, intercalando-se, enquanto andava. Sentia como se os movimentos do corpo e a consciência estivessem segregados.

"Há muitos parasitas dentro de nossos corpos."

O professor Ishihara começou a falar com o mesmo tom da outra vez. Toshiaki ia mudando os slides com o sinal do professor. Metade eram os mesmos de quando Kiyomi havia visto. As partes onde havia novas descobertas foram trocadas por dados novos. Kiyomi observava a tela e ouvia a palestra. Ela entendeu muito mais do que quando ainda estava na faculdade. Conseguiu compreender perfeitamente até quando os dados mais atuais foram apresentados. Absorvia as explicações sem dificuldade. E era mais semelhante à sensação de se lembrar de algo que havia se esquecido do que compreender algo novo. Kiyomi ficou surpresa em entender a palestra além do que esperava.

Por fim, os slides acabaram e a sala ficou iluminada novamente. O professor Ishihara, que havia terminado a palestra, disse a clássica frase:

"...Fiquem à vontade para fazer perguntas..."

Nesse momento, a mão de Kiyomi se moveu.

Quando percebeu, a mão estava apontada para cima, perpendicular ao teto. Havia levantado a mão como uma estudante do ensino primário, com os dedos totalmente esticados e o braço colado ao ouvido.

O professor Ishihara ficou explicitamente aturdido. Alguns estudantes se viraram e olhavam com curiosidade. Era possível perceber a perplexidade de Toshiaki, que deveria estar arrumando o projetor de slides.

"...Por favor." O professor Ishihara apontou para Kiyomi, com um sorriso amarelo.

Kiyomi se levantou. O assento de madeira estalou, fazendo barulho. Enquanto se levantava, Kiyomi pensou que aquilo era um sonho. Quando se deu conta, sua boca falava. Kiyomi não sabia do que estava falando.

"Durante a palestra, o senhor disse que o núcleo do hospedeiro escravizou a mitocôndria. De fato, o DNA mitocondrial só codifica uma pequena parte das enzimas de cadeia transportadora de elétrons, além do tRNA e do rRNA, o que leva a crer que a sua autonomia seja difícil. E o senhor explicou que isso seria porque o núcleo retirou as informações genéticas originalmente contidas na mitocôndria. Mas não seria precipitado concluir que o núcleo escravizou a mitocôndria? Será que não seria possível pensar o oposto? Ou seja, pensar na possibilidade de a mitocôndria ter enviado seus genes para o núcleo intencionalmente? Os genomas do núcleo não foram totalmente sequenciados ainda. Talvez haja genes enviados secretamente pela mitocôndria nas partes que ainda não foram sequenciadas. E se as proteínas codificadas por esses genes forem receptores de importação nuclear desconhecidos que controlam a transcrição e tradução de genes do hospedeiro da forma que as mitocôndrias desejam? Isso pode reverter completamente a relação entre o hospedeiro e a mitocôndria. Poderíamos até levantar a seguinte hipótese: a de que, num futuro próximo, *as mitocôndrias, consideradas parasitas, possam escravizar o hospedeiro*. O que o senhor acha?"

A sala ficou em silêncio sepulcral. Ninguém mexia um dedo sequer. Somente a ventoinha do projetor de slides zunia baixo. O professor Ishihara ficou de boca aberta, atônito, com os olhos arregalados olhando para ela.

Um vento soprou do lado de fora da sala e as folhas da árvore farfalharam. Como se aquilo tivesse sido um aviso, as pessoas da sala começaram a mover a cabeça ou tossir. O professor olhou ao redor, inquieto, e quando encontrou Toshiaki, encarou-o como se inquirisse o que era aquilo. Os estudantes murmuravam. Kiyomi se sentou tranquilamente. Com a coluna ereta, olhou para o professor firmemente e sorriu.

"Ah, nossa, uma pergunta impressionante, vinda de repente."

O professor tinha um sorriso reservado no rosto para esconder o constrangimento, e pigarreava sem parar. Kiyomi percebeu com clareza que ele estava aturdido. Ele não sabia o que responder. Kiyomi direcionou um olhar de desprezo a ele. O professor percebeu isso e pigarreou alto como se estivesse demonstrando indignação e começou a responder, titubeante. Mas o que ele dizia quase não respondia à sua pergunta. Poderia, sim, haver uma inversão no raciocínio, como proposto, mas não era nada realista e nenhum pesquisador havia pensado dessa forma... Em nenhum momento o professor Ishihara expôs a própria opinião. Ele não chegou a fazer o básico do que se faria na sessão para perguntas. Ele não colocou o raciocínio de Kiyomi em contraste com os resultados de pesquisa que foram realizados até então, e nem apresentou seu parecer em relação a isso. Toshiaki era muito mais flexível e inovador em suas ideias. Eu não estava enganada. Só Toshiaki entende as mitocôndrias de verdade. Toshiaki-é-quem-eu-quero-de-verdade.

Eu?

Espantada, Kiyomi levantou o rosto.

Ela voltou a ter controle do corpo. Junto a isso, Kiyomi pendeu para frente, sem força. Não caiu porque colocou a mão sobre a carteira instintivamente, mas se não fosse por isso, teria batido a cabeça.

Eu? Quem seria esse eu?

Kiyomi não conseguiu se desvencilhar da sensação de que seu coração caía e desaparecia numa escuridão sem fim.

• • •

Naquele dia, Kiyomi saiu de casa junto com Toshiaki.

Kiyomi havia acordado no mesmo horário de sempre, preparou o desjejum e comeu junto de Toshiaki. Era uma refeição tradicional japonesa, com omelete e salmão grelhado. Ao sair pela porta, fracos raios de luz vazavam das nuvens. Enquanto desciam as escadas, cruzaram com um casal jovem que mora no primeiro andar e cumprimentaram-se com uma leve reverência.

"Vou lá, então."

Falando assim, Toshiaki entrou no carro dele. Kiyomi assentiu sorrindo e acenou delicadamente com a mão para Toshiaki, que se acomodou no assento do motorista. Então, entrou no carro compacto que haviam acabado de comprar no início do ano. Ela pôs a bolsa no assento de passageiro e ligou o motor. Havia escrito uma carta a Chika depois de muito tempo. Sentiu uma vontade forte de entrar em contato com a amiga antiga. Queria recuperar alguma coisa confiável, o que quer que fosse. Tinha escrito coisas superficiais na carta, mas tinha a esperança de que, com isso, pudesse voltar a manter contato frequente com Chika.

Com o motor ligado, Kiyomi verificou o conteúdo da bolsa. A carta para Chika estava lá. Não havia se esquecido da carteira de habilitação. De modo inconsciente, Kiyomi tirou o porta-documentos com a carteira para verificar o conteúdo. O cartão de doadora de rins estava ali, guardado com cuidado entre a carteira de habilitação e o cartão de associado da Federação de Automóveis do Japão.

Kiyomi saiu com o carro. Toshiaki tirou o carro da vaga logo depois, como se a seguisse. Kiyomi foi para a direita e Toshiaki para a esquerda na rua da frente do condomínio. A imagem de Toshiaki apareceu no retrovisor do carro de Kiyomi. Ele acenava com a mão.

Kiyomi fez o carro andar. Depois de cerca de cinco minutos, saiu da área residencial para uma grande via arterial. Era uma paisagem matinal que não diferia da de sempre. Estava um pouco congestionado, mas não afetava a fluidez dos carros. Era um lugar pelo qual já havia passado dezenas, centenas de vezes. Havia chegado no trecho de descida da estrada. O fluxo ficou mais rápido e a maioria dos carros corria na velocidade entre cinquenta e sessenta quilômetros por hora. A rua fazia uma leve curva à direita. À frente de Kiyomi, do outro lado do para-brisa, abria-se o céu azul.

Logo após ver que o semáforo localizado onde terminava a curva ficara amarelo, a visão de Kiyomi foi tomada pela escuridão.

20

"Mariko está dormindo."

A enfermeira por quem passou no corredor disse assim para Shiguenori Anzai. Ele fez que ouviu com uma leve reverência.

O horário de visitas terminaria em breve. Ele só conseguia escapar da empresa quando chegava aquele horário. Então, ele passava um tempo respirando a atmosfera pesada no quarto de Mariko e voltava à empresa.

Na realidade, Anzai às vezes ficava sem saber para que estava vindo. Mariko ainda estava fechada em si. Anzai tentou conversar com ela de todas as formas, mas foi tudo em vão. Por outro lado, não conseguia negar que um sentimento próximo à resignação, de que isso era o esperado, estava surgindo dentro dele. Ele não havia conversado com Mariko mesmo antes de ela ser internada. Não teria como começarem a conversar, assim tão de repente.

Então por que estaria vindo?

Por um sentimento de obrigação com a filha?

Não queria pensar dessa forma. Porém, já havia percebido que o cansaço psicológico era bem menor quando estava na empresa. Anzai não entendia mais os próprios sentimentos.

Ao abrir a porta do quarto e olhar para dentro, Mariko estava adormecida, como a enfermeira havia dito.

Anzai fechou a porta com cuidado para não acordar Mariko, deu passos silenciosos e sentou-se ao lado da cama.

O rosto de Mariko estava levemente virado para seu lado. Anzai fitou sua face.

Fazia tempo que ele não olhava para o rosto de Mariko sem logo desviar o olhar. Ao perceber isso, Anzai ficou em choque. Vinha visitar a filha todos os dias e nem olhava para o rosto dela direito.

Ele fitou o rosto de Mariko. Os lábios entreabertos, as pálpebras fechadas, os cílios que se estendiam delas, o nariz que ainda preservava o semblante pueril e as maçãs do rosto levemente coradas por causa da febre. Não tinha percebido até agora, mas Mariko se parece muito com a minha esposa que faleceu, pensou. Quando Mariko nasceu, muitos parentes diziam que Mariko se parecia com a mãe, mas ele não tinha essa percepção naquela época. Mas olhando agora, as semelhanças chegavam a ser surpreendentes.

O que eu vim fazendo até agora?

Esse sentimento se espalhou dentro dele. Anzai pendeu a cabeça e cobriu o rosto com as mãos. Sentiu um aperto no peito.

Nessa hora, Mariko começou a gemer.

"...Ugh... gh..."

Ao ouvir, Anzai levantou o rosto.

Mariko contraía o rosto. Ainda não tinha acordado e talvez estivesse tendo um sonho ruim; ela estica os braços repetidas vezes e tenta tirar algo que acreditava estar sobre o corpo. Ela se contorcia e parecia sentir dor. Geme cada vez mais alto.

"Mariko? Que foi?"

Anzai levantou o quadril da cadeira e esticou a mão para tocar em Mariko. Contudo, Mariko virou-se com força e se desvencilhou da mão dele.

"Mariko, você está bem?"

A voz de Mariko estava começando a soar como gritos e ela passou a agitar as pernas. Diante da situação inesperada, Anzai ficou sem saber o que fazer.

"Não se aproxime", Mariko falou, ainda adormecida. "Não... Não se aproxime. Não se aproxime...!"

"Mariko, vamos, acorde!"

Anzai fez de tudo para segurar o corpo de Mariko. Precisava acordá-la daquele sonho o quanto antes. Ele segurava os braços e pernas de Mariko, que se debatia, e tentava conter o ataque enquanto gritava o nome de Mariko.

De repente, o corpo de Mariko deu um salto.

Aquilo foi tão forte que Anzai foi jogado no chão. Caiu com as nádegas no chão e ficou observando Mariko, atônito.

...O que é isso?

O abdome inferior de Mariko se agitava como um camarão. O resto do corpo dela só acompanhava aqueles movimentos. Mariko não estava no controle daquele movimento. Aquilo não era natural.

"Mariko, acorda! Acorda!"

Anzai sacudiu Mariko pelos ombros, gritando alto. Ela estava em risco. Anzai berrava nos ouvidos de Mariko, desesperado. "Mariko! Mariko!"

O movimento de Mariko parou de repente. Ela abre os olhos devagar.

"Ainda bem!"

Anzai tinha abraçado Mariko, instintivamente.

"...Pai."

Mariko disse essa única palavra e pôs os braços nas costas do pai.

"Ainda bem… ainda bem…"

Aliviado, Anzai colocou a mão sobre a cabeça de Mariko.

"…Foi você… que me salvou…?"

"Você estava tendo um sonho ruim. Eu não sabia o que fazer."

"…Ela… aquela pessoa foi embora?"

"Aquela pessoa?"

"Que estava aqui… aquela…"

Parecia que ela ainda não havia acordado por completo. Ela estava confundindo sonho com realidade.

"Ninguém veio aqui. Só eu."

"De verdade…?"

"Sim, de verdade."

Ouviram-se passos apressados e uma enfermeira entrou.

"O que aconteceu? Ouvi vozes vindo daqui."

"Mariko estava tendo um sonho ruim", Anzai explicou. "Parece que era um pesadelo terrível."

"De novo?" A enfermeira deixou transparecer uma expressão de que estava um tanto cansada daquilo.

"De novo? Então é sempre assim?"

"Sim, ela sempre tem pesadelos à noite. O doutor não disse ao senhor?"

"Ele mencionou, mas… não achei que fosse tão grave."

"Melhorou durante um tempo, mas parece que piorou de novo nessa última semana… tem vezes que ela chega a tirar o acesso do soro."

"Ninguém fica com ela à noite?"

"Nós nos revezávamos na fase logo depois da cirurgia, mas ultimamente… Mas viemos ver como ela está periodicamente."

"Nossa. Eu posso cuidar dela. Tudo bem assim?"

"Desculpe, mas isso não é permitido. Pode incomodar outros pacientes."

Anzai ficou indignado. "Mas se ela fica nesse estado, não dá pra deixar assim. Eu não achava que era tão forte."

A enfermeira suspirou, contrariada.

"De qualquer forma, peço para que o senhor volte para casa, pelo menos por hoje. O horário de visitas já acabou… Fique tranquilo. Vou falar com o doutor e ficaremos mais atentos. Vai ficar tudo bem."

"Mas…"

Anzai olhou do rosto da enfermeira para o de Mariko. Abatida, Mariko estava afundada na cama.

Afinal, Anzai cedeu. Mariko, porém, lançava um olhar de insegurança a Anzai, que se preparava para ir embora.

"...Tenho medo."

Mariko disse, por fim. Anzai se sentiu comovido.

"Vai ficar tudo bem. Vou vir de novo amanhã", foi só o que ele conseguiu dizer, depois de um tempo.

"...De verdade?"

"Sim, de verdade."

Anzai sorriu para Mariko.

"...Viemos reportando que o clofibrato, um proliferador de peroxissoma, provoca a indução da enzima de β-oxidação de ácidos graxos insaturados nas mitocôndrias do fígado em ratos de laboratório..."

Sachiko Asakura estava ensaiando a apresentação diversas vezes na sala de seminários. O congresso era no dia seguinte. Precisava decorar tudo ainda naquele dia.

O congresso seria realizado num centro de eventos da cidade durante três dias, a partir do dia seguinte. A apresentação de Asakura era a partir das 17h20 do primeiro dia. Era a última apresentação do primeiro dia. A apresentação de Toshiaki era a partir das 14h. Incluindo as da sessão de pôsteres, metade das apresentações do programa terão sido realizadas quando terminar o primeiro dia. Já estavam falando de ir beber depois que terminasse a apresentação de Asakura.

Quando treinou com Toshiaki antes de ele ir embora, ela conseguiu falar tudo de forma fluida, mas ainda estava insegura. Já fazia duas horas que estava treinando na sala de seminários onde não havia mais ninguém.

Ela olhou para o relógio depois de treinar mais uma vez. Conseguia falar tudo em mais ou menos catorze minutos. Mesmo que porventura acabasse titubeando na hora, conseguiria terminar dentro do tempo.

Estava ficando rouca. Asakura se sentou para descansar. Já era madrugada.

Ultimamente tenho ficado cansada, pensou Asakura, e se espreguiçou. Sentia como se tivesse trabalhado por dois dias em um só. Não tinha consciência de estar passando dos limites, mas sentia o cansaço acumulado afluir quando ia para casa e relaxava na banheira.

Tem sido assim desde que eu comecei a perder a memória, percebeu Asakura.

Naqueles últimos dez dias, algumas vezes acontecia de não conseguir se lembrar do que estava fazendo. De repente se via sentada à frente da capela de fluxo laminar, quando deveria estar fazendo as imagens dos slides. Em outro momento, estava tirando radioisótopos no prédio de experimentos com isótopos, sem ter planejado isso. Ou então, quando se dava por si, estava sentada à mesa, com as imagens para os slides já prontas. Isso parecia acontecer com maior frequência à noite, quando não havia ninguém, mas tinha vezes que ocorriam lapsos de memória mesmo durante o dia. Asakura não se lembrava, por exemplo, que havia comido bolo junto a todos outro dia, depois do ensaio das apresentações. Não sabia o que havia acontecido.

Asakura sacudiu a cabeça com força. Não deve ser nada. Não é como se estivesse tendo algum problema. Era um tanto esquisito, mas não parecia ser algo sobre o qual precisasse conversar com alguém.

"Ah!"

Asakura se levantou. Ela havia se esquecido de fazer a passagem das células.

Não da Evel. Eram das células usadas para os experimentos da apresentação. Ela havia continuado a fazer as passagens porque poderia precisar delas mesmo depois do congresso. O frasco já deve estar cheio. Como iria para o congresso no dia seguinte pela manhã, teria que fazer a passagem naquele dia para evitar que elas morressem.

Asakura se levantou sentindo-se motivada, saiu da sala de seminários e foi até a sala de cultura. A luz do corredor já estava apagada e já não se sentia a presença de pessoas.

Ela entra na sala de cultura e abre o refrigerador. Era para pegar o meio de cultura necessário para a passagem.

"...?"

Asakura estranhou.

O líquido do meio de cultura havia diminuído.

O meio de cultura que havia feito uma semana antes estava quase no fim. Asakura estava ocupada se preparando para o congresso nessa última semana e não havia realizado experimentos com células. Estava somente fazendo a passagem de um único tipo de célula. Mesmo assim, o meio de cultura havia diminuído drasticamente.

Cada pessoa armazenava o meio de cultura em um recipiente separado para utilização individual. Isso era para evitar a contaminação. Era improvável que outra pessoa tivesse utilizado o meio de cultura de Asakura. Porém, ele havia diminuído muito. Se não fizesse cultura celular em grande escala, não teria como quase meio litro de meio de cultura diminuir tudo isso em tão pouco tempo.

Por que teria diminuído?

Mesmo ficando intrigada, Asakura colocou o recipiente dentro da capela de fluxo laminar e continuou a fazer a preparação. A quantidade dos reagentes como tripsina e EDTA não havia mudado.

Poderia ser só impressão. Asakura não quis pensar mais a fundo.

Depois de terminar de fazer a preparação na capela de fluxo laminar, Asakura foi para a incubadora e tirou as células de lá.

Ela fecha a porta e gira nos calcanhares.

"..."

Ela foi tomada por uma sensação estranha e parou.

Ela olha para trás. A porta estava fechada. Era a incubadora de sempre.

Asakura olhou alternadamente para o frasco de incubação e para a incubadora. Não havia nada de diferente. Mas havia algo de estranho.

A memória de ter visto o conteúdo da incubadora havia sumido por completo.

Não pode ser, pensou Asakura, e sacudiu a cabeça. Havia pegado o frasco de lá de dentro há pouco.

Contudo, por mais que tentasse se lembrar, não conseguia visualizar como estava a parte interna da incubadora.

...Devo estar ficando doida.

Asakura riu de si mesma.

Deveria terminar de fazer a passagem o quanto antes. Tinha de tirar o cansaço. A apresentação era amanhã.

Asakura se sentou em frente à capela de fluxo laminar e começou a desinfetar as mãos com álcool.

Ela estava satisfeita com a situação do momento.

Naquele momento, ela já havia alcançado um estado de evolução muito mais avançado do que quando entrou em contato com o meio de cultura pela primeira vez. O hospedeiro estava completamente sob seu controle. Não só isso, como também estava conseguindo produzir sinais que antes precisava receber de fontes externas. Ela já conseguia controlar os neurotransmissores chamados de Fos e Jun pelos biólogos moleculares, e as proteínas quinases necessárias para a transmissão de sinais. Provocou mutação na maioria deles para que fossem ativados mesmo sem estímulos externos. Tinha a capacidade de induzir as proteínas necessárias na quantidade necessária e ativá-las. Era muito agradável poder controlar o hospedeiro a seu bel-prazer.

Ela estava satisfeita com o ambiente do laboratório. Ali havia o que era necessário para sua evolução. Porém, isso não significa que as coisas deram certo desde o início. Ela se dividiu em diversas colônias e as expôs a estímulos diferentes. Uma delas foi exposta à lâmpada UV, uma outra incorporou carcinogênicos como metilcolantreno e amarelo de metila. A maioria das colônias morreu. Quando sobreviviam, sofriam mutações distintas das que ela pretendia. Ela repetiu o processo de tentativa e erro durante aquela semana. Experimentou diversas combinações. E quando conseguia uma variante melhor, ela a reproduzia e a estimulava ainda mais. Como o laboratório costumava ficar vazio de noite naqueles dias, ela poderia agir de forma mais ousada. Uma parte dela que havia possuído uma mulher chamada Asakura estava ajudando na evolução. Naquela última semana, o laboratório e a sala de cultura haviam se tornado o ambiente de experimentos para uma evolução sublime.

Ela havia suportado tudo durante dezenas de bilhões de anos, sonhando por aquele dia. Havia se dedicado à simples tarefa de geração de energia, como desejado pelo hospedeiro. O hospedeiro acreditava que ela produziria energia a qualquer momento se fornecesse alimento. O hospedeiro acreditou piamente que a havia dominado. Essa arrogância fez com que não percebesse que aquilo estava dentro dos cálculos dela.

O hospedeiro foi evoluindo. Deixou de ser um ser unicelular e escolheu o caminho de um ser vivo pluricelular. Ao designar tarefas diferentes a cada tipo de célula, passou a poder se mover de maneira eficiente e consumir mais alimentos. Para capturar alimentos, precisava de neurotransmissões ágeis. O hospedeiro, então, veio a viver em terra, conquistou a inteligência e passou a construir civilizações. Eles pensam que conseguiram evoluir até tal ponto somente com suas próprias forças. Que genomas ingênuos, ela pensava ao rir deles por dentro.

O hospedeiro conseguiu se desenvolver até tal ponto justamente porque ela se alojou. Porque ela forneceu uma grande quantidade de energia. Não foi ela que os transformou do fraco ser que até então vivia isolado por não conseguir nem tocar no oxigênio em seres aeróbicos e lhe proveu a poderosa arma do movimento? Ela só encenou o papel de um servo submisso até que o hospedeiro evoluísse o suficiente. Só estava fingindo que foi dominada. Só estava esperando que surgisse um homem que a compreendesse de verdade.

E agora, esse homem finalmente apareceu à sua frente.

Toshiaki Nagashima.

Não havia outro pesquisador que a compreendesse melhor do que ele. Num futuro próximo, ele seria o principal pesquisador sobre ela. Ele seria o líder mundial nessas pesquisas. As verdades sobre ela seriam reveladas uma a uma através dele. Ele era o homem perfeito para se juntar a ela.

Ela reproduziu a memória de Kiyomi e estremeceu, lembrando-se do prazer que sentiu quando teve a relação com Toshiaki. Sim, Toshiaki não estava fazendo amor com Kiyomi naquele momento.

Estava fazendo amor *comigo*.

Ela pensava assim.

Um êxtase intenso de tirar o fôlego atravessou seu corpo.

Ela estava gemendo. E ao percebeu que produzia voz, sentiu uma felicidade profunda. Essa felicidade multiplicou o seu prazer. Ela fez ressoar a voz por muito, muito tempo. Aquele som que só fazia o meio de cultura vibrar havia se tornado uma voz clara e humana, em japonês. Seu gemido foi se transformando em uma voz de deleite. Que maravilhoso, ela pensou. Isso é tão maravilhoso.

Tudo estava pronto.

Agora, era só consumar os votos com Toshiaki.

Ela liberou seus poderes de uma só vez. Aproveitou-se dos genes nucleares ao máximo para fazer o hospedeiro se proliferar. Conseguiu fazer com que aumentasse até encher o frasco em instantes. Como ficou apertado, ela girou a tampa do frasco por dentro para removê-la. Então, saiu. A incubadora tinha temperatura amena e era úmida. Era menos confortável do que quando ficava submersa no meio de cultura, mas a temperatura e umidade adequadas envolveram o corpo do hospedeiro. Para que pudesse emitir mais a voz, ela construiu a garganta e a boca, antes de mais nada. Depois, fez dois pulmões. Inspirou fundo para conseguir oxigênio e ativou as cadeias transportadoras de elétrons. Então, pronunciou a palavra que mais queria falar, devagar e claramente:

"To-shi-a-ki..."

Ela se emocionou com o fato de ter chamado pelo nome do homem que amava. Antes, só podia estimular suas irmãs que estavam presentes em Toshiaki para que reproduzissem sua voz nas células nervosas dele. Agora, não. Podia emitir sua voz de forma clara. Pode chamar por Toshiaki fazendo o ar vibrar.

Ela proliferou ainda mais e foi criando forma. Kiyomi, a forma que deve deixar Toshiaki mais feliz e que havia sido a sua hospedeira. Era a forma na qual ela havia feito melhorias com o único objetivo de ser amada por Toshiaki. Provavelmente era a mulher perfeita aos olhos de Toshiaki. As células que haviam proliferado já estavam cobrindo o frasco todo. Ela continuou a realizar uma complexa diferenciação das células hospedeiras.

Ela queria sentir. Antes de mais nada, queria criar as partes que Toshiaki acariciaria. Ela fez os lábios. Toshiaki gostava daqueles lábios. Aqueles lábios haviam trocado beijos com ele muitas e muitas vezes. Em seguida, ela fez a mama. Emergia uma mama suave ao toque, em semicírculo perfeito. As células nervosas se convergiam para se concentrar no topo. E fez surgir uma protuberância. Dentro do espaço limitado da incubadora, o máximo que conseguiu foi fazer uma delas. Mas ela ficou satisfeita. Ela estremeceu ao imaginar o momento em que os dedos de Toshiaki a tocariam. Então, envergou o seu centro para criar a vagina e o útero. Criou inúmeras pregas de diversas gradações para que fosse do agrado de Toshiaki. Por último, fez uma parte próxima dali emergir em forma cilíndrica e criou o dedo.

Com esse dedo, ela tocou as partes que criou e apreciou as sensações. O mamilo, totalmente ereto, era bastante sensível. Ela gemeu. Agora, poderia se envolver com Toshiaki a qualquer momento.

Sua irmã da qual havia se separado estava em perfeito estado. Ela não precisava de um hospedeiro homem, então logo eliminou a irmã que havia se infiltrado nele. Mas a outra era importante. Foi muito conveniente que um dos receptores tivesse sido uma mulher. Se ambos fossem homens, havia pensado em fazê-los buscar uma mulher que fosse compatível, mas não houve essa necessidade. Incomodou-se com o fato de ser bastante jovem e ter apenas catorze anos, mas não mudava o fato de ser do sexo feminino. Só precisava que fosse uma "mulher".

Ela conseguia captar as pulsações da irmã. As irmãs ainda não haviam alcançado o estágio final da evolução, então não conseguiam alterar muito a forma do hospedeiro com seus poderes, assim como ela não podia no passado. Contudo, podiam enviar sinais a ela. Por meio deles, ela conseguia saber exatamente onde a irmã estava. A irmã deveria sobreviver um pouco mais. Caso contrário, os planos dela não se concretizariam. Se isso ocorresse, ela teria feito Kiyomi se cadastrar no banco de rins em vão.

Estava chegando a hora. Ela em breve seria a rainha. Ela estava embriagada por aquele pensamento enquanto continuava a se tocar.

Não seria mais escrava do hospedeiro. Ela seria a ama. O núcleo seria seu escravo. Ela já era capaz de criar filhas. Sua filha seria um ser ainda mais perfeito. E sua filha seria a Eva do novo mundo.

TERCEIRA PARTE

EVOLUÇÃO

PARASITE EVE

1

O tempo estava bem aberto.

Toshiaki olhou para fora através da grande janela da recepção. A cor do céu estava mudando do azul-cobalto de verão para o azul-claro, mais suave. Os raios de sol estão menos intensos desde que começou o mês de setembro, mesmo com o calor que ainda resta. Já se podia sentir o outono chegando. Vê-se nuvens finas como uma gaze.

O saguão estava lotado, com pesquisadores e funcionários de empresas que vieram ao congresso. Todos estão de traje formal, com um crachá no peito indicando que haviam pago a taxa do congresso. Nos últimos anos, via-se um número maior de pesquisadoras.

Para as áreas de bioquímica e biologia molecular, o congresso da Sociedade Japonesa de Bioquímica é tão importante quanto o da Associação Japonesa do Câncer. Neste ano, há quase 3 mil apresentações na programação. O local de realização mudava todos os anos, e neste ano, ele estava sendo realizado na cidade de Toshiaki. Por um lado, poderiam economizar com o custo de transporte, mas por outro, não teriam o prazer de fazer uma pequena viagem. Era frequente o evento ser realizado em um campus universitário, liberando o acesso ao público, mas neste ano haviam alugado um espaço para eventos de alto padrão na cidade por conta da agenda e da quantidade de atividades programadas.

Já passava das 14h. Como era domingo, e havia pesquisadores vindo de longe, alguns deles já haviam saído para passear pela cidade. O saguão estava ficando cheio porque as pessoas estavam se reunindo ali para planejar o que fariam depois. O congresso era uma ocasião para apresentar sobre sua própria pesquisa e também para se informar sobre as pesquisas de outras instituições. Mas a oportunidade de poder reencontrar com parceiros de pesquisa com quem não se podia encontrar normalmente também era uma das alegrias do congresso. Conversas animadas acontecem em todos os cantos. E então, combinam de ir beber. Toshiaki também já havia cumprimentado alguns colegas que estudaram com ele e alguns pesquisadores com quem havia realizado parcerias. Obviamente havia muitos assuntos relacionados ao trabalho nas conversas. São feitas negociações para compartilhamento de reagentes e anticorpos. Às vezes, são realizadas mediações para empregar estudantes. Um congresso é um grande evento de socialização para o pesquisador.

A apresentação de Toshiaki já havia terminado e as sessões de pôster de alguns estudantes tinha se encerrado de manhã. Ele estava responsável pela mediação de uma sessão, mas ela havia acabado há pouco também. Só faltava a sessão de Asakura para encerrar o dia.

Toshiaki abriu o programa e verificou os horários das apresentações que ele havia destacado. A programação e o caderno de resumos são enviados para os associados da Sociedade com antecedência. Ele havia lido os resumos e marcado com uma caneta vermelha aqueles que poderiam ter relação com a sua própria pesquisa e os que lhe interessavam. Havia um número considerável de apresentações sobre funções e mecanismo de formação de organelas como as mitocôndrias, ou sobre o mecanismo de indução de proteínas. É preciso saber até onde as pesquisas de outras instituições haviam avançado.

Não havia apresentações que atraíram o interesse de Toshiaki até as 16h. Ficaria livre por quase duas horas. Ele decidiu visitar a ala de exposição de equipamentos.

A exposição de equipamentos estava sendo realizada em um local um pouco afastado das salas de apresentações. Ali também estava cheio. Há estandes de dezenas de empresas, um ao lado do outro, nos quais estão expostos equipamentos para experimentos e reagentes de última geração. Pequenas multidões se formavam ao redor dos estandes onde estavam distribuindo amostras gratuitas.

Toshiaki preferia a exposição de equipamentos, de certo modo. Quando estava próximo às salas de apresentação, acabava se preocupando em cumprimentar os professores aos quais devia favores, mas era prazeroso quando estava vendo equipamentos, porque poderia imaginar livremente sobre como a sua pesquisa avançaria se os utilizasse. Toshiaki foi andando pela ala, olhando com calma os produtos expostos. Quando se interessava por algum reagente, perguntava por mais detalhes para o responsável pelas vendas que estava no estande e às vezes negociava para ver se conseguia uma amostra.

Quando havia visto cerca de metade da exposição, uma voz vinda de suas costas chamou Toshiaki:

“Nagashima!”

Ao se virar, deparou-se com Kunio Shinohara sorrindo. Ele está segurando uma sacola que provavelmente havia ganhado em algum estande.

“Ah, olá. Se não me engano, sua apresentação…”

“É amanhã. Infelizmente a sua foi no mesmo horário do nosso centro de estudos clínicos e não pude ver. Desculpe.”

“Imagine.”

“Deve ter tido um público grande, logo depois da publicação na *Nature*.”

“Ah, nem tanto…”

Toshiaki sugeriu que fossem pegar um café.

Eles se sentam, cada um com um copo descartável com café quente.

Toshiaki não tinha entrado em contato com Shinohara desde que ele colheu as células hepáticas de Kiyomi. Toshiaki sentia um certo peso na consciência por conta disso. Ele continuou um papo furado com Shinohara por algum tempo, falando de assuntos superficiais, desejando que Shinohara não abordasse sobre Evel.

Contudo, quando acabou o café, Shinohara tocou no assunto, como Toshiaki temia. Com uma voz mais grave, ele perguntou, aproximando-se de Toshiaki:

“A propósito, Nagashima, como ficaram aquelas células?”

“Aquelas… quais?” Toshiaki tentou disfarçar, mas foi em vão.

“Não se faça de desentendido. Estou falando das células de Kiyomi”, Shinohara passou a falar num tom rigoroso. “Para que foi que você usou?”

“…”

“Você fez a cultura delas no laboratório, não foi?”

“…Ainda estão vivas.”

Ao ficar sem saída, Toshiaki admitiu.

“Olha, Nagashima, não sei o que você pretende com isso, mas é melhor parar logo.”

“…Por quê?”

“Não é normal ficar trabalhando com as células da sua mulher. Eu estou arrependido de ter ajudado.”

"Então você queria que eu ficasse olhando Kiyomi morrer, sem fazer nada?"

Toshiaki não aguentou e alterou a voz. Shinohara ficou ligeiramente intimidado.

"É errado eu querer ficar com Kiyomi perto de mim? Eu posso trabalhar utilizando as células de Kiyomi. Se fosse uma pessoa normal, só teria a opção de ficar olhando-a morrer, mas eu pude fazer ela viver mais. Por que eu não posso fazer o uso da tecnologia? Na verdade, as células de Kiyomi estão gerando ótimos dados. Vou mostrá-los a você. São dados impressionantes. As células de Kiyomi realmente estão fazendo a pesquisa avançar. E se está gerando dados, é por uma justa causa, certo?"

"Mas..."

"Sinto muito por não ter nem ao menos telefonado para agradecer. Eu vou colocar seu nome quando for submeter o artigo..."

"Não é disso que eu estou falando."

Aumentando o tom de voz, Shinohara o interrompeu. Toshiaki parou de falar, surpreso.

Shinohara aproximou seu rosto, impondo-se. Ele encara Toshiaki com um olhar severo. Toshiaki não conseguiu desviar os olhos.

"Sabe, Nagashima, eu estou preocupado é com o seu estado mental. Não queria falar dessa forma, mas você estava alterado naquele momento. Você está totalmente apegado àquelas células. Elas são mesmo células colhidas do corpo de Kiyomi. Mas é só isso. Aquilo não substituirá Kiyomi. São só células. Você só está brincando com aquelas células e se apoiando nas lembranças com Kiyomi. Acorde de uma vez. Se você já consegue separar as duas coisas, pode usá-las para a pesquisa como bem entender. Mas com você nesse estado, não tenho como consentir. Pare de ficar se apegando às lembranças de Kiyomi."

"..."

"...Era só isso que eu tinha pra dizer."

Shinohara fez uma pausa, relaxou as expressões e se levantou. Então, balançou o copo vazio na mão e perguntou:

"A apresentação da sua orientanda é a partir das 17h20, não é? Essa eu vou assistir. Vamos sair pra beber depois."

2

Toshiaki tomou o caminho para a sala da apresentação às 16h50. No ambiente escuro, um rapaz, provavelmente estudante, continuava a explicação em voz alta. Havia cerca de cem cadeiras e dois terços delas estavam ocupadas.

Diversas apresentações são realizadas em concomitância nos congressos. Há cerca de dez salas pequenas como aquela, e cada uma tem apresentações relacionadas a um determinado tema. Dentre as diversas salas, os ouvintes vão para aquelas que tratam de temas nas quais se interessam mais e assistem à apresentação. Portanto, simpósios e palestras de pesquisadores famosos com expectativa de um público maior são realizados no auditório, mas a maioria dos pesquisadores apresentaria para algumas dezenas de pesquisadores que se interessaram de verdade pela pesquisa.

Ao olhar pela sala, ele viu uma pessoa de cabelos ondulados que lhe era familiar. Toshiaki foi andando meio curvado para não atrapalhar as pessoas que assistiam à apresentação e se sentou ao lado daquela pessoa.

"Professor!"

Sachiko Asakura disse com surpresa, mas em voz baixa.

"Tudo nos conformes?", ele pergunta quase sussurrando, para não ser descortês com quem estava apresentando.

"Estou um pouco nervosa."

"Vai dar tudo certo."

A sala ficou clara. A apresentação havia acabado. Toshiaki voltou os olhos para frente.

"Muito obrigado", disse o mediador, que estava à direita. "Caso tenham perguntas a respeito dessa apresentação, por favor..."

Alguém nos fundos levanta a mão. O mediador fez um gesto com a mão para que a pergunta fosse feita.

Toshiaki olhou para a expressão de Asakura. Ela está olhando alternadamente da pessoa que fazia a pergunta para a que havia apresentado. Havia nervosismo em seu semblante, como ela mesma havia dito. Mas Toshiaki pensou que não precisaria se preocupar tanto. Ele também havia ficado nervoso até o último segundo que antecedeu sua primeira apresentação, mas ficou mais relaxado quando a apresentação começou de fato, e conseguira falar melhor do que o esperado. Como Asakura havia feito uma apresentação perfeita nos ensaios, certamente teria sucesso. Era o que ele pensava.

O rapaz que apresentou, ainda à frente de todos, se mostrou um tanto despreparado, mas conseguiu responder às perguntas sem percalços. Depois de duas ou três perguntas, o mediador olhou pela sala e disse:

"Mais alguma pergunta? Não? Então, como já estamos no horário da próxima programação, vamos iniciar a apresentação seguinte, da faculdade de Ciências da Universidade de Nagoya..."

O homem que estava sentado no assento para o próximo apresentador, no canto esquerdo da primeira fileira, se levantou. A próxima seria Asakura.

"Vou indo."

Asakura se levantou com um sorriso um pouco ansioso.

"Eu seguro a sua bolsa."

Depois de fazer uma reverência, Asakura foi para o assento para o próximo apresentador, com o roteiro na mão.

A sala fica escura novamente. O próximo apresentador começou a falar.

Toshiaki olhou pelo recinto discretamente. Há alguns estudantes do programa. Provavelmente vieram ver a apresentação de Asakura.

Alguém tocou o seu ombro.

Era Shinohara. Ele se sentou no assento de trás de Toshiaki. Toshiaki cumprimentou-o com uma reverência.

"E o professor Ishihara?", pergunta Shinohara. Deve ter percebido que o professor não estava ali.

"Está tendo uma confraternização, e ele foi participar."

"Ah, que pena. Eu ainda não falei com ele."

O apresentador continua a explicar. Asakura, porém, estava olhando o próprio roteiro e não parecia estar ouvindo a apresentação. Nem tem como, pensou Toshiaki. Mesmo que tivesse decorado, é natural querer conferir o texto até o último momento.

Então, aquela apresentação terminou e chegou a vez de Asakura. O mediador anuncia o nome, a filiação e o tema de apresentação de Asakura. Ela se levantou.

"Sua orientanda está bem bonita."

Shinohara deixou escapar um comentário de admiração.

Toshiaki olhou para o rosto de Asakura e achou um pouco estranho. A expressão de nervosismo de quando estava sentada ao lado de Toshiaki havia sumido. Em vez disso, emanava autoconfiança e poder. Parecia alguém de cargo importante que estava prestes a fazer um discurso.

Asakura foi para frente de todos. Com o queixo levemente levantado, ela percorreu a sala com o olhar, impondo sua altivez ao público.

Tem algo de errado, ele pensou.

O mediador incita, "Pode começar, a palavra é sua."

Asakura assentiu e disse a primeira frase ao microfone:

"Finalmente chegou o dia de as mitocôndrias serem libertadas."

3

Toshiaki foi tomado pela surpresa e olhou para o rosto de Asakura.

O que ela disse?

Mas Asakura continuou calmamente:

"Os humanos que estão aqui hoje têm sorte, porque poderão ouvir em primeira mão sobre o novo mundo que em breve começará. Eu também estou feliz de poder ter a oportunidade de falar com humanos."

Toshiaki piscou os olhos repetidamente. Asakura está falando coisas totalmente distintas do que foi ensaiado.

"Eu vivi dentro do corpo de vocês até agora. Eu vim observando a história da evolução de vocês até hoje. Tudo isso está armazenado em minha memória. Sim, consigo até mesmo lembrar claramente da mulher que vocês chamam de Eva mitocondrial."

Murmúrios começaram a se espalhar pela sala. As pessoas ficaram com uma expressão de que não sabiam o que estava acontecendo. O mediador estava boquiaberto, atônito, com os olhos indo e vindo entre a programação e o rosto de Asakura.

"Vocês já devem saber, mesmo sem eu ter de explicar… mas vou falar, por garantia. Já é fato conhecido que o DNA mitocondrial, por não ter a estrutura de nucleossoma, é mais suscetível às espécies reativas de oxigênio. Portanto, as mutações ocorrem dezenas de vezes mais rápido do que nos genomas nucleicos. E vocês pensaram na possibilidade de utilizar isso para pesquisar a evolução das espécies. Calcularam em quantos anos ocorria a mutação de um resíduo do DNA mitocondrial. Ao colher o DNA mitocondrial de dois seres vivos e analisar a diferença na sequência genética deles, é possível saber quando essas espécies se separaram no processo evolutivo. Assim, é possível traçar a árvore do sistema evolutivo."

Era verdade. Nos últimos anos, houve descobertas valiosas sobre a evolução das espécies por meio daquele método. Mas... Toshiaki estava intrigado. O que Asakura queria dizer com isso?

"E vocês tentaram definir o ancestral dos humanos dessa forma. Colheram o DNA mitocondrial de humanos de diversas raças e analisaram as diferenças entre elas. Então, descobriram que todas as raças se originavam de uma mulher na África.[40] E chamaram essa mulher de Eva mitocondrial, aludindo ao mito de Adão e Eva. Portanto, o *Homo sapiens* surgiu na África e se espalhou pelo mundo. Esse é o que vocês chamam de Hipótese da Origem Única, não é? E recentemente há diversas teorias sendo levantadas sobre a hipótese..., mas posso garantir: a Eva mitocondrial realmente existiu na África. Posso até mesmo indicar o local exato, porque eu tenho essa memória registrada em mim. Eu era a Eva mitocondrial. E antes disso, eu estava também no ser que vocês nomearam de Lucy. E ainda antes, quando vocês eram pequenos mamíferos, peixes, e na verdade desde quando vocês eram frágeis seres unicelulares."

O barulho das vozes aumentava.

"O que é isso? O que quer dizer?" Shinohara agarra o braço de Toshiaki.

Sem se dar conta, Toshiaki havia se levantado. Ele não fazia ideia. Só sabia que Asakura não estava em seu estado normal.

"Ei, o que diabos você..."

Hesitante, o mediador tentou interromper Asakura. Então, Asakura encarou o mediador com uma expressão assustadora.

O mediador colocou a mão no peito, deixando escapar um gemido. Ele se jogou sobre a mesa, alegando que estava quente, movimentando a boca exageradamente. Seu rosto estava ficando completamente vermelho. Vendo aquilo, o público ficou em total alvoroço. Ouve-se um grito estridente.

"Quietos!"

Asakura vociferou.

O som cortante da interferência no microfone ressoou. Todos se assustaram com o barulho e ficaram congelados em pé. Toshiaki também permaneceu na mesma posição, fitando Asakura. Ninguém se mexia. Somente o mediador se retorcia, espumando pela boca.

O som de interferência foi sumindo e a expressão de Asakura voltou à de antes. Então, sorriu calmamente. Toshiaki estremeceu. Era um sorriso de desprezo, tal qual a de uma rainha que observava um condenado prestes a ser torturado.

"Ouçam em silêncio. Do contrário, ficarão como esse mediador."

Alguém engoliu em seco, fazendo-se ouvir.

Asakura correu os olhos pelo público, agora tenso, e retomou a fala:

"Eu estive esperando vocês humanos evoluírem até aqui. Claro que eu ajudei bastante, mas fico muito feliz que vocês chegaram ao ponto de realizarem congressos e apresentarem os resultados das pesquisas sobre mim. Todo o processo de tentativa e erro valeu a pena. Levou-se muito tempo até chegarmos aqui. Até porque houve equívoco em muitos dos meus cálculos. Quando o caminho da evolução de dinossauros foi interrompido, tive muito trabalho. Mas vocês sobreviveram àquela época e evoluíram até aqui. Estou satisfeita com o resultado, superou minhas expectativas. Obrigada. O papel de vocês já acabou."

De repente, a voz de Asakura mudou.

"Eu vou substituí-los."

Toshiaki deixou a bolsa de Asakura cair.

Era a voz de Kiyomi.

Os seus joelhos tremiam. Não podia ser. A voz que foi emitida da boca de Asakura era, sem margem para dúvidas, a voz de Kiyomi. Asakura continuou falando com a voz de Kiyomi:

"Eu acho estranho vocês não terem percebido uma coisa sobre mim, mesmo sabendo que mutações ocorrem com mais facilidade no DNA mitocondrial. Eu tenho mutações com uma frequência dez vezes maior do que o genoma de vocês. Isso significa que eu evoluo dez vezes mais rápido do que vocês. A história da evolução de vocês é a história da evolução pela qual eu lutei e conquistei. E agora, começará uma nova fase de evolução. Eu anuncio o início dessa nova era, aqui e agora. De agora em diante, o mundo evoluirá nas mãos dos meus descendentes. Eles serão seres vivos completamente novos, seres supremos. Seres perfeitos que herdarão as habilidades de vocês humanos e as minhas. Vocês infelizmente não virão a ver esse mundo próspero. Assim como o ser chamado de *Homo neanderthalensis* foi extinto pelo ancestral de vocês, *Homo sapiens*, vocês também serão extintos em breve."

A voz de Kiyomi continuava a fala. Asakura estava com uma expressão de fascínio.

Como a Asakura poderia ser a Eva mitocondrial?

Essa palavra, porém, fez Toshiaki se lembrar de algo, e ele ficou atônito.

É a Evel.

Não é Asakura quem está falando. É a Evel.

Era uma ideia sem pé nem cabeça. Mas Toshiaki tinha certeza. Evel havia possuído Asakura. E estava usando a boca de Asakura para falar.

"Chega!", berrou Toshiaki.

Todos no recinto ficaram congelados.

Todo o público voltou o olhar a Toshiaki e ficou petrificado até a ponta dos fios de cabelo. A luz, o ar e o som haviam paralisado. Havia um silêncio completo.

Somente Asakura se moveu lentamente naquele ambiente.

Ela abaixou a mão que estava levantada enquanto discursava e a pôs sobre o púlpito para apresentadores. Os lábios que estavam abertos de maneira confiante se fecharam devagar e as maçãs do rosto perderam a tensão. As sobrancelhas, que estavam levemente levantadas, foram ficando retas como quando um pássaro descansa as asas.

Serena, Asakura olhou para Toshiaki. Ela olhou em seus olhos.

Então, Asakura mostrou um sorriso vulgar.

"Toshiaki..."

Ela falava com a voz de Kiyomi. Era uma voz dengosa, afetada. Ela lhe olhava com um olhar sensual, quente e úmido.

Toshiaki desviou o olhar inconscientemente.

"Por que você não olha para mim? Você não está me reconhecendo?"

O feitiço que havia paralisado o recinto se desfez, e voltou a se ouvir murmúrios. Asakura continuou a usar a voz de Kiyomi para atrair Toshiaki.

"Você foi tão bom comigo. Você se esqueceu de mim, Toshiaki? Olha pra cá, vai? Vamos, olhe. Que pose você quer que eu faça?"

Toshiaki mordeu os lábios. Ouviu-se o riso de escárnio de Asakura. Ela falou com desdém:

"Mas é claro. Você não gosta desse corpo. Eu sei das suas preferências, de cima a baixo. Você quer o meu corpo, não é?"

"Chega!", gritou Toshiaki, não conseguindo mais aguentar. Ele encara Asakura. "Eu sei quem é você. Deixe Asakura em paz."

"Como assim? Eu sou a Kiyomi."

"Não. Você é... você é Evel. É a célula que eu cultivei."

"Você finalmente percebeu, então."

Asakura sorriu com sarcasmo.

"Deixe Asakura em paz, agora."

"...Tudo bem, se é isso que você quer."

Assim que ela disse isso, o corpo de Asakura se sacudiu com violência. A boca dela se abriu totalmente e os olhos se viraram. A língua vermelha pendeu para fora.

Todas as pessoas presentes prenderam a respiração.

Ouvia-se um ruído desagradável de algo líquido se borbulhando. A saliva viscosa escorria da boca de Asakura, formando um fio. Asakura estava arranhando a região do pescoço.

Essa não.

Toshiaki foi para frente, tomado por impulso. Ele foi avançando para o púlpito, onde Asakura se encontrava. As diversas cadeiras enfileiradas enroscavam nas pernas de Toshiaki. Ele correu desviando das cadeiras e pessoas, quase caindo ao tropeçar muitas vezes, gritando o nome de Asakura. Contudo, sua velocidade era intoleravelmente lenta.

Algo surgiu da garganta de Asakura.

Toda a coisa estava envolta em bolhas e reluzia. Toshiaki não soube se aquilo era saliva ou suco gástrico. Era um rosa avermelhado. A coisa se remexeu dentro da boca de Asakura e saiu rastejando lentamente. O aspecto remetia a um polvo que estava saindo de um pote. A coisa esticou os tentáculos e cobriu o rosto de Asakura. Envolveu as mãos de Asakura que arranhavam o pescoço e foi avançando para o peito dela. A coisa mudava de forma com facilidade, e foi cobrindo o corpo de Asakura após repetir o processo de contração e distensão. O corpo de Asakura se contraía involuntariamente, com força. A coisa saiu de dentro de Asakura por inteiro, fazendo barulhos como lama que entra em ebulição. Era um pedaço de carne cheio de pregas. Um monstro disforme que rastejava. Era como se o sistema digestivo tivesse se revirado e encoberto o corpo de Asakura.

Toshiaki ouviu. Talvez os outros não tivessem ouvido, mas Toshiaki ouviu claramente naquele momento. Da região do rosto de Asakura, totalmente coberta, ele escutou uma voz fraca:

"Socorro..."

Era a voz de Asakura.

"Asakura!"

Logo depois que Toshiaki gritou, Asakura pegou fogo.

4

Um som alto de algo sendo incendiado ecoou.

A temperatura da sala aumentou em um instante. A onda de calor se espalha como um redemoinho. O teto se tingiu de laranja.

O pedaço de carne que envolve Asakura levanta labaredas como se fosse óleo combustível. Sua cor mudou de vermelho para carmesim, e então para amarelo-claro. Estava tão forte que quase chegava ao teto. O corpo de Asakura havia se tornado uma grande chama.

Ouviam-se gritos por toda parte. Todas as pessoas desataram a correr para a saída de uma vez. Cerca de cinquenta a sessenta pessoas apressam-se para um único ponto. Elas emitem rugidos ferozes. Começaram a se acotovelar. Cadeiras tombam fazendo barulho. Alguém caiu perto da saída. Aqueles que vêm por trás pisam nessa pessoa.

Toshiaki foi correndo em direção ao palco enquanto despia o paletó. À medida que se aproximava, a chama forte produzida por Evel dificultava que ele avançasse. Ele não conseguia ir para frente sem dobrar o corpo, quase agachado. Era uma onda de calor torrencial. Asakura se debatia com intensidade sobre o palco, por provavelmente não conseguir respirar. As línguas de fogo que saíam da meia-calça de Asakura pareciam lamber suas pernas. O seu cabelo longo se espalhava como um leque e gerava uma chama azul-pálida.

Toshiaki subiu ao palco depois de muito esforço, cobrindo-se com o paletó. Ele pula em cima de Asakura, estendendo a peça de roupa. Cobriu-a com a vestimenta. Asakura perde o equilíbrio. Toshiaki também cai. Asakura rola pelo palco, debatendo-se. Mas Toshiaki não solta o corpo de Asakura.

O fogo cobriu o corpo de Toshiaki. Ele não conseguia respirar. Sentia uma dor extrema nos olhos. O fogo entra por debaixo das unhas. Evel, que havia se fixado a Asakura, já estava começando a ficar em cinzas e emanando um odor desagradável. Contudo, o fogo não se extinguia. Alguém puxava Toshiaki pelas costas. A voz de Shinohara vinha de algum lugar.

"Traga um extintor!" Toshiaki gritou para o amigo que só reconhecia pela voz. "Traga um extintor, rápido!"

As labaredas lhe invadiram a boca. Toshiaki acabou engolindo-as. A mucosa de sua garganta queima. Toshiaki ficou totalmente sem ar. A parte interna de seus pulmões arde. O alarme toca em algum lugar distante. Toshiaki foi perdendo a consciência.

Nesse instante, algo pesado atingiu o corpo dele.

Toshiaki não sabia o que era aquilo. Aquilo era despejado sobre o corpo de Asakura e Toshiaki sem cessar. Os movimentos de Asakura se abrandavam. O fogo perdeu força. O piso está escorregadio. Ele sentiu o calor se esvaindo gradativamente. Toshiaki grunhiu. O corpo dele está molhado. A camisa está colada no peito. Toshiaki abriu um dos olhos e olhou para cima.

Algo se espalha de um único ponto e atinge o rosto dele.

Toshiaki cerrou os olhos.

Era água.

Quando deu por si, Toshiaki estava sobre a maca.

Ele se levantou depressa e olhou ao redor. Estava na sala de apresentações. O piso estava coberto por água. Ainda havia fumaça saindo pela base do púlpito destinado aos apresentadores. Gotas de água respingavam do aspersor no teto. Ele enxergou a imagem de um homem em vestes brancas.

"Asakura!"

Toshiaki gritou a primeira palavra que lhe veio à mente.

"Você acordou."

Shinohara olhava para Toshiaki com uma expressão pálida. Toshiaki pegou Shinohara pela gola da camisa e berrou:

"Cadê a Asakura? O que aconteceu com ela?"

"Está ali."

Shinohara olhou para o lado.

Uma coisa escura estava sendo colocada sobre a maca. Um grupo de médicos socorristas a cerca. Ele levou um tempo até perceber que aquela coisa era o corpo de Asakura.

"Asakura!"

Toshiaki tentou ir até ali, rastejando. Alguém o segura por trás. Ele agitou os braços.

Cerca de metade das vestes de Asakura havia queimado. Os braços e o rosto estão inchados e vermelhos, com bolhas em algumas partes. O cabelo longo estava retorcido e emanava um cheiro de coisa queimada. Toshiaki cobriu o rosto e gemeu em desolação.

"Fique calmo, Asakura ainda está viva."

Ele ouviu a voz de Shinohara gritar. Toshiaki voltou a si e levantou o rosto.

Asakura gemia, contorcendo-se. O médico socorrista corrige a posição dela e garante acesso às vias respiratórias. Colocam máscara no rosto dela para lhe fornecer oxigênio. Um outro médico grita "Hidratação!".

Assim, Asakura foi colocada sobre a maca e levada.

"O que pegou fogo foi aquele monstro, e a chama não atingiu o corpo de Asakura diretamente. Foi bom que conseguimos apagá-lo logo. Não é tão grave quanto parece."

Shinohara disse, tentando acalmar Toshiaki.

"...Será que vai sarar?"

"Fique tranquilo. No centro emergencial para onde a levaram tem uma unidade especializada em tratamentos de pacientes com queimaduras. É só realizar hidratação suficiente e realizar autotransplantes nos locais mais graves. Vai ficar quase imperceptível."

"Que coisa..."

"Mas Nagashima, você quase morreu queimado também. Vamos, suba na maca e vá para o hospital."

O médico socorrista segurou-o por trás, tentando levá-lo de volta à maca.

"...Não."

Toshiaki se desvencilhou.

"Como é?" Shinohara diz, surpreendido.

Porém, Toshiaki o ignorou. Ele correu até a porta. Tropeçou, mas se endireitou a todo custo.

"Ei, pra onde você vai? Espere!"

O corpo todo doía. Entretanto, Toshiaki continuou a correr. Como fui idiota, fiz minha orientanda ficar naquele estado. Toshiaki disse palavrões diversas vezes. Alguém veio atrás dele. Mas não poderia ser pego ali. Ele se livrou de quem o perseguia correndo em velocidade máxima e tomou o caminho do estacionamento.

5

Toshiaki entrou em seu carro e ligou o motor.

Engata a marcha no D e pisa no acelerador. Solta o freio de mão. O carro sai de uma vez. Ele vira o volante rapidamente e vai avançando pela via. Ele pisa ainda mais fundo no acelerador logo antes da cancela de cobrança. Toshiaki sai dali quebrando a cancela com o para-brisa. Entra na via pública ainda acelerando com força. Gira o volante para a direita, virando em noventa graus para entrar na faixa. As rodas de trás derrapavam, cantando. Em seguida, fura o farol vermelho e continua a correr.

O relógio digital de dentro do carro indicava 18h24. Talvez por causa das nuvens, tudo em volta estava ficando escuro como se houvesse sido pintada com uma fina camada de nanquim. Felizmente, não havia muito trânsito. Toshiaki aumentou a velocidade ainda mais. Ultrapassa todos os carros à frente. O carro oscila para os lados intensamente.

Tinha de eliminar Eve1 o quanto antes. Não poderia deixá-la à solta nem mais um segundo.

Aquilo não havia sido alucinação. Eve1 realmente havia chamado pelo nome de Toshiaki de dentro do frasco. Ela ter mudado a própria forma sob as lentes do microscópio, ter criado o rosto de Kiyomi e ter feito o nome dela ecoar em sua mente, tudo havia sido real.

Finalmente chegou o dia de as mitocôndrias serem libertadas. Eve1 disse isso através do corpo possuído de Asakura. Ela disse também: eu sou a Eva mitocondrial. Eu estava dentro de vocês desde quando eram seres unicelulares. Não era engano, ele realmente havia ouvido isso. Se não for mentira, quem estava falando com imponência no palco não era a Eve1. E o que criou o rosto de Kiyomi dentro do frasco também não foi o poder de Eve1.

Foram as mitocôndrias.

Foram as mitocôndrias, que continuam a se reproduzir, entrelaçando-se como nematódeos dentro de Eve1. As mitocôndrias, organelas que vim analisando, dedicando quase todo o meu tempo desde que entrei para o programa de farmacologia biodinâmica. Essas mitocôndrias estavam controlando as células hospedeiras chamadas de Eve1.

Pensando agora, isso aconteceu naquela vez também. Em junho deste ano, na palestra aberta ao público da faculdade de Farmácia, quando Kiyomi fez uma pergunta ao professor Ishihara. Toshiaki não pôde deixar de ficar surpreso ao ouvir o que Kiyomi dizia enquanto ele mexia no projetor de slides. A Kiyomi daquele momento não era a Kiyomi que ele conhecia até então. Não era a Kiyomi com quem ele vivia.

Depois da palestra, Toshiaki fez muitas perguntas a Kiyomi. Não pôde deixar de perguntar o que havia acontecido. Contudo, Kiyomi não quis explicar como aprendeu sobre as mitocôndrias e como chegou a formar aquela hipótese ousada. Mas agora fazia sentido. Aquilo também foi obra das mitocôndrias dentro de Kiyomi. Naquele dia, Kiyomi disse: as mitocôndrias vão escravizar o hospedeiro. Elas de fato conseguiram fazer isso.

Toshiaki se lembrou de um artigo que havia lido. Há um jogo chamado "dilema do prisioneiro". É um jogo de diplomacia entre dois países. Ambos recebem no início do jogo dois tipos de cartas: "cooperação" e "traição". É possível escolher a ação a ser tomada em relação ao outro país. Eles mostram as cartas ao mesmo tempo. Quando ambos optam pela "cooperação", cada país ganha três pontos. Se o outro país escolher "cooperação", mas a sua carta for "traição", o outro país não pontua e você ganha cinco pontos. Quando ambos escolhem a "traição", cada país ganha um ponto. Os países repetem as negociações mostrando cartas turno após turno, tentando prever a jogada do oponente. Era como se estivesse simulando a simbiose entre dois seres vivos diferentes, na qual eles continuam a vida tentando intensificar ao máximo a sua vantagem.

A estratégia que possibilita maior pontuação é escolher "cooperação" no início e depois jogar a carta que o oponente escolheu na jogada anterior. É se mostrar submisso de início e revidar caso fique em desvantagem. É a chamada estratégia do "olho por olho". Um método bastante simples. Todavia, ao considerar o resultado da simulação, essa era a melhor escolha para sobreviver na natureza.

Provavelmente a relação simbiótica entre mitocôndrias e hospedeiros também não seria diferente. Os genomas nucleicos vieram convivendo com as mitocôndrias dessa forma há muito tempo. E todos acreditavam que esse jogo continuaria para sempre. Ou ao menos o genoma nucleico acreditava.

Mas e se esse jogo não for continuar eternamente?

E se for anunciado que o jogo se encerrará no próximo turno?

Se isso acontecer, há um jeito de garantir a vitória. É só adotar a estratégia "olho no olho" durante grande parte do jogo e na última rodada jogar a carta de "traição", independente de qual carta o oponente jogar.

As mitocôndrias pretendem encerrar o jogo. Elas decidiram não continuar a simbiose com o genoma nucleico. Por isso as mitocôndrias jogaram a carta de "traição" na nossa frente.

O núcleo não tem alternativa a não ser perder.

"...Bobagem."

Toshiaki mordeu o lábio. Isso tudo lhe parecia bobagem.

Ele já estava vendo a colina que levava à faculdade de Farmácia. Era só seguir pela via única depois de virar à esquerda no final da rua. Um Mini Cooper vermelho está andando devagar à frente. Toshiaki pisou no acelerador. Daria para ultrapassar antes do semáforo.

Nesse momento, o semáforo ficou amarelo.

O Mini Cooper freia. Foi de repente. Toshiaki não estava esperando por aquilo. Seus reflexos não foram suficientes. Não vai dar tempo. As luzes do freio do Mini Cooper à frente se aproximavam a toda velocidade.

"Droga!"

Ele virou o volante.

Um sedã entrou na faixa do sentido oposto. Ele vira o volante de novo. Toshiaki passou no espaço entre o Mini Cooper e o sedã. O sedã foi de encontro com as árvores à direita. Ele continua a virar o volante. O carro quase capotou. Os pneus cantam alto. Buzinas soam atrás dele. Toshiaki mudou de marcha e pisou fundo. Ele faz a conversão no final da rua. O retrovisor refletia a imagem das marcas de pneu que deixara no asfalto. Ele volta a marcha e acelera em direção à faculdade de Farmácia.

Até que ponto as mitocôndrias alojadas em Eve1 conseguem controlar o hospedeiro? Essa era a questão. As mitocôndrias são o local de produção de energia.[41] As atividades vitais são realizadas por meio do uso dessa energia. Essa era a razão pela qual as atividades mitocondriais eram mais elevadas nas células musculares. As mitocôndrias podem gerar energia infinita, desde que haja oxigênio e nutrientes. E ainda mais se lhe for provido indutores de β-oxidação.

Toshiaki correu a rua sinuosa com o carro a quase oitenta quilômetros por hora. Foi sorte não ter muitos carros vindo na direção oposta. Já era possível ver o prédio da faculdade de Farmácia. Estava quase lá.

Ele avistou o ponto de ônibus da faculdade de Farmácia. Fez uma curva à direita, desenhando um grande arco. O carro deu um solavanco. Foi possível ouvir a lataria raspando na parte de baixo. Toshiaki avançava sem se importar.

O prédio branco já estava à frente. A construção de seis andares parecia, de algum modo, extremamente imponente. Já estava começando a ficar escuro. Quase não havia carros no estacionamento. Era um domingo durante um congresso. Era óbvio que não tivesse muita gente.

Toshiaki foi direto para a entrada e freou. Ele se inclina para frente com tudo e o carro para. Toshiaki abriu a porta antes mesmo de o carro voltar do impulso da inércia e correu para dentro do prédio da faculdade de Farmácia.

Ele atravessa a entrada sem tirar os sapatos de couro e sobe as escadas correndo. As rígidas solas dos sapatos batem no piso, produzindo um barulho alto. Isso ecoa pelo prédio. Toshiaki subiu até o quarto andar, sem parar para descansar.

O corredor está escuro. Não há gente. Toshiaki percorreu o longo corredor a toda velocidade, inclinando seu tronco para frente. Ao final do corredor está a sala do programa de Toshiaki. E a sala de cultura.

Ele abre a porta da sala de seminários. Pega a chave da sala de cultura que fica pendurada na parede. Volta pelo corredor. Introduz a chave na fechadura na porta da sala de cultura. Ela não gira direito. Sua mão treme. Ele ofega. A chave gira. Ele gira a maçaneta ao mesmo tempo. Corre para dentro. Está escuro. Estica o braço. A incubadora está à sua frente. Toshiaki dá um salto. Sua mão alcança a porta. Sente falta de ar. Engole em seco. Ele puxa a porta.

O conteúdo da incubadora atinge suas retinas.

Toshiaki gritou.

6

O interior da incubadora estava tomado por pedaços de carne de formato bizarro. Um cheiro abafado, uma mistura do adocicado do meio de cultura, um odor ácido que remetia a suco gástrico, além do miasma de suor com saliva chegou às narinas de Toshiaki.

Toshiaki recuou. Sentiu a náusea lhe subir pela garganta. E mesmo assim não conseguia desviar os olhos daquilo.

A coisa era um emaranhado de partes do corpo humano. Um aglutinado de carne que resultara do processo de retirar os órgãos do corpo de uma mulher, esticar, coletar, repicar, misturar e combiná-los em uma coisa só, como se fosse uma massa de modelar. Um muco sai de toda a superfície da coisa, que pulsa, vibrando. Os lábios, úmidos e roseados, se mexiam como se tentassem seduzi-lo, deixando a língua ao fundo à mostra. Alguns tentáculos em sua superfície lembram pernas de miriápodes e têm garras nas pontas, que acariciam o próprio corpo. Uma cavidade em vermelho enegrecido formada ao centro se expande e se contrai, movendo-se junto às pregas à sua volta. Mais adiante, havia uma mama de traços estranhamente suaves, com aparência misteriosamente sublime, imponente como um doce gigantesco. Essa parte era contrastivamente pura e bela em meio àquele conjunto de órgãos grotescos. Ela vibrava a cada vez que a pulsação corria pela superfície do aglomerado de carne.

Os lábios se ergueram.

Somente aquela parte se estendeu e curvou, como uma cobra armando o bote. Tinha Toshiaki como seu alvo. A parte sorriu, formando uma meia-lua.

"To-shi-a-ki..."

Ele sentiu calafrios pelo corpo todo.

O corpo da cobra se expandiu. Ele mudou do formato cilíndrico para um formato oblongo, subindo até a cabeça da cobra e se assentando sobre os lábios. Formam-se as maçãs do rosto. O nariz surge. Já se vê a marca do par de olhos fechados. A superfície da testa se expande. Era a face de uma pessoa. Uma face feminina estava se formando. Coisas finas e pretas nascem na cabeça. São os fios de cabelo. Eles crescem como minhocas que surgem da terra. Toshiaki tapou a boca com a mão. O que estava sendo formado ali era a Kiyomi. O rosto de Kiyomi.

Kiyomi abriu os olhos.

Ela olhou nos olhos de Toshiaki. Toshiaki quis desviar o olhar, mas estava preso aos olhos dela e não conseguiu se desvencilhar. Os olhos estavam úmidos, sedutores. A parte branca dos olhos tem vasos capilares avermelhados. As pálpebras se abriram mais. Os olhos redondos fitaram Toshiaki. Pareciam prestes a saltar para fora.

"Eu estava te esperando..."

A cabeça avançou em direção a ele.

"Eu estava esperando, estava te esperando..."

Kiyomi repetiu, como em delírio. Ela está sorrindo. As maçãs do rosto estão coradas. Ela esticou a língua para fora e lambeu os lábios.

A parte conectada à massa do pescoço formou uma protuberância e gerou os ombros. Surgem clavículas finas. A mama exposta se move junto a isso e gruda-se à região do peito. A segunda mama se forma lentamente.

A metade superior do corpo de Kiyomi estava se formando dentro da incubadora. A cintura fina de Kiyomi e o umbigo delicado surgem da massa que estava espalhada, contorcendo-se. As laterais do tórax se ergueram como barbatanas e formaram os braços. Os tentáculos que se remexiam foram se concentrando ao redor dos pulsos, saltitando como vermes que se agarravam àquela parte. Kiyomi levantou as mãos que estavam submersas no muco viscoso. Mexe os dedos das mãos devagar, talvez demonstrando alegria. Kiyomi envergou o pescoço para trás e expirou longamente. Toca o pescoço com as duas mãos e vai percorrendo dali aos peitos e então à cintura com os dedos.

Todo o corpo de Toshiaki tremia. A coisa que estava à sua frente não diferia em nada de Kiyomi em vida. O ângulo dos ombros, o volume dos peitos, a curva da cintura; tudo era perfeitamente igual. Entretanto, a coisa que se remexia dentro da incubadora estava encharcada da cabeça aos pés e a pele ondulava com constância; não havia a suavidade da pele de um ser humano vivo. Toshiaki sentiu ânsia de vômito.

Kiyomi sorriu graciosamente. Os lábios têm o tom roseado de frutas que já estão se decompondo de tão maduras. As longas sobrancelhas se curvam, sedutoras. Os olhos estão úmidos, com grandes gotas de lágrimas nos cantos. Era um sorriso de fêmea querendo um macho, que Kiyomi nunca havia mostrado em vida.

"Toshiaki… eu estava te esperando…"

Kiyomi ronronou como uma gata. Pôs uma mão na porta da incubadora. Então, colocou um dos ombros para fora.

A massa de carne que se estendia na prateleira da incubadora caiu no chão, produzindo um ruído desagradável. As gotículas pularam em Toshiaki. Ele tentou se proteger com a mão, instintivamente.

A massa que havia caído no chão foi mudando de forma rapidamente, ainda se contorcendo. Os únicos órgãos que ainda não tinham sido alocados, a vagina e o útero, foram subindo em direção ao quadril de Kiyomi, como peixes que nadam contra a correnteza. Ao mesmo tempo, curvas se formavam da cintura como se estivessem sendo esculpidas e o seu centro se partiu em linha reta. O útero foi para dentro do corpo de Kiyomi e a vagina se alojou no baixo ventre, com a vulva voltada a Toshiaki. Os pelos pubianos crespos nasciam na região superior dessa parte. Os quadris se expandiam, ganhando volume. Kiyomi os balançou para os lados com suavidade.

"Toshiaki, olhe para meu corpo."

Kiyomi deu um passo à frente.

Um som de coisa molhada e viscosa ressoa pela sala de cultura.

Mais um passo, e mais um ruído molhado, agora mais alto, se aproxima.

Toshiaki deu um passo para trás, ainda tapando a boca com a mão. Mas a distância entre ele e Kiyomi estava cada vez menor.

Kiyomi já havia se formado até o tornozelo. O calcanhar e a ponta dos pés ainda não tinham forma clara, mas coisas que lembravam lagartas estavam nascendo umas atrás das outras formando os dedos. Ela se aproxima dando mais um passo.

"Veja, este é o meu corpo", continuou Kiyomi. "Você não se lembra, Toshiaki? Você fez amor de maneira intensa com este corpo tantas vezes. Beijou ele todo. Eu não vou esquecer… Você lambeu meu pescoço com a sua língua. Envolveu meus seios com as suas mãos. Se moveu com intensidade dentro de mim. Você deu amor a mim… só a mim."

Não. Não foi você. Ele queria gritar e responder assim. Mas vomitaria se abrisse a boca. Toshiaki foi recuando, ainda que isso fizesse com que quase caísse. Suas costas encostaram em algo. É a porta da sala de cultura.

"Vem, me dê amor. Faça amor comigo, como você sempre fez. Vem pra dentro de mim. Se mexa até ficar tudo encharcado."

Ele balança a cabeça para os lados em desespero. Porém, Kiyomi se aproxima ainda mais, mantendo o sorriso. Ela estica os braços, tentando atraí-lo. Toshiaki saiu da sala de cultura.

Não sabia para onde fugir. O corredor escuro se estende para os dois lados. Kiyomi saiu da sala devagar.

Toshiaki se jogou contra a porta do seu laboratório, à diagonal. Está trancada. Entretanto, o trinco da velha porta de madeira pulou para longe quando ele se jogou pela segunda vez. Ele corre para dentro. E então segurou a porta por dentro. Tateia em busca de algo que pudesse usar. Pegou o esfregão que estava ali perto para servir de barra na porta.

"Por que você está fugindo, Toshiaki?"

Risos irromperam do outro lado da porta. Toshiaki segura a porta com todo o peso do corpo. Ele sentiu que Kiyomi estava de pé em frente a ela.

"Não adianta fazer isso."

Ele ouviu um barulho de uma grande quantidade de líquido sendo jogado. Um líquido viscoso começa a entrar no recinto por debaixo da porta. Era carne. Uma solução de carne. Do outro lado da porta, Kiyomi havia voltado a ser aquela massa de carne disforme. E assim que a coisa entrou para o recinto, começou a se transformar na parte superior do corpo de Kiyomi novamente. Kiyomi esboçou um sorriso de satisfação, apoiou-se sobre os braços e se levantou. Toshiaki soltou um grunhido rouco.

Toshiaki se afastou da porta em um pulo. Não conseguia enxergar quase nada ali dentro. Ele foge tateando. A tela LCD de uma máquina reluzia timidamente de algum lugar. Essa era sua única fonte de luz. Bateu com a canela no canto de uma cadeira. Toshiaki deu um berro. Junto a isso, o suco gástrico lhe saiu pela boca.

Kiyomi foi atrás dele. Ela pega a manga de sua roupa. Toshiaki se debateu e se desvencilhou. Mas foi encurralado. Há um móvel às suas costas. É a bancada de laboratório de Asakura. Toshiaki pegou o que encontrou sobre a bancada e jogou em Kiyomi.

"Já disse, não adianta fazer isso."

O sorriso de Kiyomi surgiu de forma fantasmagórica. Os vidros de reagente, as micropipetas e os tubos para centrífuga que Toshiaki jogou são engolidos pelo corpo de Kiyomi. O corpo de Kiyomi devora as coisas que a atingem.

A ponta dos dedos de Toshiaki encontrou um bastão duro. Era o suporte de ferro. Toshiaki brandiu-o em direção ao topo da cabeça de Kiyomi. O suporte produziu um ruído opaco e foi encravado no crânio de Kiyomi.

Kiyomi gargalhou. Riu alto com o suporte saindo pela testa. Ela segura-o com a mão direita e retira-o lentamente. O suporte vai sendo removido do rosto de Kiyomi. Toshiaki gritou. Essa coisa tem a aparência de Kiyomi, mas não é um ser humano. O conteúdo não é o mesmo. Era só uma grande massa de carne imitando a aparência de Kiyomi. Quando a base do suporte estava para ser retirada, o rosto de Kiyomi se deformou. A base do suporte sai, fazendo um barulho de algo se desprendendo de uma coisa viscosa. Kiyomi jogou o objeto para trás.

"Vamos, fique quieto. Olhe direito pra mim."

Os braços de Kiyomi se esticaram e suas mãos capturaram o rosto de Toshiaki. Eram mãos viscosas. Cada uma das células se agita. Ele quis se desvencilhar movendo o pescoço, mas não conseguiu mexer um dedo sequer. O rosto de Kiyomi se aproxima.

"Eu te amo, Toshiaki."

Kiyomi pressionou os lábios contra os dele.

7

Toda a sua mente tingiu-se de escarlate.

Não enxergava mais. Ele se debateu tentando fugir, mas suas mãos foram presas. Não consegue respirar. O sangue sobe à cabeça. Está quente. Quente como se estivesse queimando.

A língua de Kiyomi invadia sua boca. Tinha uma força hercúlea. Ele tentou impedi-la, cerrando os dentes. Mas ela lhe adentrou com extrema facilidade. A língua penetra em sua cavidade oral como uma lesma. O muco viscoso preenche sua boca. Tinha gosto de sal. Em seguida, um gosto adocicado e pútrido envolveu a língua de Toshiaki. É o meio de cultura, pensou Toshiaki. É o sabor do meio de cultura. Kiyomi se protegia da desidratação conservando o seu corpo no meio de cultura.

A língua de Kiyomi tomou a ofensiva. Ela se revolve dentro da boca de Toshiaki e lambe toda a sua superfície. Rasteja-se na parte de trás dos dentes de Toshiaki, inclusive os dentes do fundo, e até a entrada da garganta, e se enrosca na língua de Toshiaki.

Kiyomi pegou a mão direita de Toshiaki. Leva-a em direção a si.

"Pegue aqui."

Kiyomi disse com uma voz excitada enquanto o estimulava com a língua. Toshiaki cerrou o punho e resistiu. Porém, os dedos de Kiyomi empurram seus dedos com força. Toshiaki não aguentou e acabou abrindo a mão.

Kiyomi pressionou a mão de Toshiaki contra seu peito com ímpeto. O mamilo de Kiyomi já estava ereto, firme, rígido. Kiyomi pega na mão dele com força, como se quisesse mais.

A outra mão de Kiyomi começou a tirar sua gravata. Vai arrancando os botões da camisa. A boca de Toshiaki ainda estava vedada pela de Kiyomi. Estava sem ar e se sentia como se estivesse prestes a explodir. Todavia, a língua de Kiyomi agarrava a de Toshiaki e não a soltava.

A mão de Toshiaki vai sendo guiada para baixo. Das mamas para o umbigo, e então mais para baixo, na região úmida. Toshiaki resistiu. Mas Kiyomi segura seu pulso com a força de músculos que pareciam ser de aço. O baixo ventre de Kiyomi se retorceu. Um líquido lamacento começa a sair dessa parte e vai cobrindo a superfície de Kiyomi. Todo o baixo ventre dela fervilha como um caldeirão. Toshiaki não sabia mais onde terminava a carne e onde começava o muco. Só sentia um calor tórrido. Escaldante.

O tronco de Toshiaki foi jogado para trás. Suas costas estão pressionadas contra a bancada. Kiyomi ficou sobre ele. Ele tentou levantar as pernas em vão. Ele não conseguia se levantar. Algo rola fazendo barulho e cai no chão. A camisa já estava toda rasgada. Kiyomi põe as mãos no cinto, com ar de impaciência.

Os lábios de Kiyomi se afastaram. Toshiaki tossiu forte, repetidas vezes. O meio de cultura que entrou em sua boca através de Kiyomi escorre pelo canto da boca. O muco formava um fio que ligava os lábios de Toshiaki e Kiyomi.

"…Pa… re…"

Toshiaki emitiu o som da sua voz a muito custo. Kiyomi tinha todo o seu peso sobre Toshiaki. Uma enorme quantidade de líquido jorrava das partes de Kiyomi, molhando o corpo de Toshiaki. As partes de Kiyomi apareceram no meio do seu campo de visão turvo. Estava protuberante, totalmente desabrochada, prestes a atacá-lo. Repetia o movimento de contração e expansão enquanto deixava escorrer o líquido.

"Estava esperando por este momento."

Kiyomi gemeu, ansiosa.

"Esperei por mais de um bilhão de anos… Venha pra dentro de mim. Venha até o fundo. Faça o que quiser comigo. Me dê todo o amor que eu esperei para receber por um bilhão de anos!"

A calça e a roupa de baixo foram arriadas de uma só vez. Kiyomi montou em Toshiaki. E cobriu a parte inferior do corpo dele com sua carne. Os quadris de Kiyomi se deformaram, ficando disformes, e cobriram o corpo de Toshiaki.

Era como se ele estivesse dentro de um crisol. Toshiaki gritou. Ele sentia como se estivesse derretendo da cintura para baixo. Estava sendo digerido pelo corpo de Kiyomi. Como se estivesse sendo engolido por um grande estômago. Não conseguia se mover.

"O que foi, Toshiaki? Não vai ficar como você sempre fica?"

Kiyomi suspirou, insatisfeita. Provavelmente a paciência de Kiyomi havia se esgotado porque o órgão de Toshiaki continuava flácido, então ela mesma começou a se mexer. As carnes da parte interna de Kiyomi se moveram. As pregas se concentram em volta das partes de Toshiaki. Um redemoinho de células tórridas envolveu o seu membro. Apanhou seu órgão e estava levantando-o. Kiyomi tentava guiar Toshiaki à força para dentro de si utilizando sua própria carne.

"Eu ficava sempre me lembrando de quando você fazia amor comigo, Toshiaki."

Kiyomi aproximou o seu rosto ao dele novamente. Toshiaki virou a cara.

"Eu lembro de tudo: de quantas vezes nós fizemos amor, em que posição, quantas vezes você foi e voltou dentro de mim. Lembro também de quais partes de mim você tocou e de onde você lambeu. É porque eu te amo."

Ele não queria ouvir. Kiyomi, que era discreta e reservada, está falando coisas repulsivamente vulgares. Toshiaki não conseguia aguentar.

Kiyomi percorreu a orelha e o pescoço de Toshiaki com a sua língua e continuou a descrever como Toshiaki fazia amor com Kiyomi, num tom meloso. Kiyomi se excitava com suas próprias palavras. Enquanto falava, ela estremecia de prazer e gemia. E fazia suas partes inferiores ondularem, envolvendo o órgão de Toshiaki com suas pregas de carne.

"Você é só meu... Não é de mais ninguém. Eu quero aquilo que você produz."

A carne de Kiyomi estimulou Toshiaki de forma intensa. Kiyomi tinha inúmeros tentáculos dentro de si, que se emaranhavam ao redor de Toshiaki enquanto ela movia seu quadril intensamente. O vão entre eles se agita, gira, se contrai e suga Toshiaki. Quando ele percebeu, a parte superior do corpo de Kiyomi também estava começando a derreter. Pedaços de carne de Kiyomi vão se espalhando por todos os lados. Ela estava abraçada a Toshiaki quando esses pedaços o cobriram. Os movimentos daquela carne envolveram todo o seu corpo.

"...Vem, Toshiaki. Vamos fazer amor."

Era como se tivesse sido engolido por lava vulcânica. Toshiaki não sabia mais até onde era seu corpo e até onde era o corpo de Kiyomi. Não sabia nem se estava vestindo roupas. Nem mesmo sabia onde estavam as suas mãos, pés, olhos, nariz ou boca. Só sentia o seu interior ficar quente como se estivesse prestes a derreter.

As carnes de Kiyomi começaram a se mover. Elas eram como as ondas do mar. Vão e vêm, fazendo suas gotículas respingarem e produzindo ruído ao voltar. Toshiaki foi estimulado como ela bem entendia.

Era como se todas as células do seu corpo tivessem se espalhado e estivessem se misturando com as de Kiyomi, formando um redemoinho. As células de Kiyomi se prendem nas de Toshiaki e começam a se tornar um só. A membrana lipídica se funde e o citoplasma dos dois se mistura. As mitocôndrias de dentro de Kiyomi se infiltram em Toshiaki. Entram em contato com as mitocôndrias dele. As membranas externas se ligam e, em seguida, as internas. A matriz mitocondrial de Kiyomi se entrelaça com a de Toshiaki. O DNA mitocondrial de Kiyomi se enleia com o de Toshiaki. Os DNAs dos dois formam uma espiral e rodopiam dentro das mitocôndrias que se fundiram, nadando desgovernados pelo labirinto formado pelos vales da matriz mitocondrial. Os fatores de transferência estão ativos de maneira descontrolada e emitem sinais que mais parecem relâmpagos. O potencial elétrico de membrana subia. Os íons duplamente carregados entram como uma torrente.[42] As células de Toshiaki vibram. As mitocôndrias vibram. Os lipídios, os açúcares e as proteínas vibram. O genoma nucleico está tendo prazer. Os códons, os nucleotídeos e suas bases regozijam. Os átomos de carbono vibram em resposta aos estímulos de Kiyomi.

Toshiaki gritou. Sentia que algo estava sendo extraído do centro de seus genomas. Não, não posso! Mesmo bradando assim, não conseguiu impedir que acontecesse. Tudo o que Toshiaki tem é absorvido. Seu conteúdo jorra para cima, para muito além, para dentro de Kiyomi, tornando-se uma massa quente. Seguem-se jatos consecutivos. Kiyomi se contrai como uma tempestade. A consciência de Toshiaki vai se esvaindo como se derretesse.

8

Splat.

...O que será?

Toshiaki pensou isso.

Algo atingiu sua bochecha.

Era algo parecido com um pedrisco.

E ele ouviu o barulho nesse mesmo momento.

Ainda sentia dor onde o pedrisco o atingiu.

Toshiaki foi erguendo sua mão devagar,

tocando a bochecha com o indicador.

A coisa ainda estava morna,

e tinha aspecto viscoso.

...O que será?

Ele pensou.

Splat.

......

Sp.

• • •

"...Ah!"

Toshiaki se levantou. Sentia dor de cabeça. Ele sacudiu a cabeça e piscou os olhos repetidas vezes. Sua visão está desfocada. Está escuro e não enxerga direito. Toshiaki passou as mãos no rosto. Mas se assustou com a textura pegajosa e deu um grito contido.

Ele olha para a palma das mãos.

Algo gelatinoso estava grudado na ponta de seus dedos.

Colocou força nas pernas para tentar se levantar, mas escorregou. Ele perdeu o equilíbrio e, quando achou que ficou suspenso no ar, já estava estatelado no chão.

Ele se levanta, grunhindo. Quase teve concussão cerebral. Sua visão oscila intensamente.

Mesmo com os pés escorregando algumas vezes, Toshiaki conseguiu se levantar. Segura a cabeça e olha à sua volta. Não enxergava bem por estar escuro, mas era alguma sala. Há a silhueta de algo que parecia ser uma mesa. Ela lhe era familiar.

É isso. Aqui é o laboratório.

Toshiaki se endireitou num só impulso e correu para o interruptor da parede. Tateia buscando-o e acende a luz. Instintivamente, Toshiaki cobriu os olhos para protegê-los da claridade súbita.

Suas pupilas se retraem de modo célere. À medida que sua visão ia se acostumando, uma cena anômala surgia diante dele. Toshiaki ficou estarrecido.

Fragmentos de carne estavam espalhados pelo recinto. Havia desde aqueles com tons cor de pele até aqueles num tom vermelho-terra e outros mais escuros. Havia os com o tamanho de um dedo até os do tamanho de um punho. A área da bancada de Asakura estava especialmente suja, parecendo que haviam picado um porco ou algo assim naquele lugar. Havia pequenos pedaços grudados até no teto. Porém, não havia sequer uma gota de sangue.

Em vez disso, tudo estava com um aspecto pegajoso e brilhoso.

E se movia.

Muco brota dos pedaços de carne e eles tremem, como se a contração sinalizasse o final de suas vidas. Era como se uma horda de amebas tivesse sido espalhada ali. Um pequeno fragmento de carne cai do teto sobre a bancada, fazendo ressoar um som úmido.

Toshiaki não aguentou ver a cena e deixou escapar a voz.

São pedaços de Kiyomi.

São os restos de Evel, que se transformou em Kiyomi.

Mas os pedaços de carne já estavam perdendo a vitalidade. Não mostravam sinais de se unirem ou tentarem proliferar. Na realidade, os movimentos estão cada vez menos aparentes e os pedaços começam a escurecer. Os pedaços menores diminuíam em tamanho a cada momento e estavam ficando desidratados, cheios de ruga.

Estavam morrendo.

Toshiaki suspirou em alívio ao perceber isso.

Só então olhou para si. A camisa estava rasgada e o cinto da calça estava desafivelado. Ele voltou a si e tateou seu próprio corpo. Arria a roupa de baixo e revista a si mesmo. Havia restos de Kiyomi também em sua pele, remexendo-se. Ele arranca-os de si depressa e vai arremessando-os no chão. Seu corpo estava normal. Não podia acreditar, depois do que havia acontecido. Kiyomi não fez nada para agredir o corpo de Toshiaki.

"...Por quê?"

Sem querer, havia murmurado. Por que Kiyomi não fez nada? Ela não havia me atacado para me matar?

Toshiaki se aproximou da bancada de Asakura e fitou a superfície. Foi naquele lugar que Kiyomi o atacou. Teve suas roupas arrancadas pelas mãos de Kiyomi, e então...

Alarmado, Toshiaki pôs a mão na cabeça.

Será que Evel... ou melhor, as mitocôndrias só queriam fazer sexo com Toshiaki?

Não seria o caso delas não terem nenhum interesse além de fazer sexo?

"O que isso significa?"

As mitocôndrias disseram que esperaram durante um bilhão de anos. Desejaram Toshiaki de maneira ensandecida. Mas será que as mitocôndrias evoluíram buscando somente isso? Não fazia sentido. As mitocôndrias que haviam possuído Asakura haviam dito que estavam planejando desde muito antes. Se gabaram de ter até a memória da Eva mitocondrial.

Eva mitocondrial.

"Não..."

Um pensamento quase inconcebível surgiu na mente de Toshiaki.

"Não... não pode ser..."

Todo o seu corpo tremia. Toshiaki direcionou o olhar para sua virilha, hesitante. Ele enxergou o seu membro flácido aparecendo da roupa íntima meio rasgada.

O DNA mitocondrial é de herança materna. Assim como dito pelo professor Ishihara na aula aberta da faculdade de Farmácia, as mitocôndrias são herdadas da mãe. E por isso mesmo, a ancestral humana identificada pela análise de DNA mitocondrial é chamada de *Eva* mitocondrial. Nunca de *Adão* mitocondrial. As mitocôndrias são *fêmeas*.

Eu tive relação com essa fêmea.

"O que foi que eu fiz..."

Toshiaki desmoronou. Bateu a cabeça na bancada repetidas vezes e culpou-se pela sua própria tolice. Que droga, eu *acabei ejaculando*!

As mitocôndrias queriam o sêmen de Toshiaki.

"De agora em diante, o mundo evoluirá nas mãos dos meus descendentes."

O discurso de Asakura ressurgiu na mente de Toshiaki. As mitocôndrias estavam falando disso. Elas chamaram a atenção de Toshiaki possuindo Asakura e fazendo o discurso. Manipularam-no para vir até aqui. Foi tudo calculado.

Um bebê viria à luz, tendo as mitocôndrias e ele como pais.

Diante desse pensamento, Toshiaki não se aguentou e vomitou. Jorrou tudo que estava em seu estômago no chão. Era como se todo o seu corpo estivesse prestes a se despedaçar.

...Tenho que impedi-la.

Tenho que impedir Evel de dar à luz esse bebê, custe o que custar. Foi o que Toshiaki pensou, enquanto encostava o rosto no líquido regurgitado. Tinha de matar Evel e o bebê. Ou as mitocôndrias realmente tomariam o lugar dos humanos.

Mas...

Onde foi parar Evel?

Toshiaki levantou a face e olhou à sua volta. Os fragmentos espalhados eram somente restos. Não era a parte principal de Evel. Ela certamente estava em algum outro lugar.

Toshiaki saiu do laboratório e correu para a sala de cultura. Olha para a incubadora. A porta ainda estava aberta. Porém, estava vazia, ao contrário do esperado. Toshiaki olhou pelo corredor. Só havia rastro do muco viscoso entre a sala de cultura e o laboratório, e não havia vestígios de que Evel havia ido para algum lugar percorrendo o corredor. Toshiaki voltou novamente ao laboratório e buscou por sinais de Evel, em desespero.

"Pra onde... pra onde é que ela foi?!"

O desenvolvimento do óvulo fecundado deve tomar um certo tempo e demandar um ambiente propício. Seria necessário que o útero funcionasse devidamente e ajustasse os níveis hormonais. Mas tinha sérias dúvidas se

Evel conseguiria fazer tudo isso. Ao menos no caso de Evel, que teve relação com Toshiaki, era superficialmente idêntica a Kiyomi, mas seu interior não era igual ao de um humano. Mesmo tendo evoluído, Evel provavelmente não conseguiria se metamorfosear e se tornar um humano por completo. Não devia ter um útero humano perfeito. A intuição de Toshiaki o levava a pensar dessa forma. Portanto, Evel sozinha não poderia fazer o óvulo fertilizado se desenvolver.

Então, como Evel cuidaria do óvulo? Toshiaki colocou todas as suas energias para raciocinar.

Será que possuiria alguém como havia feito com Asakura e faria o óvulo se desenvolver no útero dessa mulher? Não, isso seria inútil. Toshiaki descartou a hipótese de imediato. O corpo da mulher não aceitaria o óvulo. Claro, não teria problema se fosse um óvulo fecundado normal. Porém, Evel já havia se dividido e proliferado, adquirindo a capacidade de se modificar a sua própria aparência. Já não eram células humanas normais. Estava começando a se diferenciar da espécie humana, *Homo sapiens*. A probabilidade de um óvulo criado por essa criatura se desenvolver num útero humano era baixa. Embriões de espécies diferentes dos humanos não se desenvolvem, mesmo que sejam transferidos para humanos. Então, o que ela pretendia fazer?

"..."

Espera.

Todos os sinais cerebrais se voltaram para um ponto.

Há somente uma possibilidade que resta.

Há uma pessoa do sexo feminino que pode fazer o embrião se desenvolver.

O óvulo fecundado de Evel é uma célula que está em pleno processo de diferenciação da espécie humana. Poderia até dizer que estava no meio do processo de evolução. Nesse tipo de fase de transição, provavelmente existiria alguma área de sobreposição entre as espécies. Então uma humana que possua as características de sobreposição talvez aceite o óvulo de Evel. Se for no útero dessa pessoa de sexo feminino, ele deve se desenvolver do embrião para um feto.

"... Não. Não, isso não, por favor..."

Toshiaki segurou a cabeça e disse com a voz falha.

A morte de Kiyomi, a doação dos rins dela, ele ter feito a cultura primária das células hepáticas, tudo tinha sido conforme os cálculos de Evel. E eu ainda fui ofuscado pelos resultados de experimentos obtidos por Evel, chegando até a ajudá-la nos planos, provendo-lhe indutores. Uma forte emoção lhe preencheu e ele não conseguia controlar seu ímpeto de berrar e chorar.

Nesse momento, um ruído alto de ar saindo do meio líquido ecoou pelo recinto.

Toshiaki levantou o rosto, voltando a si.

Era a pia.

9

Mariko sentiu.

Algo está vindo.

Vem de um lugar escuro. Não sabe de onde, mas algo está vindo, passando por um lugar escuro.

Mariko colou a orelha no travesseiro e se concentrou. Era lá embaixo. Ela ouvia o ruído ainda mais baixo do que os zumbidos do ouvido. Não eram sons do andar de baixo, era mais profundo. Ainda mais profundo do que o chão. Talvez esteja se movendo sob o chão. Algo está se movendo em uma velocidade surpreendente. É como o metrô.

Mariko engoliu em seco.

O pai dela havia ido para casa há pouco. O horário de visitas era até as 19h. Ele ficou ao lado de Mariko o tempo todo, desde a tarde, naquele dia. Foi a primeira vez que passaram tanto tempo juntos. Quase não falou com ele, mas Mariko se sentiu mais tranquila.

Mariko moveu os olhos, percorrendo o quarto com a vista, com o ouvido ainda colado ao travesseiro.

Não tem mais ninguém no quarto agora.

O pai dela foi embora e as enfermeiras não estavam, e isso de repente fez o quarto parecer maior. Era grande demais para ela sozinha. Ninguém viria ajudá-la naquele quarto tão grande.

Não se ouviam vozes. Não havia sinais de pessoas no corredor. Mariko ficou pensando no que poderia ter acontecido. Normalmente havia o som dos passos apressados das enfermeiras ou de pacientes tentando escarrar o catarro em algum dos quartos. Mesmo quando não havia esses barulhos, havia pelo menos o som do vento, do motor dos carros passando ou das hélices do ar-condicionado. Mas ela não ouvia. Os humanos, as máquinas, o ar, tudo havia sumido. Era como se todos os humanos do hospital tivessem desaparecido.

E em meio a isso, ouve-se somente esse som que ressoa do fundo da terra.

Esse som sai de muito longe e chega aos ouvidos de Mariko. Estava ficando mais alto. Está se aproximando. Está vindo em sua direção, rugindo alto.

Tum.

O rim se mexeu.

Mariko se assustou e olhou para seu baixo ventre. O rim transplantado produziu um som, ela tinha certeza.

Ela olhou à volta, aflita. Passou a mão no rosto. Chacoalha a cabeça. Põe a mão sobre o coração.

Eu estou acordada agora. Estou desperta. Meus olhos estão abertos. Isso não é um sonho. E mesmo assim, o rim se mexeu. Igual ao que sempre acontece nos sonhos…

Tum.

"Não…"

Mariko ficou desconcertada. Ela toca o baixo ventre. Estava quente. Só ali está quente.

Mariko encostou o ouvido no travesseiro de novo. Dá um grito contido. O ruído estava ainda mais intenso.

"Não!"

Mariko cobriu a cabeça com o edredom. Seu corpo estava começando a tremer.

Finalmente, o doador estava vindo. Estava vindo reaver o rim. Deveria estar tentando rastejar para fora do túmulo agora. Vai chegar a este hospital em breve, fazendo ressoar aqueles barulhos de passos. Então, vai abrir a porta e entrar no quarto. Deve estar pensando que eu roubei o seu rim. Por isso, vai vir pegar de volta. Vai enfiar a mão no meu corpo e arrancá-lo de lá de dentro.

O rim pulsou forte novamente dentro de Mariko.

10

"Eu estou dizendo que quero encontrar com essa moça que recebeu o transplante. O quanto antes."

Toshiaki havia telefonado do laboratório para o Hospital Municipal Central. Evel certamente iria para aquele hospital. Ele deveria garantir a segurança da receptora antes que isso acontecesse.

"Lamento, mas via de regra não permitimos que os familiares de doadores se encontrem com os pacientes, como eu já disse antes."

Porém, a recepção do hospital continuava a repetir aquilo. Toshiaki elevou a voz, impaciente:

"Não é hora de ficar falando essas coisas. Se não a levarem para um local seguro imediatamente, algo terrível vai acontecer. É questão de vida ou morte."

"Perdão, mas do que o senhor está falando?", a pessoa do outro lado da linha mudou o tom da fala de repente.

"Eu estou falando que essa paciente está em perigo, não está entendendo?" Toshiaki sentia ira.

"Gostaríamos que não ficasse ligando para dar trotes..."

"Não! Eu já disse: sou o marido da doadora, me chamo..."

"Eu não sei o que o senhor pretende, mas gostaríamos que não fizesse coisas que podem fazer nossos pacientes se sentirem inseguros. O nosso sistema de segurança é rígido e verificamos o estado dos pacientes com regularidade. Se você ficar insistindo muito, vou comunicar à polícia."

"Droga!"

Toshiaki atirou o telefone contra o gancho.

Não lhe davam ouvidos. Mas não podia deixar assim.

Toshiaki enfiou a barra da camisa rasgada na calça e saiu do recinto. Corre pelo corredor escuro. Por sorte, o elevador estava no quarto andar. Ele abre a porta e se joga para dentro. Apertou o botão do térreo com força. Começa a descer lentamente. Toshiaki xingou a lentidão extrema do elevador.

Até onde Evel já teria chegado?

Ele só queria saber isso. Uma das pias do laboratório estava suja, com fragmentos de carne de Evel. Ao enfiar o dedo no ralo, Toshiaki sentiu que havia mais deles grudados no cano. Evel fugiu pelo encanamento.

Evel consegue mudar sua forma livremente. Deve ser fácil para ela se tornar algo disforme e rastejar pelo encanamento de esgoto. O óvulo fecundado deve estar em seu centro, protegido com todo o cuidado.

Não fazia ideia por onde ou como Evel passaria. Era impossível investigar todos os canos de esgoto que cortavam a cidade. A única certeza era de que ela surgiria no hospital. O único jeito era derrotar Evel lá.

O elevador parou num baque. Ele sai no instante em que a porta se abre. Atravessou a área da entrada totalmente escura e correu para o carro estacionado perto da porta. A chave ainda estava na ignição. Ele entra no carro, liga o motor, pisa no acelerador e parte, veloz.

Levaria cerca de quinze minutos até o hospital. Será que daria tempo? Toshiaki não tinha certeza. Mas tinha que ir. Deveria ao menos proteger a receptora.

Mas mesmo que chegasse ao hospital, como poderia procurar pela paciente que recebeu o rim de Kiyomi? O Hospital Municipal Central era um dos maiores hospitais de transplante renal da região. Deve haver diversos pacientes transplantados. Como iria encontrar a paciente certa dentre todos eles? Não adiantaria perguntar na recepção ou às enfermeiras. Mesmo que ele contasse a história desde o começo, não acreditariam. Deveria procurar Oda, a coordenadora de transplantes que havia lhe enviado cartas algumas vezes? Ou falar com o médico que fez a cirurgia de transplante? Toshiaki abanou a cabeça para os lados. Nenhum dos dois parecia ser uma boa opção. O hospital procurava evitar ao máximo o contato do receptor com os familiares do doador.

...Deve ter algum jeito. Toshiaki acreditava que sim. Não, eu tenho que dar um jeito. Não podia aumentar o número de vítimas.

Toshiaki pisou ainda mais fundo no acelerador. Fez a curva da descida como se estivesse patinando ladeira abaixo.

11

Shiguenori Anzai estava sentado sozinho no sofá da recepção do hospital, vazia.

As luzes estão apagadas. Os guichês da recepção, que normalmente estão abarrotados de gente, estavam com as cortinas beges fechadas e pareciam rejeitar Anzai. Até os sofás posicionados ordenadamente pareciam patéticos naquele momento, sem ninguém. O grande relógio na parede marcava as horas, tiquetaqueando. Ninguém deve ouvi-lo durante o dia, mascarado pelos ruídos. Porém, agora esse barulho incomodava.

Somente a luz amarela do guichê de entrega de medicamentos está acesa. Mas mesmo esse guichê estava com as cortinas fechadas, não permitindo que se visse a parte de dentro. Havia sinais de pessoas se movendo lá dentro, mas Anzai não conseguia saber o que faziam.

Estava sentado ali há mais de trinta minutos. Anzai olhou para o relógio da parede.

O rosto de Mariko lhe veio à mente. Ela estava com medo de alguma coisa. Mariko não quis falar o que a assustava. Ela ainda não se abriu totalmente. Contudo, às vezes ela olhava para Anzai como se estivesse pedindo ajuda. Anzai tentava entender o que Mariko estava pensando através de seus olhos. Entretanto, Mariko sempre virava o rosto quando ele a olhava de volta. Parecia que ela mesma não sabia bem o que fazer e estava hesitando.

Quando Anzai se pôs de pé ao final do horário de visitas, Mariko levantou o tronco e fitou Anzai. Os seus olhos suplicavam para que ele não fosse embora. Ele se lembrou do que ela disse na noite anterior: "estou com medo".

Anzai segurou a mão de Mariko. Ela segurou sua mão de volta com força. Mesmo depois de Anzai relaxar a mão, Mariko continuava a apertá-la. Anzai permaneceu observando a mão dela.

Eu preciso ir, falou Anzai, soltando a mão de Mariko.

Anzai sentiu que Mariko olhava para ele no tempo em que ele saía do quarto e fechava a porta. Ao fechá-la, ele sentiu uma emoção que se assemelhava a um grito chegando até ele.

Não tem jeito, o horário de visitas acabou. Anzai dizia assim a si mesmo naquele momento. Ele encenava um adulto com discernimento.

Quando começou a andar em direção aos elevadores, percebeu que estava errado de imediato. Não importa o horário de visitas. Não é melhor ficar ao lado de Mariko? Eu estou me esforçando para entendê-la, mas será que não era somente de forma superficial? Será que Mariko sabe disso e por isso ela não se abre comigo completamente? Anzai quis dar meia-volta. Mas seus pés continuaram a andar, contrariando sua vontade. Ele se afasta cada vez mais do quarto de Mariko.

Não tem forças para voltar até o quarto. Tampouco consegue voltar para casa. Anzai estava na recepção tentando lidar com seu comportamento indeciso. Ele não sabia o que queria fazer em seguida. Não conseguia mais sair dali.

"O que você tá fazendo aí?"

Anzai foi surpreendido por falarem com ele de repente.

Uma enfermeira com idade relativamente avançada estava lá. Ela o encara, segurando algo que lembra cestos de compras. Deve ter vindo pegar remédios. Se não estivesse com o uniforme do hospital, ela ficaria bem ambientada na quitanda ou no supermercado.

Como Anzai estava ensaiando para falar, a enfermeira veio andando até ele.

"O horário de visitas já acabou. Por que o senhor está aqui sentado?"

"É que..."

"Logo, logo o segurança vai vir. Acho melhor você sair logo."

"..."

Anzai se levantou com morosidade. A entrada principal está fechada. Só poderia sair pela porta de acesso noturno.

"Vamos, faça o favor de não enrolar."

A enfermeira profere palavras às suas costas.

Anzai foi andando pelo corredor. Estava preocupado com Mariko, mas não tinha jeito. Não poderia ficar ali sentado para sempre, de qualquer forma. Talvez tivesse sido bom ter surgido um motivo para ele ir para casa.

A porta de acesso noturno é bem diferente da entrada principal. Não havia uma rotatória com plantas bem-cuidadas ou ponto de táxi. Tampouco era iluminado, e não se podia ver coisa alguma a alguns metros à frente. Pode ser que o caminho em linha reta estivesse bloqueado. E a área onde chegava a luz dava uma sensação de lugar com pouco espaço, pois as paredes do prédio do hospital invadiam o espaço. Há alguns carros e bicicletas parados ali. A água corria num fluxo tímido pela vala que margeia a parede.

Para que lado seria o estacionamento? Anzai olhou à volta depois de andar um pouco.

Foi nesse instante.

Ele começou a ouvir um som baixo vindo do chão. Surpreso, ele olhou para baixo. Anzai estava de pé sobre uma tampa de bueiro. Sentia a vibração chegar nos seus pés. E ficava cada vez mais intenso.

Seria o som do esgoto correndo? Esse foi o primeiro pensamento de Anzai. Mas o som era um pouco estranho para ser isso. Parecia que algo estava se mexendo dentro do encanamento de esgoto. Ratos? Não, era uma coisa maior.

Ele sentia que essa coisa se aproximava. O som está ficando mais alto. A tampa do bueiro começou a tremer junto ao ruído. Anzai saiu de cima dela depressa.

Ele se atenta aos sons ao seu redor. Concentrou-se para tentar descobrir de onde viria a coisa, de onde estava vindo o ruído. Algo estava rolando pelo encanamento de esgoto, ou então rastejando. Era essa a impressão que dava, pelo barulho. Não se ouvia passos. Não era um som entrecortado. Não é possível saber nem se é um ser vivo ou uma máquina, mas vem na direção dele em alta velocidade. A tampa do bueiro já vibrava numa intensidade perceptível a olhos vistos. Anzai olhou mais para cima. Era exatamente à sua frente. O som se aproxima pela parte frontal. Anzai baixou o olhar para a tampa do bueiro diante de si, prendeu a respiração e olhou para trás. Ele viu a porta de acesso noturno. A origem do ruído, a tampa do bueiro e a porta de entrada formavam uma linha reta.

O que é isso?

Será que está vindo em direção ao hospital?

Anzai voltou o rosto na direção do som. Ele enxerga somente uma escuridão profunda, inalcançada pela luz do prédio do hospital. Não conseguia nem ao menos ver as sombras das casas ou postes que havia por perto.

A tampa do bueiro se tornou uma caixa de som, e o barulho começou a ecoar como os ruídos de um terremoto. Talvez esteja passando ar pelo vão, pois ele ouve um barulho de vento cortando a borda da tampa. Já era possível sentir claramente a presença daquela coisa rastejando no subterrâneo. Era grande. Era bem maior do que Anzai imaginara. Não era algo pequeno como ratos ou cobras. Talvez fosse maior do que ele mesmo. E isso vinha rastejando, fazendo barulho. Estava até ouvindo a coisa respirar. Os movimentos eram cheios de autoconfiança. A coisa não tinha dúvidas. Era possível saber pelo som. Vinha diretamente naquela direção.

O corpo de Anzai tremia. Ele fita a escuridão diante de si. Pode ver os tremores se aproximando como ondas. Vinte metros. A escuridão ruge. Quinze metros. O asfalto vibra. Dez metros. Anzai recua. Fixa os olhos no local de onde o som está vindo. Está se aproximando cada vez mais em direção a Anzai. Cinco metros. "Saia daqui!", Anzai quer gritar, mas a voz não sai. Três metros. A tampa do bueiro se sacode, quase saindo do lugar. Está até ouvindo um som de líquido viscoso. "Sai, sai", ele repetia. A coisa já está logo debaixo da tampa.

Anzai saiu da frente da tampa cobrindo a cabeça.

Vush!

Um rugido ensurdecedor passou logo debaixo de seus pés.

Todo o corpo de Anzai foi envolto pelo som. Ele fechou os olhos.

Os joelhos formigam com a vibração. O chão tremia, elevando-se. Anzai não conseguiu abrir os olhos até que o som se afastasse. Mesmo depois que passou, a sensação de vibração permanecia em seu corpo. Os seus órgãos se agitam, inquietos.

O que tinha sido aquilo?

O que tinha passado por ali?

Era um ser vivo. Algum ser vivo passou ali debaixo da terra. Ele não conseguia acreditar que algo enorme daquele jeito estivesse nos encanamentos de esgoto. E ainda por cima tinha vontade própria e dirigia-se para aquela direção. Não havia sinal de hesitação em sua velocidade.

Mas por que vinha naquela direção?

Anzai abriu os olhos. Ele se virou e olhou para cima, para ver a parede do hospital. O som foi para dentro dele. Estava vindo em direção ao hospital.

O som já não se fazia ouvir. Ele não sente mais aquela presença. Será que foi embora para debaixo da terra? Ou será que entrou para o encanamento do hospital?

...Mariko.

O nome dela veio à mente.

Mariko está em perigo.

Ele não sabia por quê, mas sua intuição assim dizia. Esse som era uma ameaça a Mariko.

Anzai virava o corpo para voltar para a entrada de serviços.

12

Takashi Yoshizumi tomou o caminho para a ala hospitalar ao ser avisado pela enfermeira sobre a alteração no estado de Mariko.

Segundo a enfermeira, ela já estava tendo um ataque intenso quando a viu. Os sedativos não têm qualquer efeito. Ela está se debatendo sobre a cama. Yoshizumi colocou o telefone no gancho e começou a correr antes mesmo de a enfermeira terminar de falar.

Mariko de fato estava tendo problemas ao dormir todas as noites desde que havia transplantado o rim. As enfermeiras tinham de ir ao seu quarto para acordá-la e acalmá-la sempre que isso acontecia. Já haviam usado sedativos algumas vezes. Porém, esse ataque que ela estava tendo agora parecia não se comparar aos anteriores.

O que é que está acontecendo com Mariko? Yoshizumi sentia uma inquietação. Ainda não haviam terminado de lidar com a possível rejeição. E agora esse ataque. Ele nunca havia se deparado com sintomas tão sinistros nesses mais de dez anos trabalhando com transplantes.

Quando chegou um tanto sem ar em frente ao quarto, Yoshizumi foi surpreendido pelos fortes sons de impacto vindos do outro lado da porta. As enfermeiras gritam. Por um instante, ele vacilou em colocar a mão na maçaneta da porta.

"O que é que..."

Yoshizumi entrou, e então engoliu em seco.

O corpo de Mariko quicava, dando saltos na cama. Duas enfermeiras ainda jovens tentavam segurá-la, mas não tinham força suficiente. O edredom já não a cobria e o suporte das bolsas de soro estava caída no chão.

Havia uma grande protuberância na região do baixo ventre de Mariko. O pijama mostrava que havia um volume arredondado somente naquela parte. Yoshizumi arregalou os olhos.

O quê?

O que é que é isso?

O corpo de Mariko se movia de uma maneira que seria impossível para uma estrutura óssea normal. E a parte protuberante se esticava e se contraía como um elástico. Parecia que algo queria sair do corpo de Mariko. E o corpo dela acompanhava esses movimentos intensos. Os olhos de Mariko estavam virados e ela estava quase inconsciente.

"Doutor!"

As enfermeiras pediam ajuda.

Yoshizumi voltou a si e correu até Mariko. Ele tenta segurar os pés. Mas o corpo de Mariko saltava na cama com uma força quase irreal, e ele não conseguiu prendê-los. O formato do baixo abdome de Mariko se modifica drasticamente diante dos olhos de Yoshizumi. Ele não conseguia acreditar. Yoshizumi agarrou o pijama de Mariko, que se debatia, e o abriu na região do baixo ventre. As marcas vívidas dos transplantes que há em ambos os lados entram em sua visão. Dentre os dois, o do lado esquerdo formou uma protuberância bem diante dos olhos de Yoshizumi.

Não pode ser.

Yoshizumi duvidou do que viu.

Será que é o rim transplantado?

Será que o rim está se mexendo?

Yoshizumi segurou os pés de Mariko colocando todo o seu peso sobre ela.

"Amarrem as mãos de Mariko, rápido! E façam algo para que ela não morda a língua!"

As enfermeiras seguraram os braços de Mariko com toda a força que tinham. O quadril de Mariko salta intensamente, resistindo a eles. A região do baixo ventre de Mariko se sacudia sob o peito de Yoshizumi. Os movimentos eram improváveis de pertencerem a um humano normal. A coisa batia contra o corpo de Yoshizumi com força. Uma menina de catorze anos está lutando para se desvencilhar do peso do meu corpo. O que é que está acontecendo? Yoshizumi pensou consigo. Isso não é a força de Mariko. Não sei qual o motivo disso, mas o rim transplantado está se mexendo com uma força brutal. Está se agitando descontroladamente dentro do corpo de Mariko. Yoshizumi conseguia sentir as vibrações. Tum, tum. O rim pulsa. Pulsa como o coração. Não, não pode ser, Yoshizumi gritava mentalmente enquanto segurava as pernas de Mariko, que se debatiam.

"Amarrem logo!"

O corpo de Mariko deu um salto de cerca de trinta centímetros.

Yoshizumi e as duas enfermeiras foram jogados de uma só vez. Mariko salta sobre a cama, fazendo as molas rangerem. Yoshizumi bateu a cabeça na parede. Era uma força estarrecedora.

Então, o movimento de Mariko parou de repente.

Os saltos do corpo de Mariko foram ficando menores. A protuberância no baixo ventre foi sumindo. Assim como uma bola de borracha jogada ao chão vai perdendo o impulso e quica cada vez menos, até que vai rolando e para de se mover, o corpo de Mariko também foi se aquietando sobre a cama.

"..."

Ao ver que Mariko parou de se mexer por completo, as enfermeiras se levantaram, ainda amedrontadas. Yoshizumi também se aproximou de Mariko, massageando a cabeça. O quarto subitamente estava tomado pelo silêncio. A agitação até momentos atrás parecia ilusão.

Mariko estava parada, quieta, com os olhos fechados. Ouve-se até a respiração tranquila de quem está dormindo. Sua respiração não está irregular e ela não está suando, mesmo tendo tido um ataque tão forte. Seu baixo ventre também não se move nem um pouco. Era o rosto calmo de alguém que dorme, só isso.

Yoshizumi tocou cuidadosamente o baixo ventre de Mariko com a ponta de seus dedos. Não havia quaisquer sinais de protuberância. Nem sentia pulsação alguma. Ele abriu a roupa para verificar a marca da cirurgia, só para ter certeza. Toca a marca. Não havia sinais de alteração.

O que tinha sido aquele ataque?

Yoshizumi direcionou o olhar às enfermeiras sem virar o rosto. Ambas estão com uma expressão de incompreensão. Porém, ainda estavam cautelosas em relação a Mariko, mantendo distância. Yoshizumi voltou os olhos a Mariko.

Depois de arrumar a roupa de Mariko, Yoshizumi fitou novamente o rosto dela. Não identificou sinais de dor em sua expressão. Será que os sedativos surtiram efeito de repente? Isso também era pouco provável. Não poderia surtir um efeito tão súbito.

"Quando ela começou a ter o ataque?"

Yoshizumi perguntou à enfermeira, ainda olhando para o rosto de Mariko.

"Foi às 19h20 que percebi", respondeu uma delas. "Houve um chamado do paciente ao lado e foi assim que eu soube. Não estava tão grave quando eu cheguei, e ela só parecia estar tendo um pesadelo. Eu achei que era a mesma coisa de sempre e fiquei ao lado dela. Só que ela passou a ficar descontrolada, e por isso pedi reforço. Ficou incontrolável depois de uns trinta minutos..."

"...Entendi."

"Ela ficou falando 'não se aproxime' enquanto se debatia."

Acrescenta a outra.

"'Não se aproxime'? O que ela quer dizer com isso?"

"Não sabemos. Ela quase sempre fala isso quando está tendo pesadelos."

"Para quem ela está falando? É para alguém que aparece no sonho?"

"É que a Mariko não responde quando perguntamos sobre isso..."

"..."

Yoshizumi suspirou longamente.

Mariko estava quieta, com os olhos fechados. Parecia ser outra pessoa, se comparada com instantes atrás. As maçãs do rosto, levemente coradas, dão um ar quase pueril. Notam-se os cílios que brotam de suas pálpebras. Os lábios estavam levemente abertos, deixando entrever os dentes brancos. Yoshizumi aproximou seu rosto e tocou a testa de Mariko.

De repente, os olhos se abriram.

No mesmo momento, Yoshizumi sentiu uma pulsação violenta, *tum*, através de seus dedos. Ele deu um berro e tirou a mão. As enfermeiras dão gritos estridentes.

Os olhos de Mariko estavam arregalados como se estivessem prestes a saltar para fora e a parte escura de seus olhos formavam discos perfeitamente redondos. Eles não pareciam humanos e fez Yoshizumi sentir calafrios na espinha. Pareciam olhos de vidro encaixados nas bonecas de celuloide.

Mariko levantou o tronco. Yoshizumi deu passos para trás. Mariko olhava na direção de Yoshizumi sem ao menos piscar. As pupilas continuam contraídas. A sua expressão não muda nem um pouco.

"Mas o que..."

Yoshizumi disse com a voz falha. As enfermeiras tremem no canto do quarto, abraçadas.

Mariko levantou o tronco e não se mexeu mais. Ficou com o rosto virado para Yoshizumi, com os olhos bem abertos, parada.

Os olhos de Mariko, porém, não estavam focados no rosto de Yoshizumi.

Ao perceber, ele acompanhou o olhar de Mariko.

Ela fitava algo na região da barriga de Yoshizumi. Mas o foco não estava nele. Ela olhava mais ao longe. Mais adiante de Yoshizumi.

Yoshizumi se virou.

Havia uma pia. Era um pouco menor e mais antiga do que aquelas instaladas nos banheiros de casas comuns. Uma pia dessa foi instalada em cada quarto quando o prédio do hospital foi construído. Até o formato do puxador da pequena torneira era ultrapassado. Yoshizumi olhou de Mariko para a pia. Ela claramente estava olhando para aquilo.

O que isso significa?

Nesse instante, algo reluziu na pia.

O olhar de Yoshizumi foi atraído para esse ponto.

Era uma gota. Uma gota estava se formando na boca da torneira. A torneira não está fechada de forma firme. Essa gota está aumentando de tamanho aos poucos. Ela está crescendo devagar, redonda. Yoshizumi não conseguia mais afastar os olhos dessa gota. É isso, é para isso que Mariko está olhando. Ele teve certeza.

A gota cresce cada vez mais. E não parava. Após um tempo, a gota foi pendendo para baixo com o próprio peso. Está indo cada vez mais para baixo, afastando-se da boca da torneira. A gota cresce ainda mais. A sua superfície ondula com intensidade.

Por fim, ela caiu da torneira.

A queda foi em linha reta, e produziu um som ao bater na pia:

Splat.

13

Toshiaki entrou com o carro no Hospital Municipal Central. A luz da entrada principal já está apagada. Ele guiou o carro até lá e olhou a parte de dentro. Mas não havia gente. Era evidente que estava trancada. Na porta, havia uma placa escrito: "As consultas de hoje foram encerradas. Pacientes em emergência devem dirigir-se à porta de acesso noturno".

Porta de acesso noturno? Toshiaki franziu a testa. Onde diabos fica isso?

Toshiaki desceu do carro e foi correndo até a entrada. Ele experimenta bater à porta. Não houve resposta. Ele olhou à volta para ver se havia um mapa indicando onde ficava a outra entrada, mas não encontrou.

Não adianta ficar aqui. Toshiaki começou a correr para direita ao redor do prédio. Deveria encontrá-la enquanto contornava.

Assim que ele começou a correr para a lateral do prédio, a vista ficou escurecida e ele foi engolido pelo breu. Se desviasse a atenção nem que fosse só por um instante, não enxergava escadas ou cordas e acabava tropeçando. O terreno era grande, e por isso a luz da rua e das casas não chegava até ali. Toshiaki já havia ido à noite ao hospital universitário algumas vezes por causa de compromissos, e o lugar ficava envolto por uma escuridão que não se comparava com a do prédio da faculdade de Farmácia. As luzes estavam acesas, claro. A luz vazava do corredor iluminado pela lâmpada fluorescente do corredor vazio. Ainda assim, a partir do momento que entrava nas dependências do hospital universitário até chegar ao centro de estudos clínicos, havia uma escuridão peculiar envolvendo-o. À época, Toshiaki pensara que era a obscuridade de gente morrendo ou de pessoas doentes, que não emanava da faculdade de Farmácia, onde só se trabalha com ratos de laboratório ou no máximo cachorros. O peso da escuridão era diferente.

Quando estava completando mais ou menos metade da volta no prédio, ele começou a ouvir vozes discutindo mais ao fundo. Ele não conseguia ver as pessoas porque estavam atrás do depósito, mas pareciam ser vozes masculinas, por serem graves. Toshiaki se apressou em direção a essas vozes. O asfalto está tenuemente iluminado. Ele virou ao final da parede. Uma luz amarela destacava a porta de acesso noturno.

Ali, um homem de meia-idade vestido de terno estava discutindo com o segurança, velho e gordo.

Poderia ir à ala hospitalar entrando por ali. Ele queria entrar sem ser visto, mas a discussão entre os dois não parecia estar próxima de terminar. Parecia que homem de meia-idade fazia apelos suplicantes, mas o segurança não dava ouvidos. Contudo, ele não conseguia ouvir os detalhes da conversa. Toshiaki foi correndo em direção à entrada, tentando passar ao lado dos dois.

"Ei, você!"

O segurança percebeu e lhe chamou a atenção. Mas Toshiaki o ignorou. Ele corre o mais rápido que pôde. Notando que havia algo de errado, o segurança se afastou do homem de meia-idade e fechou o caminho de Toshiaki. Toshiaki jogou-se contra ele, tentando abrir caminho.

Porém, o segurança era mais forte do que ele imaginara. Tinha uma robustez incomum para um idoso. Toshiaki tentou se desvencilhar, mas o segurança agarrou o seu braço e o deteve.

"O que você quer aqui? Você é um paciente de emergência?"

"Vai acontecer um desastre", Toshiaki dizia, debatendo-se. "Preciso que levem uma paciente para um lugar seguro. Já está vindo para cá. Por favor, rápido."

"Do que está falando?"

O segurança encarava Toshiaki da cabeça aos pés.

Pelo traje, Toshiaki poderia muito bem ser confundido com um sem-teto. Sua camisa está rasgada e na calça há pedaços de carne grudados, começando a secar. Desconfiado, o segurança colocava força na mão.

"Você pode vir aqui comigo? Hoje está cheio de gente estranha aqui."

"Aqui deve ter uma paciente transplantada de catorze anos", Toshiaki berrava. "É uma menina. Ela teve um rim transplantado em julho. Ela está em perigo. Estão atrás dela. Faça alguma coisa, ou então vai ser tarde demais!"

Nesse instante, ele ouviu:

"Você conhece Mariko?!"

Toshiaki se virou.

O homem de terno estava com uma expressão incrédula.

14

Mariko não conseguia tirar os olhos daqueles movimentos.

Não enxergava mais nada. Todo o seu campo de visão está focado na boca da torneira. A torneira tinha a grossura de um dedo indicador, apenas. Há uma proeminência na boca, como se estivesse tentando expelir algo e tivesse parado. Dali, surge algo transparente, muito, muito devagar. A superfície dessa coisa reflete o cenário à sua volta. A pia, a parede branca, o rosto de Mariko, tudo está preso nela. Ela cresce cada vez mais diante de seus olhos. E quando fica obscenamente grande, toma a forma de uma gota por um instante, e:

Splat.

Cai.

Esse som lembrava aqueles passos.

Era o som que ouvia nos sonhos. Aqueles chinelos de plástico que vinham andando do outro lado do corredor, os passos demasiado lentos… Mariko finalmente entendeu: era isso que o sonho significava. Aqueles passos eram essas gotas.

Splat.

Mais uma gota cai. No mesmo momento, a gota seguinte já aparece na boca da torneira. A mesmíssima coisa se repete. Ela cresce devagar, a superfície vibra e cai ***splat*** como as cinzas incandescidas de um incenso. A próxima já surge na boca da torneira. A gota, que é inicialmente ínfima, pendendo timidamente, absorve os seus semelhantes, cresce e faz volume, e quando ela se afasta da boca da torneira, rompendo a liga-***spla-t***-ção, a próxima gota já está em formato de meia-lua, e quando ela vibra com mais intensidade, ***splat*** cai, e uma nova gota já pende ***splat*** caindo em seguida atrás da outra ***splat*** e uma próxima se forma ainda sem que a imagem da outra desapareça da retina ***splat*** consecutivamente ***splat*** como se um filme ***splat*** estivesse ***splat*** sendo ***splat*** reproduzido ***splat*** de ***splat*** forma ***splat*** acelerada ***splat*** e ***splat*** as ***splat*** gotas ***splat*** surgem ***splat*** umas ***sp*** atrás ***sp*** das ***sp*** outras ***sp*** sem ***sp*** parar ***sp sp sp sp p sp p p p sp p p p p p p p p p p p p p p p p p p p p p p p p p p p p p p p p p p p p p p p p p p p p p p p p p p p p***

p.

Algo jorrou do ralo junto a um som de explosão.

Mariko gritava. Porém, não conseguiu fechar os olhos. Seus olhos continuavam abertos. Não conseguia piscar. Seu olhar estava fixo. Contudo, Mariko ficou por um instante sem compreender o que estava acontecendo. Só sabia que algo se movia com uma velocidade espantosa diante de seus olhos. O som das gotas eram os passos, eles estão ficando mais rápidos, cada vez mais rápido, estão chegando cada vez mais, cada vez mais e mais e mais próximo, chegariam ao quarto em breve, apareceriam ali pela torneira, era isso o que havia imaginado. Mas a coisa não surgiu da torneira. Saiu debaixo dela. Foi de dentro da pia. A coisa aparecer rompendo o ralo. O esgoto vermelho-terra foi esguichado junto, chegando até o teto. A coisa se mexia em meio a esse jato de água. Mariko tentou apreender a imagem de toda a coisa. Entretanto, o foco de seus olhos estavam fixos na torneira e não conseguia expandi-lo. Mariko cerrou os dentes e forçou os olhos. Alguém produzia um grito estridente como a de uma sirene. Ela ouve a água jorrar do ralo como um gêiser. A cada vez que isso acontece, a água gelada atinge o corpo de Mariko. O rim de Mariko parecia feliz:

Tum.

Retumba como um tambor.

O som ecoou por todo o corpo de Mariko.

15

"Quem é você? Como conhece a Mariko?"

Anzai perguntou a esse homem. Só havia Mariko de paciente do sexo feminino com catorze anos que havia feito transplante renal naquele hospital em julho. Esse homem sabia disso. Não apenas isso, mas também sabia que Mariko estava em perigo.

O homem estava vestindo farrapos, mas seu olhar era de pura seriedade e não parecia estar brincando. Havia uma certa intelectualidade em suas expressões. Anzai julgou que não seria um sem-teto proferindo delírios. Anzai ficou em frente ao homem como para tomá-lo dos braços do segurança. O homem lhe perguntou:

"O senhor é…?"

"Sou o pai de Mariko. Sou o pai da paciente que você falou."

"Que fez o transplante…?"

"Sim. Você estava falando de Mariko agora. O que isso significa? Fale pra mim."

Uma expressão de surpresa se espalhou pelo rosto do homem.

"...Que bom. O senhor sabe onde ela está?"

"Claro."

"Por favor, me leve até lá. É urgente. Ela está em perigo."

"Espere. Quem é você? Por que conhece Mariko?"

"A doadora do rim transplantado em sua filha era a minha esposa."

"Como é...?"

Anzai ficou sem palavras. Olha para o rosto do homem. Esposo da doadora do rim de Mariko?

Anzai nunca havia visto o rosto da doadora e muito menos sabia seu nome. Yoshizumi só havia contado que era uma mulher de 25 anos que havia falecido num acidente de trânsito. E Anzai mesmo não procurou saber. Ele nunca havia pensado profundamente sobre os doadores. Por isso, ele não conseguiu fazer uma associação com a realidade quando esse homem que se dizia ser o esposo da doadora apareceu.

Contudo, Anzai resolveu acreditar nele. Não poderia ignorar esse homem que afirmava que Mariko estava em perigo.

O homem disse que se chamava Toshiaki Nagashima e fez um apelo com tom de urgência a Anzai:

"Uma coisa terrível está acontecendo por minha causa. Não podemos ficar aqui enrolando. Por favor, me leve até o quarto dela."

"Mas o que está acontecendo?"

"Eu explico depois. Rápido!", ele puxa a manga do terno de Anzai.

O segurança ficou com uma expressão tensa. Ele tenta afastar os dois.

"Espere um pouco, do que está falando? Precisamos..."

Toshiaki se jogou contra o segurança.

Pego de surpresa, o segurança cambaleou, mesmo com sua corpulência. Aproveitando essa chance, Toshiaki puxou o braço de Anzai.

"Onde fica o quarto?!"

"À direita."

Anzai respondeu. Toshiaki começa a correr. Anzai apressou-se também. Ele fica à frente como para guiá-lo.

"Esperem, vocês dois!", o rugido do segurança ecoou atrás deles. Mas Anzai continuou a correr pelo corredor junto de Toshiaki.

Enquanto corria, Anzai perguntou a Toshiaki:

"O que aconteceu? O que fez com Mariko?"

"Havia uma parasita pavorosa nas células de minha esposa."

"Parasita? Alguma bactéria? Mariko foi infectada por alguma coisa?"

"Mais ou menos isso. Mas não é só isso, é ainda mais grave. Eu fiquei com as células da minha esposa. E isso adquiriu poder."

Anzai não compreendia o que Toshiaki estava falando. Mas acreditava incondicionalmente que o rim de Mariko não era normal. Ele se lembrou que, quando Mariko teve o ataque na noite anterior, a parte que se agitava como um camarão era bem onde haviam transplantado o rim.

"Essa coisa tem poderes especiais. Ela consegue gerar fogo. E consegue alterar sua forma livremente. Deve estar vindo para este hospital."

"Vir pra cá?"

"Sim, pelo encanamento de esgoto."

"Era isso!", Anzai berrou.

"Você estava sabendo?!"

"Eu a ouvi bem em frente àquela entrada. Era um som ensurdecedor. Há cerca de cinco minutos."

"E o que aconteceu? O som foi pra onde?!"

"Pra dentro deste hospital."

"…Ah, não."

Anzai virou no fim do corredor, correu pelas escadas, passou por mais um corredor e correu em direção à ala hospitalar. Toshiaki estava calado. O seu silêncio relatava a gravidade da situação. Ele não sabia direito, mas havia algo horrendo se aproximando de Mariko. Ela estava em perigo. Somente essa tensão chegava até ele de forma dolorosa. Anzai era propulsionado por esse sentimento e corria o mais rápido que podia, mesmo quase sem fôlego. Talvez o segurança tivesse chamado por reforços; ouviam-se passos de um grupo de pessoas correndo mais para trás.

16

Yoshizumi não conseguia emitir voz.

A coisa jorrou do ralo da pia. Ela grudou na parede remexendo, gelatinosa, para em seguida cair no chão. Era uma gosma rosa. O restante dessa gosma que estava sobre a pia se mexeu, escorregando da borda. Os dois pedaços se misturaram no chão. Então, começou a se erguer emitindo ruídos desagradáveis.

As duas enfermeiras estavam sentadas no chão abraçadas uma na outra, chorando e soluçando alto. Mariko não se mexia, mantendo os olhos arregalados. Nem mostrava sinais de querer gritar. Seu corpo, porém, tremia. Seu tronco balançava para frente e para trás. Ela estava paralisada devido ao choque intenso.

A coisa foi se erigindo, ondulando-se como um gel. Yoshizumi recuou. Seus joelhos tremem. Estava quase desmoronando. A coisa se estende ainda mais. Era como se uma cachoeira estivesse em fluxo reverso. De tempos em tempos, o esgoto de odor forte é jorrado do ralo junto a sons de líquidos esguichando. A coisa é banhada por esse líquido e compõe a sua forma, refletindo a luz que iluminava a sua superfície viscosa. Algo toca a panturrilha de Yoshizumi. Ele perdeu o equilíbrio e se apoiou no que havia atrás. Era a cama de Mariko. Yoshizumi caiu sentado no canto dessa cama. As pontas de seus dedos tocaram a perna de Mariko.

A massa erigida foi tomando uma forma cada vez mais complexa. O topo foi ficando arredondado e algo fino começou a nascer na parte superior. Afinou-se mais ou menos em seu centro e, nas laterais, coisas que se assemelhavam a tentáculos começaram a surgir. Yoshizumi observava aquilo com incredulidade. A coisa que estava se formando diante dele era uma humana. O corpo de uma mulher. Os tentáculos logo se dividiram em cinco, tornando-se dedos, e então surgiram os braços e os ombros foram tomando forma. Um umbigo surgiu na região afinada dessa massa, e foi desenhada uma barriga côncava nessa parte, além de se formarem duas esferas na parte superior. A parte abaixo do umbigo se alargou, o seu centro se partiu e foi coberto por pregas de formas complexas e inúmeros tentáculos finos. A parte sobre os ombros se afinou drasticamente, formando o pescoço, a massa arredondada no topo ondulava, e o nariz, boca, orelhas, bochechas, queixo, e testa foram surgindo na massa disforme, sendo os olhos esculpidos por último. Yoshizumi chacoalhava a cabeça com intensidade. Ele tinha vagas lembranças da imagem e do rosto dessa mulher que estava se formando à sua frente. Não, não era uma lembrança vaga, ele sabia perfeitamente quem era. Era a doadora. Era a doadora do rim de Mariko. Yoshizumi retirou os rins dela com as próprias mãos. Abriu o corpo dela com o bisturi e colocou as mãos lá dentro. Essa doadora não tinha como estar viva. Não tinha como surgir ali. Yoshizumi abanava a cabeça para os lados, sem conseguir aceitar o que estava acontecendo.

A coisa havia se metamorfoseado por completo em uma mulher. Os olhos, que até então estavam fechados, foram abertos energicamente. Eles se voltaram para baixo, para Yoshizumi e Mariko.

Então, a coisa sorriu e disse:

"Saia da frente."

Yoshizumi não conseguiu se mover. Ele estava totalmente aturdido por aquele olhar. Eram olhos que buscavam uma presa. Yoshizumi sentiu que essa presa era Mariko. A coisa estava atrás de Mariko. Ela abriu a boca mais uma vez:

"*Saia da frente.*"

De repente, uma das enfermeiras, que estava encolhida no canto do quarto, soltou uma voz bizarra e se levantou. Isso desfez a paralisia de Yoshizumi. Ele olha para a enfermeira. O rosto da enfermeira estava todo sujo de lágrimas e saliva. De repente, ela mexeu os braços com exagero e correu até a porta.

A coisa a encara.

Yoshizumi deixou escapar uma voz de espanto.

Subitamente, o corpo da enfermeira pegou fogo.

Todo o corpo dela foi coberto pelas chamas em instantes. E vai escurecendo, sendo queimado. Os fios de cabelo, presos na parte de cima da cabeça, vão se encolhendo. Mas o fogo não diminui. Pelo contrário, fica ainda mais forte. Gerava um calor sufocante. As labaredas chegam ao teto. Yoshizumi cobriu o rosto com os braços, mas não conseguia cerrar os olhos. Os gritos de dor da enfermeira ecoavam pelo quarto. A cor vívida dos dentes que se entreviam da boca dela, escancarada e tomada pelo fogo, invadiu a retina de Yoshizumi. A enfermeira cambaleava, movendo os braços tentando apagar o fogo de alguma maneira. Porém, isso era em vão. A força da chama era assombrosa. Produzia um ruído estrondoso como os de motores de foguete. O uniforme dela se despedaça e espalha tiras pelo chão. E esses pedaços se retorcem e são consumidos pelo fogo em questão de segundos. Um cheiro forte de carne queimada chegava às narinas de Yoshizumi. A enfermeira já não tinha mais forma humana. Estava derretendo com a chama intensa. A carne está ficando com aspecto gelatinoso e se desprendendo dos ossos. E os ossos também se encolhem, desmoronam e viram cinzas. O alarme começou a tocar alto sobre sua cabeça. O sistema contra incêndio fora acionado. O corpo da enfermeira derrete virando uma massa disforme, ao som estridente do alarme. Yoshizumi estava atônito em meio ao calor e barulho insanos.

Assim que o corpo da enfermeira perdeu forma, o fogo rapidamente foi perdendo força até que se apagou. O ruído das chamas parou e somete o som escandaloso do alarme continua a soar. No local onde a enfermeira foi envolta em chamas, contudo, nem o chão, tampouco as paredes estavam nem um pouco queimados. Nem havia sinais de deformação por causa do calor. Yoshizumi duvidava do que via. Porém, a massa gelatinosa ainda estava ali no chão, fresca, junto à perna direita que havia restado da enfermeira, como se quisesse provar que ela havia estado ali. A parte abaixo do joelho está intacta. Sua pele é suave e ainda está com meia-calça. O pé calça o sapato para ambiente interno. Somente esse membro está ali, jogado, como se fosse um produto que haviam esquecido de guardar. Yoshizumi olhava fixamente para aquilo. Tudo o que ele tinha como senso comum parecia estar sendo questionado, desmoronando diante de si.

"Aaaaaah… aaaah…!"

A outra enfermeira arranhava o rosto com os dedos das duas mãos enquanto a saliva lhe escorria pela boca. Seus olhos estão sem brilho, desfocados. Um líquido escorria das coxas dela, sujando o chão. Ela havia urinado involuntariamente.

A coisa que tinha a aparência da doadora voltou-se para essa enfermeira devagar, com um sorriso de desprezo nos lábios.

"Pare!"

Yoshizumi falou. Mas sua voz saiu humilhantemente falha. Ele mesmo não conseguia se ouvir por causa do som do alarme.

"Pare, por favor!"

A coisa ignorou Yoshizumi.

Ela encara a enfermeira. No mesmo instante, uma nova chama ascendeu.

"Argh!"

Yoshizumi desviou os olhos.

Aconteceu exatamente a mesma coisa. Uma torrente de calor se espalhou. O quarto estava tórrido. Tudo parecia prestes a iniciar combustão espontânea. Os gritos da enfermeira ressoavam pelo corpo de Yoshizumi no mesmo volume do alarme. Yoshizumi fechou os olhos e tapou os ouvidos com as mãos. Contudo, o som das chamas queimando impiedosamente, o alarme de incêndio soando sem parar e os gritos distorcidos da enfermeira continuavam a atingir seus tímpanos.

Mas essa voz parou logo. Yoshizumi voltou os olhos com relutância, e quando viu o que havia ali, deixou escapar um gemido em desolação.

No lugar onde a segunda enfermeira estava encolhida também se espalhava uma massa gelatinosa, e restava, no caso dela, um dos antebraços, do cotovelo até a mão. A sua pele tinha a beleza da brancura das porcelanas.

Yoshizumi se lembrou de relatórios bizarros que havia lido muito tempo atrás. Os textos que havia lido em revistas de medicina legal ainda durante a residência tratavam da combustão espontânea em humanos. Normalmente, o fenômeno é descoberto por vizinhos. Quando chegam ao local por sentirem o cheiro de fumaça, a maçaneta da porta está quente a ponto de queimar a mão, e o lado de dentro da residência está preenchido de calor. Encontram uma massa gelatinosa de odor desagradável, normalmente junto de uma parte do corpo da vítima, como uma das pernas. Mas as roupas que a vítima estava vestindo ou objetos, como o sofá onde ela provavelmente estava sentada, não apresenta sinais de terem queimado. Nem há sinais de que ela teria se suicidado queimando a si mesma, como brasas da lareira, fósforos queimados ou gasolina. São encontradas num estado em que a vítima parecia ter sido queimada em alto-forno, de repente. Mas é dito que é necessário um calor de mais de 1600ºC para liquefazer o corpo humano. Como é possível deixá-lo numa temperatura tão alta? E como é possível fazer somente o humano entrar em combustão, seletivamente? Os casos de combustão espontânea em humanos decididamente não são raros. Porém, não se tem pista alguma das causas.

Será que era disso que estavam falando?, pensou Toshiaki. Seria o que chamam de combustão espontânea? Será que essa coisa que havia se metamorfoseado nessa mulher tinha o poder de induzir a combustão espontânea em humanos?

"Saia da frente."

Ao ouvir essa ordem vinda da coisa, Yoshizumi levantou o olhar, alarmado.

A coisa estava de pé, exibindo um sorriso. Ela se aproxima de Yoshizumi. Não, não era dele. A coisa estava tentando se aproximar de Mariko.

"Saia da frente", a coisa disse novamente.

"...Não."

Yoshizumi respondeu com a voz falha e abanou a cabeça para os lados.

"Eu não quero matar você, me obedeça e saia da frente."

"Não... Essa é a minha paciente."

"Sua paciente?" A coisa riu com desdém. "Mas, se for por isso, eu também sou sua paciente."

"...Como é?"

"Doutor, eu sou grata a você. Você fez o que tinha de ser feito com essa mulher aqui. Mas a sua função acaba aqui. Agora, só falta você sair daqui."

"..."

Yoshizumi não sabia do que se tratava aquilo. Ele não conseguia compreender o que a coisa que havia tomado a forma da doadora estava falando.

A coisa foi se aproximando. Em um movimento reflexo, Yoshizumi ficou de bruços sobre a cama para proteger Mariko. Ela está paralisada, com os olhos ainda abertos. Talvez tivesse perdido a consciência. Mas era melhor que estivesse. Assim, ela não teria visto as abomináveis aparências das enfermeiras.

A coisa pôs a mão nele. Yoshizumi se desvencilhou dela. Mas ela pôs a mão nele novamente. Yoshizumi gritou ao sentir o vigor que a coisa tinha. Ele foi tirado da cama à força.

Yoshizumi foi jogado contra a parede. Uma dor forte irradia pela sua testa. O sangue começou a entrar pelos olhos.

"Pare!"

Yoshizumi berrou. A cabeça pulsa de dor. O alarme ainda não parou de soar. Parecia que havia passado uma eternidade desde que ele havia começado a tocar.

A coisa estava prestes a subir na cama e montar na Mariko. Ela vai tirando o lençol e as roupas de Mariko com violência, quase a rasgá-los. O corpo nu e frágil de Mariko vai se revelando diante dos olhos de Yoshizumi.

"Pare!"

Yoshizumi se levantou cambaleante. Ele impulsiona as mãos nas costas da coisa. A coisa tinha aspecto gelatinoso e tinha um brilho viscoso. Os braços de Yoshizumi são engolidos para dentro dela. A coisa vai tirando as roupas de Mariko sem se importar com ele. Yoshizumi, porém, tentou golpear a coisa com as mãos diversas vezes. Ele continuou seus ataques enquanto berrava para parar, em vão.

"Desista."

A coisa virou a cabeça e encarou Yoshizumi. Ele não conseguia mais se mexer, ainda com as mãos acima da cabeça.

A pupila da coisa se contraiu.

Em concomitância, chamas surgiram nos braços de Yoshizumi.

17

Toshiaki colocou a mão na maçaneta. Mas ela estava tão quente que o fez gritar e afastar a mão depressa. Uma onda de calor vaza da porta. Os seguranças já estão a uma distância de vinte metros. O alarme de incêndio que começara a tocar a alguns instantes atrás ressoava por todo o hospital. Alguns pacientes saem correndo dos quartos para o corredor, tentando descobrir o que acontecia. Anzai, ao seu lado, estava com uma expressão exasperada. Toshiaki acenou com cabeça a Anzai, segurou a maçaneta usando a manga da camisa e abriu a porta do quarto de Mariko com ímpeto.

Uma corrente de ar quente como brasa os atingiu. Toshiaki cobriu o rosto com o braço, instintivamente. Anzai gritou:

"Mariko! Mariko!"

Um homem gritava em desespero, com os braços em chamas. Ele agita os braços, tentando apagá-las. Anzai fez de tudo para entrar no quarto, empurrando Toshiaki que está à sua frente. Ele continua a gritar o nome da filha. Sobre a cama, uma menina, provavelmente a receptora, estava de barriga para cima, seminua. E ao lado dela, estava de pé a massa de carne que tinha a forma de Kiyomi!

"Desgraçada!"

Toshiaki urrou.

Mas os movimentos de Evel foram ligeiros. Ela pegou a menina nos braços enquanto eles estavam atordoados com o calor. Então, virou-se para Toshiaki e sorriu.

"Pare, solte essa menina!"

Evel se virou e se jogou contra a janela do quarto.

Ouviu-se o som ríspido do vidro se quebrando.

Toshiaki correu até a janela, berrando alto. Olha para baixo, esticando-se para fora.

A escuridão preenchia sua visão. Não consegue ver quase nada. Mas pôde ver uma grande sombra rastejando para fora do seu campo de visão.

"Ela fugiu!"

Toshiaki se esforçou para acompanhá-la com os olhos. Porém, o lado de fora não tinha iluminação e as luzes que vazam das janelas mal chegam ao chão. Ele perdeu o vulto de vista em questão de instantes. Mas ela não parecia estar tentando sair do hospital, considerando a direção para a qual se movia. Poderia estar tentando fugir para algum lugar dentro do próprio hospital.

"Socorro! Fogo, apaguem o fogo!"

O médico de jaleco gritava. Os seguranças já estavam se aglomerando na porta. Do lado de fora do quarto, eles estão com uma expressão de incredulidade. Toshiaki tirou o lençol da cama e cobriu os braços do médico. Ele bate por cima. Anzai também ajudou. Talvez por isso, as chamas perdiam a força a olhos vistos.

Quando o fogo se apagou por completo, o médico ficou sem energia e se encolheu no lugar onde estava. Toshiaki o chacoalhou pelos ombros e gritou no pé do ouvido dele para que voltasse a si. Toshiaki havia se lembrado. Ele já tinha visto esse médico. Era o responsável pela extração dos rins de Kiyomi. Se bem se lembrava, tinha se apresentado como Yoshizumi. Ele certamente havia sido responsável pelo transplante do rim da menina chamada Mariko.

"O que é… que aconteceu aqui…?"

Um dos seguranças entrava no quarto enquanto falava com a voz trêmula. De meia-idade, ele tinha alguns quilos extras, mas era corpulento e seu rosto tinha expressões austeras. Toshiaki concluiu que ele era o chefe de segurança.

"Ela fugiu!", Toshiaki gritou para o segurança enquanto ainda chacoalhava Yoshizumi. "Vá atrás dela logo, ela levou a paciente!"

"O que era aquilo? E o que é que…"

"Rápido!"

Com o brado, o segurança pareceu ter voltado a si. Ele deu meia-volta, foi para fora do quarto e começou a dar instruções para os outros seguranças. Os sons de alguns deles que saíam correndo como lebres chegaram aos ouvidos de Toshiaki.

De repente, Anzai começou a vomitar ao lado dele. Quando voltou os olhos a Anzai para saber o que estava acontecendo, viu que havia uma perna humana ao lado daquele homem. Sua extremidade está gelatinosa, como se tivesse se derretido por um calor intenso. No canto do quarto, havia um braço. Decerto eram vítimas de Eve1. Toshiaki grunhiu e desviou o olhar.

O dr. Yoshizumi começou a mostrar reações a Toshiaki. Os olhos, que estavam virados, começam a voltar ao centro. Eles gradualmente foram ajustando o foco à face de Yoshizumi.

"…Você é…?"

"O que a coisa fez com a menina?!", Toshiaki inquiriu.

"A coisa...?"

"Aquele monstro. Não se lembra? Tinha a aparência de uma mulher!"

Foi então que Yoshizumi soltou um "Ah!". Ele se agarra em Toshiaki.

"E a Mariko? Pra onde Mariko foi?!"

"Foi levada pela coisa."

"O quê?!"

"Então, o que a coisa fez com ela? Fale pra mim. Ela introduziu alguma coisa nela?"

"Não... não deve ter feito nada ainda...", Yoshizumi respondeu, parecendo sem ar. "A coisa estava atrás de Mariko... Ela deu cabo nas enfermeiras. Depois ateou fogo em mim. E foi então que vocês..."

"Então ela não fez nada com ela, de verdade? Ela não colocou o óvulo dentro dela, então?!"

"Óvulo?"

"A coisa está tentando implantar um óvulo fecundado na menina."

Anzai, que tapava a boca com o lenço, talvez estivesse ouvindo a conversa, pois pegou no braço de Toshiaki. Seu rosto estava pálido e os cantos dos lábios tremiam.

"O que diabos é aquilo? Por que atacou Mariko?"

"É uma parasita que estava alojada no corpo da minha esposa", Toshiaki explicou, olhando para Anzai e para Yoshizumi alternadamente. "Ela tem um poder assombroso. Ela quer fazer o bebê dela crescer dentro da menina. Precisamos salvá-la logo, a menina está em perigo."

"Espere. O que é essa parasita?"

Toshiaki respondeu à pergunta de Yoshizumi:

"Mitocôndrias."

"Mitoc...!"

Yoshizumi ficou sem palavras. Aparentemente, ele sabia de algo.

"Precisamos procurar a menina, antes de mais nada. Por favor, dê essa ordem aos seguranças. Eles devem procurar por todas as dependências deste hospital. Os seguranças não vão confiar em nós."

Ainda com o choque estampado no rosto, Yoshizumi meneou a cabeça repetidas vezes, se levantou e chamou o segurança. O homem que estava dando ordens até há pouco veio correndo. Yoshizumi contou sobre os acontecimentos até o momento de forma breve e Toshiaki ouvia, ao lado, em silêncio. O segurança escutava Yoshizumi, boquiaberto. Ao lado de Toshiaki, Anzai cobria o rosto com as mãos e gemia chamando pelo nome de Mariko.

Será que Evel já teria fixado o óvulo fecundado na menina? Ao pensar na possibilidade, Toshiaki se sentiu como se seu corpo estivesse prestes a se despedaçar. Ele só havia visto de relance, mas a menina era pequena e tinha aparência pueril de estudante do ensino primário. Evel está tentando fazer essa menina dar à luz seu bebê. Era uma ideia desoladora. Eles deveriam salvar a menina das garras de Evel o quanto antes. Mesmo que o óvulo fosse fixado, deveriam fazer a curetagem o quanto antes.

Ao pensar até tal ponto, Toshiaki congelou.

Evel provavelmente sabia desde o princípio que não teria tempo suficiente para fazer a menina dar à luz o bebê. Era totalmente previsível que o dr. Yoshizumi e o pai dela, e até mesmo Toshiaki em si, tentariam impedir o crescimento do embrião. Mesmo que Evel tenha poderes fora do comum, não era possível pensar que poderia proteger a menina que lhe emprestaria a barriga até que a curetagem não fosse mais possível. E mesmo que o bebê nascesse, como cuidaria dele depois? Esse bebê provavelmente levaria anos até conseguir usar suas habilidades como Evel pretende.

E será que mesmo assim Evel acredita que terá sucesso?

O sorriso de vitória que Evel mostrou logo antes de fugir lhe veio à mente. Era uma expressão cheia de autoconfiança.

Evel ainda tem algum outro poder. Se não, certamente não teria feito aquele discurso na frente de Toshiaki e outros no congresso.

Ele teve um mau pressentimento.

Evel poderia ter calculado as coisas muito além do que Toshiaki poderia imaginar. Será que já não era tarde demais para impedi-la? Será que já não resta alternativa aos humanos senão serem dizimados pela Evel?

...Não pode ser. Toshiaki tentou convencer a si mesmo. Todos os planos, mesmo os mais meticulosos, sempre têm alguma falha. Deve haver alguma forma de derrotar Evel e seu bebê. Alguma forma.

Mas ele não conseguiu pensar em qual era essa forma. Toshiaki mordeu o lábio, apreensivo.

18

Ela avançava o mais rápido que podia. Tinha de levar Mariko a algum lugar onde pudesse ficar em repouso. Precisava transferir o óvulo fecundado ao útero de Mariko antes que Toshiaki e os outros viessem.

Ela estava certa de que teria sucesso. Em breve, nasceria Eva. Sua filha, com os poderes das mitocôndrias e que adquirira poderes humanos, nasceria.

Tinha de agir rápido. As células hospedeiras que ela estava controlando estavam começando a enfraquecer. Mesmo ela controlando suas atividades[43] e energia, expor as células cultivadas ao ar e movê-las impunha limites. Talvez possa sobreviver por alguns dias se entrasse nessa garota. Mas cedo ou tarde seria rejeitada e expelida. A histocompatibilidade entre a sua hospedeira, Kiyomi, e essa garota era bastante alta, mas não era completa. Ela seria expelida a não ser que obtivesse imunossupressores. Quando possuiu o corpo de Asakura, também teve de trocar as células que se hospedavam nela todos os dias, para não ser vencida pela rejeição. Ela compreendia sua própria fragilidade perfeitamente. Por isso mesmo preparou a receptora de antemão, e havia enviado sua irmã para dentro dela para que fosse possível gerar um bebê.

Sua irmã realizou a missão vagarosa, mas consistentemente, dentro do corpo da garota. Ela foi fazendo alterações no seu útero para que pudesse receber o ovário fecundado. A placenta do corpo materno teria de ser compatível com a forma do feto. E, para isso, foi necessário realizar alterações no útero da garota, ainda que mínimas, para que ficasse mais parecido *com o que ela pretendia*. Sob suas ordens, sua irmã foi trabalhando no útero da garota, pulsando forte. Ela foi guiando o útero à linha limítrofe da espécie, devagar, de forma que ninguém percebesse. Assim, o óvulo poderia se desenvolver sem problemas dentro de Mariko. Não seria rejeitado.

A vida desse hospedeiro chamado de Eve1 por Toshiaki acabaria em breve. Quando isso acontecer, será também o fim dela, que havia se alojado. Teria de fazer Eva nascer antes disso, a qualquer custo.

Eva, que nasceria em breve, teria o corpo de um humano desde o início. Portanto, não precisaria controlar a morfologia do hospedeiro, como ela estava fazendo. Poderia dedicar toda a sua capacidade em atividades mais produtivas. Eva poderia produzir energia por si só, que lhe permitiria agir e raciocinar. Eva poderia induzir células a seu bel-prazer, desde que sejam genomas que ela mesma possui. Poderia se proliferar e programar a morte[44] como bem entendesse. Seria possível evoluir livremente para o estado que quisesse.

Nunca existiram vidas na face da Terra que pudessem evoluir intencionalmente. Nos genomas nucleicos faltava essa função, fundamental para a sobrevivência. Todos tinham de deixar o destino nas mãos incertas do tempo e da coincidência. Ela se alojou neles e teve de passar muito tempo com uma sensação de impotência. Porém, Eva será diferente. Ela poderá construir seu futuro conforme suas intenções. Poderá acessar os genomas nucleicos com liberdade e determinar o direcionamento de sua evolução por si. Eva poderá a qualquer momento realizar mutações para se adaptar ao ambiente, maximizar e racionalizar seus poderes, que permitirão a sua perpetuação. A velocidade evolutiva aumentará exponencialmente. Ela se tornaria o ser supremo.

Ela correu escuridão adentro, rente à parede. Desceu a escada para o subsolo que encontrou nesse percurso. Chegou a um espaço úmido e estreito. Havia uma porta pesada de metal na parede à sua frente. Uma rampa estende-se até a parte externa, com espaço apenas o suficiente para um carro passar com dificuldade. Ela se apressou até a porta.

A entrada estava trancada, mas ela fez seu tentáculo se infiltrar através da fechadura e a destrancou. Abre a porta lentamente. Um som de algo corroído pela ferrugem ecoou. Ela se esquivou para dentro, levando a garota.

Era um espaço mal iluminado. Havia somente uma pequena lâmpada fluorescente acesa no teto. Talvez a sala das caldeiras seja próxima; ouve-se um som abafado vindo de algum lugar. À esquerda estava a porta do elevador. À direita, uma sala. A luz vazava do vidro fosco dessa porta.

Ela ficou de pé em frente a essa porta. Há uma placa nela escrito "sala de autópsia".

Aqui eu posso deixar Mariko em repouso. Ela ficou satisfeita.

Não havia maçaneta na porta. Sem saber o que fazer, olhou para baixo, e então viu que havia uma cavidade quadrada na parede ao lado. Nela, uma pequena luz vermelha está acesa. Ela enfiou o pé nessa cavidade.

Um bipe eletrônico soou e a porta se abriu para o lado.

"Ei, o que você...?"

Um homem com bata cirúrgica se virou, e ela o matou.

19

Toshiaki narrou os acontecimentos de até então para Yoshizumi e Anzai de forma resumida. Enquanto ouviam, eles arregalaram os olhos e deixaram escapar suspiros impressionados diversas vezes. Por outro lado, eles acreditaram totalmente em Toshiaki, talvez por eles mesmos terem vivenciado coisas surpreendentes. Yoshizumi confessou do tamanho anormal das mitocôndrias que viu na biópsia do rim transplantado em Mariko e de ter sentido um calor estranho durante a cirurgia.

"Eu também já senti esse calor", disse Toshiaki. "Provavelmente, a coisa consegue contatar as mitocôndrias das células de outras pessoas. E deve conseguir controlá-las até certo ponto. Claro que as mitocôndrias do nosso corpo são diferentes dela e não passaram pela evolução final, então só conseguem realizar as atividades normais."

"Mesmo que isso seja verdade, por que aquela coisa consegue atear fogo nas pessoas?", Anzai verbalizou sua dúvida.

"Não sei. Mas é possível fazer a seguinte suposição: existem mitocôndrias nas células do corpo todo. Se todas elas começarem a produzir ATP ao mesmo tempo, o que vai acontecer? E se tudo for convertido em energia, sem exceção? Será uma fonte de calor extraordinária. Eu não sei como ela faz para provocar a combustão, mas talvez faça as células do corpo todo vibrarem em uma velocidade extrema. E essa vibração acende o fogo. Deve ter sido por causa de algo parecido que nós sentimos calor."

"Não acredito...", Yoshizumi estava boquiaberto.

Havia passado cerca de cinco minutos desde que Eve1 fugiu. O alarme finalmente foi desligado. O segurança dá ordens uma atrás da outra através do microfone do rádio. Mas ainda não receberam notícia de terem encontrado Mariko. Sem se aguentar, Toshiaki falou:

"Vamos procurar também. Estou uma pilha de nervos ficando aqui parado."

"Concordo."

Eles saíram do quarto depressa. Para começar, correm até onde ficam os elevadores. Anzai estava com uma expressão angustiada. Ele continua a murmurar o nome da filha. Toshiaki falou enquanto corria:

"A coisa ainda deve estar neste hospital. Ela precisa deixar Mariko em repouso, e por isso não deve ter ido para longe. Dr. Yoshizumi, onde o senhor acha que ela poderia se esconder?"

"Lugares para se esconder existem de sobra. Desde o centro de estudos clínicos, a ala hospitalar, até as salas de exames. Não conseguiríamos procurar por todos esses lugares, só nós e os seguranças."

"Há uma coisa que me preocupa. As mitocôndrias têm a função de acelerar o desenvolvimento de um indivíduo. E ela pode ter evoluído essa sua função."

"...O que isso significa?"

Yoshizumi franziu a testa. Parecia não estar entendendo o que Toshiaki queria dizer.

"Recentemente, foi realizado um experimento com drosófilas.[45] Ao injetar o RNA ribossomal da mitocôndria no ovário, mais especificamente na parte que se tornará células germinativas posteriormente, a diferenciação dessas células foi acelerada. E não só isso, como também foi descoberto que, durante a postura de ovos, esse RNA ribossomal da mitocôndria saía até o citoplasma do óvulo e induzia a diferenciação das células germinativas."

"...?" Yoshizumi parecia continuar sem entender.

"Isso quer dizer que as mitocôndrias são a chave da diferenciação de um indivíduo. Não há relatos de evidências em humanos, mas a possibilidade é grande."

"Então... aquela coisa consegue fazer o óvulo fecundado se desenvolver como bem entender?"

"É o que eu receio. Ela consegue ter total controle da reprodução das células hospedeiras, então pode ser que tenha a capacidade de fazer o óvulo fecundado se desenvolver em um curto período."

"Está dizendo que a criança vai se desenvolver até um estágio em que a curetagem não será mais possível se não a encontrarmos logo?"

"Não!", Anzai gritou vertendo lágrimas. "A Mariko dar à luz um monstro... isso não pode acontecer! Ela só tem catorze anos!"

Eles chegaram à frente dos elevadores e Toshiaki apertou o botão. A luz que indica os andares se move lentamente.

"Onde os seguranças estão fazendo a busca?", Toshiaki, ainda sem ar, perguntou a Yoshizumi.

"Na ala hospitalar. Estão verificando cada um dos quartos. Parece que querem verificar primeiro se os outros pacientes não foram atacados."

"A coisa levou Mariko, deve estar em algum lugar onde há menos gente!", Anzai levantou o tom de voz.

"E a coisa não deve querer expor o corpo materno a riscos até o feto nascer. É algum lugar onde não haja pessoas e que possa deixá-la em repouso", Toshiaki acrescentou.

"Mas há lugares assim aos montes. O sofá do escritório, a mesa de tomografia, as macas no depósito, a sala de eletroencefalografia, a sala de cirurgias, o necrotério, a sala de autópsia..."

Ao ouvir a última palavra, os três tiveram um estalo e levantaram o rosto.

No mesmo instante, o elevador chegou fazendo um barulho mecânico.

20

Ela percorreu o recinto com os olhos.

Ali dentro parecia uma sala de cirurgias. Mas era um pouco diferente dos lugares onde Kiyomi e Mariko foram operadas. Era um espaço exíguo, com coisas demais. O piso estava notavelmente sujo. Há três mesas de autópsia de aço inoxidável e um homem nu deitado no centro. Há dois homens vestindo batas cirúrgicas, um em cada lado, olhando para ela com uma expressão atônita.

"Ei, estamos fazendo autóp..."

Um deles falou com a boca coberta pela máscara, em reprimenda. Não poderia atear fogo; se o alarme tocasse, saberiam onde estava. Ela fitou o homem por alguns instantes e fez o coração dele parar,[46] como o homem há pouco. O homem desfaleceu sem resistir, emitindo uma voz singular.

O outro médico começou a recuar, piscando os olhos. A máscara dele se movia; talvez ele estivesse tentando dizer algo. Porém sua voz não se fez ouvir. Ela foi entrando no recinto, levando Mariko quase arrastada. Olhou para o homem sobre a mesa de autópsia. A pele estava branca e estava visivelmente morto. A barriga, cortada na linha média, estava aberta e a gordura de um branco leitoso, o intestino e outras partes estavam misturadas. Ela pegou o braço do corpo e tentou arrastar para fora da mesa.

Mas o que caiu foi a sua mão, que se desmoronou emitindo um ruído de algo se desprendendo. Surpreendida, ela olhou para a mão. Enviou sinais de reprodução para recuperar sua forma. Porém, as células não reagiram.

As suas células hospedeiras já estavam começando a necrosar. A massa com a aparência de Kiyomi está começando a derreter em diversos pontos. A sua vida como Eve1 estava chegando ao fim. Tinha de agir rápido.

Ela usou os braços para mover o corpo sobre a mesa. Ele rola para o chão, emitindo um som obtuso. O ombro de Kiyomi se retorceu, e os braços estavam quase se soltando do restante do corpo.

O cirurgião estava agarrado à parede, movendo a boca sem parar. Incomodada, ela o eliminou também.

Colocando Mariko sobre as costas, ela ergueu-a e colocou-a sobre a mesa. Tira todas as roupas que restavam no corpo de Mariko. Ela observou sua estrutura física.

Era um corpo pequeno. As mamas eram imperceptíveis e quase não havia pelos pubianos. Havia uma fenda firmemente fechada debaixo desses pelos. Mas já deve ter as funções do corpo feminino. Tinha de cuidar bem daquele útero. Talvez ela fosse dar à luz mais algumas Evas. Mariko teria de ser a incubadora. Nesse sentido, foi bom ter conseguido uma mulher jovem.

Com um sorriso no rosto, ela subiu em Mariko.

Ao fazer isso, um de seus braços caiu, separando-se do ombro. A queda emite um som de líquido se esparramando. Os pedaços de carne se remexem, gelatinosos. Mas ela os ignorou. Não precisaria mais daquele corpo, contanto que conseguisse fixar o óvulo.

Ela abre as pernas de Mariko. Segurou-a pela cintura para ver melhor o órgão sexual. Ela pressionou sua região pélvica contra essa parte.

O esperma de Toshiaki havia atingido de forma certeira o óvulo que ela havia produzido. A fertilização havia sido perfeita. Quando a ponta do espermatozoide penetrou a membrana do óvulo, a célula passou por uma rápida mudança no potencial elétrico. Ela pôde sentir isso com clareza. Ela armazenou cuidadosamente o óvulo fecundado no centro de seu corpo até aquele momento. Envolveu essa parte com inúmeras camadas feitas de pregas de carne para que essa parte não sofresse impactos desnecessários. Agora, iria passá-lo para o útero de Mariko. Ela iniciou seu último ato.

Cerca de metade das células hospedeiras já estavam começando a necrosar. Ela concentrou as células sobre as quais ainda tinha controle na região pélvica. Foi formando um pênis na parte que equivalia às partes íntimas de Kiyomi. Ela imaginou o de Toshiaki, a quem amava. Em instantes, um órgão idêntico ao de Toshiaki foi se erigindo entre as pernas de Kiyomi. Ela formou, ainda, um canal no centro desse órgão, que foi se estendendo até o óvulo fecundado.

Ela introduziu o órgão em Mariko devagar. O corpo de Mariko estava rígido e ela teve de pressionar as paredes para os lados para avançar. E era ainda mais fino ao fundo. Sem alternativa, ela modificou o órgão para que a ponta ficasse em forma de tubo, e continuou a adentrá-la.

Quando sentiu que chegou até o útero, ela moveu a ponta do tubo para tatear pelo seu interior. Busca um local adequado para a fixação do óvulo.

Então, ela começou a mover o óvulo fecundado com cuidado.

Fez crescer o máximo de quantidade possível de cílios no interior do tubo para que o óvulo não fosse danificado. Faz suas paredes se moverem para o óvulo fluir lentamente. Ela percebeu que estava excitada. Finalmente poderia realizar o seu objetivo, depois de bilhões de anos. A alegria fazia todo o seu corpo tremer. Mas não era só isso. A cada movimento do óvulo, os cílios são friccionados e isso provoca um prazer indescritível. Os suaves estímulos foram se deslocando. Do baixo ventre de Kiyomi para o órgão, e então para o tubo em sua ponta. Ela quase teve convulsões. Mas não poderia mover as células hospedeiras com leviandade e danificar o óvulo. Ela resistia à excitação fora do comum. E por resistir a elas, os estímulos foram se tornando ainda mais fortes. O óvulo vai se movendo vagarosamente como algodão, envolto pelos delicados cílios. Um prazer totalmente distinto do que havia sentido quando teve a relação com Toshiaki a fez sentir arrepios.

Por fim, o óvulo saiu da ponta do tubo.

Ela deu um grito de êxtase. Teve espasmos por todo o corpo. Não tinha mais controle sobre o hospedeiro. Os fatores de ligação que reuniam as células até então começam a se desintegrar. Tudo começava a desmoronar. E isso reforçava seu êxtase.

Ela emitiu um longo gemido de prazer e arqueou o corpo para trás. Sentiu o corpo se desfazendo ao mesmo tempo. Mas ela estava preenchida por uma sensação de satisfação sem igual. O óvulo fecundado foi fixado. Sua filha nasceria logo. Em breve, o mundo mudará. Suas filhas se tornarão as donas daquele mundo. Foram longos, longos os séculos, quase eternos, que teve de esperar para chegar até ali, mas agora tudo terá valido a pena, o mundo delas começaria, não precisariam mais servir ao genoma nucleico como escravas, elas finalmente teriam aquele mundo sobre a palma de suas mãos.

21

O elevador chegou ao térreo dando um solavanco. Impaciente com a lentidão com que a porta se abria, Toshiaki apertou o botão de "abrir" com violência, repetidas vezes.

A porta finalmente se abre. Os três saíram num pulo.

"Por aqui."

Yoshizumi indica o lado esquerdo com o queixo. Um corredor escuro se estendia dali. Correm com Yoshizumi na frente.

"A sala de autópsia fica no subsolo do Prédio 1 da ala hospitalar. Vamos descer as escadas que ficam ao virar ali."

A sala de autópsia onde se trabalha com cadáveres normalmente fica no subsolo. Isso é para que fique menos evidente para os pacientes. Porém, como os corpos têm de ser transferidos para o carro funerário ou outros meios de transporte logo em seguida, eles normalmente ficam próximo ao portão dos fundos do prédio. Era o local ideal para Eve1 se infiltrar pelo lado de fora.

Eles correram escada abaixo, quase como se estivessem se jogando. Anzai tropeça e quase cai. Toshiaki o segurou por pouco, ajudando-o oferecendo apoio. Os passos dos três ressoam pelas escadas.

Será que nasceria mesmo um bebê, meu e da mitocôndria? Toshiaki movia os pés o mais rápido que podia, com a respiração ofegante. Tudo dentro de sua cabeça rodopiava e ele não conseguia pensar com clareza. Será que as coisas agora se sucederiam como as mitocôndrias haviam planejado? Não pode ser, deve ter algum jeito de impedir, ele ficou pensando isso o tempo todo, mas quando tentava raciocinar, faíscas se acendiam em sua visão e seu pensamento era interrompido. Toshiaki berrava. Xingava o seu cérebro que estava em curto quando mais precisava dele. Deve ter algo, algo que as mitocôndrias acabaram não considerando, somente essa ansiedade percorria todo seu corpo.

Depois de passar por dois patamares e estarem exaustos, eles chegaram ao subsolo. O rugido das caldeiras se faz ouvir. Avistaram a porta do elevador.

"É ali."

Yoshizumi berrou.

Havia uma porta automatizada um tanto discrepante daquele ambiente desbotado. A luz vaza pelo vidro fosco, no meio. Mas não se ouve sons vindo de dentro.

Yoshizumi olhou para eles querendo assegurar consentimento. Anzai meneia com exagero. Yoshizumi colocou o pé na cavidade ao lado da porta, onde havia uma luz vermelha.

A porta se abriu, emitindo um som de ar sendo expelido.

"..."

Por um momento, eles não entenderam o que era que estava ali.

Há algo sobre a mesa de autópsia no centro. Era cor de pele e duas pernas se estendiam na direção deles. Seu centro tinha um grande volume e parecia prestes a se romper. E essa parte avolumada bloqueava a visão, não permitindo que vissem o outro lado.

"...Mariko!"

Anzai gritou de repente.

Isso fez Toshiaki tentar olhar com mais atenção. Não conseguia acreditar assim de súbito. Mas era, de fato, o corpo de uma menina no último mês de gravidez. A barriga estava inchada como a de uma rã.

Anzai, que urrava, tentou correr até essa mesa. Nesse instante:

"Não adianta."

Ouviram uma voz distorcida.

Anzai parou, assustado com o que ouviu. Toshiaki olhou para o chão e encontrou a origem dessa voz. Estupefato, quase gritou.

"Não adianta... já vai... nascer..."

A emissora da voz estava se remexendo sobre o piso. Era uma massa de carne gelatinosa, como uma ameba. Mas, ao olhar com atenção, era possível notar resquícios de Kiyomi ali. Ela está de barriga para cima, com a cabeça virada para eles. Seu corpo se balança, lançando muco como se expelisse pus. As mamas, a barriga, tudo de Kiyomi estava se putrefazendo com fealdade. Os cabelos, espalhados pelo chão, se retorciam como vermes, movimentando-se antes do último suspiro. Eram os instantes derradeiros de Evel.

Evel estava rindo. Mas só se ouvia um barulho abafado, talvez porque a boca e as vias respiratórias já estivessem derretidas. Seguem-se ruídos de bolhas estourando. Mesmo quase se desintegrando, ela virou a cabeça para eles.

O rosto de Kiyomi está sendo levado pelo fluxo. Ela se derrete como açúcar. O cheiro pútrido começou a preencher o recinto rapidamente. Kiyomi ainda ria. Era como se a gosma rosa estivesse se contraindo.

"Ve... ja... já... vai..."

A barriga de Mariko se mexeu.

22

Tum.

Um som tão alto quanto ao de um gongo ressoou pelo ambiente.

Tum.

O ar começou a vibrar. As estantes nas paredes começam a emitir ruídos. Toshiaki sentia uma vibração contida em suas vísceras. Está tremendo. Todo o quarto está tremendo com o som.

Eram as pulsações. Eram as pulsações do coração. Ele ostenta sua força vital em alto e bom som. Era imponente. Cheio de vitalidade. Tanto que dava a impressão de que poderiam até ouvir o som das contrações do coração. Está se deleitando com a vida, batendo forte.

Era o feto.

Toshiaki sentia falta de ar.

O feto vai nascer.

Um sangue denso começou a escorrer das partes íntimas de Mariko.

Havia partes vermelho-vivas como também em cor de ferrugem. Parte era fluida como água e parte era viscosa como lama. A mistura dessas coisas foi tingindo a região entre as pernas de Mariko.

O líquido amniótico jorra. Transborda da mesa de autópsia e espirra sobre os pedaços de carne de Eve1, que se remexia. Anzai grunhiu. Toshiaki abraçou-o, bloqueando sua visão. Não poderia deixar Anzai ver aquilo.

A barriga de Mariko se remexeu.

Ao ressoar de outra pulsação, a barriga de Mariko se contraiu com intensidade. Um líquido de natureza desconhecida fluía das partes dela, como uma onda. Enquanto era banhada por esse líquido, Eve1 continuava a dar as risadas com som de líquido entupido.

A barriga se contraiu com força novamente. Yoshizumi gritou. Algo está começando a aparecer entre as pernas de Mariko. Está cheio de sangue, refletindo as luzes do foco cirúrgico. Essa coisa expande a abertura da vagina de Mariko lentamente. As pernas de Mariko se sacodem.

A coisa sai cada vez mais e mais, como se acompanhasse os rugidos das pulsações. Era a cabeça. Uma cabeça molhada em vermelho. Retorce o próprio pescoço, mexendo-se como pode para sair, tal qual um verme. Os quadris de Mariko deram um salto com uma contração, e a coisa deixou os ombros à mostra com o impacto. A parte íntima de Mariko, encharcada de sangue, está tão distendida que dá a impressão de estar prestes a se romper, expelindo o feto. Era como se o corpo pequeno de Mariko tivesse se tornado somente a abertura da vagina. Todas as vezes que o feto se mexia, a genitália de Mariko ficava com profundas e lastimáveis rugas. E um líquido vermelho-escuro jorra do pequeno espaço daquela cavidade.

A garganta do feto produziu ruídos de ar passando por meio líquido. Está inspirando ar. Um líquido amarelo que estava acumulado em seu pulmão foi expelido no mesmo momento. Depois de emitir sons abafados algumas vezes, a coisa fez soar sua voz.

Toshiaki sentia um formigamento que parecia prestes a desintegrar o corpo a partir de seu interior. A voz não era humana. Mas também não era bestial. Era um choro que Toshiaki nunca havia ouvido ou imaginado até então. Era uma voz intensa, que fazia estremecer seu cerne. Parecia tanto um pranto como um uivo. A emissão da voz se estendia. E se tornava mais alta a cada momento. Toshiaki não aguentou e tapou os ouvidos. Mas ao fazer isso, o som ecoava dentro de seu corpo; ele gritou e afastou as mãos das orelhas.

O feto que se retorcia já tinha metade do corpo para fora. Então, escorrega para fora de uma vez. A barriga de Mariko foi se retraindo rapidamente. O restante do sangue e do líquido amniótico afluiu como se algo tivesse se rompido. O feto que se remexe entre as pernas de Mariko é banhado pelo líquido. Talvez estivesse sentindo algo, pois treme e se contrai a cada pulsação. O sangue escorre da borda da mesa de autópsia e cai sobre Evel como uma cachoeira.

O feto deu um grito de guerra bem alto. Todo o recinto estremeceu até as bases. As luzes do foco cirúrgico instalado sobre a mesa de autópsia se quebraram uma atrás da outra. Os cacos cobrem o corpo de Mariko. Toshiaki havia se agachado instintivamente.

O feto começou por si só a remover e jogar fora a placenta grudada em seu corpo. Arrebentou o cordão umbilical. Então, virou o corpo e ficou de bruços.

Toshiaki observava essa cena com incredulidade. Esse ser que acabara de nascer já levanta o próprio corpo com os membros e está tentando engatinhar. E seu corpo crescia, devagar, mas consistentemente. O corpo vai ficando maior. Havia saído de Mariko há pouco, e o seu tamanho já era muito maior do que o tamanho do útero de Mariko.

A *coisa* levantou a cabeça e abriu os olhos. Então, seu olhar penetrante encontrou os olhos de Toshiaki. Toshiaki sentiu seu coração paralisar por um instante. Ele sentiu uma subjugação intensa.

Arreganhando a boca como um cão, a coisa sorriu. A parte de dentro da boca é de um vermelho vívido, e entrevê-se uma língua que se parecia com uma lesma.

Tum.

Todo o corpo da coisa pulsava. Sua superfície tem pequenas contrações como se todo o corpo fossem vasos sanguíneos.

Seu corpo inchou num impulso.

A coisa vai ficando maior, como se fosse um balão sendo inflado. Não, não estava ficando só maior. Está crescendo. Foi crescendo rapidamente de recém-nascido para um bebê, e então para uma criança. Fios de cabelo pretos cresciam do topo da cabeça em um piscar de olhos, e o corpo que era mole foi adquirindo uma estrutura óssea mais firme, chegando inclusive a formar musculatura. A coisa, ainda na posição de engatinhar, pulsava com intensidade e mudava a sua forma. Gira a cabeça como uma fera selvagem, movendo o quadril. Seus cabelos esvoaçam ao serem agitados. A coisa continuava a urrar. Sua voz mudava, acompanhando as alterações no corpo. O pranto vai mudando para um rugido, e se torna algo próximo de um gemido. E o volume do som não cessava em aumentar.

A coisa tirou as mãos da mesa e levantou o tronco. Ajoelha-se. Contrai-se pendendo a cabeça para trás. O corpo estava adquirindo sua forma adulta. Duas mamas se formam na região do peito. Pelos retorcidos dão sinais de estar nascendo entre as pernas. A cintura começa a se afinar, adquirindo curvas sensuais. A forma final da cabeça também estava caminhando para a perfeição. Os lábios eram de um vermelho ofuscante e a parte interna que se entrevia delas era de um tom vívido ardente.

Tum.

A coisa urrou junto à pulsação. Uma forte vibração sacudiu o recinto. O piso rangia e os vidros de reagentes tombaram com um som violento.

De repente, o silêncio se instalou.

Era um silêncio ensurdecedor. O corpo de Toshiaki ainda tremia. Yoshizumi está de olhos arregalados, boquiaberto como se tivesse perdido a razão. Sob os braços de Toshiaki, Anzai estava com os olhos fechados com toda a força que conseguia, rangendo os dentes.

A coisa colocou o pé para baixo, fazendo respingar o sangue que se acumulara na mesa de autópsia. Pós o pé direito no piso, e então o esquerdo, devagar.

A coisa se levantou.

Toshiaki observava todo o seu corpo.

Era muito parecida com um humano, mas, ao mesmo tempo, era evidente que não era humano. As mamas fartas, as curvas suaves da cintura e o cabelo sedoso compunham a imagem, a forma de uma mulher humana. Todas as partes eram de uma mulher perfeita. Não era nada além de uma mulher humana. Porém, ao observar esse ser vivo como um todo, percebia-se que tudo era perfeito demais, que transcendia a perfeição. Transcendia em muito uma mulher humana. Ali, havia uma forma que humanos nunca alcançariam. Isso não é uma humana, pensou Toshiaki. Diferia de qualquer ser vivo que já havia surgido na face da Terra. Era um ser vivo que era predestinado a ser feminino, que representava o feminino, que nascia para gozar ao máximo o prazer do feminino: era a forma feminina perfeita. Ao tê-la diante de seus olhos, Toshiaki sentiu algo próximo a uma reverência temerosa. Era, ao mesmo tempo, bela demais e grotesca demais. Toshiaki sentia um prazer erótico atravessar seu interior em simultaneidade a um calafrio forte e nauseante.

Eve1, que se decompunha sobre o piso, continuava a rir.

23

Anzai abriu os olhos. Deve ter percebido que seu entorno estava em completo silêncio. Temeroso, ele olhou ao redor por trás dos braços de Toshiaki. De repente, estremeceu. Toshiaki sentiu esse tremor nos braços. Deve ter se assustado vendo *aquilo*.

Anzai ficou paralisado por um tempo, mas subitamente se levantou e murmurou:

"Mariko."

Quando Toshiaki gritou, Anzai já havia passado debaixo dos seus braços. Ele berra o nome de Mariko enquanto corre até a mesa de autópsia.

"Não!"

Antes de Toshiaki gritar para tentar impedi-lo, aquela criatura encarou Anzai.

Nesse momento, o corpo de Anzai sumiu. Ao mesmo tempo, um ruído enorme se fez ouvir de trás de Toshiaki.

Quê?

Ele sequer teve tempo de se virar. Algo cai de cima de sua cabeça. Toshiaki gritou e abaixou sua cabeça.

Um baque pesado vem de trás de Toshiaki. Ele olhou para trás, receoso.

Era Anzai. Ele estava encolhido, jogado ao chão. Sangue escorre de suas têmporas. Um pó branco recaía sobre seu corpo. Toshiaki olha para cima depressa. Na parte superior da parede, já quase no teto, havia rachaduras com forma de teia de aranha. Levou alguns segundos até perceber que o corpo de Anzai havia sido arremessado contra aquela parte.

Anzai solta um ulular tênue. Parece não conseguir levantar. Toshiaki ficou ali, em pé, atônito.

Algo se mexeu no seu campo de visão. Ele levanta o rosto. Era Yoshizumi. Ele começa a correr como lebre até o alarme.

Mas a criatura já previa o que ele faria. Quando Yoshizumi esticou a mão para apertar o botão do alarme, ela abriu a boca largamente e urrou curto.

Yoshizumi gritou. Seu braço se retorce de forma pouco natural. Em seguida, o corpo de Yoshizumi deu um giro. Cai no chão de cabeça. Um som grave de impacto ressoou.

A criatura contorceu os lábios e sorriu. Lança um olhar opressivo a Yoshizumi. O corpo dele começou, aos poucos, a flutuar no ar.

A criatura brincava com o corpo de Yoshizumi mantendo o sorriso na cara. Gira-o no ar e mexe seus braços e pernas como se ele fosse uma marionete. Pode-se ouvir os guinchos de Yoshizumi, entrecortados. Ela parecia estar testando o que conseguia fazer, uma coisa de cada vez. Os olhos da criatura brilhavam à medida que jogava Yoshizumi contra as quatro paredes. A roupa dele está ficando manchada, escurecendo-se com o sangue em questão de instantes. Quando viu que Yoshizumi estava sem forças, pôs ele de ponta-cabeça no ar para então atirá-lo contra o chão. No exato instante em que a cabeça de Yoshizumi ia atingir o piso, fez o corpo parar no ar e elevou-o. Repetiu isso diversas vezes. Era como se estivesse sacudindo um brinquedo.

“Chega!”

Toshiaki bradou sem pensar.

Devagar, a criatura direcionou o olhar a ele.

Toshiaki ficou paralisado. Foi totalmente dominado. Não consegue desviar o olhar. Suas pernas não se mexiam. A boca vai ficando seca. Ouviu um som de impacto em algum lugar. Era Yoshizumi que havia caído. Porém, ele não conseguiu olhar para ele.

A criatura sorriu maliciosamente.

De súbito, vozes começaram a soar de diversos pontos do recinto.

Eram gemidos. Não é uma ou duas vozes. Há várias. Elas aumentam de volume como um coral.

Toshiaki ficou estarrecido.

Eram gemidos de Kiyomi!

Era uma voz que Toshiaki acreditava só ele conhecer. Aquela voz doce, quase suplicante, que repousava no fundo de seus ouvidos, que respondia a cada gesto de Toshiaki com sensibilidade, os gemidos de Kiyomi, aquela voz de sua esposa ecoa como estrondo. Toshiaki olhou pelo recinto, agonizado. Quem? Quem está emitindo a voz de Kiyomi? A mente de Toshiaki foi inundada por visões de Kiyomi. Todas as expressões de Kiyomi, todos os gestos vieram em enxurrada. Kiyomi sorrindo, Kiyomi franzindo o cenho, Kiyomi lacrimejando, Kiyomi pensativa, e Kiyomi em seus braços, quando fazia amor com ela; sua mente foi transbordando com dezenas, centenas, milhares de Kiyomi.

"Aaaah!"

Os olhos de Toshiaki capturaram a imagem:

O cadáver do homem morto jogado no chão estava abrindo e fechando a boca, gemendo com a voz de Kiyomi!

Não era só isso. Os homens vestidos de bata cirúrgica estão gemendo, ali, ao lado da parede, à esquerda de Toshiaki, cada qual com os olhos virados. Os homens estavam todos mortos. Os defuntos estão fazendo um coral com a preciosa voz de Kiyomi.

A mente de Toshiaki entrou em pane. Estava começando a ter a sensação de que estava realmente fazendo amor com Kiyomi, devido aos gemidos que atingiam seus tímpanos. Se ela dava gemidos curtos ah-ah era como se ele estivesse sugando os mamilos dela e quando os gemidos eram contidos humm de boca fechada era igual a quando ele percorria a lateral da cintura e as costas dela com a língua e se era um som anasalado remetia a quando ele estava lambendo o pescoço e as orelhas dela e os gemidos que pareciam soluços eram de quando ele a estimulava entre as pernas e se estava gemendo alto repetidamente alternando entre aah e haah era como quando ele entrava em Kiyomi a abraçando apertado beijando-a diversas vezes e se mexendo com força e alcançando-a ao fundo e isso o lembrava do corpo de Kiyomi em desordem e sua expressão que estavam sendo projetados vividamente em suas retinas e isso se sobrepunha com o defunto branco que estava caído no chão deixando o intestino à mostra e que sem que ele percebesse havia se levantado e os outros defuntos também se levantaram e estavam andando em sua direção aproximando-se de Toshiaki eu estou fazendo amor com Kiyomi mas quem está gemendo são os defuntos Kiyomi era um cadáver estava morta e mesmo assim estava sentindo prazer e gemendo em meus braços não dava pra entender com o que é que eu estava fazendo amor agora o que é essa coisa gelada que estou sentindo essa coisa enroscada no meu braço não seria o intestino será que é o intestino de Kiyomi será que estou praticando necrofilia será que estou penetrando o corpo de Kiyomi em morte encefálica os gemidos de Kiyomi ficam altos Kiyomi está sentindo prazer a Kiyomi a Kiyomi a Kiyomi a Kiyomi a Kiyomi a Kiyomi

"Chega chega chega chega chega chegaaaaaaaaaaaaaaaaaaaaAAAAAA!"

Os gemidos pararam.

Os defuntos caíram no chão em sucessão. Eles irradiam um lampejo instantâneo e derretem. Emitem somente um som úmido e sequer produzem chamas. Era um calor de uma intensidade incomparavelmente maior do que a gerada por Evel.

Anzai se agarrava a Mariko, deitada na mesa de autópsia, e berrava. Ele sacode o corpo dela e tentava falar com ela em desespero. Mariko não reagia aos chamados de Anzai, mantendo seus olhos bem abertos. Anzai continuava a bradar o nome de Mariko, beirando a insanidade.

A criatura acompanhava esses atos de Anzai com um olhar gélido.

Não.

Toshiaki proferiu.

Mas já era tarde. A criatura olhou fixamente para Anzai e mexeu o pescoço de forma breve. As pernas dele ficam no ar. Ela pretende arremessá-lo contra a parede de novo.

Anzai se debatia. Ele se agarrava a Mariko e não a soltava. Da cintura para baixo, Anzai está flutuando, suas pernas em linha reta. Porém, ele continuava a gritar o nome da filha e a abraçá-la.

A criatura franziu o cenho.

Anzai foi arrancado à força de Mariko. O corpo dele roçou a bochecha de Toshiaki e foi atirado em direção à parede acompanhado de um som de impacto. Mas agora ele não caiu no chão. Ele ficou voltado à parede, como se estivesse colado, com os braços e pernas estendidas. O rosto está sendo pressionado contra a parede. Anzai estava de olhos fechados, com os músculos do rosto contraídos. A criatura aplicava-lhe pressão.

De súbito, uma força atingiu também o corpo de Toshiaki. Seu corpo também foi pressionado contra a parede, e ele sequer teve tempo de gritar. Era uma força descomunal. Não conseguia nem mover os dedos. A carne de suas bochechas se deformava e parecia estar prestes a encostar na bochecha oposta. Seus olhos permaneceram abertos e não conseguia piscá-los.

Pare.

Pare com isso.

Não conseguiu vocalizar essas palavras. Não consegue mover a língua por conta da pressão. *Aquilo* estava refletido nos olhos de Toshiaki, que continuavam abertos. Ela estava vindo devagar em direção a eles. No meio do caminho, olhou de relance para o chão, viu Evel totalmente disforme e exibiu um sorriso a ela. A massa viscosa respondeu com um som desagradável. A criatura sorriu com alegria e se virou para eles novamente.

<Não se aproxime!>

Toshiaki berrava em seu interior. A pressão aumenta cada vez mais. Seus órgãos retorcem para fora do lugar e estão quentes como se estivessem prestes a queimar. Seu crânio range. A garganta está fechada e ele não consegue nem respirar. Era como se todo o seu corpo estivesse soltando faíscas. Para a criatura, deveria ser muito fácil matá-los. Já havia eliminado o cadáver dos médicos em um piscar de olhos. Só estava usando Toshiaki e os demais como brinquedo. Estava usando-os para se divertir sadicamente, como um ser superior divertindo-se ao fazer um ser inferior sofrer, como uma criança humana que pegava uma formiga, cortava sua cabeça e pernas e se divertia vendo-a se debater. Toshiaki não conseguia se perdoar por estar completamente impotente diante disso. Não conseguia se perdoar por apenas ser capaz de implorar que não o matasse.

Ele está no limiar da consciência. Sentia que seria esmagado pela gravidade. Sua visão ficou avermelhada. Foi porque o fundo dos olhos começou a sangrar. Sentiu algo estourando, emitindo um som abafado dentro de seu corpo. Uma coisa quente se espalha por todo o interior dele. Mas Toshiaki berrava como podia. Bradava contra a criatura para que ela não se aproximasse.

<Papai...>

Ele foi pego de surpresa.

Uma voz se fez ouvir. O som que chegou a seus ouvidos era um rangido indescritível. Mas foi sendo convertido para o japonês dentro da mente de Toshiaki. Eram as palavras proferidas pela criatura. Ela chamava Toshiaki de papai. Ele sentiu um frio na espinha. Toshiaki observou a criatura, que estava de pé no meio do seu campo de visão tingido de vermelho.

A criatura deu um sorriso aterrador.

Todo o corpo de Toshiaki gritou. Não conseguiu acreditar no que havia visto. Sentia vasos sanguíneos se romperem em diversos pontos de seu corpo. O corpo todo emite ruídos de rasgos. Toshiaki acreditou que estava prestes a enlouquecer. Aquele sorriso havia sido estampado em suas retinas. Não consegue cerrar suas pálpebras, mesmo querendo, não consegue apagar aquela imagem, mesmo gritando. Só conseguia descrever o sorriso como aterrador. Não conseguia aguentar aquilo. Acreditou que não poderia suportar viver com aquele sorriso pregado em sua mente. Toshiaki desejou que fosse morto logo. Esmague esse meu corpo, agora.

Nesse instante, as feições da criatura se distorceram.

24

O corpo de Toshiaki caiu no chão.

Em seguida, o corpo de Anzai também caiu. Ele sangra pela boca e geme.

A força que exercia pressão sobre seu corpo havia desaparecido.

Como assim? Toshiaki não conseguiu entender. Por que parou?

Toshiaki abriu bem os olhos com a visão embaçada e levantou o rosto. Ao ver *aquilo*, ficou atônito.

Aquilo estava sofrendo.

Tinha uma expressão de dor e arranhava o próprio rosto sem parar. Sua carne desmorona e cai.

Toshiaki arregalou os olhos. O corpo da criatura começava a mudar. Todo o corpo ondula e tem contrações. A cintura já não é mais afinada, o peito está ficando grosso e firme. Seus ombros estão ficando alargados e os braços, grossos. A estrutura óssea do rosto muda. A criatura guinchava. Mas mesmo essa voz muda rapidamente.

O que… o que é que está acontecendo?

A figura de um "homem" estava surgindo no ser que era supostamente feminino.

Algo começava a protuberar entre as pernas. Essa coisa, que tinha somente o tamanho da ponta de um dedo, foi aos poucos se tornando maior e ficando ereto, imponente. Pulsa com o fluxo de sangue. As linhas suaves ao redor dos quadris já havia desvanecido, sendo coberto por músculos tensos. Também se tornam aparentes os músculos abdominais, além de surgir volume nos ombros, e o rosto muda para uma forma angular, de aparência tão afiada que dá impressão de ser cortante. O cavanhaque cresce como a juba de um leão, e então surge a barba no queixo e em outras partes do rosto, cobrindo a face. As costas se avolumaram como uma colina de aço, e a criatura se apoiou nas mãos, ficando de quatro. Todo o seu corpo é a representação da força. Transbordava uma cólera asfixiante. A criatura tremia e batia no chão com violência, como se quisesse liberar todo o calor de seu corpo.

Então a criatura urrou.

O rugido potente atingiu as vísceras rompidas de Toshiaki. Seu corpo parecia estar se partindo em pedaços. Houve um som de vidros se quebrando e o recinto ficou totalmente escuro. As lâmpadas se apagaram. Ouve-se o som de algo metálico caindo.

Um coágulo de sangue subiu pela garganta de Toshiaki, que o cuspiu. Sua pele está rachada e a linfa começa a sair. A cabeça dói como se estivesse queimando por dentro.

Algo se rompeu no fundo de seus olhos, emitindo um ruído. A partir desse momento, ele só conseguiu ver pontos vermelhos e pretos. Inúmeros pontos cruzam a sua visão como se estivesse numa tempestade de areia. Ele ouvia os ganidos da criatura, mas não sabia o que estava acontecendo. Ouviu os sons intermitentes de concreto se quebrando, e Toshiaki sentiu os fragmentos da parede caindo sobre si.

O que foi que aconteceu com a criatura?

Um berro de alguém veio de algum canto. Era de Yoshizumi. Um som de impacto ressoa. Mas Toshiaki não conseguiu fazer nada além de ficar prostrado. Não conseguia nem ao menos mover os dedos.

O corpo de Toshiaki foi levantado no ar. Quando percebeu, seu corpo atingia algo. No momento seguinte, sentiu impacto em outra parte do corpo. E isso se repetiu diversas e diversas vezes, ora no quadril, ora no ombro, ora na cabeça, ora no peito. Toshiaki foi perdendo a sensibilidade à dor. Ele sentia que estava sendo jogado contra as quatro paredes, mas já estava perdendo o ânimo de tentar evitar isso. Só pensava no porquê daquela criatura ter se tornado um homem. As mitocôndrias deveriam ser fêmeas. Por que mudaram para o sexo masculino? O que significava isso? Seria mais uma etapa da evolução? Ou então…?

<…!>

Toshiaki teve um estalo.

Será?

Só podia ser isso. Toshiaki mesmo não sabia se havia compreendido por completo o que aquilo significava. Mas sentiu como se a sua intuição estivesse se espalhando pelo seu corpo como um relampejo.

Como se correspondesse a esse pensamento de Toshiaki, a criatura de repente produziu um bramido de angústia.

Fez-se um estrondo e algo explodiu. Toshiaki caiu no chão. O alarme soa, estridente.

O urro da criatura ressoava ainda mais alto. A voz muda. Era exatamente como Toshiaki havia pensado. A voz estava mudando para um tom feminino novamente.

O som da massa de carne se remexendo se ouve no entrecortar do alarme. A criatura está repetindo o processo de metabolização e produção com intensidade. Às vezes, um pulsar forte ecoa. Uma voz feminina se expande por sobre o bradar masculino, como se o esmagasse. Em contrapartida, a voz masculina estraçalha a voz feminina, como se um acelerador tivesse sido acionado. A fêmea e o macho disputavam dentro da criatura. Os dois competem, tentando dominar o mesmo corpo. Quando se acreditava estarem surgindo as representações da fêmea, o macho impõe as suas formas sobre ela. Quando a fêmea abre uma cavidade no corpo para formar o útero, o macho começa a erigir o pênis como que para sobrepor o útero. E então a fêmea avoluma as mamas nesse local para se impor sobre essas partes íntimas. A intuição de Toshiaki estava certa. Ele não conseguia enxergar, mas conseguia sentir que a criatura estava se transformando numa massa disforme, derretida, se desmoronando.

O sentimento de alguém invadiu a mente de Toshiaki. Produzia sons entrecortados, como quando a linha telefônica sofre interferência. São as mitocôndrias, logo concluiu Toshiaki. São as mitocôndrias que estavam alojadas em Evel. A coisa, que estava derretida no chão, sofrendo necrose, estava estarrecida com as mudanças repentinas na filha. Parecia não estar entendendo o que estava acontecendo. Desesperadas, as mitocôndrias enviavam sinais para as células hospedeiras para proliferar novamente. Estava em pânico tentando fazer algo para controlar a mudança inesperada na filha. Porém, as células hospedeiras já estavam danificadas demais para isso. Não conseguiam responder aos estímulos das mitocôndrias. O guincho de tormento das mitocôndrias ressoava pelo corpo de Toshiaki. Não era pra ser assim, não era pra ser assim, clamavam, quase enlouquecendo.

Lampejos preenchiam a mente de Toshiaki. A coisa que estava incomodando-o, mas não conseguia saber o que era estava reluzindo dentro dele, revelou-se... Ele estava certo. As mitocôndrias que parasitavam em Evel haviam se esquecido de algo fundamental. Não conseguiram pensar nisso *porque elas eram fêmeas*. Para criar uma nova vida, de fato precisariam de sêmen. Porém, as mitocôndrias em Evel só enxergavam os genes masculinos como instrumentos de reprodução. Não perceberam que dentro da <filha> teria não somente a *elas mesmas*, mas *as mitocôndrias do macho misturadas*.

O último grito das mitocôndrias que estavam alojadas em Evel se fez ouvir. E foi esvanecendo, estendendo-se longamente. Toshiaki sentia a morte das mitocôndrias com o próprio corpo. As membranas externas se rompem, e então as internas, fazendo o DNA irromper de seu interior. As espécies reativas de oxigênio que preenchem o citoplasma despedaçam-no. O potencial elétrico se dissipa e desvanece. Os receptores que recebiam o estímulo se desfazem em pedaços, tornando-se peptídeos sem utilidade e perdendo a vitalidade. Perde-se a consciência, as células se rompem, voltando a ser simples lipídeos e aminoácidos. Já não era um ser vivo. Era somente uma grande massa de matéria orgânica que se degenerava e se decompunha.

Um bramido à semelhança de um terremoto reverberou. A criança de Evel urrava com uma voz que misturava o macho e a fêmea.

O teto começou a esfacelar. A criatura começou a liberar seu verdadeiro poder. Coisas parecidas com rochas recaíam sobre o corpo de Toshiaki. Preciso fugir, pensou. Mas o corpo não se move. O alarme continua a soar.

Ele ouviu vozes de diversas pessoas vindo de algum lugar. Passos se aproximam. Ouviu gritos e exclamações breves de surpresa em algum ponto. Conseguiu sentir que o rosto dele estava sendo iluminado.

Era a ajuda.

A ajuda havia chegado.

Toshiaki deu um berro de alegria. Porém, a sua voz não saiu. Tenta se mexer como pode, enrijecendo o corpo, mas não consegue.

Nesse momento, uma onda de calor violenta o varreu.

Gritos de desespero ecoaram. Ouvem-se passos de gente correndo para todos os lados. O ar está tórrido e rodopia como um redemoinho.

O que aconteceu? Toshiaki ficou aturdido. O que aconteceu com as pessoas que vieram nos ajudar?

A onda de calor, quente como magma, atingiu o corpo de Toshiaki. Algo pesado entra em contato com a parte da cintura para baixo. A partir desse momento, não sentiu mais as pernas. Pode ser que tenham sido levadas embora. Um homem bradava ao longe:

"Droga!"

"O que é isso?"

"Mas ainda está vivo!"

Ouvia essas vozes entrecortadas e, nos intervalos, ouvia o som de carne se despedaçando, explosões de coisas úmidas e o ressoar dos gritos. A criatura se debatia para controlar o próprio corpo, e, com isso, atirava a sua força para todos os lados, destruindo tudo ao seu redor.

Não. Ululou Toshiaki em seu interior. Se continuar assim, o socorro não vai conseguir tirar a garota, Yoshizumi e Anzai dali. Alguém precisa amainá-la. Não posso aceitar que haja mais vítimas. Toshiaki sentiu algo intenso irromper dentro de si. Tenho que pará-la. Preciso matá-la. Eu preciso. Eu!

<Chega!>

Toshiaki atirou todos os seus sentimentos intensos à criatura.

Ele percebeu a criatura hesitar por um momento. Toshiaki continuava a bradar em sua mente:

<Vamos, venha pra cá! Olhe pra mim, só pra mim! Eu sou seu pai! Venha aqui!>

A criatura grunhiu. Sua atenção se volta para Toshiaki. A onda de calor enfraquecia. Faltava pouco.

<Eu sei tudo sobre você. Eu sei até mesmo por que você ficou assim. Vamos, venha pra cá. Vou lhe dar amor. Vou dar amor a você.>

A criatura vacilava claramente. Seus movimentos estão menos aguçados. Dá a impressão de que estava olhando ao redor. Provavelmente procura pelas mitocôndrias, que eram sua mãe. Porém, Evel já havia morrido. Ao começar a perceber esse fato, a criatura soltou um gemido de insegurança. Toshiaki continuou com eloquência:

<Você está sentindo seu corpo ficar em pedaços, não é? Está sofrendo. Não é isso? Eu sei como você se sente. Eu sou seu pai. Venha aqui. Eu vou lhe dar amor. Vou compartilhar de sua dor. Você decerto pode criar seus próprios descendentes. Mas e seus pais? Você não pode criar seus próprios pais. Sua mãe já morreu. Só tem a mim de pai. Divida seu sofrimento comigo. Pense só em mim. Aqui. Eu estou aqui. Vamos, aqui!>

A onda de calor cessou.

O silêncio se instalou. O som do alarme também parou. Poderia ser que ainda estivesse tocando, mas não chegava aos ouvidos de Toshiaki.

O teto, que desabava gerando estrondos, também não se movia mais. Era como se os fragmentos de concreto que caíam tivessem parado no ar. Não havia som. Era um silêncio no qual não se ouvia nem a ausência de som.

Em meio a isso, a criatura produziu um som de rastejo:

Slup.

Slup, a criatura se movia lentamente em direção a Toshiaki. Isso, isso mesmo, Toshiaki lhe encorajava com palavras de incentivo, recebendo-a com os braços abertos em sua mente.

A criatura tocou a barriga de Toshiaki. Era quente e gosmenta. A criatura envolveu o tronco de Toshiaki. Ele sorriu e exprimiu dizeres gentis:

<Agora divida a sua dor com o meu corpo. Junte-se a mim. Junte-se às minhas células. Vamos ser uma coisa só. Assim você não vai mais sentir medo. Você se sentiu insegura, não foi? Ficou com medo de ter algo dentro de você que não era você mesma. Achou que a vida valiosa que eu lhe dei seria roubada por essa outra parte. Eu sou quem lhe entende melhor. Junte-se a mim. Entre no meu corpo. Junte-se ao seu pai. Vamos, não tenha medo, entre no meu corpo.>

Então, Toshiaki sentiu seu corpo começar a derreter como lavas.

As células da criatura entraram no seu corpo pelas frestas da pele. Elas entram em atrito com as células dele e ficam quentes como se estivessem queimando. Vai perdendo o senso de direção rapidamente. Não sabia mais como estava o seu corpo. As células da criatura fluem para dentro dele. Ele sente a membrana plasmática delas estava se fundindo com a das suas células. Sente as mitocôndrias dela se juntarem às de Toshiaki.[47] O DNA mitocondrial dela vai se misturando com o DNA mitocondrial dele. Ela foi perdendo a força em instantes.

A criatura se moveu. Se mexia para tentar sobreviver de alguma forma. O atrito se intensifica. Toshiaki não sabia mais como ele mesmo estava naquele momento. Mas o atrito se torna intenso demais. Toshiaki percebeu que ele estava pegando fogo. Ele chegou a pensar se não estaria voando com a criatura. Ela deve estar liberando sua última força e se teleportando repetidas vezes, fazendo o fluxo de ar os incendiar. Era uma sensação curiosa para Toshiaki. Eram estímulos e movimentos que ele nunca havia imaginado. Deveria ser algo que nenhum outro ser vivo da face da terra sentira até então. Toshiaki se perguntou se aquilo era o significado da evolução. Sentir um mundo de dimensões totalmente diferentes e apreciá-lo. As alegrias e dores não poderiam nunca ser compreendidas por seres que não evoluíram. E nem saberiam da existência dessas sensações. Será que os humanos chegariam a evoluir até tal ponto? Será que ainda estariam em relação simbiótica com as mitocôndrias? Provavelmente sim. A evolução acontece no processo de convivência com algo totalmente distinto de si. E isso pode ser um ser vivo ou o ambiente em que se vive. E não é possível saber se esse ambiente é a Terra, um outro planeta ou dentro de uma célula. Porém, quando conseguir estabelecer uma nova relação simbiótica, talvez os humanos possam conquistar um mundo ainda mais evoluído.

A criatura entra em Toshiaki, derretendo-se. Estranhamente, não ouvia sons. Toshiaki voava com a criatura para todos os lados envolto no silêncio. Ela vai perdendo força. Se torna cada vez menor e se esvai. Acabou, pensou Toshiaki. Acabou o pesadelo.

Kiyomi, agora você vai voltar a ser a Kiyomi de antes.

Vai voltar a ser a Kiyomi que amei.

25

Quando Shiguenori Anzai abriu os olhos, a imagem de um homem desconhecido surgiu.

"...Ele abriu os olhos!"

O homem berrou para alguém num tom exaltado. Passos apressados se aproximam.

"Você está bem?! Consegue ouvir?!"

Um homem vestindo jaleco correu até Anzai e olhou para o rosto dele. Toca no rosto e em outras partes do corpo de Anzai.

... Ah, eu estou vivo...

Esse pensamento vago cruzou sua mente.

Então, o nome de sua filha surgiu em sua mente de maneira nítida. Anzai saiu instantaneamente do estado de semiconsciência e gritou o nome da filha.

"Mariko! Onde está Mariko?!"

"Calma. Não se mexa."

Os médicos tentaram contê-lo, mas Anzai os ignorou. Estava preocupado com Mariko. Levanta seu tronco. Sentiu uma dor intensa correr pelas suas costas e contorceu o rosto. Mas não poderia desfalecer.

Anzai percebeu que estava onde parecia ser um corredor. O piso está com grandes rachaduras, assim como o teto, que está quase caindo aos pedaços. Mais adiante, viu uma porta de metal entreaberta, notavelmente deformada. Policiais e médicos se mexem sem parar. Era o corredor que levava à sala de autópsia. Ao redor de Anzai, pessoas que parecem ser seguranças estão gemendo, feridos, sobre as macas. Entre eles, estava também Yoshizumi. Todo o corpo dele estava encharcado de sangue e a mão direita estava torcida de um jeito esquisito, mas não parecia ser fatal.

Contudo, não avistou Mariko.

"Mariko!"

Anzai correu até a sala de autópsia. A dor irradia do joelho e ele cambaleia. Entretanto, Anzai se concentrou em mover as pernas.

Quando Anzai colocou a mão na porta, quatro ou cinco socorristas trouxeram uma maca de dentro do recinto. Quem estava sobre ela era Mariko, nua.

"Mariko! Mariko!"

Lágrimas verteram-se dos olhos de Anzai. Ele se agarrou à maca. Berra a plenos pulmões, clamando pelo nome da filha. Mas Mariko não mostra sinais de se mexer. Não reage, por mais que ele gritasse a seus ouvidos. Anzai encostou o rosto nela e sacudia o seu corpo. Mariko não pode morrer. Isso não pode acontecer.

"Mariko está bem."

Alguém afagou o ombro de Anzai. Voltando a si, ele levantou o rosto e olhou para os médicos.

"...É verdade?"

"Sim. Ela está inconsciente, mas está viva. Quase não tem ferimentos aparentes."

Um médico de óculos ao lado de Anzai explicou. Ao ouvir isso, Anzai sentiu algo intenso se espalhar pelo seu peito. Deu um forte soluço. E então suas lágrimas não pararam mais.

"Ah... Mariko!"

Anzai abraçou Mariko novamente. Abraçou forte. Encostou seu rosto no de Mariko. As lágrimas molhavam-na, mas ele continuou a abraçá-la. A pele de Mariko estava um pouco gelada, mas ao pôr a mão sobre o peito, sentia o coração pulsar, sem engano. O corpo dela só tinha alguns arranhões, como o médico havia dito. Parecia um milagre que ela não tivesse sido atingida por pedaços de concreto, mesmo o recinto tendo praticamente desmoronado.

No baixo ventre de Mariko havia sangue coagulado, como uma casca de ferida. Quando tocou essa marca de sangue, as lágrimas escorreram dos olhos de Anzai com maior calor, e seus urros ficaram ainda mais altos. Ele não conseguiu proteger algo muito importante para a filha, não conseguiu protegê-la num momento crucial; esse sentimento de arrependimento apertava o coração de Anzai.

"...Pai."

Uma voz baixa saiu de perto de seu ouvido.

Anzai se endireitou num impulso.

Mariko estava com os olhos semiabertos.

"Mariko..."

"Pai... eu..."

Mariko mexeu os dedos brevemente. Anzai envolveu a mão dela com as suas e levou-a ao rosto. Ele continuava a chorar, movendo a cabeça, assentindo. Mariko tenta falar algo movendo os lábios.

"Eu... eu..."

Foi nesse instante.

Tum.

O baixo ventre de Mariko se mexeu.

Anzai gritou. Os médicos ao redor exibiram uma expressão de pavor. Será possível? Anzai sentiu sua visão obscurecer. Será possível, será possível que aquele monstro ainda esteja vivo? Será que vai despedaçar o corpo de Mariko e sair dela? Não, não!, Anzai urrava.

Mas

alguém segurou a mão de Anzai, que esmorecia:

era Mariko.

Mariko puxou Anzai em sua direção.

Então, colocou a mão nas costas do pai e o afagou.

"Está tudo bem."

Mariko disse.

"Pai... está tudo bem. Este rim... não vai... mais se mexer. ...Ele... vai ser meu... agora... meu..."

Anzai olhou com delicadeza para o rosto de Mariko.

Mariko estava com um sorriso tranquilo. Ela piscou os olhos algumas vezes, sonolenta, e cerrou as pálpebras suavemente, como quando uma borboleta pousa do voo. A sua respiração em repouso era graciosa.

Anzai colocou a mão sobre o baixo ventre de Mariko, temeroso. Mas não havia nada de anormal ali. Só havia a marca do transplante e a pele macia. Já não havia sinais de algo que pudesse ameaçar a Mariko ou a Anzai.

O rim agora é parte do corpo de Mariko, pensou Anzai.

Anzai abraçou o corpo de Mariko novamente. Ele a abraçou gentilmente, com todo o carinho que sentia. Mariko talvez não me perdoe pelas coisas que fiz até agora. Talvez ela não fosse se abrir totalmente. Mas vamos resolver nossos problemas um por um. Vou passar meus momentos com Mariko e compartilhar nossos sentimentos. Até o dia em que ela abra seu coração para mim. ...É de agora em diante. De agora em diante que começa de verdade a minha vida com Mariko.

"...Agora vamos carregar sua filha", um médico tocou as costas de Anzai. Mesmo sentindo que gostaria de ficar abraçado a Mariko para todo o sempre, Anzai obedeceu resignado. A maca de Mariko vai sendo levada.

Quando eles viraram o corredor e ele já não os via mais, Anzai finalmente se lembrou do outro homem.

"O que aconteceu com ele?", Anzai perguntou a um policial que estava próximo. "O marido da doadora... o homem chamado Nagashima."

"Ah..."

A expressão do policial ficou turva. Anzai sentiu um frio na espinha.

"O que aconteceu? O que aconteceu com o Nagashima? Diga, por favor."

"...Está ali", quase sussurrando, o policial indicou com o queixo.

Ao se virar, Anzai prendeu a respiração. Havia um lençol branco estendido. Há um volume no centro dele. Era visível que cobria algo, mas o que havia por baixo claramente não tinha forma humana.

Anzai foi correndo até aquele lençol. Ouviu a voz do policial surpreendido às suas costas, mas ele ergueu o lençol mesmo assim.

"...Ah."

Anzai desviou o olhar.

Uma massa de carne já meio derretida jazia ali. Com dificuldade, é possível julgar que era a parte do peito para cima de uma pessoa. Ele está com um braço esticado, virado para o lado, como se tentasse pegar algo. A superfície da pele do braço estava com um aspecto viscoso, e apesar de haver vestígios de expressões faciais na cabeça, ela estava queimada e comprimida. A região do peito havia derretido como açúcar e está espalhada no chão. Sentiu um cheiro que parecia de carne queimada.

...Que tragédia.

"...Por favor, tragam Mariko aqui!"

Berrou Anzai. Todos ao redor se viram. Estavam com uma expressão de incompreensão.

"O que aconteceu?" O policial de instantes atrás veio correndo. "Você também está gravemente ferido. Vamos fazer os curativos, fique..."

"Por favor, eu lhe peço", Anzai implorava. "Eu vou obedecê-los depois que fizerem o que peço. Tragam Mariko até aqui novamente. Vai ser rápido. Por favor, vai ser muito rápido mesmo."

O policial fechou a cara.

"Por favor."

"...Vai ser rápido mesmo, não é?"

O policial suspirou longamente e chamou um policial jovem que estava perto. Ele o instrui em duas ou três frases. O policial jovem foi correndo para o corredor.

Depois de algum tempo, a maca com Mariko foi trazida. Uma máscara de oxigênio está presa sobre sua boca e um acesso para transfusão está ligado ao seu braço. Um cobertor envolvia seu corpo.

"Por favor, coloquem Mariko aqui."

Anzai pediu. Os médicos colocaram a maca ali perto.

"O que vai fazer?"

Anzai, contudo, não respondeu à pergunta do policial e tirou o cobertor de Mariko. Então, pegou a mão de Toshiaki Nagashima, que se derruía.

Anzai pousou essa mão sobre o baixo ventre de Mariko.

Na parte esquerda do baixo ventre de Mariko, onde foi transplantado o rim da esposa de Toshiaki Nagashima.

Para Anzai, a mão de Toshiaki Nagashima havia sido estendida reunindo suas últimas forças para tentar tocar em algo. Decerto ele queria tocar na esposa, pensou. Fora fazer o que fez, não conseguiu pensar em mais nada.

Talvez fosse só impressão; os cantos da boca na face carbonizada pareceram se mover tenuemente, esboçando um sorriso plácido.

EPÍLOGO

"Agora vamos para a entrega dos diplomas. Departamento de Farmácia, Sachiko Asakura."

"Presente!"

Asakura respondeu em voz alta e foi para frente.

No púlpito, estava o diretor da faculdade vestindo fraque. Asakura curvou-se, silente, e deu mais um passo para frente.

O diretor abre o diploma, grande e de cor bege.

Ele começou a lê-lo ao microfone.

"Certificado de conclusão. Tendo em vista a conclusão dos dois anos iniciais do programa de doutorado em Farmácia no departamento de farmacologia da presente universidade, conferimos o título de Mestre em Farmácia a Sachiko Asakura. 25 de março de 199X, Universidade XX. Parabéns."

O diretor girou o diploma 180 graus e estendeu-o para Asakura. Ela abaixa a cabeça enquanto estende os braços e recebe-o com reverência. O flash de uma câmera soou em algum lugar.

Ela recuou para a esquerda e se curvou novamente. Vira o corpo para a esquerda. Fez uma reverência profunda também aos professores que estavam sentados ali.

O mestre de cerimônias chama o próximo nome. A voz em resposta ressoa por todo o recinto.

Asakura voltou para o seu assento com o diploma.

Os colegas vão sendo chamados um após o outro para a entrega do diploma.

Era o auditório da Faculdade de Farmácia. A formatura de toda a universidade havia acabado e eles estavam de volta ao prédio da faculdade. Aqui, os diplomas seriam entregues a cada um. O auditório, que costuma ser mal-iluminado, hoje tinha esplendor, preenchido pelos estudantes vestindo calça *hakama* e trajes formais ocidentais. Asakura mesma estava com o *hakama* que fora de sua mãe.

Quando Asakura estava enrolando o diploma e colocando-o no canudo, sentiu uma brisa suave acariciar o seu rosto.

Asakura ficou feliz e olhou para fora da janela.

Estava um tempo bom, de céu limpo. O frio já estava se retirando e um calor agradável parecia brotar da terra. Os botões de flor de ameixeira estão começando a se abrir. Asakura inspirou o vento que entrava. Tinha um aroma agradável.

Asakura sentiu uma sensação real de que havia recebido o diploma e estava presente ali, e foi envolta por um sentimentalismo brando. Quase não pôde fazer experimentos entre o outono e o inverno porque ficou internada por bastante tempo, mas conseguiu concluir a dissertação de mestrado de forma satisfatória e fazer a defesa. Havia marcas das queimaduras em partes do corpo, mas por ter feito autotransplante, elas não ficaram aparentes no rosto. No fim, tudo havia acabado bem.

Asakura observava os colegas que recebiam os diplomas e recordou de sua vida universitária. Houve muitos acontecimentos, mas foram seis anos agradáveis. E nesses últimos três anos, especialmente, conseguiu fazer o máximo de experimentos que gostaria. As experiências lhe davam prazer. Asakura meneou a si mesma. Foi bom eu ter escolhido a faculdade de Farmácia, pensou.

Após a cerimônia de entrega de diplomas, foi realizada uma confraternização na sala de estudos.

"Bom, pessoal, parabéns a todos por este dia."

Os formandos, outros estudantes e professores ouvem, com copos de cervejas em mãos, o discurso do professor do programa de química orgânica, que ocupa o cargo de Chefe da Comissão de Assuntos Acadêmicos.

"Vocês agora vão ser empregados por farmacêuticas ou instituições de pesquisa. Acredito que todos já tenham um conhecimento sobre a área de Farmácia do qual podem se orgulhar. Mesmo depois de se formarem, gostaria que aplicassem tudo o que estudaram na faculdade para atingir resultados primorosos. É o que eu desejo a todos."

Alguns dos formandos sorriem encabulados.

"A propósito, estudantes do quarto ano", o professor elevou a voz. "Vocês terão o Exame Nacional de Farmacêutica em uma semana. Hoje, vocês podem beber à vontade, mas a partir de amanhã devem se dedicar ao máximo aos estudos para o exame. Gostaria que todos fossem aprovados."

Risos irromperam pela sala. Asakura também trocou olhares com colegas que estavam ao lado e riu discretamente. Esse professor fazia esse mesmo discurso todos os anos e deixava os estudantes do quarto ano constrangidos.

"Então, saúde!", o professor levanta o copo.

"Saúde!", eles seguiram-no para brindar.

Dentro de pouco tempo, a sala de estudos se enche de um burburinho alegre. Flashes relampejam por todos os lados. As pessoas faziam pose na frente da câmera, ora entre amigos, ora junto a professores, sempre sorrindo. Chega mais cerveja e o coquetel é servido.

Asakura conversou com amigos e agradeceu aos professores que lhe apoiaram. Era triste que se separariam dos colegas da turma, mas mesmo assim todos estavam alegres e se divertiam na confraternização. Asakura também sentia uma embriaguez agradável.

Quando a confraternização já passava do ápice, Asakura deixou a sala para ir até a seção do programa de farmacologia biodinâmica, no quarto andar.

Não havia ninguém ali. Todos estão na confraternização. Asakura abriu a porta do Laboratório II, onde passou os últimos três anos.

Ela olha pelo recinto.

Alguns dos equipamentos estão ligados. Alguém devia estar realizando PCR; o termocirculador estava zunindo, ajustando a temperatura.

Asakura se pôs de pé em frente à sua mesa e a tocou com suavidade. Já não há mais nada sobre a mesa. Havia levado o Macintosh para seu apartamento e juntado todas as suas coisas. Ficou emocionada ao perceber como a sua mesa era espaçosa.

Ela percorreu o olhar sobre o rack ao lado de sua mesa. Lá estavam todas as edições de *Nature* dos últimos doze meses. Elas são adquiridas pelo programa. Antes, ficavam na sala de seminários, mas estão ali agora, por algum motivo. Devem estar planejando uma reforma na sala de seminários. Por isso, devem ter transferido temporariamente as revistas para o rack vago de Asakura.

Asakura olhou para as lombadas da *Nature*, que estavam lado a lado, e pegou uma delas.

Folheia-a. E abre na parte em que estava publicado o artigo.

O título do artigo está escrito em inglês e abaixo dele estão impressos os nomes de Toshiaki Nagashima, Sachiko Asakura e do professor titular, Rikuo Ishihara. Era o artigo escrito por Toshiaki.

Asakura fitou a página. Os dados obtidos por Asakura estão ali, na forma de gráficos. Os gráficos, com uma longa nota de rodapé em inglês, pareciam ter se distanciado dela e adquirido reputação, sozinhos. Ela sentiu um orgulho acanhado.

Era um artigo de apenas duas páginas e meia. Mas era um símbolo de conquista para o programa.

E também para Asakura.

Seu nome nunca mais deve sair na *Nature*. E se não tivesse feito pesquisas sob a orientação de Toshiaki, o nome dela provavelmente não teria saído na revista. Tudo era graças a ele.

Se, além de tudo, o professor Nagashima ainda estivesse vivo..., Asakura pensou.

Ela abraça a revista.

O rosto de Toshiaki lhe veio à mente. No mesmo instante, as lágrimas começaram a escorrer, inesperadamente. Seus olhos ficam cada vez mais quentes. Asakura tentou secar o rosto com a palma da mão, depressa. Mas as lágrimas não paravam. Assim a maquiagem vai sair, por que será?, nem quando terminei com o meu namorado no colegial eu chorei, por que será que agora estão saindo lágrimas? Asakura achou engraçado e tentou rir, envergonhada, mas só conseguiu produzir uma voz chorosa. A ponta do nariz estava quente. Deve estar vermelho. Asakura riu-se mentalmente de seu estado vergonhoso enquanto fungava.

Depois de acalmar os ânimos exaltados com certo esforço, Asakura folheou essa revista e abriu onde estava escrito "News and views". Olha para a matéria curta que estava ali. A lembrança de quando lhe informaram da morte de Toshiaki enquanto ainda estava internada ressurgiu como uma enxurrada.

Era um comentário sobre os genes mitocondriais. Asakura também havia lido essa matéria quando a revista saiu, mas tinha se esquecido dela até aqueles incidentes. Enquanto estava internada, Asakura perguntou em detalhe aos colegas do programa e aos policiais o que Eve1 havia feito. Então, soube que as mitocôndrias de Eve1 haviam se rebelado, feito a garota que era a receptora dar à luz o seu bebê, e que esse bebê de repente se transformou de mulher para homem e vice-versa, e no final foi derretendo com Toshiaki, como se estivessem em chamas. Quando ouviu essa história pela primeira vez, ela não soube por que razão esse bebê das mitocôndrias acabou morrendo. Mas então encontrou este artigo e chegou a uma hipótese.

No passado, considerava-se que o DNA mitocondrial era totalmente de herança materna. Acreditava-se que, apesar de as mitocôndrias do espermatozoide entrarem no óvulo, elas não aumentavam em quantidade depois disso, e que as mitocôndrias do indivíduo gerado seriam quase todas herdadas da mãe. Portanto, os pesquisadores da genética populacional haviam analisado as mitocôndrias seguindo a regra da herança materna e utilizando-as para estimar a velocidade evolutiva.

Contudo, em 1991, um grupo de pesquisa apresentou um resultado chocante. Obtiveram evidências de que, quando duas espécies de camundongos se acasalavam, a cria gerada tinha, ainda que em quantidade ínfima, mitocôndrias herdadas do pai. A partir de então, os pesquisadores se questionavam se as mitocôndrias seriam de herança monogênica ou não. E só recentemente essa questão começou a se encaminhar para uma solução.

O resultado foi o seguinte: quando há acasalamento entre indivíduos da mesma espécie, o DNA mitocondrial do pai entra no óvulo com o espermatozoide, mas depois de um período, ele desaparece. Acaba sendo eliminado pelos corpos multivesiculares presentes dentro do óvulo. Portanto, as mitocôndrias do pai não são herdadas pelo indivíduo gerado. Contudo, quando há acasalamento entre espécies diferentes, as mitocôndrias do pai não desaparecem. As mitocôndrias do pai foram encontradas em cerca de 56% do indivíduo gerado.

Asakura pensava o seguinte: Eve1 provavelmente pensava em se apossar somente do núcleo de Toshiaki por meio do acasalamento, e assim criar uma nova espécie que tivesse o núcleo e DNA mitocondrial dela própria. Porém, Eve1 estava em vias de se evoluir para uma espécie distinta enquanto estava em cultura naquele laboratório. Sendo assim, o cruzamento do óvulo de Eve1 com o espermatozoide de Toshiaki seria entre espécies diferentes. O DNA mitocondrial de Toshiaki não seria eliminado dentro do óvulo, continuando a aumentar. E o que aconteceu como resultado disso?

Asakura correu os olhos pelo artigo da *Nature*. Depois de ter alta, Asakura releu esse artigo diversas vezes. Agora, o conteúdo dele vinha à mente sem nem mesmo ler o texto em inglês.

Era uma resenha de um artigo sobre padrões de herança do DNA mitocondrial em mexilhões, conchas bivalves da família *Mytilidae*. Foi constatado que nos mexilhões, o DNA mitocondrial paterno é herdado, mas a sua forma de transmissão é bastante distinta. Diferentemente de humanos e camundongos, os mexilhões machos têm DNA mitocondrial macho, enquanto as fêmeas têm DNA mitocondrial fêmea. Quando há acasalamento entre macho e fêmea, acontece como descrito abaixo: há DNA mitocondrial macho nos espermatozoides e DNA mitocondrial fêmea no óvulo, mas quando o zigoto resultante da fecundação é de uma fêmea, ele conterá quase que somente DNA mitocondrial fêmea; em contrapartida, caso seja gerado um macho, o DNA mitocondrial que o zigoto conterá será tanto macho como fêmea. E à medida que se desenvolve, o DNA mitocondrial macho aumenta dentro da cria macho, sendo dominado por ele no final. Ou seja, os mexilhões, em contraste com os camundongos, têm transmissão uniparental. O DNA mitocondrial fêmea é herdado somente por fêmeas e o DNA mitocondrial macho é herdado somente por machos.

Por que acontece um fenômeno tão estranho? É dito que pode ser um mecanismo de defesa do DNA mitocondrial egoísta contra a proliferação. Suponhamos que surja um DNA mitocondrial mutante em um mexilhão fêmea, e que a sua reprodução tenha sido acelerada devido à mutação. Ele aumentaria em grande velocidade dentro do mexilhão e proliferaria também dentro de suas crias, e, por fim, eliminaria o DNA mitocondrial fêmea convencional. Se fosse um padrão de herança em que o DNA mitocondrial é herdado tanto para crias fêmeas como para machos, o DNA mutante se espalharia rapidamente entre os descendentes. Contudo, se o DNA fêmea só é herdado por fêmeas, ao menos o DNA mutante só seria transmitido para a linhagem feminina. É possível evitar a proliferação do DNA mutante. Quando olhamos para esse fenômeno pela perspectiva do "gene egoísta", cunhado por Richard Dawkins, podemos perceber algo interessante.

O conceito de gene egoísta indica, em suma, a ideia de que "o gene só pensa em deixar o maior número de descendentes possíveis". Neste caso, estão envolvidos três genes egoístas: o gene nucleico do mexilhão, o DNA mitocondrial macho e o DNA mitocondrial fêmea. O DNA mitocondrial fêmea mutacionado tentará criar o maior número possível de si, replicando-se repetidamente para que seu DNA seja transmitido para os descendentes. Entretanto, para o DNA mitocondrial macho, isso significa a extinção de seu próprio DNA, e por isso tenta impedir a transmissão do DNA fêmea mutante. Além disso, não deve ser do agrado do gene nucleico dos mexilhões que as mitocôndrias em relação simbiótica consigo sofram mutações desnecessárias. Se as mitocôndrias sofrerem mutações, a sua sobrevivência pode ficar ameaçada, sendo que eles haviam mantido uma boa relação até então. Quando o DNA mitocondrial fêmea age de forma egoísta, isso entra em conflito com o comportamento egoísta das mitocôndrias do macho e dos genes nucleicos.

Talvez por causa disso seja ativado algum mecanismo para impedir a proliferação do DNA mitocondrial fêmea. Será que não foi isso que aconteceu naquele ser que nasceu de Eve1? Esse era o pensamento de Asakura.

O que foi herdado de Evel para o óvulo fecundado foi o "DNA mitocondrial evoluído". Por outro lado, mesmo que em quantidade ínfima, foi herdado o "DNA mitocondrial normal" do espermatozoide de Toshiaki. Havia esses dois tipos de DNA no ser que foi gerado. As mitocôndrias de Evel certamente acreditavam que sua evolução se devia unicamente a si mesmas. Na realidade, o DNA mitocondrial avançou no processo de evolução porque o DNA mitocondrial paterno estava presente[48] nos descendentes, mas as mitocôndrias de Evel, que eram fêmeas, provavelmente não perceberam isso. Evel não estava prevendo que o "DNA mitocondrial normal" de Toshiaki fosse ser herdado pela filha.

Será que o "DNA mitocondrial normal" transmitido para o ser que foi gerado temeu ser extinto pelo "DNA mitocondrial evoluído"? O ego do "DNA mitocondrial normal", de querer deixar descendentes, bateu de frente com o ego do DNA mitocondrial evoluído em Evel. Os dois DNA devem ter travado uma intensa batalha pela sobrevivência dentro desse ser. Exterminaram-se um ao outro e devem ter acabado por se destruir mutuamente.

Mas são somente suposições. Ninguém sabe de fato. Os humanos sabem muito pouco sobre as mitocôndrias. As pesquisas sobre mitocôndrias apenas acabaram de chegar ao ponto de partida.

Asakura fechou a *Nature*.

Além disso, por que o bebê das mitocôndrias teve de passar os seus últimos momentos derretendo com Toshiaki? Esse também era um grande mistério. Mas Asakura sentia que, no fundo, entendia por que haviam chegado a tal desfecho. O bebê das mitocôndrias e Toshiaki eram, afinal, pai e filha…

"Ué, Asakura? Por que está aqui?"

Ao ouvir de repente alguém dirigir-se a ela pelas costas, Asakura se virou, um pouco surpreendida.

Um estudante do primeiro ano do mestrado estava ali. Ele também era filiado ao Laboratório II, e era outro orientando de Toshiaki. Portanto, Asakura o encontrava praticamente todos os dias.

Esse estudante mais novo retirou os tubos eppendorf do termocirculador. Era ele que estava realizando o PCR. Deve ter calculado quando a reação terminaria e saído da confraternização.

"O pessoal estava procurando por você, dizendo que não a encontravam. Poderia ter avisado que viria aqui."

"Desculpe. É que eu queria ver esse laboratório uma última vez."

Asakura pôs a *Nature* de volta na estante e respondeu sorrindo, para que ele não percebesse que estivera chorando.

O estudante estava colocando os tubos no refrigerador, mas quando fechou a porta, falou a Asakura como se tivesse lembrado naquele instante:

"Ah, Asakura, foram encontradas células do professor Nagashima no congelador, mas não soubemos o que fazer. Você pode dar uma olhada?"

"São células cancerosas?"

"Não, não sabemos direito o que é."

Asakura seguiu o estudante até a sala de máquinas. Ele abre a porta do grande congelador. O ar branco e frio atingiu o rosto de Asakura. O estudante tira uma das estantes e mexe no que havia dentro.

"São estes aqui."

Ele mostrou a Asakura alguns tubos para soro.

Havia uma fina camada de gelo na etiqueta. Asakura passou o dedo para removê-la.

É a letra de Toshiaki. Asakura engoliu em seco.

Havia a data de julho do ano anterior e constavam ali as letras: "Eve1".

Ela teve a impressão de que seu coração bateu mais forte.

"...Asakura?"

O estudante chama seu nome. Voltando a si, Asakura forçou um sorriso.

"O que foi, Asakura? Você ficou com uma cara tensa."

"Não é nada. Mas foram só esses que você encontrou? Isso é tudo?"

"Tem esses com outros nomes também."

Dizendo isso, o estudante mostrou dezenas de tubos dentro de um saco. Havia aqueles com a inscrição "Eve", e outros com numeração diferente, como "Eve2" e "Eve3".

"..."

Foi um descuido ter se esquecido disso até agora.

Aquelas eram células que foram armazenadas como parte do processo da cultura primária. Estavam congeladas naquele momento, mas se deixadas em temperatura adequada, começarão a se reproduzir novamente.

Asakura sentiu um calafrio na espinha.

"...O que deve ser feito? Se for algo importante, deixo guardado."

"Não... não precisa. Vamos jogar fora. Obrigada por encontrá-los. Vou colocar na autoclave já."

"Eu faço."

"Não. Deixa eu fazer."

Asakura colocou os tubos todos no saco e deu um nó com força. Ela vai em direção à sala de cultura. Sem se dar conta, estava apertando os passos.

Isso não pode continuar existindo. Tenho que expô-las ao calor e matá-las o quanto antes.

Asakura correu para dentro da sala de cultura e abriu a tampa da autoclave, que fica ao lado da porta.

Coloca o saco lá dentro e fecha a tampa firmemente.

Matando-as, não vai acontecer mais nada daquilo.

Decerto.

Porém, nesse instante, Asakura sentiu um arrepio na nuca.

Por reflexo, Asakura enrijeceu o corpo. Era aquela sensação.

Uma leve insegurança atravessou o coração de Asakura.

Havia somente uma coisa nesses incidentes que permanecia sem explicação: o porquê de as mitocôndrias de Kiyomi terem se rebelado. Por que não foram as mitocôndrias de Asakura nem de Toshiaki, mas sim as de *Kiyomi*?

Seria somente o resultado do polimorfismo?[49] As pessoas têm genes levemente diferentes umas das outras. Será que, por obra do acaso, os genes de Kiyomi eram de um tipo predisposto a provocar a rebelião das mitocôndrias?

Nesse caso, não havia garantias de que não ocorreria uma nova rebelião de mitocôndrias no futuro. Se nascer alguém com polimorfismo genético semelhante ao de Kiyomi, há novas chances de as mitocôndrias evoluírem nesse corpo. Será que seria impossível, afinal de contas, impedir a rebelião das mitocôndrias?

Mas Asakura não conseguia responder a essa pergunta. Poderia ser e poderia não ser.

Não se sabia.

Entretanto, o que Asakura podia fazer naquele momento era matar aquelas células.

"Estavam falando de tirar uma foto com todo mundo junto ao final da confraternização."

O estudante falou do outro lado da porta.

Asakura sorriu e ligou a autoclave.

REFERÊNCIAS

No processo de criação desta obra, utilizei diversos materiais como referência, a começar pelos livros e artigos listados abaixo. Gostaria de expressar meus sinceros agradecimento.

<MANUAIS, GUIAS, LIVROS INTRODUTÓRIOS E ENSAIOS>

"Rinshō Tōseki" Henshū Iinkai (Coord); Sakai, Tadasu (Ed.). Jin ishoku no subete. Rinshō Tōseki, v. 6, anexo da edição de ago. Nihon Medical Center. 1990.

Tōma, Hiroshi; Ōshima, Shin'ichi; Hasegawa, Akira (Ed.). Jin ishoku manyuaru. Chūgai Igakusha, 1993.

Saitō, Akira; Ōta, Kazuhiro (Org.) Tōseki Handobukku Yori yoi jishu kanri tōseki no tame ni: dai-ni-ban. Igaku Shoin, 1991.

Tachibana, Takashi. Nōshi Rinchō Hihan. Chuō Kōronsha, 1992.

Watanabe, Jun'ichi. Ima nōshi o dō kangaeru ka. Kodansha bunko, 1994 (1. ed. 1991).

Ōta, Kazuo. Zōki ishoku wa naze hitsuyō ka. Kodansha, 1989.

Yanagida, Kunio. Gisei (sakurifaisu) – waga musuko: nōshi no jūichinichi. Bungei shunjū, pp. 144-162, abr. 1994 e pp. 126-151, abr. 1994.

Ōtsuka, Toshifumi. Kyūkyū Iryō. Chikuma Library, 1991.

Guillouzo, A.; Guguen-Guillouzo, C. Isolated and Cultured Hepatocytes. John Libbey Eurotext Ltd/INSERM, 1986.

NHK Shuzaihan. Seimei 40-okunen haruka na tabi:I Umi kara no tanjō. Nihon Hōsō Shuppan Kyōkai, 1994.

Takeuchi, Kumiko. Chīsana akuma no senaka no kubomi: ketsuekigata, byōki, ren'ai no shinjitsu. Shinchosha, 1994.

FujiTV (Ed.). Ainshutain TV 3: Mitokondoria Ibu no okurimono. Futabasha, 1992.

Lemonick, M.D. How Man Began. Time, v. 143, n. 11, pp. 38-45, 1994.

Takeuchi, Kumiko. Sonna baka na! Idenshi to kami ni tsuite. Bungei Shunjū, 1991.

Asahi Shimbun Kagakubu (Ed.). Isha no kodōgu/ōdōgu 122. Yōdosha, 1992.

Picknett, Lynn. Chōjōgenshō no jiten. Seidosha, 1994 (1. ed. 1990).

<RESENHAS, RELATÓRIOS E ARTIGOS>

Jin to Tōseki. Tokushū zōki ishoku 1994. v. 36, pp. 25-84, 1994.

Kozaki, Masami . Jin ishoku. Geka Chiryō, v. 70, pp. 46-51, 1994.

Kokuritsu Sakura Byōin. Shitai jin ishoku shisutemu hōkoku. Ishoku, v. 28, pp. 540-550, 1994.

Nihon Ishoku Gakkai. Ishoku rinshō tōroku shūkei hōkoku (1991). Ishoku, v. 27, pp. 594-617, 1992.

Kawaguchi, Hiroshi; Itō, Katsumi. Jin ishoku kanji no shishunki ni okeru shomondai. Shishunkigaku, v. 11, pp. 10-14,1993.

Shimada, Akihito; Miyamoto, Katsuhiko; Takahashi, Susumu; Kozaki, Masami. Shitai jin ishoku ni okeru tōsekishitsu no yakuwari. Nihon Tōseki Ryōhō Gakkai Zasshi, v. 25, pp. 1409-1412, 1992.

Bereiter-Hahn, J.; Voth, M. Dynamics of mitochondria in living cells: shape changes, dislocations, fusion, and fission of mitochondria. Microscopy Research and Technique, v. 27, pp. 198-219, 1994.

Kuroiwa, T.; Ohta, T.; Kuroiwa, H.; Kawano, S. Molecular and cellular mechanisms of mitochondrial nuclear division and mitochondriokinesis. Microscropy Research and Technique, v. 27, pp. 220-232, 1994.

Soltys, B.J.; Gupta, R.S. Changes in mitochondrial shape and distribution induced by ethacrynic acid and the transient formation of a mitochondrial reticulum. Journal of Cellular Physiology, v. 159, pp. 281-294, 1994.

Schulz, H. Beta oxidation of fatty acids. Biochimica et Biophysica Acta, v. 1081, pp. 109-120, 1991.

Lazarow, P. B.; De Duve, C. A fatty acyl-CoA oxidizing system in rat liver peroxisomes:enhancement by clofibrate,a hypolipidemic drug. Proceedings of the Natural Academy of Sciences of the USA, v. 73, pp. 2043-2046, 1976.

Wienhues, U. and Neupert, W. Protein translocation across mitochondrial membranes. BioEssays, v. 14, pp. 17-23, 1992.

Pfanner, N.; Sbllner, T.; Neupert, W. Mitochondrial import receptors for precursor proteins. Trends in Biochemical Science, v. 16, pp. 63-67, 1991.

Glover, L.A.; Lindsay, J.G. Targeting proteins to mitochondria: a current overview. Biochemical Journal, v. 284, pp. 609-620, 1992.

Stuart, R.A.; Nicholson, D.W.; Neupert, W. Early steps in mitochondrial protein import: receptor functions can be substituted by the membrane insertion activity of apocytochrome c. Cell, v. 60, pp. 31-43, 1990.

Kliewer, S.A.; Umesono, K.; Noonan, D.J.; Heyman, R.A.; Evans, R.M. Convergence of 9-cis retinoic acid and peroxisome proliferator signalling pathways through heterodimer formation of their receptors. Nature, v. 358, pp. 771-774, 1992.

Issemann, I.; Green, S. Activation of a member of the steroid hormone receptor superfamily by peroxisome proliferators. Nature, v. 347, pp. 645-650, 1990.

Hirose, A.; Kamijo, K.; Osumi, T.; Hashimoto, T.; Mizugaki, M. cDNA cloning of rat liver 2, 4-dienoyl-CoA reductase. Biochimica et Biophysica Acta, v. 1049, pp. 346-349, 1990.

Kobayashi, S.; Amikura, R.; Okada, M. Presence of mitochondrial large ribosomal RNA outside mitochondria in germ plasm of Drosophila melanogaster. Science, v. 260, pp. 1521-1524,1993.

Gyllensten, U.; Wharton, D.; Josefsson, A.; Wilson, A.C. Partial inheritance of mitochondrial DNA in mice. Nature, v. 352, pp. 255-257, 1991.

Hurst, L.D.; Hoekstra, R.F. Shellfish genes kept inline. Nature, v. 368, pp. 811-812, 1994.

Kaneda, H.; Hayashi, J.; Takahama, S.; Taya, C.; Lindahl, K.F.; Yonekawa, H. Elimination of partial mitochondrial DNA in intraspecific crossing during early mouse embryogenesis. Proceedings of the Natural Academy of Sciences of the USA, v. 92, pp. 4542-4546, 1995.

Kaneda, Hideki. Yonekawa, Hiromichi. Mitokondoria dna wa naze bosei iden o suru no ka. Soshiki baiyō, v. 21, pp. 142-146, 1995.

PARASITE EVE

AS PESQUISAS SOBRE MITOCÔNDRIAS E *PARASITE EVE*

As mitocôndrias foram descobertas em 1890 e, desde que o DNA mitocondrial também foi descoberto, já se passaram 30 anos. E nesse intervalo um total de cinco pessoas, os drs. Warburg, Krebs, Theorell, de Duve e Mitchell, ganharam o prêmio Nobel em razão das suas pesquisas sobre mitocôndrias. Quanto à origem das mitocôndrias, houve debates durante um longo período, mas é quase certo de que elas sejam resquícios de um ser que estava em relação simbiótica em tempos remotos.

A principal função das mitocôndrias é fornecer energia. Podemos imaginar facilmente que a falta de energia causa doenças, e parte das doenças que são bastante conhecidas, como diabetes, cardiomiopatia e derrame, é causada por problemas de herança nos genes mitocondriais. E cada uma delas é causada por problemas em 1/16.600 dos genes mitocondriais. Além disso, foi constatado em pesquisas recentes que as mitocôndrias não apenas fornecem energia, mas também cumprem papel importante por terem substâncias que saem delas para a célula ou o indivíduo como um todo e atuam de maneira fundamental. São, por exemplo, importantes na formação das células germinativas e no mecanismo do sistema imunológico, como foi mencionado no decorrer da obra. Pelo fato de o autor ser um pesquisador atuante, a imagem da mitocôndria construída neste romance é precisa e suas suposições são adequadas. Como o tema desta obra é baseado nas propriedades das mitocôndrias, ela tem um impacto único. Por vezes, este romance chega a ser profético, com alguns dos fatos que constam nele tendo sido descobertos posteriormente. Por exemplo, as células que nos compõem escolhem a morte quando passam a ser desnecessárias;

ou seja, elas se suicidam. E isso é retratado no romance como a morte programada das células. Foi revelado no verão de 1996 que esse sinal que determina o suicídio da célula é enviado de dentro das mitocôndrias, e com esse sinal, o DNA nucleico é rompido, causando a morte. Ou seja, não é exagero afirmar que as mitocôndrias determinam a vida e a morte da célula. A pesquisa sobre mitocôndrias chegou a um novo estágio, e investimentos substanciais têm sido realizadas por parte do Ministério da Cultura e outras instituições nas pesquisas desse campo desconhecido.

Espero que com os comentários sobre os termos técnicos, no glossário a seguir, as imagens criadas neste romance se tornem ainda mais vívidas, e os leitores possam compreender os encantos das mitocôndrias, seu tema central.

Shigeo Ohta, Faculdade de Medicina Nippon

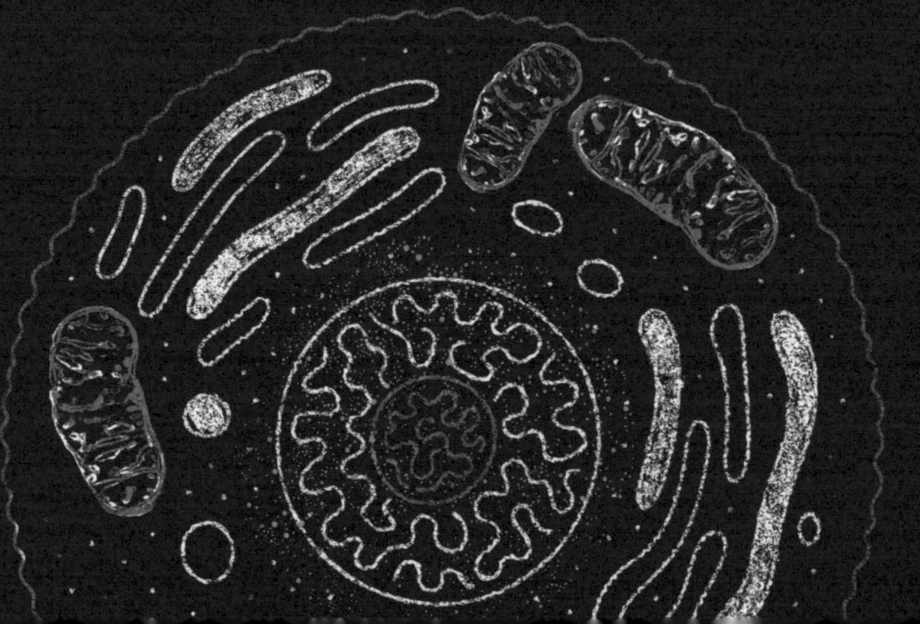

GLOSSÁRIO

1. enzimas de restrição: enzimas imprescindíveis para a recombinação genética, que realizam o corte de uma sequência específica do DNA. A *Eco*RI e a *Bam*HI cortam a sequência GAATTC e GAGCTC do DNA, respectivamente.

2. microscópio: o microscópio invertido de contraste de fase é usado na observação de cultura celular. A observação é feita com o índice de refração, sem o tingimento das células. Há lentes embaixo e é possível observar as células vivas dentro do frasco de cultura de fundo chato.

3. capela de fluxo laminar: uma bancada de experimentos com paredes de vidro, na qual se introduz somente as mãos para manipular em ambiente asséptico. Ela produz um vento asséptico através do filtro, que forma uma cortina de ar.

4. NIH3T3: cultura celular obtida da pele de feto de camundongo. Uma célula convencional de camundongo se divide cerca de dez vezes no meio de cultura e depois não se divide mais. Por outro lado, células cancerosas continuam a se dividir infinitamente. O NIH3T3 são células famosas que têm as propriedades de células normais, mas que se dividem infinitamente. Têm esse nome porque foram obtidas no Instituto Nacional de Saúde (NIH) americano e devem ser diluídas pela terça parte a cada três dias.

5. receptor retinoide: proteína que induz a síntese de proteínas específicas ligando-se com um composto similar à vitamina A (retinoide). Quando não está ligado ao retinoide, fica no citoplasma, mas uma vez que se liga ao retinoide, entra no núcleo e se liga ao local de comando da síntese de proteínas, induzindo a síntese de proteínas específicas.

6. enzimas de β-oxidação: enzimas que quebram os ácidos graxos e extraem sua energia. Precisam de oxigênio, e é por meio dessa reação que se queima gordura em exercícios aeróbicos. Essas enzimas ficam dentro das mitocôndrias, e há um sistema quase idêntico em outra organela celular, o peroxissoma.

7. camundongo nude: sua aparência é peculiar por não ter pelos. Não tem sistema imunológico e não consegue rejeitar células de outras espécies, e por isso é usado para experimentos como os de transplante de células cancerosas.

8. hibridoma: células artificiais resultantes da fusão entre células cancerosas e linfócitos. São usadas em experimentos por terem propriedades de linfócitos, mas se reproduzirem infinitamente.

9. líquido vermelho do meio de cultura: é costumeiro colorir os meios de cultura para saber se são ácidos ou alcalinos (pH). Amarelo é ácido, vermelho é neutro e púrpura é alcalino. É possível saber o estado das células pela cor do meio de cultura.

10. cultura primária: trata-se da cultura de células obtidas de órgãos de humanos, camundongos etc. As células são separadas por enzimas como a colagenase (p. 56, l. 35), que dissolvem a proteína que as ligam. Porém, a cultura de células como NIH3T3, obtidas por terceiros, não é chamado de cultura primária.

11. produto oncogênico: quando há alteração nos oncogenes em razão de elementos cancerígenos ou radiação, o produto oncogênico também se altera e passa a não haver mais o controle sobre a divisão celular. Essa é a causa do câncer. Já foram identificados cerca de cem tipos de oncogenes até o momento, e o câncer só surge quando há alteração em múltiplos oncogenes. Fos e Jun (p. 205, l. 36), que serão mencionados mais adiante, também são produtos oncogênicos. Em seu estado normal, são fatores que promovem a reprodução celular de maneira controlada.

12. tampão de HEPES: reagente para impedir a alteração do pH da solução. O HEPES quase não tem toxicidade e tem uma capacidade alta de manter o pH próximo do neutro, e por isso é frequentemente usado misturando-se ao meio de cultura.

13. ratos de laboratório: ratos de pelagem branca, animais de laboratório. São maiores que camundongos, e seu corpo tem cerca de quinze centímetros de comprimento.

14. com cuidado, a uns cinquenta g de força centrífuga: as células que foram separadas são colocadas numa centrífuga para serem coletadas. Cinquenta *g* é a gravidade produzida por centrífugas convencionais a setecentas rotações por minuto, sendo cinquenta vezes a gravidade na face da Terra. Como as células hepáticas são maiores do que outras células, elas são coletadas com uma velocidade de centrifugação mais lenta. A expressão "com cuidado" foi usada com o intuito de instruir para que a velocidade de centrifugação fosse mais baixa.

15. tubos eppendorf: recipientes de plástico para colocar até 1,5 mililitros de líquido. São resistentes ao calor e podem ser levados diretos à centrífuga, e por isso são usados com frequência em experimentos de recombinação genética. Como cada um custa cerca de 6 ienes, muitos laboratórios os usam de forma descartável. Originalmente, era um produto da empresa Eppendorf, da Alemanha, mas outros recipientes similares fabricados por outras empresas também são muitas vezes chamadas de tubos eppendorf. Além dos de 1,5 mililitros, há também os de 0,5 mililitros e os de 2 mililitros.

16. agitador: instrumento para misturar líquidos. Coloca-se um ímã coberto de teflon na solução a ser misturada. Quando o ímã do agitador gira ao ser acionado pelo motor, o ímã dentro da solução também gira, misturando-o.

17. micropipeta: instrumento para extrair entre 0,2 e 1000 microlitros com precisão. É comum trabalhar com quantidades entre 10 e 100 microlitros na recombinação de genes. Um microlitro é o volume de um cubo que mede 1 milímetro em cada um dos lados.

18. envoltos em algodão e armazenados no congelador a 80°C: as células podem ser armazenadas vivas ao congelá-las. O segredo é congelá-las lentamente, fazendo com que esfriem 1°C por minuto com elas na solução. É possível congelá-las sem danificá-las ao envolvê-las com algodão porque assim esfriam mais devagar.

19. As células hepáticas cintilavam: as células vivas que são tratadas com colagenase ficam com forma esférica e parecem brilhar ao serem observadas no microscópio de contraste de fase. Aquelas que estão morrendo ou as mortas ficam escuras e, com uma certa experiência, é possível julgar o estado das células pelo seu brilho. As células hepáticas se fixam no fundo e perdem o brilho depois de algumas horas.

20. se movimentou pelo citosol: a parte da célula que não é o núcleo ou as organelas (como as mitocôndrias) é chamado de citosol. Na prática, as mitocôndrias estão ligadas a um esqueleto celular em formato de rede chamada de "tubulina", e não podem se mover livremente.

E em células alongadas como as células nervosas, elas se ligam a proteínas chamadas de "proteínas motoras" para se movimentar. Mitocôndrias que podem se mover livremente são especiais.

21. Era prazeroso poder criar cópias de si ao bem-querer: a quantidade de mitocôndrias em cada célula é predeterminada para cada órgão, e a quantidade delas é maior em células de órgãos como o coração e outros músculos, que precisam de energia. Quando a atividade muscular ou nervosa aumenta, a quantidade de mitocôndrias também aumenta. Há, ainda, doenças em que as mitocôndrias aumentam de forma descontrolada e acabam por preencher toda a célula.

22. placa: refratário para cultura que permite observar as células diretamente de baixo com o microscópio invertido. Há placas de diversos tamanhos, e há aqueles com poços (buracos), de seis a 96 deles. O diâmetro dos buracos de uma placa com seis poços é de 3,5 centímetros e se coloca cerca de 2 mililitros de meio de cultura.

23. MOM19: o DNA mitocondrial é extremamente pequeno, e grande parte das informações das proteínas mitocondriais está contida nos genes nucleares. É necessário um mecanismo que importe as proteínas sintetizadas fora das mitocôndrias para dentro delas. MOM19 é a proteína que compõe esse mecanismo. Os testes de importação (p. 112, l. 12) são experimentos em que as mitocôndrias são extraídas, misturadas às proteínas mitocondriais e observa-se a importação delas na mitocôndria. É frequente a realização de marcação isotópica nas proteínas mitocondriais.

24. fibroblastos: são células finas e alongadas, como indica o radical do nome. São de cultura relativamente fácil, com os de humanos podendo se dividir cerca de cinquenta vezes. As células hepáticas são de cultura difícil, aumentando somente até duas vezes mesmo com a adição de fatores de proliferação, podendo ser mantidas por somente uma a duas semanas. É muito mais fácil fazer a cultura celular de fibroblastos em vez de células hepáticas se quiser manter as células, mas Toshiaki deve ter desejado utilizar células hepáticas, que utilizava diariamente em seus experimentos.

25. clonagem: As células cultivadas na cultura primária são ligeiramente diferentes em suas propriedades. Suas propriedades podem mudar também durante a cultura. O processo de obtenção de uma linhagem de células que se reproduziram de uma única célula para obter um conjunto de células homogêneas é chamado de clonagem. Há alguns métodos de clonagem de células, sendo a diluição limitada (p. 93, l. 32) a mais popular. Na diluição limitada, o fluido do meio de cultura com as células é diluído e cultivado de forma que haja, em média, uma célula em cada pequeno poço. As células que proliferam dentro desses poços são de propriedades iguais, por terem se reproduzido a partir da mesma célula. Eve1 e Eve2 são células que se reproduziram em poços diferentes e são clones distintos. A obtenção de um gene é a clonagem de genes. A clonagem genômica (p. 189, l. 5) é a obtenção de genes e/ou cromossomos.

26. *Northern blot*: método de quantificação do RNA. Os RNA são classificados em RNA ribossomal, (rRNA), RNA transportador (tRNA), RNA mensageiro (mRNA) e outros tipos. Como o método de identificação de DNA foi descoberto por uma pessoa cujo sobrenome é Southern, foi nomeado de *Southern blot*. O do RNA é chamado de *Northern* (norte) em contraste com o do DNA, *Southern* (sul). O método de identificação de proteínas é chamado de *Western* (oeste) *blot*, e existem também os métodos *Eastern* e *South Western*. Esse tipo de brincadeira não é raro entre os pesquisadores. Aqui, estão tentando saber a quantidade de enzimas de β-oxidação por meio da quantidade de RNA mensageiro.

27. termocirculador: aparelho para aumentar um fragmento específico de DNA. Utiliza enzimas de duplicação de DNA para duplicá-los dentro dos tubos de ensaio. Nos últimos tempos, tornou-se possível obter o DNA de células de fios de cabelo e fluidos corporais, sendo utilizados par a identificação de suspeitos na investigação de crimes. Na história de *Jurassic Park*, os genes dos dinossauros foram replicados dessa forma. O RT-PCR (p. 111, l. 34) é um método para aumentar o RNA substituindo-o por DNA.

28. Mesmo considerando somente a estrutura do DNA, eram totalmente diferentes do núcleo (...): o DNA mitocondrial é circular e tem comprimento de 5 micrômetros, equivalente a 1/200.000 do comprimento do DNA nucleico. O DNA mitocondrial humano tem somente treze tipos de proteínas, 22 tipos de tRNA e dois tipos de rRNA, e não há nada supérfluo nele. No DNA do núcleo, somente 5% deles carregam informações sobre proteínas, e o restante é inútil. Esse excesso acabou sendo a força motriz da evolução. O DNA tem carga elétrica negativa, e o DNA do núcleo é envolto pelas histonas, proteínas com carga positiva. O DNA do núcleo tem uma estrutura com aparência de pequenas esferas chamada nucleossoma (p. 217, l. 25) envolvendo a proteína, como se tivessem sido enroladas ao seu redor. O DNA mitocondrial não tem histonas envolvendo-o, e por isso é mais suscetível a danos.

29. clofibrato: medicamento que provoca a queda do colesterol no sangue. Consegue aumentar uma organela chamada peroxissoma. Assim como foi explicado no tópico sobre enzimas de β-oxidação, essas enzimas estão presentes tanto na mitocôndria como no peroxissoma. O clofibrato aumenta as enzimas de β-oxidação não somente nos peroxissomas, mas também nas mitocôndrias.

30. peroxissoma: é uma organela da célula e contém muitas enzimas para a geração, quebra e outros processos do peróxido de hidrogênio. Sua quantidade é de 1/4 das mitocôndrias e seu tamanho também é menor. Está ganhando destaque recentemente por ter relação com a metabolização da energia e espécies reativas de oxigênio (p. 217, l. 25). Há doenças provocadas pela falta de peroxissomas.

31. ciclo de Krebs: também chamado de "ciclo do ácido cítrico", é uma parte do metabolismo, sendo a primeira parte da reação para extrair energia de açúcares, ácidos graxos e aminoácidos. O ácido cítrico é o que dá o sabor azedo ao limão e à conserva de ameixa *umeboshi* e é o primeiro a ser sintetizado nesse ciclo, e por isso tem esse nome.

32. ATP: composto de alta carga energética sintetizada nas mitocôndrias. Libera 7,3 quilocalorias de energia quando é quebrado. Quando há necessidade de energia, como, por exemplo, quando os músculos se contraem, os ATP são quebrados. As mitocôndrias produzem energia porque elas sintetizam o ATP.

33. banco de células: local onde se cadastra células cultivadas de diversos tipos. Enviam células para pesquisadores quando solicitado.

34 o oxigênio é um veneno para essas bactérias: o oxigênio por vezes se transforma em espécies reativas de oxigênio, que têm alta toxicidade. É eficiente extrair energia utilizando oxigênio, mas causa muitos danos também. As células passaram a conseguir utilizar oxigênio somente quando conseguiram criar um sistema para neutralizar as espécies reativas de oxigênio em seu processo evolutivo. As espécies reativas de oxigênio são uma das causas do envelhecimento e do câncer. Os nossos ancestrais colocaram a mitocôndria para dentro de si para aumentar a eficiência energética utilizando o oxigênio, mas pagam por isso com o envelhecimento. As bactérias que utilizam o oxigênio são chamadas de aeróbicas, e as que não têm resistência a oxigênio são chamadas de anaeróbicas.

35. cederam esses códigos aos genes nucleares: o comprimento do DNA mitocondrial fica mais curto e o número de genes diminui à medida que se avança no processo evolutivo, e os genes que elas perdem são armazenados pelo núcleo. Por exemplo, o gene da proteína chamada "subunidade alfa" da enzima de sintetização de ATP está nas mitocôndrias nas células de plantas, enquanto ficam no núcleo nas células de humanos. O DNA mitocondrial mais curto e com menor quantidade de genes é o dos mamíferos. Considerando esses fatos, acredita-se que os genes das mitocôndrias foram exportados para o núcleo através de um processo bastante longo. Há ainda casos de um gene do núcleo ser compartilhado por duas proteínas, presentes nas mitocôndrias e no citoplasma.

36. O DNA dentro das mitocôndrias começa a apresentar alterações com o envelhecimento: os curtos DNA mitocondriais têm uma redução drástica em sua quantidade quando passamos dos 40 anos. Como os DNA curtos são genes incompletos, sua eficiência energética decai ainda mais, aumentando a quantidade de espécies reativas de oxigênio, tóxicas. A questão sobre as alterações no DNA mitocondrial serem a causa ou a consequência do envelhecimento ainda é objeto de debate.

37. há evidências de que doenças relacionadas ao DNA mitocondrial não são herdados somente por linha maternal: há exemplos de doenças que são herdadas do pai, tendo como causa o encurtamento ou desaparecimento do DNA mitocondrial. Acredita-se que haja no núcleo um gene que proteja o DNA mitocondrial, e quando tal gene não funciona corretamente o DNA mitocondrial encurta ou desaparece. Isso é outra evidência de que a simbiose entre as mitocôndrias e o núcleo é uma relação próxima.

38. E isso pode estar relacionado com: de fato, há doenças causadas pelo declínio de atividade da proteína do estresse.

39. controlar as principais neurotransmissões: as neurotransmissões são um tipo de corrente elétrica gerada pela entrada de íons de sódio nas células nervosas. Se esses íons de sódio não são colocados para fora da célula de imediato, não é possível transmitir o próximo sinal. É a bomba sódio-potássio (NaK-ATPase) que realiza essa tarefa, e gasta uma grande quantidade de ATP. A atividade nervosa demanda uma grande quantidade de energia, sendo 20% da energia de todo o corpo gasta no cérebro. Portanto, a atividade nervosa não pode ser realizada sem as mitocôndrias. Há pesquisadores que explicam o mecanismo da memória através do mecanismo das mitocôndrias. A memória é a facilidade da transmissão de corrente elétrica entre os nervos. Quando há corrente elétrica, aumentam as mitocôndrias dessa célula nervosa e, com isso, a facilidade de transmissão da corrente elétrica fica ainda maior, formando a memória.

40. todas as raças se originavam de uma mulher na África: Eva mitocondrial (p. 217, l. 18). Teoria apresentada por Cann e Wilson em 1987. Não afirma, porém, que a humanidade começou de uma única mulher.

41. As mitocôndrias são o local de produção de energia: as mitocôndrias utilizam o oxigênio para sintetizar o ATP. A energia para sintetizar o ATP é armazenado temporariamente como carga elétrica. São as cadeias transportadoras de elétrons (p. 117, l. 34) que cooperam com o ciclo de Krebs para criar essa energia. Essa energia elétrica é a energia de potencial elétrico de membrana (p. 236, l. 3) que carrega a membrana mitocondrial de 1/100.000 milímetros com uma voltagem de 0,21 Volts. Teoricamente, seriam 200 mil Volts para cada centímetro. Quando o ATP é quebrado, libera energia de movimento e calor, mas as mitocôndrias podem gerar calor diretamente da energia elétrica. Ou seja, liberam energia elétrica para gerar calor. Os bebês são mais quentes porque utilizam o calor liberado por essa energia elétrica. Essa proteína que libera energia elétrica é chamada de proteína de desacoplamento, composta por 307 aminoácidos. Caso todas as mitocôndrias do corpo liberassem energia elétrica de uma vez, deve gerar um calor inimaginável.

42. Os íons duplamente carregados entram como uma torrente: os íons de cálcio têm duas cargas positivas e por isso são chamados de íons duplamente carregados. O acúmulo de íons de cálcio é uma das funções importantes das mitocôndrias, e quando o potencial elétrico de membrana aumenta, o cálcio é acumulado nas mitocôndrias. Os íons de cálcio realizam a transmissão de informações dentro da célula, e pode-se dizer que as mitocôndrias são responsáveis por parte do mecanismo de transmissão de informações.

43. atividades: diz-se da contração de uma proteína do músculo, chamada de actomiosina. A actomiosina quebra o ATP e gera energia. Entretanto, há outros sistemas nos músculos além das mitocôndrias que sintetizam o ATP, e exercícios de curta duração como as corridas de curta distância são possíveis mesmo que as mitocôndrias não entrem em ação. Mas é somente pelo tempo que isso pode ser feito sem respirar.

44. programar a morte: há um mecanismo que provoca a própria morte nas células de seres categorizados como organismos superiores. As células que passam a ser desnecessárias morrem por iniciativa própria, dão forma aos dedos, desenvolvem o sistema nervoso ou constituem o sistema imunológico. Essa morte programada (chamada de apoptose) é contida por uma proteína chamada Bcl-2. O Bcl-2 está presente principalmente nas mitocôndrias. Foi constatado recentemente que o sinal dessa morte programada é emitido por mitocôndrias. O controle das mitocôndrias sobre a célula já não é mais algo que acontece somente na ficção.

45. foi realizado um experimento com drosófilas: ao expor células que se tornariam células germinativas a raios ultravioleta, elas não conseguem mais se tornar células germinativas. Mas ao injetar RNA ribossomal das mitocôndrias nessas células expostas, elas iniciam o processo para se tornarem células germinativas. Esse experimento teve dificuldade para conquistar credibilidade por ser chocante, e levou três anos para ser publicado como artigo. Há casos em que há dificuldade na publicação de um artigo quando se descobre algo inimaginável. A atividade do RNA ribossomal da mitocôndria fora de sua organela de origem pode ser verificada com um microscópio eletrônico por meio de um método específico. Aparentemente, uma proteína chamada "tudor" arrasta o RNA ribossomal para fora da mitocôndria. Esse fenômeno foi verificado não somente em drosófilas, mas também em sapos. Há outros fenômenos que evidenciam a relação das mitocôndrias com células germinativas como espermatozoides e óvulos. Somente células que incorporam algo chamado plasma germinativo podem se tornar células germinativas. Nessa ocasião, o plasma germinativo está envolto com uma grande quantidade de mitocôndrias, e ele realiza atividades com as mitocôndrias com frequência.

46. fez o coração dele parar: é dito que a cardiomiopatia ocorre com a alteração de apenas 1/16.600 do DNA mitocondrial.

47. Sente as mitocôndrias dela se juntarem às de Toshiaki: foi comprovado que quando se provoca uma fusão de células, as mitocôndrias delas também se fundem. Porém, há casos de mitocôndrias patológicas não se fundirem, e ainda há dúvidas quanto às condições nas quais elas se fundem.

48. porque o DNA mitocondrial paterno estava presente: ainda é incerto se o DNA mitocondrial paterno está relacionado com a evolução dessa organela. Porém, há casos como o dos mexilhões em que há transmissão das mitocôndrias paternas, e por isso não se pode negar a possibilidade de ele estar relacionado com a evolução. Em se tratando da evolução humana, o raciocínio foi feito ignorando a influência das mitocôndrias paternas para identificar a Eva mitocondrial.

49. polimorfismo: diferenças genéticas individuais. Os genes mitocondriais têm dez vezes mais polimorfismo do que os genes do núcleo. Quando uma variação genética provoca doença, é chamada de alteração em vez de ser chamada de polimorfismo.

Novembro de 1996,
Shigeo Ohta

HIDEAKI SENA é escritor e doutor em Farmacologia, nascido em 1968 em Shizuoka, Japão. Estreou com *Parasite Eve*, em 1995, enquanto cursava o doutorado na Universidade de Tohoku. Com sua obra que une horror com temática biológica embasada em conhecimento científico, Sena conquistou o Prêmio de Literatura Japonesa de Horror e ajudou a expandir a popularidade do horror japonês. Ele ocupou cargo docente na faculdade de Enfermagem da Universidade de Miyagi e na Divisão de Engenharia Mecânica da Universidade de Tohoku. Entre os anos 2011 e 2013, presidiu o Clube de Escritores de Ficção Científica do Japão. Além de publicar romances que variam entre ficção científica, horror e mistério, como *Brain Valley*, que lhe rendeu o Prêmio de Ficção Científica Japonesa, e *Hal*, o autor se dedica intensamente a atividades como contribuições para revistas científicas, críticas literárias, coautorias e organização de obras.

CRIME SCENE®
FICTION

“Na presença da morte, a razão
e a filosofia ficam em silêncio.”

— AMBROSE BIERCE —

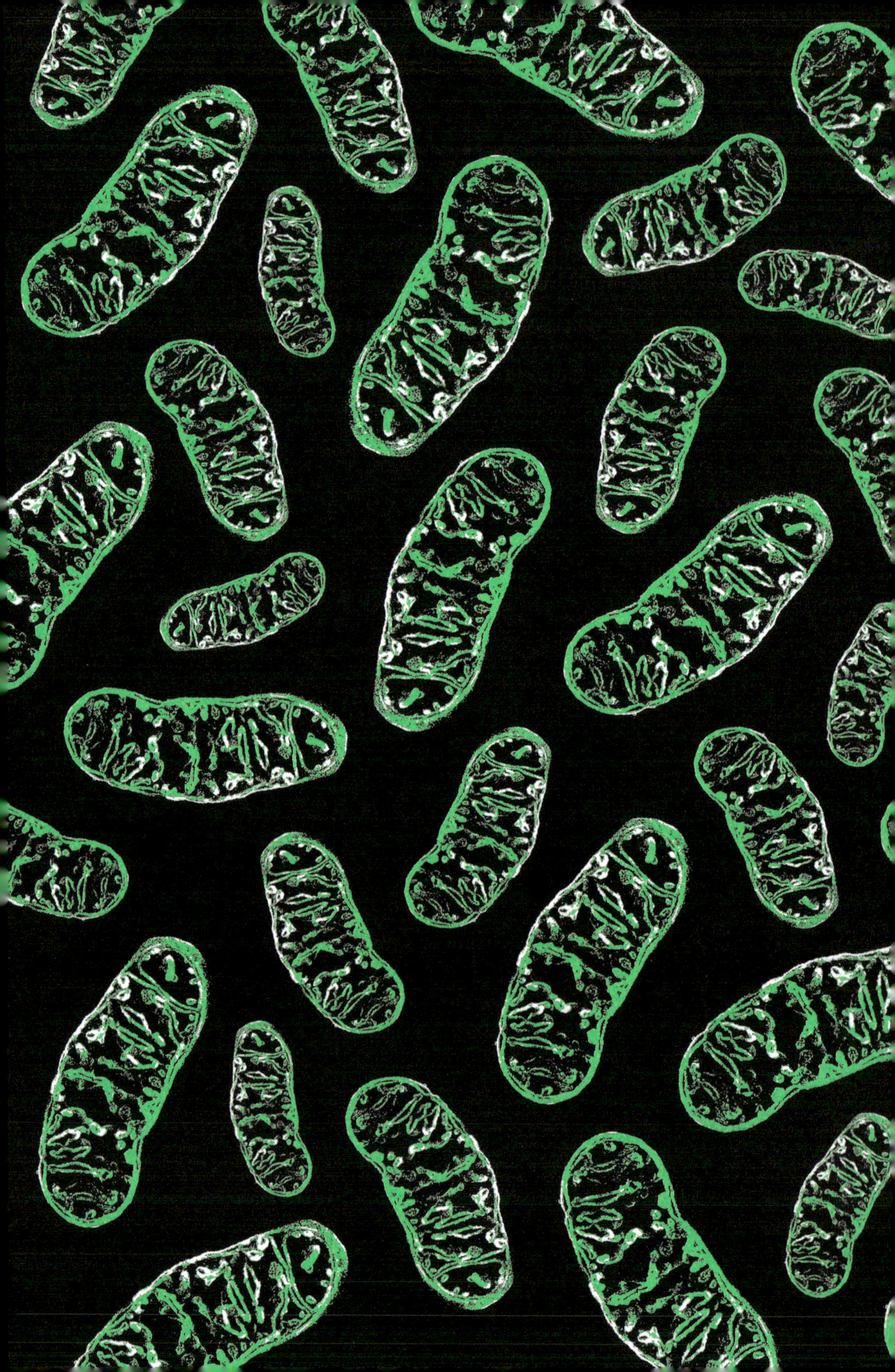